A
FILHA
DOS
OSSOS

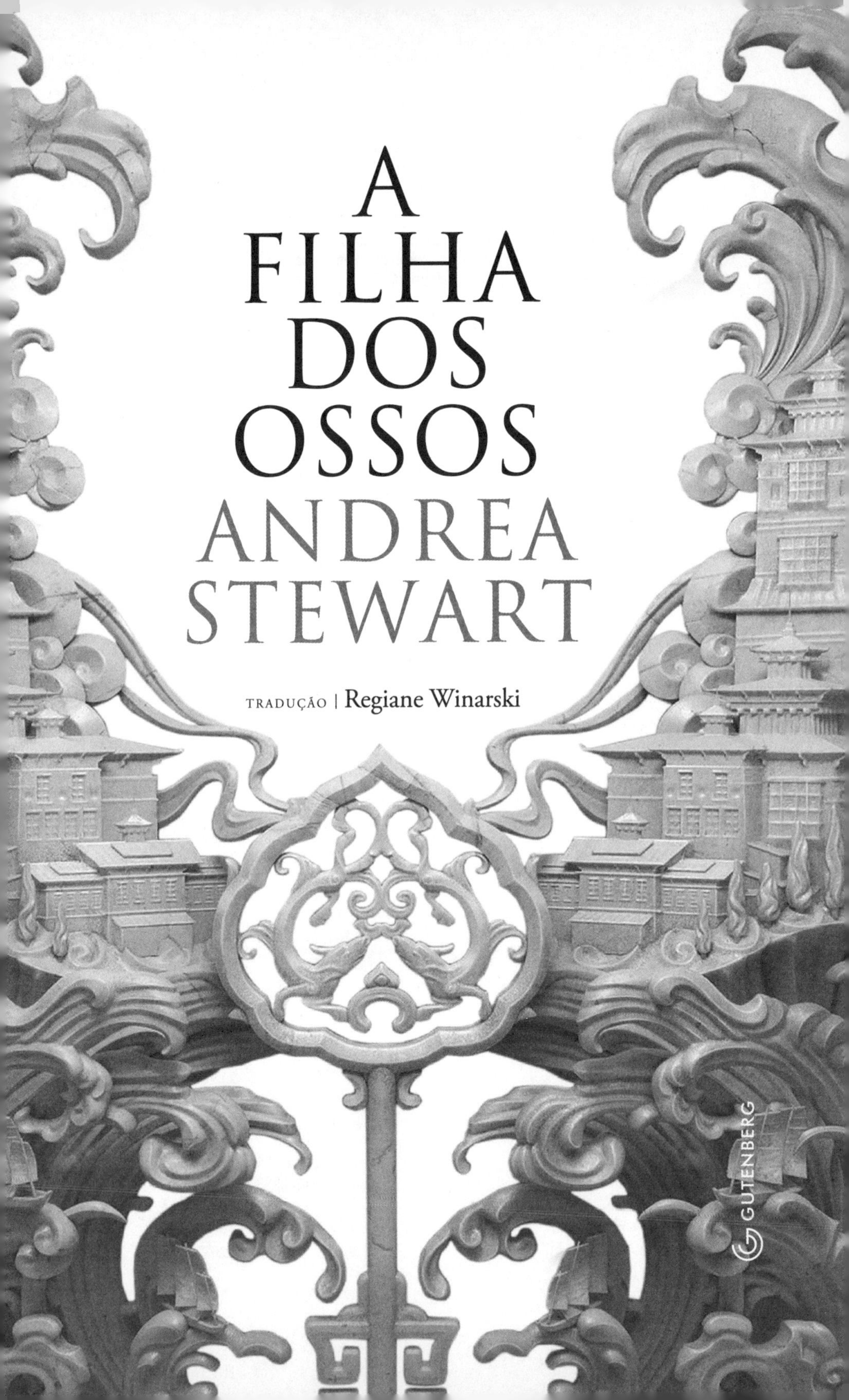
A
FILHA
DOS
OSSOS
ANDREA
STEWART
TRADUÇÃO | Regiane Winarski
GUTENBERG

Título original: *The Bone Shard Daughter*

EDITORA RESPONSÁVEL
Flavia Lago

EDITORAS ASSISTENTES
Natália Chagas Máximo
Samira Vilela

PREPARAÇÃO DE TEXTO
Yonghui Qio

REVISÃO
Ana Claudia Lopes
Claudia Vilas Gomes

CAPA
Lauren Panepinto

ILUSTRAÇÃO DE CAPA
Sasha Vinogradova

ADAPTAÇÃO DE CAPA
Alberto Bittencourt

DIAGRAMAÇÃO
Guilherme Fagundes

Dados Internacionais de Catalogação na Publicação (CIP)
Câmara Brasileira do Livro, SP, Brasil

Stewart, Andrea
A filha dos ossos / Andrea Stewart ; tradução Regiane Winarski. -- 1. ed. -- São Paulo : Gutenberg, 2024 -- (Ruínas do Império, v. 1).

Título original: The Bone Shard Daughter
ISBN 978-85-8235-720-0

1. Ficção de fantasia 2. Ficção norte-americana I. Título. II. Série

23-176206 CDD-813

Índice para catálogo sistemático:
1. Ficção : Literatura norte-americana 813

Cibele Maria Dias - Bibliotecária - CRB-8/9427

A **GUTENBERG** É UMA EDITORA DO **GRUPO AUTÊNTICA**

São Paulo
Av. Paulista, 2.073 . Conjunto Nacional
Horsa I . Sala 309 . Bela Vista
01311-940 . São Paulo . SP
Tel.: (55 11) 3034 4468

Belo Horizonte
Rua Carlos Turner, 420
Silveira . 31140-520
Belo Horizonte . MG
Tel.: (55 31) 3465 4500

www.editoragutenberg.com.br
SAC: atendimentoleitor@grupoautentica.com.br

Para minha irmã, Kristen, que já leu quase tudo que escrevi.
Eu lhe devo uma.

O IMPÉRIO FÊNIX NA DINASTIA SUKAI
RIYA
CABEÇA DE CERVO
CAUDA DO MACACO

HUALIN OR
MAILA
GAELUNG
IMPERIAL
MAR INFINITO
KRALUTE
NEPHILANU
UNTA

1

Lin

Ilha Imperial

Meu pai me disse que eu estou quebrada.

Ele não anunciou sua decepção verbalmente quando respondi à pergunta dele. Mas demonstrou pelos olhos apertados, pelo jeito como sugou as bochechas já fundas, pelo jeito como o lado esquerdo dos lábios tremeu um pouco para baixo, o movimento quase escondido pela barba.

Meu pai me ensinou a ler os pensamentos de uma pessoa no rosto dela. Ele sabia que eu sabia ler esses sinais. Então, entre nós, era como se tivesse falado em voz alta.

A pergunta:

– Quem era seu amigo de infância mais próximo?

Minha resposta:

– Não sei.

Eu conseguia correr com a mesma rapidez com que um pardal voava, era tão habilidosa com o ábaco quanto os melhores contadores do Império e era capaz de citar os nomes de todas as ilhas conhecidas no tempo que demorava para o chá ficar pronto. Mas não conseguia me lembrar do meu passado antes da doença. Às vezes, eu achava que nunca mais me lembraria; que a garota de antes estava perdida para mim.

Quando ele se mexeu, a cadeira em que estava rangeu, e ele soltou o ar longamente. Nos dedos, segurava uma chave de metal, com a qual bateu na superfície da mesa.

– Como posso confiar meus segredos a você? Como posso confiar que seja minha herdeira se você não sabe quem é?

Eu sabia quem era. Era Lin. Eu era a filha do Imperador. Gritei as palavras na minha cabeça, mas não as falei. Ao contrário do meu pai, mantive o rosto neutro, os pensamentos escondidos. Às vezes, ele gostava quando eu me defendia, mas esse não era o caso. Nunca era quando o assunto se tratava do meu passado.

Eu me esforcei para não ficar olhando fixamente para a chave.

– Me faça outra pergunta – pedi.

O vento sacudiu as janelas, trazendo o cheiro de maresia e de algas. A brisa lambeu meu pescoço e reprimi um tremor. Sustentei o olhar de meu pai na esperança de ele ver a determinação na minha alma, e não o medo. Dava para sentir o aroma de rebelião no ar com a mesma clareza com que dava para sentir o cheiro dos barris de peixe fermentado. Era óbvio assim, denso assim. Eu poderia consertar as coisas se tivesse os meios. Se ao menos ele me deixasse provar.

Tum.

– Muito bem – concordou meu pai. Os pilares de madeira atrás dele ladeavam seu semblante enrugado, fazendo-o parecer mais um mau agouro do que um homem. – Você tem medo de serpentes marinhas. Por quê?

– Fui mordida por uma quando era criança – respondi.

Ele observou meu rosto. Prendi o ar. Depois, soltei. Entrelacei os dedos e forcei-os a relaxarem. Se eu fosse uma montanha, ele estaria seguindo as raízes de zimbros nuviosos, lascando a pedra, procurando o núcleo branco e pálido.

E encontrando-o.

– Não minta para mim, garota – rosnou meu pai. – Não arrisque palpites. Você pode ser sangue do meu sangue, mas eu posso indicar meu filho de criação para a coroa. Não precisa ser você.

Eu queria me lembrar. Houve uma época em que aquele homem acariciava meu cabelo e beijava minha testa? Ele tinha me amado antes de eu esquecer, quando ainda estava inteira e intacta? Queria que houvesse alguém a quem eu pudesse perguntar. Ou, pelo menos, alguém que pudesse me dar respostas.

– Perdão. – Curvei a cabeça. Meu cabelo preto formou uma cortina sobre os olhos e eu lancei um olhar para a chave.

A maioria das portas do palácio estava trancada. Meu pai coxeava de aposento em aposento, usando a magia do fragmento de ossos para realizar milagres. Uma magia da qual eu precisaria dominar se fosse escolhida. Eu tinha ganhado seis chaves. O filho de criação dele, Bayan, tinha sete. Às vezes, parecia que minha vida toda era um teste.

– Tudo bem – respondeu meu pai, acomodando-se na cadeira. – Pode ir.

Eu me ergui para sair, mas hesitei.

– Quando o senhor vai me ensinar a magia do fragmento de ossos? – Não esperei por uma resposta. – O senhor diz que pode indicar Bayan, mas não fez isso. Ainda sou sua herdeira e preciso saber controlar os construtos. Tenho 23 anos e o senhor... – Parei, porque não sabia quantos anos ele tinha. Havia manchas senis nas costas das mãos dele e o cabelo estava totalmente grisalho. Não sabia por quanto tempo mais meu pai viveria. Só conseguia imaginar um futuro em que ele morreria sem me ensinar o que eu precisava saber. Sem saber como proteger o Império dos Alangas. Sem lembranças de um pai que se importava.

Ele tossiu e abafou o som com a manga. Seu olhar se desviou para a chave e a voz se suavizou:

– Quando você for uma pessoa inteira – respondeu.

Eu não o entendi. Mas reconheci a vulnerabilidade.

– Por favor – pedi –, e se eu nunca for uma pessoa inteira?

Ele me olhou, e a tristeza do olhar rasgou meu coração como se fossem dentes. Eu tinha cinco anos de lembranças; antes disso, só uma névoa. Tinha perdido algo precioso; quem me dera saber o que era.

– Pai, eu...

Uma batida soou na porta, e ele voltou a ficar frio feito pedra.

Bayan entrou sem esperar permissão, e tive vontade de xingá-lo. Ele encolheu os ombros enquanto andava, os passos silenciosos. Se fosse qualquer outra pessoa, eu acharia o andar dele hesitante. Mas Bayan tinha a postura de um gato: deliberada, predadora. Ele usava um avental de couro sobre a túnica e havia sangue em suas mãos.

– Terminei a modificação – disse Bayan. – O senhor me pediu para vir vê-lo imediatamente quando eu tivesse terminado.

Um construto veio mancando atrás dele, os cascos pequenos estalando no piso. Parecia um cervo, exceto pelas presas na boca e o rabo curvo de macaco. Duas asinhas saíam dos ombros e sangue manchava o pelo em volta.

Meu pai se virou na cadeira e colocou a mão nas costas da criatura. Ela olhou para ele com olhos grandes e úmidos.

– Desleixado – comentou ele. – Quantos fragmentos você usou para inserir o comando de seguir?

– Dois – respondeu Bayan. – Um para fazer o construto me seguir e outro para fazê-lo parar.

– Devia ser um – explicou meu pai. – Vai aonde você for, a não ser que mande não ir. A linguagem está no primeiro livro que eu lhe dei. – Ele segurou uma das asas e a puxou. Quando a soltou, ela retornou lentamente para a lateral do construto. – A construção, por outro lado, está excelente.

Bayan virou-se para me encarar, e eu sustentei o olhar dele. Nenhum de nós recuou. Sempre uma competição. A íris de Bayan era até mais preta do que a minha, e, quando ele sorria, aquilo só acentuava seus lábios carnudos. Ele podia ser mais bonito do que eu viria a ser, mas eu estava convencida de que era mais inteligente, e era isso o que realmente importava. Bayan nunca tentou esconder os próprios sentimentos. Ele exibia seu desprezo por mim como se fosse a concha favorita de uma criança.

– Tente outra vez com um novo construto – disse meu pai, e Bayan afastou o olhar do meu. Ah, eu tinha vencido aquela breve competição.

Meu pai enfiou os dedos no animal. Eu prendi o ar. Só o tinha visto fazer isso algumas vezes. Pelo menos, só me lembrava de ter visto duas vezes. A criatura apenas piscou placidamente enquanto a mão dele sumia até o pulso. Ele a puxou de volta e o construto ficou paralisado, imóvel feito uma estátua. Nas mãos dele havia dois fragmentos pequenos de osso.

Não havia sangue manchando seus dedos. Ele largou os fragmentos na mão de Bayan.

– Agora, vão. Vocês dois.

Cheguei mais rápido à porta do que Bayan, que eu desconfiava que não estivesse esperando palavras tão duras. Mas eu estava acostumada com elas e tinha coisas a fazer. Saí pela porta e a segurei para Bayan passar, para ele não precisar sujá-la de sangue. Meu pai prezava a limpeza.

Bayan me encarou feio ao passar, carregando consigo uma brisa com cheiro de cobre e incenso. Ele era apenas o filho do governador de uma ilhota que teve a sorte de chamar a atenção do meu pai e ser acolhido como filho de criação. Tinha trazido a doença junto, uma doença exótica que a Ilha Imperial não conhecia. Fui informada de que caí doente pouco depois que Bayan chegou e me recuperei um pouco depois dele. Mas ele não perdeu tanta memória quanto eu e tinha recuperado uma parte.

Assim que Bayan desapareceu de vista, me virei e corri para o fim do corredor. As folhas da janela ameaçaram bater nas paredes quando as abri. As telhas pareciam inclinações de montanhas. Saí e fechei a janela pelo lado de fora.

O mundo se abriu à minha frente. Do alto do telhado, eu via a cidade e o porto. Via até os barcos no mar pescando lulas, os lampiões brilhando ao longe feito estrelas na terra. O vento sacudiu minha túnica, encontrou o caminho para dentro dos panos e machucou minha pele.

Eu tinha que ser rápida. Àquela altura, o construto serviçal já teria removido o corpo do cervo. Corri e deslizei pela inclinação do telhado na direção da parte do palácio onde ficava o quarto do meu pai. Ele nunca levava as chaves para a sala de interrogatório. Nem levava os guardas construtos. Eu tinha lido os pequenos sinais no rosto dele. Ele podia gritar comigo e me repreender, mas quando estávamos sozinhos... tinha medo de mim.

As telhas estalaram debaixo dos meus pés. Nas muralhas do palácio, sombras se esgueiravam. Mais construtos. As instruções deles eram simples: ficar de olho em intrusos e soar um alarme. Nenhum deles prestou atenção em mim, apesar de eu não estar onde devia estar. Eu não era uma intrusa.

O Construto da Burocracia estaria agora entregando os relatórios. Eu o tinha visto separando tais documentos mais cedo, os lábios peludos se mexendo sobre os dentes enquanto os lia em silêncio. Eram muitos. Cargas atrasadas por causa de brigas, o Ioph Carn roubando e contrabandeando pedra sagaz, cidadãos fugindo do dever com o Império.

Subi na sacada do meu pai. A porta do quarto dele estava entreaberta. O cômodo costumava estar vazio, mas desta vez não estava. Havia um rosnado emanando de lá. Fiquei paralisada. Um nariz preto entrou no espaço entre a porta e a parede, aumentando o vão. Olhos amarelos me espiaram e orelhas peludas tremeram para trás. Garras rasparam a madeira quando a criatura andou na minha direção. Bing Tai, um dos construtos mais antigos do meu pai. A papada estava salpicada de cinza, mas ele ainda tinha todos os dentes. Cada incisivo era do tamanho do meu polegar.

Ele repuxou o lábio, e os pelos das costas ficaram de pé. Era uma criatura pavorosa, um amálgama de predadores grandes, com pelo preto e desgrenhado que se misturava com a escuridão. Ele deu outro passo para mais perto.

Talvez não fosse Bayan o burro; talvez a burra fosse eu. Talvez fosse assim que meu pai iria me encontrar depois do chá: em pedacinhos ensanguentados na sacada. Estava longe demais do chão e eu era baixa demais para alcançar as calhas do telhado. O único jeito de sair daquele quarto era pelo corredor.

– Bing Tai – falei, e minha voz soou mais confiante do que eu me sentia. – Sou eu, Lin.

Quase dava para sentir os dois comandos do meu pai travando uma batalha na cabeça do construto. Um: proteger meus aposentos. Dois: proteger minha família. Qual comando era mais forte? Eu apostaria no segundo, mas agora não tinha tanta certeza.

Eu me mantive firme e tentei não demonstrar medo. Estiquei a mão na direção do nariz de Bing Tai. Ele me via e me ouvia; talvez precisasse me cheirar.

Ele *poderia* escolher sentir meu gosto, mas fiz o possível para não pensar nisso.

O nariz molhado e frio dele tocou nos meus dedos, um rosnado ainda no fundo de sua garganta. Eu não era Bayan, que brigava com os construtos como se eles fossem seus irmãos. Não conseguia esquecer o que eram. Minha garganta fechou até eu mal conseguir respirar, meu peito ficou apertado e dolorido.

Então Bing Tai se sentou nas patas traseiras, ergueu as orelhas e os lábios cobriram os dentes.

– Bom Bing Tai – falei. Minha voz tremeu. Eu tinha que me apressar.

A dor pesava no quarto, densa feito a poeira no que costumava ser o armário da minha mãe. As joias na penteadeira continuavam intocadas; as sapatilhas ainda a aguardavam ao lado da cama. O que me incomodava mais do que as perguntas que meu pai me fazia, mais do que não saber se ele me amava e se cuidara de mim quando criança, era não me lembrar da minha mãe.

Eu tinha ouvido os empregados que restaram sussurrando. Ele queimou todos os retratos dela no dia em que ela morreu. Proibiu que mencionassem o nome dela. Mandou matar todas as damas de companhia com a espada. Guardava as lembranças que tinha dela com ciúmes, como se fosse o único que pudesse tê-las.

Concentre-se.

Não sabia onde ele deixava as cópias que tinha dado para Bayan e para mim. Ele sempre as pegava de dentro da bolsinha do cinto, e eu não ousava tentar tirá-las de lá. Mas o chaveiro original estava na cama. Tantas portas. Tantas chaves. Eu não sabia qual era qual e escolhi uma aleatoriamente, uma chave dourada com uma peça de jade no arco, e a botei no bolso.

Fugi para o corredor e enfiei um pedaço fino de madeira entre a porta e a moldura, para que não travasse. Agora, o chá estaria em infusão. Meu pai estaria lendo os relatórios, fazendo perguntas. Torci para que o mantivessem ocupado.

Meus pés bateram no piso enquanto eu corria. Os corredores grandiosos do palácio estavam vazios, e as luzes dos lampiões cintilavam nas vigas pintadas de vermelho acima. Na passagem, pilares de madeira subiam do chão ao teto, circundando o mural desbotado na parede do segundo andar. Desci a escada para a porta do palácio dois degraus de cada vez. Cada passo parecia uma traição em miniatura.

Eu podia ter esperado, uma parte da minha mente me dizia. Podia ter sido obediente; podia ter feito o possível para responder às perguntas do meu pai, para curar minhas lembranças. Mas a outra parte estava fria e aguçada. Ultrapassava a culpa para encontrar uma verdade cruel.

Nunca poderia ser o que ele queria se não pegasse o que eu queria. Não conseguia me lembrar, por mais que tivesse tentado. Ele não tinha me dado alternativa a não ser mostrar que eu era digna de uma forma diferente.

Passei pelas portas do palácio e fui para o pátio silencioso. O portão da frente estava fechado, mas eu era pequena e forte, e, se meu pai não queria me ensinar a magia dele, bem, havia outras coisas que eu tinha aprendido sozinha nas ocasiões em que ele estava trancado em uma sala secreta com Bayan. Como escalar.

O muro estava limpo, mas malcuidado. O gesso tinha quebrado em algumas partes e deixado a rocha embaixo exposta. Foi fácil subir. O construto em forma de macaco em cima do muro só me espiou de relance e voltou o olhar límpido para a cidade. Um arrepio me percorreu quando desci do outro lado. Eu já tinha ido à cidade a pé antes, *devia ter ido*, mas, para mim, foi como uma primeira vez. As ruas fediam a peixe, óleo quente e restos de jantares cozidos e comidos. As pedras debaixo dos meus sapatos estavam escuras e escorregadias com água e sabão. Havia panelas batendo, e uma brisa carregava o som de vozes cadenciadas e baixas. As primeiras duas lojas que vi estavam fechadas, as janelas de madeira trancadas.

Tarde demais? Eu tinha visto a loja do ferreiro do muro do palácio, e foi isso que me deu a ideia. Prendi o ar e corri por uma viela estreita.

Ele estava lá. Estava fechando a porta, uma bolsa pendurada no ombro.

– Espere – falei. – Por favor, só mais um trabalho.

– Nós fechamos – bufou ele. – Volte amanhã.

Engoli o desespero que subiu pela garganta.

– Eu pago o dobro do preço se você começar hoje. É só uma chave para copiar.

Ele me olhou nessa hora, e seu olhar percorreu minha túnica de seda bordada. Os lábios se apertaram. Estava pensando em mentir sobre o quanto cobrava. Mas só suspirou.

– Duas moedas de prata. Meu preço normal é uma. – Ele era um homem bom e justo.

Fui tomada de alívio enquanto pegava moedas na bolsinha do cinto e as colocava na mão calejada dele.

– Aqui. Preciso que seja rápido.

Essa foi a coisa errada a dizer. Uma irritação surgiu no seu rosto. Mas ele abriu a porta de novo e me deixou entrar na loja. O homem parecia feito de ferro, era largo e quadrado. Os ombros pareciam ocupar metade do espaço. Havia ferramentas de metal penduradas nas paredes e no teto. Ele pegou o acendedor de fogo e reacendeu os lampiões. Depois se virou para mim.

– Só vai ficar pronta amanhã de manhã, no mínimo.

– Mas você precisa ficar com a chave?

Ele fez que não.

– Posso fazer um molde hoje. A chave vai ficar pronta amanhã.

Desejei não haver tantas chances de voltar atrás, tantas chances para minha coragem hesitar. Eu me obriguei a colocar a chave do meu pai na mão do ferreiro. O homem a pegou e se virou. Ele apanhou um bloco de argila em uma gamela de pedra e apertou a chave nele. Depois parou, a respiração travando na garganta.

Fui pegar a chave antes de conseguir pensar. Eu vi o que ele viu assim que me aproximei. Na base do arco, antes do cabo, havia a figura bem pequena de uma fênix entalhada no metal.

Quando o ferreiro me olhou, seu rosto estava redondo e pálido feito a lua.

– Quem é você? O que está fazendo com uma das chaves do Imperador?

Eu devia ter pegado a chave e saído correndo. Era mais rápida do que ele. Podia pegá-la e sumir antes que voltasse a respirar. Ele só teria uma história para contar, uma em que ninguém acreditaria.

Mas, se eu fizesse isso, não teria minha cópia da chave. Não teria mais respostas. Ficaria presa onde estava no começo do dia, a memória confusa, as respostas que eu dava para o meu pai sempre inadequadas. Sempre fora de alcance. Sempre quebradas. E aquele homem... era um bom homem. Meu pai me ensinou o tipo de coisa a se dizer para bons homens.

Escolhi as palavras com cautela.

– Você tem filhos?

Um pouco de cor voltou ao rosto dele.

– Dois – respondeu. A testa franziu enquanto se perguntava se devia ter respondido.

– Eu sou Lin – falei, me expondo. – Sou a herdeira do Imperador. Meu pai não é o mesmo desde a morte da minha mãe. Ele se isola, tem poucos criados, não se encontra com os governantes das ilhas. Uma rebelião está se formando. Os Raros Desfragmentados já tomaram Khalute. Eles vão querer expandir seu domínio. E tem os Alangas. Alguns podem não acreditar que estejam voltando, mas foi minha família que os impediu de voltar. Você quer soldados marchando nas ruas? Quer a guerra na sua porta?

Toquei no ombro dele delicadamente, e ele não se encolheu.

– Na porta dos seus filhos?

Por instinto, ele levou a mão para trás da orelha direita, para a cicatriz que todos os cidadãos tinham. O lugar de onde um fragmento de osso tinha sido retirado e levado para o cofre do Imperador.

– Meu fragmento está alimentando um construto? – perguntou ele.

– Não sei – respondi. Eu não sei, não sei... havia tão *pouco* que eu sabia. – Mas, se eu abrir o cofre do meu pai, vou procurar o seu e trazer de volta. Não posso prometer nada. Queria poder. Mas vou tentar.

Ele lambeu os lábios.

– E o dos meus filhos?

– Vou ver o que posso fazer. – Isso era tudo que eu podia dizer. Ninguém estava isento dos Festivais do Dízimo das ilhas.

O suor brilhou na testa do ferreiro.

– Vou fazer a chave.

Meu pai estaria deixando os relatórios de lado agora. Pegaria a xícara de chá e tomaria aos golinhos, olhando pela janela para as luzes da cidade abaixo. Senti suor entre as omoplatas. Eu precisava levar a chave de volta antes que ele me descobrisse.

Observei por uma névoa o ferreiro terminar de fazer o molde. Quando me devolveu a chave, me virei para correr.

– Lin – chamou ele.

Eu parei.

– Meu nome é Numeen. O ano do meu ritual foi 1508. Nós precisamos de um Imperador que se importe conosco.

Que resposta poderia dar a isso? Eu só corri. Saí pela porta, fui pela viela e escalei o muro. Agora meu pai estaria terminando o chá, os dedos em volta da xícara ainda quente. Uma pedra se soltou debaixo dos meus dedos. Eu a deixei cair no chão. O barulho me fez encolher.

Ele estaria colocando a xícara de lado, estaria olhando para a cidade. Quanto tempo olharia para ela? A descida foi mais rápida do que a subida. Eu não sentia mais o cheiro da cidade. Só sentia meu próprio hálito. As paredes das construções externas passaram em um borrão quando disparei em direção ao palácio: os aposentos dos empregados, o Salão da Paz Eterna, o Salão da Sabedoria Mundana e o muro em volta do jardim. Tudo estava frio, escuro e vazio.

Peguei a entrada dos criados para o palácio e subi dois degraus de cada vez. A passagem estreita se abriu para o corredor principal. Ele contornava o segundo andar do palácio e o quarto do meu pai ficava quase do outro lado da entrada dos empregados. Desejei que minhas pernas fossem mais compridas. Desejei que minha mente fosse mais forte.

Tábuas rangeram embaixo dos meus pés enquanto eu corria, e o barulho me fez estremecer. Finalmente, voltei e entrei no quarto dele. Bing Tai estava deitado no tapete ao pé da cama, esparramado feito um gato velho. Tive que me esticar por cima dele para pegar o chaveiro. Tinha cheiro de mofo, como uma mistura de construto de urso e um armário cheio de roupas comidas por traças.

Precisei de três tentativas para prender a chave de volta. Meus dedos pareciam enguias, se debatendo, escorregadias.

Eu me ajoelhei para tirar a cunha da porta quando saí, a respiração arranhando a garganta. O brilho da luz no corredor me fez piscar. Teria que dar um jeito de ir à cidade no dia seguinte para buscar a cópia da chave. Mas estava feito, a cunha da porta guardada em segurança no meu bolso. Soltei o ar que nem tinha percebido que prendera.

– Lin.

Bayan. Meus membros pareciam feitos de pedra. O que ele tinha visto? Eu me virei para ele, que estava com a testa franzida e as mãos unidas nas costas. Mandei meu coração se acalmar e meu rosto ficar vazio.

– O que você está fazendo do lado de fora do quarto do Imperador?

2

JOVIS

Ilha da Cabeça de Cervo

Esperava que aquele fosse um dos meus menores erros. Puxei a barra da jaqueta. As mangas eram muito curtas, a cintura era solta e os ombros um pouco largos demais. Cheirei a gola. O perfume almiscarado de anis-estrelado entrou direto pelo meu nariz e me fez tossir.

– Se você estiver tentando atrair alguém com isso, melhor tentar um pouco menos – falei. Era um bom conselho, mas o soldado aos meus pés não respondeu.

É considerado falar sozinho se a outra pessoa está inconsciente?

Bem, o uniforme coube o suficiente, e "suficiente" era o que eu podia torcer para ter na maior parte do tempo. Eu tinha duas caixas cheias de pedras sagazes no barco. O suficiente para pagar minhas dívidas, o suficiente para comer bem por três meses e o suficiente para levar meu barco de uma ponta do Império Fênix à outra. Mas "suficiente" nunca bastaria para obter aquilo de que eu realmente precisava. Ouvira um boato nas docas, um sussurro de um desaparecimento similar ao da minha Emahla, e eu me amaldiçoaria pelo resto da vida se não investigasse as origens.

Saí da viela, resistindo à vontade de puxar a jaqueta mais uma vez. Assenti para outra soldada quando passei por ela na rua. Soltei o ar quando ela assentiu para mim e se virou para a frente. Não tinha verificado o horário do Festival Anual do Dízimo antes de parar. E, como a sorte raramente estava ao meu lado, isso significava, claro, que o Festival era ali.

A Ilha da Cabeça de Cervo estava cheia de soldados do Imperador. E ali estava eu, um comerciante sem contrato imperial e que mais de uma vez tinha tido problemas com os soldados do Império. Segurei a ponta da manga com os dedos enquanto andava pelas ruas. Tinha feito uma tatuagem de coelho quando passei pelos exames de navegação. Era menos por orgulho e mais por praticidade. De que outra forma identificariam meu corpo inchado e estufado se eu aparecesse morto em uma praia? Mas agora, como contrabandista, a tatuagem era um risco. Isso e o meu rosto. Tinham errado o formato da mandíbula nos cartazes, os olhos estavam próximos demais e eu tinha cortado o cabelo cacheado curto desde então, mas, sim, era parecido. Estava pagando órfãos de rua para despregá-los, mas cinco dias depois eu vi um maldito construto colocando outro no lugar.

Era uma pena que os uniformes imperiais não tinham chapéu.

Devia ter pegado minha pedra sagaz e fugido, mas Emahla era uma cordinha no meu coração que o destino não parava de puxar. Então, coloquei um pé na frente do outro e fiz o possível para parecer o mais comum e inexpressivo possível. O homem nas docas tinha dito que o desaparecimento era recente, então o rastro ainda estava fresco. Não me restava muito tempo. O soldado não tinha me visto antes de eu bater nele, mas ele tinha remendado uma parte do cotovelo esquerdo e reconheceria o próprio uniforme.

A rua se estreitava à frente, a luz do sol entrava pelas aberturas entre os prédios e roupas estavam penduradas, secando. Alguém dentro de uma casa gritou:

– Não me deixa esperando! Quanto tempo leva para calçar um par de sapatos?

Eu não estava longe do mar, e o ar ainda cheirava à alga, misturado com carne cozida e óleo quente. Estavam arrumando as crianças para o Festival e preparando a comida para quando elas voltassem. Comida boa não curava feridas do corpo e da alma, mas as acalmavam. Minha mãe tinha feito um banquete para o dia do ritual de extração do meu fragmento. Pato assado com pele crocante, legumes grelhados, arroz com especiarias e peixe com o molho ainda borbulhando. Tive que secar as lágrimas antes de comer.

Mas isso já era passado para mim – o corte atrás da minha orelha direita tinha cicatrizado havia muito tempo. Eu me curvei para passar embaixo de uma camiseta pendurada baixo demais e ainda úmida, e encontrei o bar que o homem das docas tinha descrito.

A porta rangeu quando a abri e raspou em uma parte gasta no piso de madeira. Cedo assim pela manhã, deveria estar vazio. Mas guardas imperiais ocupavam cantos empoeirados e havia peixe seco pendurado no teto. Fui até os fundos, com o ombro na parede, o pulso escondido pela minha coxa e a cabeça baixa. Se eu tivesse planejado melhor as coisas, teria escondido a tatuagem. Ah, bom. Meu rosto era um problema maior e isso não dava para esconder.

Havia uma mulher atrás do balcão, as costas largas viradas para mim, o cabelo preso em um lenço com uns fios soltos grudados no pescoço. Ela estava curvada sobre uma tábua de corte de madeira, os dedos fechando bolinhos com agilidade.

– Tia – falei com deferência.

Ela não se virou.

– Não me chama assim – respondeu. – Eu não tenho idade para ser tia de ninguém que não for criança. – Ela limpou as mãos cheias de farinha no avental e suspirou. – O que você quer?

– Queria conversar – respondi.

Ela se virou e olhou por um bom tempo para o meu uniforme. Acho que nem viu meu rosto.

– Eu já mandei meu sobrinho para a praça. Os censores já devem tê-lo marcado. É para isso que você está aqui?

– Você é a Danila, não é? Tenho perguntas sobre a sua filha de criação – falei.

Ela amarrou a cara.

– Já relatei tudo o que eu sei.

Eu sabia qual foi o tratamento que ela recebeu pelo relato, porque os pais de Emahla tiveram o mesmo: os movimentos indiferentes de ombros, as expressões de irritação. Meninas jovens fugiam às vezes, não era verdade? Além do mais, o que esperavam que o Imperador fizesse?

– Só me deixa em paz – pediu Danila antes de se virar para os bolinhos.

Aquele soldado na viela poderia estar acordando agora com uma dor de cabeça lancinante e perguntas demais nos lábios. Mas... Emahla. O nome dela ficou girando na minha cabeça, me encorajando a agir. Contornei o fim do balcão e me juntei a Danila na tábua de corte.

Sem esperar nenhum tipo de aprovação, peguei a massa e o recheio e comecei a preparar bolinhos. Depois de um momento de surpresa, ela recomeçou. Atrás de nós, dois soldados apostavam em um jogo de cartas.

– Você é bom – comentou Danila com ressentimento. – Muito caprichoso, muito rápido.

– A minha mãe. Ela era... *é* cozinheira. – Balancei a cabeça com um sorriso melancólico. Fazia tanto tempo que não voltava para casa. Era quase outra vida. – Faz os melhores bolinhos de todas as ilhas. Andei muito por aí, velejando e estudando para os exames de navegação, mas sempre gostei de ajudá-la. Mesmo depois que fui aprovado.

– Se você foi aprovado nos exames de navegação, por que é soldado?

Pesei as alternativas. Eu era bom em mentir, era o melhor. Era o único motivo para a minha cabeça ainda estar sobre os ombros. Mas aquela mulher me lembrava a minha mãe, rude, porém gentil, e eu tinha uma esposa desaparecida para encontrar.

– Não sou. – Puxei a manga o suficiente para mostrar a tatuagem de coelho.

Danila olhou para ela e depois para o meu rosto. Depois apertou os olhos e em seguida os arregalou.

– Jovis – disse ela com um sussurro. – Você é aquele contrabandista.

– Eu preferiria "contrabandista mais bem-sucedido dos últimos cem anos", mas "aquele contrabandista" está bom.

Ela fez um ruído de deboche.

– Depende de como você define sucesso. Sua mãe não pensaria o mesmo, eu acho.

– Você deve estar certa – falei com leveza. Provocaria uma dor profunda em minha mãe saber o quanto eu tinha decaído. Danila relaxou, o ombro agora tocando no meu, a expressão mais suave.

Ela não me entregaria. Não era do tipo que fazia isso. – Preciso perguntar sobre sua filha de criação. Como ela desapareceu.

– Não há muito para contar – respondeu. – Ela estava aqui um dia e tinha sumido no outro, com dezenove moedas de prata sobre a colcha da cama... como se uma fênix de prata valesse um ano da vida dela. Foi há dois dias. Fico pensando que ela vai entrar pela porta.

Ela não entraria. Eu sabia, porque pensei a mesma coisa por um ano. Ainda via as dezenove moedas de prata espalhadas na cama de Emahla. Ainda sentia o coração disparado, o estômago embrulhado... dividido entre, ao mesmo tempo, saber que ela tinha sumido e não conseguir acreditar naquilo.

– Soshi era uma jovem inteligente – continuou Danila, com um tremor na voz. Ela limpou as lágrimas antes que pudessem chegar às bochechas. – A mãe dela morreu num acidente de mineração e ela não conheceu o pai. Eu nunca me casei, não tive filhos. Eu a acolhi. Precisava de alguém que me ajudasse.

– Foi...? – A palavra entalou na minha boca; não consegui formular a pergunta.

Danila pegou outro pedaço de massa e observou meu rosto.

– Posso não ser velha o suficiente para ser sua tia, mas pra mim você ainda é um garoto. Se o Império teve alguma coisa a ver com o desaparecimento dela, ela já está morta.

Eu nunca estive apaixonado. Não nos conhecemos quando crianças, nunca ficamos amigos. Nunca me arrisquei, nunca a beijei. Nunca voltei da Ilha Imperial. Contei a mentira para mim mesmo repetidamente. Mesmo assim, minha mente caía naquele sorriso provocador, em como ela revirava os olhos quando eu inventava uma história boba, no jeito como apoiava a cabeça no meu ombro e suspirava depois de um longo dia. Mas eu precisava acreditar na mentira. Porque cada vez que pensava em viver o resto da vida sem Emahla, o pânico surgia no meu peito e envolvia meu pescoço. Eu engoli em seco.

– Você a procurou? Encontrou alguma pista?

– Claro que procurei – respondeu Danila. – Perguntei por aí. Um dos pescadores disse que viu um barco partir cedo naquela manhã.

Não das docas, mas de uma enseada próxima. Era pequeno, escuro e tinha velas azuis. Foi para o leste. Isso é tudo que sei.

Era o barco que eu vi na manhã em que Emahla tinha desaparecido, contornando a ilha, a névoa tão densa que não tive certeza se tinha visto mesmo. Em sete anos, foi a melhor pista que consegui. Se eu fosse rápido, talvez pudesse alcançá-lo.

Um dos soldados no salão riu, outro grunhiu e cartas bateram na mesa. Cadeiras foram arrastadas para trás quando eles se levantaram.

– Foi um bom jogo. – Um raio de sol aqueceu meu pescoço quando eles abriram a porta. – Ei, você. Vem com a gente? O capitão vai arrancar sua cabeça se você se atrasar.

Ninguém respondeu, e me lembrei da jaqueta de soldado que eu estava usando. Ele estava falando comigo.

Danila agarrou meu pulso. O da tatuagem. A voz e o aperto dela estavam implacáveis feito raízes de árvore.

– Eu te fiz um favor, Jovis. Agora, preciso de um favor seu.

Ah, não.

– Favores? Ninguém falou em favores.

Ela falou por cima de mim, e ouvi passos se aproximando por trás.

– Tenho um sobrinho. Ele mora numa ilhota a leste daqui. Se não estiver enganada, você vai nessa direção de qualquer jeito. Leve-o antes do ritual. Leve-o de volta para os pais. Ele é o único filho deles.

– Não sou um dos Raros Desfragmentados. Não contrabandeio crianças – sussurrei. – Não é ético. Nem lucrativo. – Tentei puxar a mão e vi que ela era mais forte do que eu.

– Faça isso.

Pelo som dos passos atrás de mim, só havia um soldado. Eu era capaz de lidar com ele. Poderia mentir para sair daquilo. Mas, depois de tantos anos, ainda me lembrava do filete de sangue escorrendo da minha cabeça, descendo pelo pescoço. Do toque frio do cinzel na pele. A ferida parecia fogo. O Imperador dizia que o Festival do Dízimo era um preço baixo a pagar pela segurança de todos nós. Não parecia um preço tão pequeno quando era a sua cabeça curvada e os seus joelhos apertando o chão.

Sou indiferente ao sofrimento dos outros. Outra mentira que eu dizia para mim mesmo porque não conseguia salvar todo mundo; não tinha conseguido nem salvar meu próprio irmão. Se pensasse demais em todo aquele sofrimento, em todas as pessoas que não tinha como ajudar, eu sentia como se estivesse me afogando no próprio Mar Infinito. Não poderia carregar esse peso.

Em geral, funcionava. Mas não hoje. Naquela tarde eu pensei na minha mãe, nas mãos dela, uma de cada lado do meu rosto: "Mas qual é a *verdade*, Jovis?".

A verdade era que alguém tinha me salvado. Às vezes, uma pessoa basta.

– Vou buscá-lo.

Eu era um idiota.

Danila soltou meu pulso.

– Ele me deve uma caneca de vinho. Depois vai embora, daqui a pouco – informou ela para o soldado.

Os passos do homem se afastaram.

– O nome do meu sobrinho é Alon – disse Danila. – Ele está usando camisa vermelha com flores brancas bordadas na barra. A mãe dele é sapateira em Phalar. Ela é a única na ilha.

Limpei a farinha das mãos.

– Camisa vermelha. Flores. Sapateira. Entendi.

– Melhor você ir logo.

Eu teria sido grosseiro se a dor dela não estivesse tão óbvia. Danila tinha perdido uma filha. Eu tinha perdido uma esposa. Eu poderia ser gentil.

– Se descobrir o que aconteceu com sua filha de criação, vou dar um jeito de avisá-la.

Ela secou os olhos de novo, assentiu e voltou a preparar bolinhos com a ferocidade de uma guerreira no campo de batalha. Parecia que a mentira que ela se contava era que aqueles bolinhos tinham se transformado na coisa mais importante do mundo agora.

Eu me virei para ir embora e a terra se moveu embaixo de mim. Canecas tremeram nos armários, o rolo de massa de Danila caiu no chão e os peixes secos balançaram nos barbantes. Estiquei as mãos, sem saber direito onde apoiá-las. Tudo estava se mexendo. E aí com a mesma rapidez, passou.

– Só um tremor – comentou Danila, embora eu já soubesse. Ela falou mais para acalmar a si mesma do que a mim. – Algumas pessoas acham que é a mina de pedra sagaz que provoca isso, ela é bem funda. Não é nada com que se preocupar. Estão acontecendo há alguns meses.

Uma mentira que ela conta para si mesma? Terremotos aconteciam às vezes, mas havia muito tempo que eu não sentia um. Experimentei dar um passo e vi que o chão estava firme.

– Tenho que ir. Que os ventos estejam favoráveis.

– E o céu, limpo – respondeu ela.

Tirar uma criança do Festival do Dízimo não seria fácil. Os censores cuidavam para que todas as que tinham completado 8 anos estivessem presentes, então eu precisaria encontrar um jeito de tirar o nome de Alon da lista. Mas eu já tinha lidado com censores antes, e com soldados imperiais, até com construtos do Imperador.

Estiquei a frente da jaqueta do uniforme e fui até a porta. Eu devia ter puxado a cortina ou aberto uma fresta da porta antes. Mas o terremoto tinha abalado meus nervos e eu estava perto de encontrar o barco que tinha levado Emahla. Estava perto de uma resposta. Então saí para a rua estreita, o sol quente na minha cara, de olhos arregalados e trêmulo como uma ovelhinha recém-nascida.

E então me vi no meio de uma falange de soldados imperiais.

3

JOVIS

Ilha da Cabeça de Cervo

Se ao menos a rua estivesse movimentada, ou barulhenta, ou qualquer coisa além de silenciosa e parada. Dez homens e mulheres uniformizados voltaram a atenção para mim. Senti suor na lombar.

– Soldado – disse uma delas. Os broches na gola indicavam que era uma capitã. – Você não é um dos meus. Quem é seu capitão?

Mentiras funcionam bem quando você consegue sustentá-las.

– Senhora, eu estava com a primeira companhia a desembarcar.

Ela me encarou, franzindo a testa, sem me oferecer nada.

– A de Lindara? – perguntou outro soldado da falange.

– Sim – falei em um tom que implicava que isso era óbvio e que o soldado era tolo de verificar.

Mas a forma como a capitã examinou minhas feições me deu vontade de esconder o queixo dentro da gola do uniforme. Ainda me olhando, ela disse:

– Devia estar com sua capitã. Isto não é um passeio.

– Entendido. Não vai acontecer de novo.

– Você viu outro soldado por aí? Baixo, corpulento, de nariz grande e com fedor de anis-estrelado.

Eu o tinha visto, mas não chegamos a nos conhecer. Já o uniforme dele e eu estávamos bem íntimos. Esperava com fervor que o cheiro de peixe e algas encobrisse o que permanecia na jaqueta.

– Não, infelizmente não, desculpe. E a senhora tem razão, eu devia estar com a minha capitã. – Eu me virei para ir embora.

Uma mão pousou no meu ombro.

– Eu não te dispensei – disse a capitã.

Ah, eu teria sido um péssimo soldado.

– Senhora? – Eu me virei e fiz o máximo para demonstrar "deferência" melhor do que portava o uniforme.

Os dedos dela se apertaram no meu ombro e a capitã estreitou os olhos para o meu rosto.

– Já o vi antes.

– Talvez revirando valas de latrina. Lindara não gosta muito de mim. – Os outros soldados abriram sorrisos, mas a capitã estava impassível. Repassei na mente todos os truques que já tinha testado. Flertar com ela provavelmente me faria perder a cabeça. Autodepreciação não a abalou. Lisonja, talvez?

– Não – disse ela. – Tem alguma coisa no seu rosto.

Maldito Império e sua mesquinharia por conta de um pouco de pedra sagaz roubada. Maldito seja o poder deles sobre homens e magia. Mas, mais do que tudo, malditos sejam os cartazes.

– Meu rosto? – falei para ganhar tempo. – Bom, é...

O chão embaixo de mim tremeu de novo e desta vez foi mais forte. Todos olharam para os prédios acima, esticando as mãos em vão para segurar com os dedos qualquer parede caindo. Uma telha caiu do telhado atrás de mim e se estilhaçou nas pedras aos meus pés. O tremor parou.

– Outro – comentou um dos soldados. – Dois em um dia. – Ele pareceu nervoso. Para dizer a verdade, eu também não estava gostando. Às vezes, havia pequenos tremores, mas aquele tinha sido mais forte do que o primeiro.

A capitã voltou a atenção para mim. Ela apertou os olhos.

Limpei a garganta e ajeitei os ombros.

– Não deveríamos estar na praça, capitã? Está quase na hora do Festival.

Eu finalmente tinha acertado o tom: respeito e disciplina. Ela tirou a mão do meu ombro.

– Vamos ter que encontrar nosso companheiro depois. Temos um dever a cumprir. – Ela foi para a rua e fez sinal para os outros irem atrás.

Vi algumas mãos subirem para trás da orelha direita e tocarem na cicatriz do ritual de extração. Eu me perguntei se aquelas pessoas se lembravam do dia de forma tão clara quanto eu. Fui andando atrás deles, afinal, eu também tinha um compromisso no Festival do Dízimo. Podia ser mentiroso, mas cumpria minha palavra. Sempre cumpria. Portanto, botei as pernas para trabalhar e subi a colina com eles. As pedras embaixo dos meus pés se moviam quando eu pisava nelas, soltas pelo terremoto. A rua se abria no alto da colina e se juntava a duas outras.

O homem na minha frente se virou para verificar a vista quando chegamos ao alto. O rosto dele ficou pálido e os olhos se arregalaram.

– Capitã!

Eu me virei, querendo saber o que ele tinha visto.

A rua estreita serpenteava atrás de nós, as construções altas espremidas umas nas outras feito dentes. Poeira cintilava no ar, mas não era isso que tinha chamado a atenção do soldado. Perto do mar, algo tinha mudado. O contorno do porto tinha se alargado. As docas estavam em ângulos estranhos. Havia formas escuras perto da costa, saindo da água.

A parte de cima de arbustos. O porto tinha afundado.

A capitã contemplou esse acontecimento com a boca apertada e séria.

– Vamos para a praça – disse ela. – Contamos para as outras duas falanges. Mantemos a calma e a ordem. Não sei o que isso significa, mas vamos ficar juntos.

Foi um sinal claro de liderança os soldados saírem andando atrás dela.

Olhei para as docas atrás de nós. Promessas tinham boas intenções, mas eu também tinha prometido a Emahla que a encontraria... e não poderia fazer isso se estivesse morto. Pensei em Danila fazendo bolinhos para a comemoração do Festival do sobrinho. Depois da minha comemoração, minha mãe, que costumava ser reticente, tinha me dado um abraço apertado e beijado o topo da minha cabeça suada.

– Eu queria tê-lo protegido – dissera. Ela não sabia, na época, que eu tinha sido poupado. Eu mesmo não sabia. A praça não estava longe agora, e eu corria rápido.

Então, apesar do temor, segui os soldados. O ar estava imóvel; não havia vozes, não havia pássaros cantando, só nossos passos na pedra.

Depois de outra virada e outra subida, a imobilidade deu lugar a murmúrios. À frente, a rua se abria em uma praça.

A Ilha da Cabeça de Cervo não era a maior das ilhas conhecidas, mas era uma das mais ricas. Eu tinha ouvido nativos se gabando da sopa apimentada de peixe, dos mercados amplos, e até tinha ouvido um deles alegar que a Cabeça de Cervo flutuava mais alto na água do que as outras ilhas. A mina de pedra sagaz daqui produzia boa parte do suprimento do Império e a praça era mais um reflexo dessa riqueza. As pedras debaixo dos nossos pés ficaram lisas e arrumadas em padrões. Um lago elevado decorava o centro da praça, com pontes levando a um gazebo no meio. Os entalhes de trepadeira no gazebo o marcavam como uma das poucas estruturas da era Alanga ainda de pé e inteira. Seria um lugar que eu gostaria de ter visitado com Emahla. Ela teria me olhado de lado com expressão maliciosa e perguntado: "Por que os Alangas construíram aquilo?". E eu teria começado a destrinchar uma história de que aquela construção graciosa era apenas um dos banheiros deles. Ela teria rido e acrescentado os próprios detalhes: "Claro. Quem não sonha em se aliviar em um gazebo?".

Mas ela não estava ali.

Parei no início da rua, esperando os soldados à minha frente chegarem à outra ponta da praça. Havia dezenas de crianças lá, cercadas por soldados imperiais, feito ovelhas sendo levadas para o abate. Algumas estavam calmas, mas a maioria estava nervosa e várias choravam abertamente. Elas deviam estar dopadas com ópio para ficarem dóceis e não sentirem dor. Cheguei mais perto e observei o grupo. Camisa vermelha, flores na barra. Havia crianças demais de vermelho.

Não devia ser eu fazendo aquilo. Deveria ser um dos Raros Desfragmentados, com seus ideais românticos de liberdade e um Império governado pelo povo. Eu não era idealista. Não podia me dar a esse luxo.

A terra se moveu. Poeira se soltou dos telhados e eu me esforcei para me manter em pé. O pânico chegou às pontas dos meus dedos. Um tremor secundário, tudo bem, sim. Três tremores em um dia e o afundamento do porto... aquilo não estava nem perto de ser normal. Na outra ponta da praça, os soldados se agacharam em volta das crianças, as mãos indo até as armas, como se isso pudesse ajudar. O censor que presidia o Festival estava curvado sobre seu livro. As crianças olharam os prédios tremerem com os olhos arregalados.

Eu me apoiei na borda do chafariz e contei. Um, dois, três, quatro...

No cinco, minha garganta se apertou. No dez, soube que aquele tremor talvez não parasse. Algo terrível estava acontecendo. Eu sentia no tutano dos ossos. Assim que senti, consegui andar de novo. Se o mundo estava acabando, ficar esperando que ele acabasse não ajudaria ninguém, muito menos eu.

Um garoto do grupo de crianças pareceu sentir a mesma coisa. Ele se levantou e saiu correndo. Um dos soldados imperiais o segurou pela camisa.

Camisa vermelha, flores na barra. Alon, o sobrinho de Danila. Baixo para alguém de 8 anos, com uma cabeleira preta que ameaçava o engolir.

O dever manteve os soldados unidos como uma rede de pesca. Um empurrãozinho e eles arrebentariam. Corri na direção deles e tropecei quando o chão se moveu.

– A ilha está afundando! Já vi isso acontecer – menti. Não precisei me esforçar para parecer em pânico. – Vão para os navios, saiam daqui antes que ela nos leve junto!

Eu não sabia se estava exagerando ou não, mas eu que não ia ficar ali esperando para descobrir. Os soldados me encararam por um momento, abalados, os prédios atrás deles fazendo ruídos.

– Você! – gritou a capitã para mim. – Volte para a fila.

Com o som de um trovão, uma construção do outro lado da praça desmoronou. Foi assim que a corda que unia os soldados se rompeu. Eles saíram correndo. Crianças e soldados esbarraram em mim, quase me derrubando no chão. Estiquei a mão pela multidão e segurei o braço de Alon. Ele era tão pequeno que minha mão se fechava em volta de seu pulso.

– Sua tia Danila me enviou – falei, gritando para ser ouvido acima do estrondo da terra. Não sabia se ele tinha me ouvido, mas não tentou se soltar da minha mão. Já era alguma coisa. – Nós temos que correr. Você consegue?

Desta vez, ele assentiu para mim.

Tive um vislumbre dos rostos das outras crianças, em pânico, mas ainda plácidas, dando passos irregulares. Os pais, tias e tios apareceriam. *Mentira, mentira...* a voz da minha mãe. Eu a afastei do pensamento. Não tinha como ajudar todo mundo.

– Respira fundo – falei e corri, ainda segurando o braço de Alon. O garoto podia ser baixo, mas conseguia manter um bom ritmo. Contornamos o laguinho correndo e fomos na direção das docas.

Meus batimentos cardíacos retumbavam nos ouvidos. A rua estreita agora parecia um abismo no qual estávamos caindo, sem chance de escapar. Outro prédio à esquerda oscilou, as vigas quebrando. Os soldados atrás de nós gritaram enquanto eu puxava Alon adiante, para longe da fachada desabando. Poeira se levantava das pedras e subia até o meu nariz. Tentei não pensar nos soldados agora enterrados nos escombros, nas pessoas que talvez estivessem ali dentro. Tinha que me concentrar em nos manter vivos. Alon começou a chorar, um som agudo.

– Eu quero a minha mãe! – soluçou ele, tentando se soltar da minha mão.

Ah, criança. Eu também queria. Ela havia enfrentado furacões, ignorado as janelas batendo e o vento assobiando, como se fossem só crianças agitadas. Prometi a mim mesmo: eu daria um jeito de visitar minha casa de novo se sobrevivesse àquilo.

– Escuta – gritei –, você precisa correr! Senão, nunca mais vai vê-la. – As palavras o fizeram se calar com maior rapidez do que um tapa. Não havia tempo para me arrepender delas. Eu não era grande nem forte o bastante para carregá-lo.

Achei ter reconhecido a porta do bar, mas Danila teria que sair sozinha. O chão sacudiu e me jogou na parede de uma construção, meu ombro levando o impacto maior. Puxei o braço de Alon para mantê-lo em pé. O ar enevoado estava fazendo meus olhos lacrimejarem. Mas entre as aberturas dos prédios eu via o mar e o céu azuis. Nós escorregamos em pedras irregulares. Uma telha que caiu acertou Alon no ombro e ele levou a mão à ferida. Sem dó, eu o puxei antes que ele pudesse tocar nela.

De repente, o ar ficou limpo e estávamos nas docas, uma nuvem surgindo atrás de nós como se tivéssemos levado a destruição conosco. Apesar disso e dos tremores, as pessoas ainda não tinham ocupado o porto. Elas hesitaram na beira daquele precipício: está tão ruim assim? Será que vou me sentir idiota quando isso tudo acabar? E os pertences que deixei para trás?

O medo me pegou pelos calcanhares, e eu já sabia que tinha que dar atenção a ele. Pensar em ficar naquela ilha me enchia de um temor indescritível. Talvez aquilo tudo parasse e a ilha só tivesse afundado um pouco. Ou talvez não, e foi o segundo "talvez" que falou mais alto na minha mente.

Algumas pessoas tentaram entrar nos barcos imperiais, procurando por proteção, mas foram advertidas pelos soldados. Outras foram para os próprios barcos de pesca. Um construto enorme com rosto de pássaro de bico longo estava fazendo o possível para impedir cada uma delas.

– Por favor, declare seus bens antes de partir – dizia. – O transporte e a venda de bens não autorizados podem resultar em multas e prisão. Senhor, preciso fazer uma busca aleatória na sua carga.

Construtos burocráticos eram os de que eu menos gostava. Esperei até ele estar ocupado com outra pessoa.

– Alon – falei para o menino –, aquele barco ali é o meu, no fim da doca. – A madeira rangeu e estalou atrás de nós; pedras bateram umas nas outras. – A doca está desancorada. Nós teremos que nadar. Vou soltar seu pulso agora, mas você vai precisar me seguir. Tire os sapatos se atrapalharem você.

Não esperei para ver se ele assentiu; corri para a água quando o construto estava de costas. Ele não podia fazer muita coisa sem soldados imperiais ajudando, mas aquela não era a hora em que eu iria querer chamar atenção demais. A superfície do mar tremia com a terra, obscurecendo meu reflexo. Notei, em choque, que as costas das minhas mãos estavam cinzentas de poeira e pontilhadas de sangue. Não havia tempo de verificar ferimentos. Eu mergulhei na água. Ali, no porto e no fim da estação seca, estava tão quente quanto o ar em volta. Segui meu próprio conselho e tirei os sapatos quando a água chegou no meu peito.

Âncoras ainda prendiam as docas ao fundo do mar, então elas só se moviam em vez de estarem completamente à deriva. Cada braçada pareceu surreal, me lembrando de quando eu era criança e nadava no mar, enquanto a ilha atrás de mim se desfazia em pedaços. Segurei na borda da doca e subi, com farpas entrando embaixo das unhas.

Alon estava a uma curta distância de mim. Bom menino, ele tinha tirado os sapatos. Eu me curvei para ajudá-lo a subir na doca. Meu barco estava amarrado na outra ponta, balançando de leve na água. Era uma coisinha pequena, com tamanho suficiente só para uma carga decente e algumas semanas no mar, mas sendo menor era mais rápido. Menor significava menos uso de pedra sagaz, isso quando eu tinha que usá-la. Longe assim da poeira e dos prédios desmoronando, consegui pensar com clareza.

– Aquele ali é meu barco – falei para o garoto e desta vez não precisei gritar. – Nós vamos até os seus pais.

Ele me seguiu como um carneirinho perdido.

Assim que subi a bordo, anos de treinamento entraram em ação. Verifiquei as amarras, soltei a que prendia o barco na doca e abri a vela. A cacofonia da ilha virou um som baixo no fundo da minha mente. Meu pai tinha me ensinado a velejar assim que comecei a andar. Ali, no barco, meus pés ficavam mais firmes do que na ilha oscilando.

Alon se sentou na proa e ficou lá, mudo e tremendo.

Um estalo soou no ar, alto feito trovão. Olhei para trás e engoli em seco. A ilha *estava* afundando, o porto agora quase totalmente submerso, as construções na beira chegando à água. Aquilo não seria suficiente. Eu tinha que fazer alguma coisa, me afastar mais rápido.

As pedras sagazes. Abri o alçapão de carga e depois tirei as tábuas soltas embaixo. As caixas estavam lá. Qualquer um que conhecesse meu barco veria que estava mais baixo na água do que o normal, mas havia poucos que o conheciam como eu. Peguei um punhado da substância branca e calcária, me levantei e a joguei no braseiro.

Eu poderia estar longe, muito longe, se não tivesse parado para pegar o garoto. Se não tivesse parado para perguntar sobre o barco que tinha levado minha Emahla. Mas suposições não me salvariam agora. Eu me atrapalhei com a pederneira, mas consegui bater com ela na lateral do braseiro. Fagulhas caíram na pedra sagaz; pegou fogo tão fácil quanto se fosse palha.

Uma fumaça branca subiu com força do braseiro, levando junto um sopro de vento que pegou a vela e a inflou. O barco deu um pulo para a frente na direção da abertura do porto... que agora estava com o dobro da largura de quando eu cheguei. Suor escorria nas laterais do meu rosto. O sol estava mais alto no céu e o calor dele ensopava minha nuca. Não parecia adequado o mundo terminar em um dia sem nuvens.

Soprei a pedra sagaz em chamas e ajustei a vela principal. Não éramos os únicos saindo em disparada do porto, mas estávamos entre os primeiros. No mar, meu coração se acalmou, embora os dedos ainda tremessem. Dei uma espiada em Alon, ainda sentado e tremendo na proa, os braços em volta do corpo. O percurso a nado não tinha tirado toda a poeira do rosto dele. Seus olhos se arregalaram enquanto ele olhava a ilha atrás de nós. Arrisquei olhar também.

A escala de destruição me tirou o fôlego. Metade da cidade tinha desabado... e virado escombros. Uma pluma cinzenta de poeira e fumaça subia no ar, obscurecendo as árvores. Bandos de aves subiram delas, pontos pretos no meio da pluma.

– Tia Danila... – disse Alon.

Às vezes, uma bastava. Uma *tinha* que bastar. Engoli em seco.

– Ela pode ter conseguido sair, rapaz... não se desespere ainda. – Ao nosso redor, na água, vi outras formas se afastando da ilha: bodes, cervos, gatos, cachorros, até coelhos e ratos, todos nadando, todos abandonando o lugar. As profundezas se agitaram e as escamas de uma criatura gigante romperam a superfície por um breve momento antes de ela voltar a mergulhar. Tive vislumbres de barbatanas e pontos luminosos. Até as bestas que moravam embaixo da ilha flutuante estavam indo embora. O medo afundou na base do meu pescoço e desceu espetando a coluna.

A ilha tremeu de forma mais violenta e derrubou mais partes da cidade. O chão começou a afundar de verdade, tão devagar quanto uma pessoa entrando numa banheira. Fiz as contas antes que meu coração acreditasse. Se a ilha afundasse completamente, a água ocuparia o espaço deixado, criando um redemoinho.

Se não nos afastássemos, seríamos sugados.

– Por todos os Alangas – murmurei. Estávamos nos deslocando rápido, mas não o suficiente. Mal tínhamos saído do porto. Joguei mais pedra sagaz no fogo e limpei o pó de giz da jaqueta. Meu barquinho pulou na água, mas ficou lento de novo. Eu via os redemoinhos e correntezas movendo outros barcos, ignorando o vento. Alguém em um deles gritou.

As pedras sagazes. Tinha que jogá-las fora. Estavam nos atrasando.

Mesmo com a morte me encarando, minha mente procurou opções. Eu bati o pé. Não. Não seria como as pessoas que ainda estavam nas docas, ainda torcendo para o terremoto passar, para poderem voltar para casa. Elas ainda estavam lá se já não tivessem se afogado.

– Alon, me dá uma ajuda com isso aqui, por favor?

O garoto se mexeu quando indiquei o alçapão. As pessoas sempre reagiam melhor em uma crise quando tinham algo para fazer. Ele segurou a portinhola enquanto eu pegava as caixas e as colocava no convés. Uma fortuna em pedra sagaz, adquirida ilegalmente, mas minha. O suficiente para pagar minha dívida com o Ioph Carn.

Reservei um punhado para o braseiro e joguei as caixas no mar, uma após a outra, antes que pudesse mudar de ideia.

O suficiente... agora, não mais. Com a ilha afundando ou não, o Ioph Carn me encontraria e exigiria o pagamento. Mas, naquele momento, eu estava vivo, meu barco deslizando pela água, meus batimentos cardíacos rápidos e fortes.

Alon voltou para a proa do barco feito um animal ferido. Eu o tinha trazido à força, mas não queria deixá-lo para trás. Ele se encolheu e começou a se balançar. Era provável que o efeito do ópio estivesse passando.

– Sua tia pode ter conseguido fugir – falei. Eu sabia que aquilo não ajudaria assim que terminei de falar. Ele tinha 8 anos. Não era burro. Embora vivesse em uma ilha menor, ele devia visitar a tia com frequência; devia conhecer aquele lugar como a palma da própria mão. E a ilha havia sumido, estava se dissolvendo no mar, com Danila junto.

Ele me olhou com o rosto vermelho por baixo do cotovelo.

– Elas se foram – disse, choroso. – As pessoas estão mortas, a ilha está morta, os animais... – Alon ergueu a cabeça para olhar para os animais nadando ao lado do barco. – Eles vão morrer também.

A ilha atrás de nós sacudiu de novo e esse último tremor derrubou os muros que eu tinha erguido em torno do meu horror. O que tinha causado aquilo? Em todas as histórias antigas, mesmo as dos Alangas, não havia menção a ilhas afundando. Tremendo, sim, mas não assim. Não uma ilha inteira se destruindo, levando tudo junto. Fiz o melhor para melhorar o ânimo. Não me ajudaria, nem ao garoto, se eu desmoronasse, por mais que quisesse.

Eu me curvei na lateral do barco e vi um gatinho marrom, lutando nas ondas. Não tinha para onde ir, mas continuava nadando. Tentou se agarrar à borda, torcendo para encontrar apoio. Eu conhecia a sensação. Os olhos castanhos dele se encontraram com os meus e senti seu desespero.

Por impulso, apanhei a rede, me curvei e peguei a criatura do mar. Ele não se mexeu quando o coloquei no convés. Ficou agachado, imundo e tremendo.

– Olha aqui – falei para Alon. – Este aqui não vai morrer se você puder cuidar dele. Abra aquele banco ali. Tem uns cobertores no lado esquerdo e um pouco de peixe seco embaixo. Veja se consegue limpá-lo e fazer esse sujeitinho comer.

Alon secou as lágrimas com as costas da manga e andou pela proa até o gatinho. Pegou a criaturinha nos braços e, embora ainda estivesse fungando, tinha parado de chorar.

Mais uma vida salva. Era uma ninharia, muito pouco perante a quantidade de vidas perdidas. Mas estava ali. E uma vida certamente fazia diferença para quem tinha sobrevivido àquela tragédia.

4

LIN

Ilha Imperial

Com a garganta apertada e sentindo minha expressão mudar de choque para surpresa, olhei para Bayan. Ele tinha lavado as mãos e tirado o avental, e todos os sinais de sangue tinham sido removidos. Recobrei o controle sobre mim mesma, deixei a expressão vazia e cuidei para que Bayan visse só isso. Ele abriu a boca para perguntar de novo o que eu estava fazendo do lado de fora do quarto do meu pai. Falei por cima dele, minha mente indo um passo à frente da boca.

– Eu estava tentando entrar, é claro – respondi com leveza. Estiquei a mão e sacudi a maçaneta.

Bing Tai rosnou e o som ecoou pelo corredor vazio.

Nós dois pulamos para trás. Encarei Bayan. Por um momento, só nos fitamos. Os olhos pretos dele estavam arregalados, os lábios entreabertos, as mãos esticadas para se defender de um ataque. Não soube quem riu primeiro, mas por um breve momento nossos olhares se cruzaram e nós dois rimos. A porta estava trancada e estávamos em segurança. Fui tomada de alívio e uma estranha e proibida euforia. Nunca tinha rido junto com Bayan antes. Já tínhamos rido um do outro, mas essa era a natureza da rivalidade. Ele tinha sete chaves e eu tinha seis, e embora fosse a herdeira natural e Bayan fosse um forasteiro, ele estava de olho na coroa. Não podíamos ser amigos se nós dois desejávamos a mesma coisa.

Como se ele tivesse lembrado na mesma hora que eu, seu rosto ficou sério.

– Além do mais – continuei –, o que *você* está fazendo em frente ao quarto do meu pai? Tenho mais motivos para estar aqui do que você.

– É mesmo? – Bayan levou a mão até as chaves em volta do pescoço. – Sou eu que tenho mais acesso ao palácio do que você. Estava indo para a biblioteca... a secreta.

– A biblioteca secreta – repeti secamente. – Não é secreta se você me contou sobre ela.

Bayan levou o dedo ao queixo. Ele devia saber que o gesto só enfatizava o maxilar bem definido.

– Como eu deveria chamar então? Biblioteca mágica? Biblioteca de construtos? Biblioteca proibida para a Lin, porque ela não consegue se lembrar?

Minhas entranhas ferveram feito uma panela pronta para receber uma porção de caranguejos. Expirei, afastando o calor do momento, e mantive a cabeça fria.

– Se você está procurando uma descrição tão precisa assim, sugiro "biblioteca primariamente utilizada pelo garoto afetado sem posição social".

Bayan estalou a língua.

– A filha do Imperador devia ter mais modos. Sou filho de criação dele, e isso não é uma posição pequena. Ele queria que eu pesquisasse o comando certo para o construto de cervo, então terminei minha meditação da noite e vou fazer a pesquisa.

Ele falou aquilo com indiferença, o que só alimentou minha inveja. O que eu não daria para estar naquela biblioteca, para passar as mãos pelos livros, para sentir o cheiro das páginas. Para aprender tudo o que tinham a oferecer. Tudo aquilo era meu por direito, não era dele.

– Você se acha tanto. O conhecimento só pode ser brandido pelos que mergulham em suas profundezas e conhecem sua forma. Ler...

– ...sem compreender de verdade é só vagar pelo raso sem se preocupar com os monstros que se escondem por baixo – concluiu Bayan. – Conheço os *Provérbios de Ningsu*.

Eu o odiava. Odiava minha incapacidade de lembrar, odiava as trancas e as chaves das quais precisava para abri-las. O que seria pior?

Meu pai me banir e promover Bayan no meu lugar ou promover Bayan e me deixar ali no palácio para servi-lo?

Bayan podia não ser bom em ler expressões, mas se abrandou mesmo assim.

– Você passa muito tempo se esgueirando pelo palácio e brincando com os construtos.

– Não estou brincando com eles – retruquei, embora soasse petulante até aos meus próprios ouvidos. – Estou estudando-os.

– O que quer que esteja tramando... – Ele ergueu as mãos, as palmas viradas para mim. – Já te vi. O Imperador já viu. Eu recuperei muitas das minhas lembranças, e não foi falando com construtos. Meditei e passei tempo sozinho. Talvez, se você fizesse o mesmo... se fosse ao pátio, ou ao lago, ou ficasse no quarto meditando sobre si mesma... talvez recuperasse sua memória.

– Simples assim? – Não consegui soar tão mordaz quanto eu queria. Estudei a expressão de Bayan: o olhar firme, as grossas sobrancelhas pretas arqueadas e suplicantes, os lábios carnudos fechados, mas não apertados... e percebi que ele não me odiava. Mas deveria. Quando eu tivesse mais chaves, depois de ter roubado mais delas, eu daria um jeito fácil de incriminá-lo caso meu pai me pegasse. Não tinha muita escolha. Bayan não seria um bom Imperador. Ele era parecido demais com meu pai, preocupado demais com lugares secretos e magias experimentais.

Os Construtos da Burocracia, do Comércio, da Guerra e da Espionagem eram os construtos de nível mais alto que ajudavam meu pai a governar, mas parecia cada vez mais que ele se escondia por trás da competência básica deles enquanto trabalhava em seus projetos misteriosos.

– Talvez eu tente isso – falei, e Bayan sorriu para mim. Franzi a testa, esperando o truque, o insulto.

– Bayan. Lin. – A voz do meu pai ecoou pelo corredor. Ele tossiu na manga, mas continuou mancando na nossa direção.

Um rubor subiu do meu peito e fez o ar em volta do pescoço parecer uma fornalha. Eu era uma idiota. Tinha ficado ali, trocando farpas com Bayan enquanto meu pai terminava sua rotina noturna.

Deveria ter sumido faz tempo em vez de deixar Bayan me enrolar. Será que ele tinha feito de propósito?

Mas Bayan parecia tão surpreso quanto eu.

A bengala de cabeça de fênix do meu pai bateu no chão quando ele se aproximou; seus pés calçados estavam silenciosos. Uma das minhas primeiras lembranças quando acordei da doença foi ver o pé dele, ensanguentado e com curativo, e de perguntar o que tinha acontecido. "Um acidente", dissera ele com rispidez. O jeito como tinha falado aquilo não deixou espaço para mais perguntas.

Meu pai parou diante de nós.

– O que vocês estão fazendo na frente do meu quarto?

O pedaço de madeira que eu tinha usado para segurar a porta aberta estava pesando no meu bolso. As pontas das minhas orelhas queimavam. *Fiquem frias*, ordenei a elas, *como o gelo no topo das montanhas mais altas*. Evitei o olhar dele e esperei que Bayan respondesse primeiro. Meu pai veria a culpa no meu rosto se eu o encarasse. Ele leria minha expressão e saberia exatamente o que eu tinha feito.

Bayan não disse nada e o silêncio se prolongou... por tempo demais.

– Bayan disse que ia me mostrar a biblioteca secreta. – Foi a única coisa em que consegui pensar para dizer.

Os dois inspiraram ao mesmo tempo, preparados para falar.

Uma batida suave soou na janela no fim do corredor e nós todos olhamos naquela direção. Uma mão apareceu no parapeito, depois duas, depois quatro. Ilith, o Construto da Espionagem, entrou pela janela, uma perna de cada vez.

Eu não sabia em qual das ilhas flutuantes meu pai tinha encontrado a monstruosidade que formava a base do Construto da Espionagem. Mas sabia que nunca queria visitá-la. O construto não parecia ser mais do que uma aranha grande, marrom-escura e reluzente, da altura do meu peito quando ficava ereto. Havia mãos humanas presas na ponta de cada perna comprida, e o rosto de uma velha adornava o abdome. Eu queria afastar o olhar da criatura, mas sempre, inevitavelmente, acabava acompanhando cada movimento enquanto minha coluna se arrepiava. Havia uma beleza estranha em meio ao grotesco.

– Vossa Eminência – disse o Construto da Espionagem. A voz era rouca, como se falada por camadas de teias. Ele estava segurando uma carta dobrada em um dos braços dianteiros. – Recebi notícias dos nossos navios imperiais mais velozes. Houve um desastre.

A atenção do meu pai se afastou de mim e de Bayan. Ele se apoiou na bengala e pegou o pergaminho.

– Um desastre? Os Raros Desfragmentados rebeldes atacaram outra ilha? Uma mina desabou?

– Não, meu senhor – respondeu o Construto da Espionagem. – É a Ilha da Cabeça de Cervo. Ela afundou no mar.

5

PHALUE

Ilha Nephilanu

Ranami fizera mais do que uma pequena diferença na vida de Phalue. Ela a tinha mudado para sempre, por mais que às vezes Phalue não quisesse admitir. Como em ocasiões feito aquela, em que não conseguia se concentrar por causa dela.

O suor colou o cabelo de Phalue na nuca. A espada em sua mão desceu, mas ela ajustou como a segurava e trincou os dentes. Mergulharia no Mar Infinito antes de perder uma luta para Tythus. Eles eram de idade, altura e peso similares, embora as habilidades dela devessem prevalecer. Mas era verdade que estava distraída. Como se para provar isso, Tythus avançou e quase a acertou na ombreira. Ela se defendeu do ataque bem na hora.

– Ah, Phalue – disse ele, sorrindo com aquela quase vitória –, você está agindo diferente hoje. Briga de casal, talvez?

Phalue fez uma careta. Era uma piada antiga entre eles. Alguns anos atrás, ela costumava ir para as sessões de luta mal-humorada e aborrecida. E Tythus a repreendia gentilmente por cortejar, como ele gostava de dizer, "metade da ilha". O que, se Phalue admitisse para si mesma, não estava muito longe da verdade. Ela era uma paqueradora crônica: se atracava com mulheres nobres e com plebeias. Mas aí tinha conhecido Ranami, e a paixão ora tórrida, ora gélida, tinha esfriado e se tornado algo mais confortável, mais fácil de se lidar.

Mas, ultimamente, sim… elas andavam brigando.

Tythus quebrou a guarda dela e a acertou na perna. Phalue deu um pulo para trás tarde demais e chiou de dor. Aquilo deixaria um hematoma. Ela tirou o elmo e inspirou. O ar ainda estava úmido da chuva de mais cedo de manhã, e ela se sentiu um pouco como se estivesse se afogando em terra firme. Talvez ainda não estivesse preparada para mergulhar no Mar Infinito.

A expressão de Tythus perdeu o tom de brincadeira e ele abaixou a espada.

– Sério? Tem alguma coisa incomodando você. Não me diga que terminou com a Ranami. Ela é a melhor coisa que já lhe aconteceu.

Phalue mancou pelas pedras do pátio para afastar a dor.

– Não, nós ainda estamos juntas. Eu só... às vezes não entendo as mulheres.

Tythus soltou uma gargalhada.

– Ah, isso é mais saboroso do que o ensopado de frutos do mar da minha tia.

Ela amarrou a cara.

– Não entendo as *outras* mulheres.

Ou talvez apenas não entendesse Ranami. Para Phalue, ela lembrava uma pomba: toda macia e marrom, quieta e elegante, com olhos pretos redondos que evocavam gentileza. Mas havia pontas afiadas embaixo das penas, e às vezes Phalue se sentia roçando nelas se fosse fundo demais. Ela olhou para o chafariz no canto do pátio quando passou por ele. Era um dos resquícios do palácio, uma das partes construídas pelos Alangas. A última tentativa de resistência aos antepassados do Imperador aconteceu ali, em Nephilanu. O palácio do pai de Phalue era uma das poucas construções que tinham permanecido mais intactas.

Ela assentiu para o chafariz.

– Abriu os olhos de novo?

Tythus se mexeu, incomodado.

– Não. Ficaram abertos por cinco dias, e desde então estão fechados. Fico arrepiado, para ser sincero.

Havia uma figura no chafariz com uma tigela nas mãos, de onde a água escorria. Houve uma algazarra no palácio quando a estátua abriu os olhos uns meses atrás, sem enxergar nada. O pai de Phalue estava prestes a mandar que fosse destruída quando os olhos se fecharam. Nada tinha acontecido. Não houve trompetes, nem estrondos, nem aparições repentinas de pessoas que tinham magias antigas. Houve sussurros nas ruas de que aquilo significava que os Alangas voltariam e tomariam o governo das ilhas de volta, e que isso aconteceria primeiro em Nephilanu. Mas até mesmo histórias assustadoras perdiam a força com o passar dos dias.

– Se eles voltassem, iriam para a Ilha Imperial primeiro – disse Phalue.

Tythus franziu a testa.

– Dá azar falar dos Alangas voltarem.

– Não me diz que você é supersticioso.

Ele só apertou os lábios.

Phalue sacudiu a perna e suspirou, a mente voltando, como sempre, para Ranami.

– Eu a pedi em casamento. Pedi a mão de Ranami, quis dizer – contou ela. Não sabia muito bem por que estava confessando aquilo para Tythus, exceto pelo fato de que ele sempre ouvia quando ela tinha um problema.

Ele embainhou a espada.

– Bem, eu não achei que você estivesse falando da mulher do chafariz. E aí? – Tythus leu a expressão dela. – Ah. Ranami não aceitou.

Phalue tirou o suor e o cabelo da testa.

– Já tinha pedido antes. Não foi a primeira vez. Mas ela fica me dizendo que não quer ser esposa de uma governadora. O que eu deveria fazer em relação a isso? Abdicar? Também não gosto das políticas do meu pai, mas, se Ranami fosse minha esposa e eu herdasse o cargo, ela poderia me ajudar a mudá-las.

Tythus só deu de ombros. Ele era um dos guardas do palácio. Não iria falar mal do pai dela, por mais que Phalue falasse sem pudores.

– Ela odeia que meu pai envia todas as nozes polpudas para a Ilha Imperial. Odeia como os fazendeiros são tratados. Não acha justo. Então o que está fazendo comigo? Eu sou a herdeira do governador. Se Ranami não está mesmo interessada em melhorar de vida, ela não deveria estar cortejando alguém cuja posição lhe provoca repulsa. Será que sou uma piada pra ela? Um flerte passageiro? Eu a levei até as docas em que nos conhecemos, coloquei velas flutuando na água, e ela queria conversar sobre os impostos que meu pai cobra! Devia ter percebido que ela iria dizer "não". – Phalue estava andando de uma ponta do pátio à outra. Ela parou e respirou fundo algumas vezes.

– Phalue – disse Tythus. – Estou casado há cinco anos e tenho dois filhos. Não sou governador, muito menos filho de um. Além disso, e o mais importante, eu não sou Ranami. Você deveria perguntar a ela.

– Não sei como falar com ela – confessou Phalue, odiando a leve birra na própria voz. Tinha tentado explicar a Ranami que seu pai queria que ela se casasse, que daria carta branca a Ranami para mudar as coisas quando fosse oficialmente governadora, que elas estavam juntas havia bastante tempo. Uma vez, Phalue tinha até mesmo dado um chilique e saído andando, decidida a deixar Ranami para trás e cortejar outra pessoa. Mas não conseguia deixá-la, assim como o mundo não tinha como deixar o sol. Portanto, Phalue voltou implorando perdão... e Ranami cedeu com um abraço demorado e um beijo na bochecha. Ninguém poderia alegar que ela não era benevolente.

– Talvez... – falou Tythus, a cabeça inclinada e as sobrancelhas grossas erguidas – Você pudesse tentar escutá-la.

– Você acha que eu não escuto – respondeu Phalue, secamente.

Tythus levantou as mãos e moveu os ombros de leve.

– Escutar é uma arte. Não tem tanto a ver com deixar a outra pessoa falar e, sim, com fazer as perguntas certas.

– E quais são elas?

– Eu sou só seu parceiro de treino – disse ele com leveza. – Lembra?

Uma porta do segundo andar se abriu por um momento na sacada, espalhando no pátio o som de música e vozes murmurando. Phalue olhou para o palácio com desgosto.

– Ainda está acontecendo, é?

– Seu pai gosta das festas dele. – Mais uma vez, a voz de Tythus soou perfeitamente neutra. – Acho que ele ficaria feliz se você passasse lá.

Passasse lá? Seria como um corvo tentando se aninhar entre aves canoras. Os pais de Phalue tinham se separado quando ela era pequena, e embora sua mãe a tivesse mandado para morar no palácio, Phalue nunca sentiu que aquele era o seu lugar. Seus vícios não eram bebida e dança. Ela balançou a cabeça.

– Tythus, quero passar lá tanto quanto você. Você sabe.

Ele colocou a mão pesada no ombro dela.

– Converse com Ranami se quiser saber o que ela pensa. Eu não sou adivinho. Você está cutucando uma pedra na esperança de encontrar uma noz por dentro.

Phalue embainhou a espada e amarrou outra vez o cabelo.

– Não nos falamos desde ontem à noite. Eu fui embora com raiva.

– Ranami estava com raiva?

Phalue bateu com a mão em um dos pilares de madeira.

– Não. Só... triste. E às vezes isso só me deixa com mais raiva.

– Bem, você vai ter que falar com ela mais cedo ou mais tarde – falou Tythus. – Ou nunca mais falar.

– Você é só dois anos mais velho do que eu – comentou Phalue, revirando os olhos para ele. – Não sou criança.

– Então vá – disse ele, balançando a mão enluvada. – Vá ser adulta. Vá usar palavras adultas e resolver suas diferenças. Eu gostaria muito de terminar o treino com a alegria de uma vitória.

– Injusta – retrucou Phalue, com um dedo erguido. E aí balançou a cabeça. – Vamos terminar isto amanhã de manhã.

– Combinado.

Ela não se deu ao trabalho de tirar a armadura. Preferia isso às roupas do dia a dia ou, que os céus não permitissem, às túnicas bordadas de seda que seu pai sempre tentava fazer com que vestisse. E Ranami gostava dela de armadura. Tinha lhe confessado depois de uma daquelas noites tórridas que Phalue parecia mais confortável assim. Parecia mais com seu verdadeiro eu. E Phalue tinha amado aquilo.

Seu coração deu um salto com aquela lembrança antes de despencar quando se lembrou da briga. Sempre, sempre no fim dessas brigas, Ranami dizia que Phalue simplesmente não entendia, e Phalue rebatia que "Bom, então me faça entender!", e aí Ranami olhava para ela como se tivesse pedido para um cachorro velejar. Era como se elas estivessem em duas ilhas diferentes quando discutiam, e nenhuma das duas conseguia encontrar um jeito de atravessar para o outro lado.

A floresta fora dos muros do palácio estava úmida e verde, bem no começo da estação chuvosa. Os galhos de árvore em que Phalue esbarrou no caminho estavam molhados, e a rua, ainda escorregadia. Ao longe, um pássaro iyop cantava repetidamente *iyop-wheeeee*, uma última tentativa desesperada de atrair um par antes que o calor da estação seca passasse e criar os filhotes ficasse difícil.

O palácio ficava no topo de uma colina, isolado da cidade abaixo. Os joelhos de Phalue se moveram com rapidez enquanto ela andava pelas trilhas sinuosas, tentando manter o equilíbrio. Apesar da inquietação entre os fazendeiros e da má fama de seu pai, as pessoas da Ilha Nephilanu pareciam gostar dela. Gostavam da disciplina, da mãe plebeia, do fato de que Phalue costumava andar até a cidade para visitá-la. As visitas, acompanhadas de um destacamento de guardas, tinham sido a inspiração para Phalue aprender a se defender. Se soubesse como, argumentara com o pai, ela poderia visitar a mãe sozinha.

Após ela vencer dois dos melhores homens dele em uma luta, ele cedeu. No começo, Phalue ia até a cidade só para visitar a mãe. Depois, para ver os mercados. E aí ela chamou atenção de uma governadora visitante e se apaixonou pela primeira vez. Ela desabrochou tarde, com 19 anos, mas mais do que compensou o tempo perdido.

Na metade da descida, Phalue teve que andar pela lama na lateral da estrada para uma carroça passar. Ela estava rangendo com o peso, os bois na frente se esforçando para puxar a carga. Mais suprimentos para o palácio. Às vezes, Phalue se perguntava como ele costumava ser quando os Alangas o construíram. Depois de todas as reformas que sua família tinha feito, devia se parecer com o original tanto quanto um cachorrinho de colo se parecia com um lobo. As fazendas de nozes polpudas tinham deixado seu pai rico, e ele tinha ordenado a construção de um salão novo do lado de fora dos muros do palácio, um que ele estava convencido de que o Imperador em pessoa visitaria um dia.

Phalue observou a cidade enquanto esperava a carroça passar, tentando identificar a casa de Ranami entre os telhados inclinados e grudados uns nos outros. O que diria para ela? "Desculpa" era o jeito mais óbvio de começar, mas quase sempre parecia inadequado. "Eu entendo" era o que Ranami talvez mais quisesse ouvir, mas não seria verdade. "Eu te amo"? Era tão verdadeiro que seu peito se enchia cada vez que Phalue olhava para ela.

Vez ou outra, ela sentia falta de quando flertava com todo mundo. Uma nova mulher a cada semana, um novo encontro apaixonado. Mas o dia em que conheceu Ranami nas docas a deixou sem ar. Se Phalue pensasse bem, Ranami não pareceu muito especial naquele dia. Ela estava agachada na beira da doca, os cílios compridos sobre o rosto, os dedos finos puxando uma armadilha de caranguejo das profundezas do mar. Quem se apaixonava pela forma como alguém puxava uma armadilha de caranguejos?

Phalue tinha reparado primeiro na beleza de Ranami, depois na graça, depois na forma como os lábios se separavam de leve quando estava concentrada, as sobrancelhas formando uma linha bem pequena na testa.

A atitude de Phalue... tinha deixado muito a desejar. Ela se ofereceu para comprar um caranguejo, só que eles não estavam à venda, e Ranami franziu a testa e disse que eram para uso pessoal. Ranami sabia quem era Phalue, e sabia que um caranguejo qualquer das docas não teria utilidade alguma para a filha do governador. Ela logo adivinhou as intenções de Phalue e a rejeitou.

– Não tenho interesse em ser o brinquedinho de ninguém.

– É porque você não se interessa por mulheres?

Ranami a olhou por um bom tempo, como se não pudesse acreditar no que estava ouvindo.

– Não é por ser mulher. É porque é você.

Não foi o começo mais promissor. Ela deixou Ranami em paz, como ela tinha pedido, mas aquelas palavras fizeram Phalue refletir. Tinha terminado com a amante anterior e aguentado três meses inteiros de celibato. Será que tinha sido tão descuidada com os sentimentos das outras? E aí, para sua surpresa, Ranami a procurou no palácio.

– Talvez eu esteja fazendo papel de boba – dissera ela, com os olhos voltados para baixo, acanhada –, mas se você ainda tiver algum interesse... – Ranami lhe entregou uma cesta com um caranguejo dentro.

Phalue bateu com os dedos na bainha, as palavras de Ranami ecoando na mente. *É porque é você*. Era algo nela de novo daquela vez? Phalue tentou afastar a inquietação de que era. Cobria seu coração como óleo sobre água. Se fosse, ela faria Ranami dizer, faria com que terminasse... porque Phalue não conseguia.

Ela abriu caminho pelas ruas estreitas perto da doca, as valas limpas por causa da chuva, mas ainda com um leve cheiro de peixe. Alguns órfãos de rua a viram e a seguiram.

– Por favor, Sai. Por favor. – Ela enfiou a mão na bolsa e jogou algumas moedas para eles. Seu pai lhe dava uma mesada a cada dez dias, e com o que mais ela poderia gastar? Sempre fazia questão de ajudar os órfãos ou os que sofriam do mal do fragmento quando andava pela cidade.

Ranami morava em um apartamento pequeno de apenas um cômodo que ficava acima de um mercador que vendia pãezinhos recheados. Phalue sentiu o cheiro antes de vê-los: molho de peixe, cebolinha e o aroma doce de pão assado no vapor. O mercador levantou a mão quando a viu, e ela deu um aceno rápido de cabeça antes de entrar na viela onde ficava a escada, se sentindo meio tola enquanto desviava das gotas pingando dos telhados. Se as coisas fossem como seu pai queria, ela estaria vestindo sedas e sendo enviada a outras ilhas para firmar tratados. Teria aprendido diplomacia, e não batalha. Como filha única, Phalue era um bem valioso, e seu pai costumava reclamar que estava sendo desperdiçada. Mas ele nunca parecia ter força de vontade para ir contra a filha.

Phalue colocou a mão no corrimão e parou. Havia algo de errado. Devia ter se dado conta mais cedo, mas estava absorta demais nos próprios devaneios. Não vinha som algum do apartamento de cima. E a porta, que devia estar fechada, estava entreaberta. Phalue botou a mão na espada.

– Ranami? – chamou.

Não houve resposta.

– Tio – disse para o vendedor de pãezinhos –, você viu Ranami hoje de manhã?

– Eu não a vi hoje, Sai – respondeu ele.

Ranami normalmente já teria saído para montar as armadilhas, e gostava de comprar dois pãezinhos antes de ir. O coração de Phalue acelerou e os lábios ficaram dormentes. Com a mão na espada, ela subiu o resto da escada correndo e entrou no apartamento de Ranami.

Uma parte dela esperava encontrar Ranami lá, assustada, perguntando o que Phalue estava fazendo. A cortina estava fechada, e o cômodo, escuro. Ela puxou a espada, mas, quando seus olhos se ajustaram, percebeu: não havia ninguém lá.

A casa de Ranami, que costumava estar impecável, estava um caos. Os lençóis tinham sido arrancados dos colchonetes, pertences tirados dos armários, cadeiras viradas de cabeça para baixo. Os livros de filosofia e ética que Ranami praticamente implorara para a namorada ler estavam espalhados no chão. A cabeça de Phalue latejou. Não devia ter sido tão teimosa. Devia ter voltado antes para se desculpar, não devia ter saído de perto de Ranami. Quem ia querer revirar a casa dela? Ranami ganhava a vida de forma modesta como vendedora de livros. E onde ela estava?

Phalue embainhou a espada e pegou um vestido caído no chão. Era o que Ranami estava usando no dia em que se conheceram: o tecido dourado brilhava feito cúrcuma, o que destacava a pele escura dela e o cabelo mais escuro ainda.

– Ranami? – chamou outra vez, e ouviu o desespero na própria voz. Aquilo não podia ser real. Era como se ela tivesse entrado em um mundo paralelo e que, se fizesse esforço o suficiente, poderia voltar para o dela. Phalue apertou bem os olhos e depois os abriu. O mesmo cômodo escuro a recebeu. Mas, desta vez, ela viu o pedaço de pergaminho na mesa.

Ela foi até lá, as tábuas do piso rangendo sob as botas, e o pegou. Teve que puxar uma cortina para ter luz o bastante para ler.

Se quiser voltar a ver Ranami, vá até as ruínas dos Alangas na estrada que sai da cidade.

6

AREIA

Ilha Maila, na extremidade do Império

A casca da mangueira estava áspera sob os dedos de Areia quando ela subiu. Tinha colhido uma saca quase cheia, mas precisava de mais duas mangas para levar para o vilarejo. Sendo assim, ela subiu. Cada vez mais alto, a respiração irregular na garganta, os braços e as pernas doendo. Areia nunca voltava sem a saca cheia. Nem os outros. Quem não voltasse de saca cheia simplesmente não voltava. Ela já tinha visto um, Ondas era o nome dele, jogando a rede na água atrás de peixe sem parar, até a maré subir e ele cair do ponto em que estava empoleirado junto ao mar. Ondas tinha sumido. Tinha sido jogado nos recifes em torno de Maila. Acontecia às vezes. Um dia, provavelmente aconteceria a ela. A ideia não lhe provocou sensação nenhuma; seu coração estava tão cinzento e frio quanto uma manhã enevoada.

Mas hoje Areia viu o rubor de duas mangas em meio aos galhos acima, espiando por debaixo das folhas feito cortesãs tímidas. Ela tentou apoiar os pés e testou a firmeza do galho para ter certeza de que não escorregaria. Ele se curvou um pouco sob o peso dela quando Areia subiu mais, mas aguentou. A primeira manga estava acima e um pouco atrás dela. Precisou se virar e esticar a mão menor, a que não tinha dois dedos. Os outros três roçaram na casca lisa da fruta. Ela passou as pontas dos dedos na superfície e tentou puxá-la para perto. Seu outro braço doeu e a palma da mão ficou suada.

Os outros provavelmente já tinham voltado das tarefas diárias. Areia parou para respirar e observar o resto da árvore em busca de um alvo mais fácil. Não havia. Ela era Areia e sempre voltava com a saca cheia. Portanto, se segurou melhor no galho e esticou a mão de novo para a manga. Desta vez, conseguiu segurar embaixo e puxou, tentando soltá-la. A manga escorregou da mão dela e ela escorregou para dentro de uma lembrança.

Não era na manga que estava tocando. Era em uma cortina de linho áspero. Ela a puxou... e sua mão tinha todos os dedos. Um raio de sol cobriu o rosto dela e aqueceu sua bochecha. Quando piscou para além do dourado do sol nascente, Areia viu os telhados verdes de um palácio, escondidos na neblina, as montanhas irregulares atrás aninhando as construções como que oferecendo uma joia preciosa. Uma onda de sensações surgiu no peito dela. Assombro, ansiedade e consternação. Ela deixou a cortina cair, sem conseguir conciliar aqueles sentimentos, e recuou para o espaço escuro e apertado do palanquim.

Não. Ela era Areia. Era Areia colhendo mangas. Ela nunca tinha visto aquele lugar. Mas ainda sentia o cheiro de sândalo e da névoa úmida daquela manhã. Seus braços estavam doendo.

E sua mão escorregou do galho.

O mundo ficou mais lento enquanto os braços dela balançavam. Sua mão bateu no tronco atrás de si, mas Areia não achou nada em que se segurar, e seu pé se soltou do lugar entre dois galhos. Ela estava caindo. Galhos bateram nela, e sua visão se tornou um borrão enquanto a cabeça voava para trás e ricocheteava para a frente. Cada uma das feridas era percebida apenas como coisas que poderiam doer mais tarde, umas somada às outras. O chão. O chão doeria.

Ele cedeu debaixo dela só um pouquinho. O ar foi arrancado de seus pulmões e ela abriu a boca para inspirar mais. Mas ficou enjoada quando respirou. Areia tossiu e vomitou para o lado, a cabeça girando. Ela ficou deitada, ofegando para recuperar o fôlego.

Seus braços estavam sangrando. O formigamento onde os galhos tinham batido deu lugar a uma dor intensa e ardida. Areia rolou para o lado e se levantou devagar, descobrindo uma nova dor a cada movimento. Ela ainda estava viva, embora o pensamento não a reconfortasse. Havia um corte fundo no braço esquerdo. Ela mexeu em volta, chiou de dor e examinou a forma como a ferida rasgava a pele e a gordura até chegar no músculo embaixo... as camadas dela expostas. Aquilo ia precisar de alguns pontos.

Esse pensamento... também não era seu.

O mundo continuou balançando em volta dela, se movendo conforme Areia mexia os olhos. Não era nada. Ela tinha que se levantar, voltar para o vilarejo. Palha poderia costurar seu braço. A túnica tinha rasgado durante a queda. Ela resolveu a questão e rasgou um pedaço para cobrir a ferida. Quando finalmente se levantou, a terra não parecia firme: era como se ela estivesse em um barco, como aquele que a tinha levado até ali. Aquele que tinha levado todos eles até ali.

Não. Ela não esteve em um barco, esteve? Não tinha certeza do que estava pensando, nem de quem era.

A saca de mangas estava perto da árvore, meio virada. Várias mangas tinham rolado para fora, e Areia as recolheu e pendurou a saca no ombro enquanto fazia uma careta. Parecia que um ferreiro tinha entrado atrás dos olhos dela, usando seu crânio como bigorna. A cada batida do seu coração, a cabeça latejava em resposta.

A saca ainda não estava cheia.

Areia olhou para a árvore e voltou aos seus pés para subir de novo. Mas algo a impediu quando ela esticou a mão para o primeiro galho.

Por que precisava voltar com a saca cheia? Que tipo de besteira era aquela? Seu coração frio e cinzento se encheu de cor. Ela poderia simplesmente... voltar para o vilarejo. Havia mangas para todos, e os outros também estavam cultivando ou colhendo alimentos.

Algo tinha mudado entre a lembrança e a queda, e ela não sabia bem o quê. Era como se tivesse puxado uma cortina e estivesse enfim vendo o palácio. O mundo inteiro não ficava só dentro do palanquim.

Na metade do caminho de volta para o vilarejo, na curva que passava acima do mar, Areia parou. O borrifo do mar beijou seu rosto enquanto ela olhava o horizonte. As beiradas irregulares do recife em volta de Maila apareciam em alguns pontos na água, feito as costas dentadas de algum animal estranho. Além do recife, ficava o Mar Infinito. Um pensamento surgiu na mente dela e tirou seu fôlego tanto quanto a queda.

Por que estava em Maila afinal? Por que eles não iam embora?

7

Jovis

Em algum lugar do Mar Infinito

Não era um gatinho.

Vi Alon brincando próximo à proa com a criatura. Pulou nos dedos que ele balançava e tentou mordê-los com gentileza. Primeiro que as orelhas eram pequenas e arredondadas. Não tinha garras nas patas da frente, que pareciam mais dedos do que patas, com uma membrana entre eles. O pelo marrom do corpo era mais claro na barriga e tão denso quanto o de uma lontra. Devia ter reparado quando o tirei da água, mas uma ilha inteira tinha acabado de afundar bem na minha frente. Dava para perdoar alguém que deixasse coisas menores passarem.

Meu coração apertou. O garoto estava ocupado cuidando da criatura, mas eu tinha ficado olhando para o horizonte até a ilha submergir. Talvez eu tivesse esperança de que parasse de afundar, mas a fumaça que subia dela finalmente desapareceu durante o pôr do sol, e então eu soube. Todas aquelas pessoas tinham morrido. Senti vontade de gritar pelo horror da situação.

A água teria chegado aos tornozelos delas, depois aos ombros. Em seguida, a terra teria sido completamente coberta pelo mar. As pessoas que se esconderam em casa teriam ficado presas do lado de dentro, com o oceano frio enchendo seus pulmões no lugar de ar, enquanto elas batiam, em vão, os punhos no teto. A pressão comprimiria seus ouvidos enquanto as profundezas os engoliam.

Passei a mão pelo cabelo. Ambos estavam cobertos de poeira. Meus pulmões ainda pareciam meio ásperos.

Na proa, Alon estava coçando atrás das orelhas do animal. Eu não sabia que criatura era. Havia tantos animais que moravam no Mar Infinito, ninguém conseguia registrar todos. E isso lá importava? Era algo que vivia na água, a julgar pelos pés com membranas. Aquilo fez com que eu me sentisse bem menos altruísta, já que provavelmente não o tinha salvado coisa nenhuma. Mas continuava parecendo um filhote que tinha se separado da mãe. Comeu metade do meu estoque de peixe, faminto feito um marinheiro naufragado.

Chilreando, ele correu da proa até onde eu estava, no leme. Quando viu que tinha chamado minha atenção, sentou-se aos meus pés, a cauda em volta da traseira. E então, com cautela, ergueu-se nas pernas traseiras e apoiou uma das estranhas patas-mãos no meu joelho. Olhos pretos grandes me encararam com uma solenidade esquisita.

– Mephisolou gostou de você – disse Alon. – Ele sabe que você o salvou.

– Mephisolou? – perguntei em tom de deboche. – Você deu um nome para essa coisa?

– Para ele – respondeu Alon, teimoso.

Fiz que sim.

– Você deu o nome "Mephisolou" para essa coisa? – Eu olhei para o animal. Ele com certeza não parecia a serpente marinha monstruosa das lendas, pronta para devorar uma cidade inteira se não lhe dessem algumas bagas de zimbro nuvioso. – Um nome grandioso para um sujeitinho tão pequeno.

O garoto deu de ombros e encarou os próprios pés. Ele desenhou um círculo no convés com o dedão.

Ah, seria tão terrível assim fazer a vontade dele?

– Mephi – falei. – Mephisolou não sai direito da boca.

– Eu acho que sai – disse Alon, com um sorriso voltando ao rosto.

– Pode chamá-lo como quiser, então. Mephi – chamei, oferecendo a mão para a criatura. Eu esperava que ele cheirasse meus dedos ou os mordesse, mas ele só levantou a pata e a colocou na minha mão, como se fôssemos dois velhos amigos nos cumprimentando na rua. Um tremor subiu pelo meu braço e eriçou os pelos até o ombro. Puxei a mão de volta com delicadeza e me arrisquei a fazer carinho nos pelos da cabeça da criatura. Toda formalidade desapareceu. Mephi se jogou no meu toque com tanta força que caiu e o corpo se curvou no convés. Ele murmurou feito uma velha metendo a colher em um ensopado bem gostoso.

Dei risada... e olha que eu não esperava rir por um bom tempo depois da Ilha da Cabeça de Cervo desaparecer. Como se aquilo o tivesse sobressaltado, Mephi ficou de pé em um pulo e voltou correndo para Alon, se enroscando nele e pegando seus dedos de novo. O garoto deu risadinhas. E aí, tão rápido quanto uma tempestade chegando, começou a chorar.

– Sumiu? Sumiu tudo mesmo?

As pessoas. Presas. Engoli em seco, ciente dos olhos de Alon em mim.

– Sim, acho que sim.

Ele chorou ainda mais. Mas teria sido pior se eu tivesse escondido a verdade. A realidade era uma mestra cruel, mas era uma que não podia ser contestada.

Mephi se curvou na lateral do garoto e deu batidinhas nele com as patas enquanto Alon chorava. E aí a criatura me olhou.

Será que estava esperando que eu fizesse alguma coisa? Limpei a garganta.

– Sinto muito – falei. O vento carregou minhas palavras para longe.

Se Alon e eu fôssemos velhos amigos, e se ele fosse um jovem rapaz, eu o levaria para um bar e nós conversaríamos sobre nossas lembranças felizes dos mortos. Eu ofereceria a ele um galho de zimbro nuvioso para queimar com o corpo. Mas Alon era só um menino e eu não tinha galhos de zimbro nuvioso para queimar ali, nem um corpo.

– Sua tia talvez tenha conseguido escapar – falei.

Parecia uma mentira. A expressão dele não sugeria que tivesse ficado aliviado pelo que eu disse. Talvez tenha acreditado em mim pelo choque inicial dos tremores, mas agora, na água do Mar Infinito, minhas palavras não tinham onde se esconder. Mephi continuou me encarando.

– Danila era uma mulher corajosa – continuei e ergui a voz acima do vento. – Quando a conheci, ela me fez prometer te salvar. Ela estava bastante preocupada com você. E te amava muito mesmo.

Alon tinha parado de chorar, mas a voz estava rouca.

– Ela disse que ia fazer bolinhos para a minha festa. Se eu sobrevivesse ao Festival.

Assenti.

– Danila estava fazendo isso quando a conheci.

Alon secou as lágrimas na manga.

– Foram os Alangas? Eles voltaram?

Não soube como responder.

– O Imperador tem que nos proteger. É o trabalho dele. – Mentiras de novo. Pelo menos era o que parecia para mim.

Alon fixou o olhar no horizonte. No leste, onde os pais dele moravam.

– Quero ir pra casa.

E eu queria levá-lo para lá. Outros barcos tinham passado por nós. Primeiro as caravelas imperiais, consumindo o suprimento de pedra sagaz, depois os navios mercadores, depois gente comum que talvez tivesse herdado uma pedrinha dessas. Eu tinha jogado duas caixas inteiras no mar. Se tivesse deixado o garoto para trás, talvez tivesse conseguido manter uma delas. Não. Eu tinha feito muitas coisas horrendas em nome de encontrar Emahla. Ainda assim, eu não passava dos limites, mesmo quando estive mais desesperado no começo. Senão, como poderia olhar na cara dela de novo? Portanto, segui pelo mar só com o vento nas velas para nos deslocar.

Verifiquei as cartas náuticas. As ilhas estavam todas migrando para o noroeste e para a estação chuvosa, mas as que ficavam na Cauda do Macaco chegavam mais perto umas das outras naquela época do ano. Fiz alguns cálculos rápidos e levei em conta os movimentos das ilhas. Se estivéssemos indo para leste, a ilha estaria viajando lentamente na nossa direção ao mesmo tempo que nós íamos até ela.

– Descansa um pouco – falei. – Vamos chegar lá ao anoitecer.

O garoto adormeceu quase imediatamente, como se fosse um construto e eu tivesse inserido esse comando nos ossos dele. Mephi se encolheu ao lado de Alon. Esperava que os pais do garoto não se importassem de eu os obrigar a ter um bichinho de estimação.

Cumpri minha palavra, o que sempre fiz. Nós atracamos ao cair da noite, quando o sol tinha descido abaixo do horizonte. Afastei os insetos que picavam e que apareciam assim que o sol sumia e amarrei o barco nas docas. O construto do comércio de lá não me deu muito trabalho. Costumavam olhar para mim, para o barco, e para mim de novo, quando eu declarava não ter bens. Mas, se um construto era capaz de se cansar, aquele estava cansado. Aceitou minha taxa de atracamento com um estalo do bico e me falou que tudo estava em ordem.

Tive que sacudir Alon para acordá-lo.

– Chegamos – anunciei. – Você vai ter que me dizer como chegar à casa dos seus pais. – Ele assentiu para mim e afastou Mephi do corpo. – Não vai levá-lo junto?

Alon bocejou e balançou a cabeça.

– Mephisolou quer ficar com você.

– O Mephi deveria ficar com outros Mephis – respondi.

Por mim estava tudo bem se o garoto quisesse ficar com ele como bicho de estimação, apesar de eu não poder falar em nome dos pais de Alon. Eu não poderia ter um bichinho a bordo. Antes que Alon pudesse protestar, peguei a criatura, fui até a doca e me ajoelhei. Coloquei Mephi na água, tomando cuidado para ver se ele estava acordado e conseguiria nadar. Ele se deitou de costas na água e me observou.

– Vai – falei. – Procura outros da sua espécie.

Como se entendesse, Mephi se virou e mergulhou.

Afastei os insetos de Alon quando voltei até ele.

– Vamos.

Alon deu instruções vagas. A casa dele ficava "meio" subindo da doca e "ao lado de uma árvore grande". Deixei que ele mostrasse o caminho no escuro. Grilos cantavam nos arbustos ao nosso redor. Estava mais movimentado do que o habitual naquela hora da noite, com outros refugiados procurando abrigo feito tartarugas marinhas se arrastando para a terra, querendo botar ovos. Acabamos parando na frente de uma casa modesta com telhado de sapê ao lado de uma bananeira imensa. Apesar das instruções vagas, parecia ser a casa correta. Bati na porta com força.

Um homem atendeu, o rosto pálido. Ele caiu no choro quando viu Alon, se ajoelhou, agarrou o garoto e o abraçou. Atrás dele, vi uma mulher deitada em uma cama, o rosto corado, suor cobrindo a testa. Seu olhar se encontrou com o meu por um breve momento. Eu conhecia aquele olhar vazio. Mal do fragmento. Em algum lugar, o fragmento de osso dela estava sendo usado, e isso tinha drenado quase toda a sua vida. Não era de se admirar que Danila estivesse tão desesperada para salvar o garoto. Não consegui sustentar o olhar da mulher.

Acabei olhando para a careca do pai de Alon quando ele encostou o rosto no ombro do garoto.

– Nós ouvimos – disse ele. – Ouvimos falar do que aconteceu.

Não soube bem o que dizer. Eu tinha levado o filho deles de volta, mas o homem tinha perdido a irmã e logo perderia a esposa. Quando finalmente se afastou de Alon, ele me olhou de onde estava, na porta.

– Danila me pediu pra salvá-lo – expliquei. – Eu devia um favor a ela.

– Um momento – disse o homem antes de recuar para dentro de casa. Ele voltou com dez moedas, todas de prata. Uma pequena fortuna para um pescador. Ele as empurrou nas minhas mãos. Peguei-as educadamente. Tinha acabado de jogar duas caixas de pedra sagaz no mar. Não dava para esperar que começasse a recusar dinheiro. Eu não era monge. Mesmo que fosse, duvido que as paredes do mosteiro me salvassem do Ioph Carn.

– Quer se juntar a nós para o jantar? É o mínimo que podemos fazer, e ninguém vai dormir hoje, não depois da notícia da Cabeça de Cervo.

Alon estava ajoelhado ao lado da mãe, fazendo carinho no cabelo dela com dedos cuidadosos.

O palete duro e o cobertor no meu barco me chamavam. Talvez não conseguisse dormir lá naquela noite, mas poderia pelo menos apoiar a cabeça em algum lugar.

– Vou zarpar de manhã – falei –, mas obrigado. Estou procurando uma pessoa. Partiu em um barco, um pouco menor do que uma caravela imperial, com madeira escura e vela azul.

O homem assentiu e meu coração deu um salto.

– Vi um barco assim ontem. Deve ter parado para pegar suprimentos, mas, se você quiser alcançá-lo, é melhor se apressar. Saí para pescar e a coisa passou direto por mim, mais rápida do que um golfinho percorrendo as ondas. Só havia uma pessoa a bordo até onde pude ver. Estava indo para o leste. Eu diria que para Nylan.

Emahla. Eu encontraria minhas respostas. Eu a encontraria. Só precisava pegar aquele barco.

– Obrigado. E mais uma coisa. – Fiz sinal para ele chegar mais perto. – Seu filho. Eu o salvei antes do Festival do Dízimo. Os registros se foram. Faça uma cicatriz no lugar certo e ninguém vai precisar saber.

O homem se afastou, os olhos úmidos de lágrimas. O fragmento de Alon nunca seria usado para dar energia a um construto. Ele nunca precisaria ter medo de sua vida se esvair em algum momento.

– Quem é você?

O desaparecimento da ilha tinha me abalado profundamente e levado embora minha frivolidade. Mas, naquele momento, encontrei um pouco dela de novo. Para quem aquele homem iria contar? Eu tinha salvado o filho dele.

– Jovis. O melhor contrabandista do Império. – Puxei a manga para mostrar a tatuagem de navegador... Eu tinha mesmo que esconder aquilo.

Em seguida, me virei e voltei para as docas, mais satisfeito comigo mesmo do que me sentia há dias, as moedas de prata tilintando no meu bolso.

Fiquei bem menos satisfeito quando acordei na manhã seguinte, com dificuldade para respirar e a mandíbula doendo. Eu devia ter trincado os dentes à noite, sonhando repetidamente com a ilha tremendo, com ela toda afundando no mar. E sonhei que estava nela, meu corpo afundando naquela profundeza infinita, a escuridão se fechando ao meu redor, o peso da água esmagando meus pulmões. Mas eu ainda estava no meu barco, a água calma, meu coração disparado batendo mais alto do que a batida suave dos barcos nas docas.

Elas estavam apinhadas, com mais barcos ancorados em alto-mar. A Ilha da Cabeça de Cervo não era uma área pequena de terra, e, embora a maior parte das pessoas não tivesse escapado, algumas tinham conseguido. O Imperador teria que enviar construtos, soldados e comida. O caos me daria um descanso do Ioph Carn. Se eu fosse muito sortudo, eles suporiam que estava morto.

Embora quisesse partir de manhã cedo, precisava começar a compensar o dinheiro perdido quando joguei fora as duas caixas de pedra sagaz. Portanto, depois de enrolar um pedaço de pano na tatuagem, fui para o mercado.

O lugar não era nenhum labirinto grande e apinhado de barracas. Eram dois becos, com o cheiro de lixo se misturando ao aroma de pimentão seco, carne de bode frita, pães e bolos. Os becos estreitos ficavam ainda mais apertados com os visitantes involuntários da Ilha da Cabeça de Cervo procurando suprimentos enquanto iam atrás de entes queridos em outras ilhas. Fiz alguns cálculos rápidos na cabeça e parei em um mercador que vendia melões doces. Eles eram plantados nas ilhas do sul na estação seca, e, como estávamos entrando na marca de sete anos de uma estação chuvosa, os melões tinham ficado muito valiosos. E ficariam ainda mais escassos agora que a Ilha da Cabeça de Cervo tinha deixado de existir. Negociei com a vendedora com eficiência implacável, embora o preço estivesse mais alto do que eu gostaria. Ela tinha acabado de passar barbante em volta das caixas e eu tinha esticado a mão para pegá-las quando uma voz soou à minha direita.

– Fizeram um desenho bem parecido com você nos cartazes. Foi inteligente pagar aos órfãos para removê-los. Mas parece que o Império realmente quer fazê-lo de exemplo.

Um chapéu. Eu tinha escondido a tatuagem e tirado o uniforme de soldado, mas não tinha colocado um chapéu. Eu me senti tal como um coelho quando a corda envolve seu pescoço. E, como um coelho, eu continuaria me debatendo.

– Mas os olhos... – falei, me virando para encarar a pessoa, os melões na mão. – Eles nunca acertam.

Philine estava encostada na parede de um prédio, um pé cruzado na frente do outro, perfeitamente relaxada. Usava uma túnica acolchoada sem mangas, exibindo os músculos dos braços. Havia um cassetete curto de madeira pendurado no cinto, embora eu soubesse que ela possuía facas escondidas em outras partes do corpo.

– Acho que o deixaram mais bonito nos cartazes – comentou ela.

– Sério? A maior parte das pessoas para quem perguntei disse o contrário.

Ela tinha um jeito muito interessante de revirar os olhos sem parecer tirá-los de mim.

– Sim. Me disseram que você se achava engraçado.

Não era um bom sinal terem enviado Philine atrás de mim. Ela não chamava atenção. Eu achava que, se afastasse o olhar dela, talvez a confundisse com um pedaço de parede. Mas seu dom para encontrar as pessoas que o Ioph Carn estava procurando era o tipo de coisa que se guardava para a hora de contar histórias enquanto se bebia na frente de uma fogueira, quando a plateia poderia acreditar em você. Levantei a mão livre com a palma virada para ela.

– Eu estava indo ver o Kaphra. – Olhei ao redor e me inclinei para a frente. – Tenho duas caixas cheias de pedra sagaz. Isso cobriria minha dívida do barco e sobraria um pouco.

Ela levou a mão ao cassetete.

– Você nunca devia ter ficado endividado. Tinha que terminar de pagar antes de sair velejando nele. Não é dívida, é roubo. E você sabe o que o Kaphra acha de quem rouba dele.

De canto de olho, vi um homem e uma mulher nos observando um pouco adiante no beco, ambos de túnicas acolchoadas, com armas nas laterais do corpo. Mais membros do Ioph Carn. Eles não eram tão sutis quanto Philine.

– Ele sempre tinha outra tarefa para mim. Teria levado metade da minha vida para eu pagar pelo barco.

Não sabia bem por que estava discutindo com Philine. Ela não tinha poder de me conceder piedade, mas parecia estar me fazendo ganhar tempo. A mulher de quem eu tinha acabado de comprar os melões recuou da frente da barraca ao ouvir o nome de Kaphra e estava se esforçando para se mesclar com a mercadoria. A maioria dos mercadores pagava impostos ao Ioph Carn. Talvez aquela não. A ilha era pequena, afinal.

– Sim – disse Philine. – E você concordou com esses termos.

– Estou com o barco ancorado nas docas – falei para ela. – Só vai levar um instante.

Ela pensou. Duas caixas cheias de pedra sagaz eram uma fortuna, e, por mais zangado que Kaphra pudesse estar comigo, ele gostaria do suprimento extra. Contrabandistas do Ioph Carn usavam uma boa quantidade de pedras quando tinham que fugir dos navios imperiais.

Ela fez sinal para chamar os outros dois lacaios, e eu aproveitei a oportunidade para sair correndo.

Podia não ser tão corpulento quanto os três, mas tinha pés velozes e sabia percorrer uma multidão. As duas caixas de melões balançavam ao meu lado, o barbante afundando nos meus dedos. Tinha perdido as pedras sagazes, não podia perder também os melões. Os refugiados vagavam pelo beco feito fantasmas, silenciosos e sombrios. Ninguém teve energia para me impedir ou dar atenção quando passei.

Philine estaria logo atrás, sem carregar nada. E, mesmo que não tivesse visto para onde eu tinha ido, ela me encontraria.

Do meu ponto de vista, não havia muita escolha. Sete anos atrás, na manhã em que Emahla desapareceu, eu tinha visto ao longe, tão distante que achei que era um sonho, o barco escuro com as velas azuis. Um piscar de olhos e tinha sumido.

Tentei viver sem ela, mas ninguém queria contratar um navegador que não tinha recomendação da Academia. Quando o Ioph Carn me fez uma proposta, pareceu o melhor jeito de me afastar, de deixar minha dor para trás.

E aí, dois anos atrás, vi o barco com as velas azuis de novo, mais nítido, mas sumindo ao longe mais rápido do que eu achava possível. Fracassei com Emahla por cinco longos anos, sem saber para onde ir nem o que procurar em vez de confiar nos meus próprios olhos. Então, parei de responder a Kaphra e parti sozinho. Passei dois anos indo atrás de boatos em um barco roubado, ao mesmo tempo que fugia do Ioph Carn e enviava para eles o dinheiro que tivesse para pagar a minha dívida. E agora eu estava mais perto do que nunca e eles queriam me impedir?

Não. Não desta vez. Eu cumpria as minhas promessas.

Segui pelas ruas, a respiração arranhando a garganta, as caixas de melões batendo na coxa a cada passo. Rostos passaram por mim: velhos, jovens, enrugados e lisos, mas todos cansados. Alguns ainda estavam cobertos de poeira dos prédios que desabaram, marcas de lágrimas abrindo caminho dos olhos ao queixo. As docas estavam logo ali, depois da esquina.

Um grito soou atrás de mim, e olhei para trás antes que conseguisse me segurar. Os lacaios de Philine seguiam pela multidão com menos elegância do que eu. Um deles tinha virado um balde de peixes e espalhado um riacho prateado na rua.

Mas onde estava Philine?

Virei-me a tempo de, pelo canto do olho, vê-la partindo para cima de mim. O ombro dela se chocou com o meu com tanta força que me tirou metade do fôlego. O barbante em volta das caixas de melões escapou da minha mão. Parecia que eu estava me vendo cair de longe. Bati no chão com o ombro, as mãos ainda tentando segurar os melões.

– Você não tem pedra sagaz – disse Philine.

– Tenho melões – falei engasgado quando finalmente consegui respirar. – Posso vender e ter um bom lucro.

– Não é do meu interesse – respondeu ela, a voz seca.

– Tenho mandado dinheiro para o Kaphra, além das taxas de contrabandista. Eu mando uma parte de todo o meu lucro. Não quero problemas.

Ela ficou de pé em cima de um caixote, bloqueando o sol nascente. Uma mecha preta fina de cabelo tinha se soltado da trança e batia na bochecha dela com a brisa do mar. Os outros dois Ioph Carn chegaram ao lado dela, respirando com dificuldade. Philine soltou o cassetete do cinto.

– E é por isso que a gente não vai matá-lo.

Uma rua nunca se esvaziava tão rápido como quando o Ioph Carn estava prestes a dar uma surra em alguém.

Mesmo quando os primeiros golpes foram dados, eu estava pensando em maneiras de escapar e dar a volta por cima. A dor explodiu nos meus ombros e costas, enchendo minha visão de vermelho. Tentei pegar alguma coisa, qualquer coisa, que pudesse me tirar daquela situação. Só a terra da rua e algumas pedras pequenas soltas. Joguei-as nela de qualquer jeito, e Philine as repeliu com a mão enluvada.

– Não gosto disso – disse ela. – Se você ficasse parado, seria mais rápido.

Acreditei quando ela falou aquilo. Os companheiros não pareciam seguir a mesma filosofia. Um chute nas minhas costelas me deixou estatelado na terra, e tive o vislumbre de um sorriso, dentes brancos brilhando feito a parte de baixo da asa de um pássaro.

A dor se sobrepôs à própria dor: aguda sobre latejante, intensa sobre banal. Ouvi os golpes do cassetete de Philine mais do que os senti, batendo nas minhas costelas como uma baqueta, meu corpo um instrumento. Uma pessoa poderia dançar naquele ritmo se tivesse disposição. O mundo ao meu redor ficou turvo, abafado, como se eu visse tudo através de um cobertor de lã.

– Parem – disse Philine.

Os lacaios pararam e deram um passo para trás ao mesmo tempo, obedientes como qualquer construto. Lambi os lábios e senti gosto de cobre.

– Não me importa se você já teve a pedra sagaz que me prometeu. Não me importa se um dia vai ter – continuou ela. – Eu vim te levar para o Kaphra.

Ela não esperou que eu desse qualquer sinal de ter ouvido, mas, por outro lado, nem teria conseguido dar um se tentasse. Até minha língua estava doendo. Devia tê-la mordido durante a surra. Parecia que estava descobrindo uma nova lesão a cada movimento.

Eu tinha que chegar às docas, tinha que seguir aquele barco, tinha que encontrar Emahla. Ainda não tinha sido pego. Não tinha sido capturado enquanto não me levassem até Kaphra com as mãos e os pés amarrados. Philine se curvou para me agarrar, mas me soltei das mãos dela.

– Vou com você – falei, cambaleando até ficar em pé. Enfiei a mão na bolsinha na lateral da calça, tirei algumas tiras de carne seca e as enfiei na boca. Engoli e expirei, estiquei a coluna e enrijeci os ombros. – Fica pra trás – disse, esticando a mão. – Não quero machucá-la. O Kaphra não ia gostar.

Os três Ioph Carn se olharam, confusos.

– O que ele comeu? – perguntou um dos valentões para o outro. Ele só deu de ombros em resposta.

Philine deu um passo à frente.

Eu sou forte. Minhas costelas não estão cutucando os pulmões. Pelos céus misericordiosos, isso dói. Não. *Nada de dor.* Tinha que acreditar, senão eles não acreditariam. Deixei que a postura falasse por mim. *Vai. Experimenta.*

– Ou o Kaphra não contou a vocês sobre a vez que me mandou atacar um mosteiro?

Philine apertou os olhos.

– Você não tem casca de zimbro nuvioso – disse ela.

Esse era o segredo: sempre fazer com que *eles* dissessem.

Ela percebeu o erro assim que as palavras saíram da boca. Os dois valentões do Ioph Carn recuaram. Fazia anos que ninguém via um monge lutar. E as histórias continuavam circulando, ficando maiores a cada recontagem.

– Ele é um mentiroso amaldiçoado três vezes. Quantas vezes vocês acham que já usou esse truque? Ele não tem nada – declarou Philine, embora até o passo que ela deu para a frente tivesse sido hesitante.

Eu já tinha usado aquele truque uma vez antes, mas ela não tinha que saber disso.

– Como você sabe que não tem? – perguntou um dos lacaios.

Ela se virou para responder com rispidez, afastando o olhar de mim.

– Não sejam idiotas. Os monges embebem a casca com chá, não pegam pedaços e *comem*. Eles ficariam com a garganta cheia de farpas!

Foi distração o suficiente. Recuei mais um passo e puxei uma das barracas para bloquear a rua entre nós.

Encontrar Emahla faria aquela vida, aquelas dívidas, aquela surra, tudo aquilo valer a pena. Peguei as caixas de melão e corri para as docas, com gritos me seguindo pela rua. Eu me curvei e respirei mesmo sentindo dor, botando um pé na frente do outro, e assim por diante. Os joelhos estalaram quando eu corri, mas pelo menos estava correndo. Quando passei a manga no rosto para limpá-lo, ela ficou vermelha. Minha pulsação parecia vibrar, quente em cada machucado. Tinha ganhado tempo, mas não sabia se era o bastante.

Não conseguia ouvir passos atrás de mim, mas ouvi gritos quando os Ioph Carn empurraram as pessoas do caminho... uma nuvem da qual eu não conseguia me livrar. Eu me ajoelhei e soltei a corda que prendia o barco o mais rápido que consegui.

Um chilreio me cumprimentou quando pulei a bordo. A popa bateu na doca enquanto eu procurava pelo barulho no convés. Mephi estava sentado perto da proa, com um peixe preso nas patas. Ele chilreou de novo e mostrou o peixe, como se me pedindo para pegá-lo. Eu não tinha tempo para isso.

– Não posso ficar com um bichinho a bordo – falei para ele. Aquele golpe nas costelas deve ter soltado alguma coisa no meu cérebro, porque eu estava falando como se ele fosse uma pessoa. – Você precisa procurar a sua espécie. – Apontei para a água.

O chilreio, que antes tinha sido suave e agradável, ficou mais alto. Parecia um esquilo me repreendendo por chegar perto demais da árvore dele, só que multiplicado por cem. O vento já estava soprando para o leste e o pano ondulou quando o barco começou a se mover. Philine apareceu entre os prédios, o rosto vermelho, o cassetete na mão. Eu ainda não estava livre.

Peguei Mephi pela nuca, pronto para jogá-lo ao mar. Embaixo da camada externa molhada, meus dedos tocaram no pelo abaixo, grosso e seco.

O grito dele ficou suplicante, um som estridente e choramingado. Meu peito se apertou em um pânico quase instintivo. Ele era apenas um bebê, afinal. Estava sozinho no Mar Infinito, e, embora eu o tivesse resgatado, eu o havia levado para aquela outra ilha, totalmente desconhecida. E se ele não conseguisse encontrar outros da mesma espécie? E se não conseguisse caçar o suficiente para si? Eu deixaria aquela criatura para sofrer uma morte lenta e dolorosa? O que me custaria deixá-lo ficar um pouco mais?

Aborrecido comigo mesmo, com minha fraqueza, eu o soltei no convés.

– Tudo bem. Só não atrapalha.

O choro parou no meio. Ele não saiu correndo como eu esperava. Com um *prrreeeeeeet* satisfeito, Mephi depositou o peixe aos meus pés.

Corri até as velas e me perguntei de novo se tinha imaginado que ele nadou na direção do meu barco na Ilha da Cabeça de Cervo. Eu suspirei. Era provável que nunca fosse saber.

– Vou me arrepender disso, não vou?

Só não tinha como saber o quanto.

8

LIN

Ilha Imperial

Eu ofereci uma noz.

– Vem, espiãozinho – murmurei. – Você ainda está seguindo ordens. Só uma noz. Não vai fazer mal.

O construto espião tremeu as orelhas e limpou o rosto com patas um pouco grandes demais para o corpo de esquilo. A cauda estava em volta da viga, segurando-a firme. Construtos não tinham muita personalidade, mas aquele ficou encarando a noz com um olho.

As mangas do uniforme de criada arranharam meus pulsos quando enfiei a mão na bolsa e tirei outra noz, fazendo um floreio para colocá-la ao lado da primeira. Agora eu tinha a atenção total do construto espião. A cauda se desenrolou, e ele deu meio passo à frente.

– Isso mesmo. Vem. A pedra sagaz não vai a lugar nenhum.

A luz do sol entrava pelas frestas da janela fechada do barracão de depósito, barras luminosas no piso gasto de madeira. Caixas de pedra sagaz, tamanho imperial padrão, estavam empilhadas umas em cima das outras quase até o teto. Havia um pano sobre uma caixa. Meia medida estava espalhada em cima.

O construto espião deu mais alguns passos na minha direção e pulou na caixa mais alta, a cauda e os bigodes tremendo. Eu o tinha visto me seguindo enquanto andava pelos corredores do palácio. Meu pai, de olho em mim. Mas isso não significava que, nesse meio tempo, o construto não apreciaria uma guloseima. Não havia guardas para aquela fortuna em pedra sagaz, mas construtos espiões observavam todos os criados. E aquele ali, como todos os construtos espiões, respondia a Ilith, Construto da Espionagem. E Ilith preferia comer os ladrões lentamente a prendê-los.

Garras arranharam a madeira quando o construto espião chegou mais perto. Fiz o melhor que pude para não me mexer, embora o braço estivesse doendo de ficar com a mão esticada. Ele pegou a primeira noz dos meus dedos. Um animal teria saído correndo com o prêmio. Mas o construto ficou onde estava, comendo a noz. Eu já tinha reparado que ele tinha desistido de tentar ficar escondido. Qual era o sentido? Examinei a forma como as partes dele se uniam umas às outras, como se tivesse nascido naturalmente assim. Meu pai fez um bom trabalho.

O afundamento da Ilha da Cabeça de Cervo tinha mudado as coisas. O Construto da Burocracia estava preocupado com os refugiados e para onde eles iriam. O Construto do Comércio não parava de falar sobre a perda da mina de pedra sagaz. Os governadores das ilhas já tinham começado a escrever para o meu pai, uns oferecendo para acolher alguns refugiados como um gesto para tentar obter favores, enquanto outros já tinham declarado a intenção de não receber nenhum. Fosse qual fosse a instabilidade que já existisse no Império, aquele acontecimento aumentaria as rachaduras. E ainda havia a questão de por que a ilha tinha afundado. Tentei não pensar naquilo. E se todas as ilhas afundassem? E se isso fosse uma parte do padrão migratório das ilhas sobre a qual nós não sabíamos nada, com centenas de anos de intervalo? Respirei fundo. Se isso fosse verdade, eu não poderia fazer nada. Precisava me concentrar nas coisas que estavam ao meu alcance... e isso incluía ser herdeira para poder assumir o lugar do meu pai quando ele morresse.

Puxei a manga áspera do uniforme de criada e ofereci a segunda noz para o construto. Ele chegou ainda mais perto desta vez e a pegou. Os olhos pretos brilhosos me observaram. Um construto não podia nunca gostar de alguém? Aquele gostava de nozes. Por que não de uma pessoa? E, se gostasse da companhia de alguém, essa lealdade poderia superar os comandos inscritos nos fragmentos dele? Eu já tinha confundido construtos, forçando seus comandos a se contradizerem, e os quatro construtos de primeiro nível que ajudavam meu pai a governar pareciam ter uma personalidade simplória... o que seria de um construto de terceiro nível como aquele espião?

Mas eu estava ali por outros motivos. Tinha visto aqueles espiões observando os criados e torcia para que meu pai não tivesse alterado por completo os comandos originais dele. Minha memória podia não ser tão boa quanto a de Bayan, mas eu observava o mundo ao meu redor com mais atenção. Tinha visto uma criada ir para a cidade no dia de folga. Quando ela colocou um casaco sobre o uniforme, o construto espião que a seguia simplesmente parou.

Então peguei uma túnica de criada na lavanderia e me disfarcei.

A criatura olhou para mim quando estiquei a mão e peguei um pedaço de pedra sagaz da pilha solta. O nariz dela tremeu, mas o resto não se moveu nem um pouco. Puxei a pedra sagaz até o peito e fiz gestos exagerados para colocá-la na bolsinha do cinto.

Por um momento, achei que tinha julgado errado. O construto ficou sentado na caixa de pedra sagaz, me observando como se estivesse esperando outra noz. Uma orelha tremeu, depois o nariz, e aí a cabeça. Ele passou correndo por mim, deslizando por baixo do vão da porta. Estaria indo para o palácio agora, para o túnel no pátio que tinha o tamanho certo para acomodar seu corpinho. Ele desapareceria naquele túnel e seguiria para a toca de Ilith, para relatar ao mestre o roubo cometido por uma criada.

Quando tive certeza de que o construto tinha ido embora, botei de volta a maior parte da pedra sagaz e reservei um bocado para o caso de precisar um dia. Meu pai nunca tinha me proibido de ter acesso à pedra sagaz. Se tentasse punir algum criado, eu poderia dizer que pedi que levasse um pouco para mim, para um pequeno experimento.

Verifiquei no vão da janela, olhei em volta das caixas, tentando achar outro construto espião. Vi que estava sozinha de verdade.

A chave que peguei no ferreiro duas noites atrás pesava no meu bolso. A cabeça era diferente da original, mas eu tinha a sensação de que meu pai saberia se visse. Só o fato de ela estar em minhas mãos já me fazia andar de um jeito diferente, eu tinha certeza.

Os criados trabalhavam de manhã e no começo da noite, antes do jantar. Meu pai tinha levado Bayan para trás de uma porta trancada para que pudessem estudar. O palácio era meu.

Quando passei pela porta, o lugar parecia todo diferente. A luz do sol estava batendo mais forte e tudo parecia vibrar com a minha empolgação refletida. Havia uma chave no meu bolso e ela abria uma das muitas portas que tinham sido negadas a mim.

Subi pelo lance de escadas da esquerda no saguão de entrada. O mural no alto estava desbotado, o único resquício ali dos Alangas. Meus antepassados tinham construído o palácio em volta daquela parede como um lembrete daquilo contra o qual tínhamos lutado.

Havia uma fila de homens e mulheres, lado a lado, as mãos unidas e os olhos fechados. Os Alangas. Eu não sabia bem qual era qual, quem era Dione e quem era Arrimus. Devia saber antes de ter perdido minhas lembranças. Apesar da tinta desbotada, a intensidade das vestes ainda era visível. O tecido ainda parecia macio. Resisti à vontade de roçar os dedos no mural quando passei.

Comecei com as maiores portas, as mais decoradas primeiro. Em duas delas, minha chave pendeu frouxa, engolida pela enormidade das fechaduras. Fiquei um pouco menos ambiciosa e testei a chave em portas em que parecia que caberia. Quanto mais rápido eu a encontrasse, mais tempo teria para explorar o local. As sessões de treino do meu pai e de Bayan costumavam durar até o jantar, mas não dava para contar que sempre seria assim. Meu coração acelerava a cada novo fracasso.

E se eu tivesse me enganado? E se aquela chave não abrisse porta nenhuma? E se meu pai a tivesse colocado lá como armadilha? E se ele só precisasse de uma boa desculpa para me expulsar e colocar Bayan no meu lugar?

Eu era Lin. Era a filha do Imperador. Aprenderia a sua magia do fragmento de ossos e provaria que era digna de assumir o lugar dele. Provaria que não estava quebrada. Repeti isso para mim mesma como se fosse uma prece. Era a única coisa que importava.

Quando a fechadura girou, demorei um pouco para perceber. Era uma porta pequena e comum, perto do fim do corredor do primeiro andar, o verniz gasto e quase descascando. A luz do sol tinha aquecido a maçaneta de metal. Dei uma última olhada de um lado para o outro do corredor e entrei. A porta se fechou com um leve clique depois que passei.

Fui cercada pela escuridão: não havia janelas naquele cômodo. Eu devia ter pensado em levar um lampião, mas, na pressa, nem passou pela minha cabeça. Minha imaginação me trouxe monstros no escuro, talvez até Ilith, só esperando que eu chegasse mais perto para me fazer sua vítima. Engoli em seco e mantive a respiração silenciosa enquanto a visão se ajustava. Uma barra fina de luz cintilava embaixo da porta, deixando o aposento com formas sem cor.

Mas foi o suficiente para eu encontrar o lampião pendurado embaixo da cornija da lareira e a madeira abaixo. Acendi o lampião com dedos trêmulos, sem saber se estava empolgada ou apavorada. Quando virei a luz para o cômodo, vi que as paredes eram ocupadas por gavetas… e nenhum construto esperando para me comer.

As gavetas estavam rotuladas. Eram pequenas, como se tivessem sido feitas para guardar anéis ou brincos. Várias à direita tinham pedacinhos de papel com anotações manuscritas que chamavam a atenção. Fui até essas, meus passos fazendo as tábuas do chão rangerem. Quando olhei melhor, identifiquei a caligrafia de Bayan.

Á-122 - Falecido
83-B-4 - Vivo
720-H - Vivo

Continuou assim, rabiscos cobriam todos os papeis. Minha mão doeu por ele. Mas, quando olhei os rótulos nas gavetas, o horror subiu pela minha garganta. *Thuy Port – Cabeça de Cervo – ano 1510.* Eu sabia o que encontraria quando abrisse a gaveta. Mas abri mesmo assim.

Havia pequenos fragmentos de ossos dentro, sobre uma almofada de veludo, vermelho sobre branco… como deviam estar quando foram cortados do corpo dos donos. Bayan esteve ali, testando os fragmentos da Ilha da Cabeça de Cervo, vendo quais donos ainda estavam vivos e quais estavam mortos, e que por isso não teriam mais vida para dar energia a um construto. Os fragmentos de ossos dessas pessoas estariam inertes.

Fazia cinco dias da notícia da ilha, e era naquilo que meu pai estava trabalhando? Por mais complexos que os quatro construtos de nível um dele fossem, eles não poderiam governar um império. O Império precisava dele, e ele estava catalogando os restos de um desastre, vendo quais ainda eram úteis.

Fechei a gaveta. Não sabia bem quando tinha começado a perceber que o governo do meu pai estava fracassando. Talvez tivesse sido até antes de eu adoecer. Mas me lembrava de ver a mão do meu pai tremer quando ele virava as páginas de um acordo comercial, apertando os olhos para as páginas até desistir, frustrado.

– Revise – dissera ele, jogando o documento para o Construto do Comércio. E depois entrou em uma de suas salinhas secretas e fechou a porta para se isolar.

A alma dele podia ter força para alimentar dez construtos, mas o corpo estava enfraquecendo.

Levantei o lampião e andei pelas fileiras de gavetas até encontrar *Imperial* e o ano *1508*. Os fragmentos ali tinham rótulos de letras e números. Devia haver um catálogo em algum lugar. As gavetas alcançavam até quase o teto, com escadas colocadas em intervalos ao longo da parede. Iam até o chão também e, quando me ajoelhei, vi que as gavetas embaixo eram mais longas e mais altas. Botei o lampião de lado e abri uma delas.

Tinha um livro dentro. A capa era de um couro escamoso, verde ou azul na luz fraca. Passei a mão nele, quase esperando tocar em poeira, mas sem encontrar nada. Havia páginas amareladas com cheiro de tinta e cola velha quando o abri. Tantas páginas, tantos nomes. O período do Império Fênix nunca deixava de me surpreender quando eu me deparava com provas de que ele existiu. Dava para rastrear minha linhagem até o começo, até as pessoas que tinham lutado contra os Alangas e os derrotado.

As páginas perto do fim estavam mais nítidas. Encontrei o ano 1508 e aí... *Numeen*, o ferreiro, com a caligrafia caprichada de um construto burocrata. *03-M-4*. Fechei o livro e o ajeitei até parecer não ter sido mexido. Depois, procurei 03-M-4.

Havia um espaço vazio na gaveta no lugar onde estaria o fragmento dele. Fui tomada de alívio, depois de vergonha por sentir alívio. Tinha algo escrito em letras bem pequenas embaixo do rótulo. Olhei mais de perto, levando o lampião para cima da gaveta. *B, para teste*. Bayan. Ele estava usando o fragmento de Numeen nos construtos de treino.

Melhor do que estar em uso regular em um dos construtos do meu pai, mas não muito. O fragmento estaria no quarto de Bayan. E, a julgar pelas anotações meticulosas, ele repararia se eu o pegasse. Repararia e contaria para o meu pai, e eu teria que arrumar um jeito de me explicar. Eu tinha entrado no quarto de Bayan uns dois anos atrás, só de birra, e ele reparou em cada coisa que eu tinha tocado e mudado de lugar. Ele até deixava as janelas trancadas agora. Eu tinha verificado. Se meu pai tinha a chave do quarto de Bayan, eu não sabia qual era.

Numeen talvez não percebesse que seu fragmento estava sendo usado, não por um bom tempo. Mas começaria a sentir, de manhã e tarde da noite, um enfraquecimento dos membros, uma exaustão nada natural nos ombros, pesada feito um cobertor molhado. O cansaço se tornaria seu companheiro. Ele acabaria morrendo um pouco cedo demais, um pouco jovem demais.

Mas os construtos nos mantinham em segurança. Eram tão numerosos quanto um exército. Meu pai sempre dizia que os Alangas voltariam um dia e, quando voltassem, tentariam retomar o Império. Todos os Alangas tinham poderes, mas os governantes tinham mais do que a maioria. Quando o governante de uma ilha guerreou contra outro, o choque da magia deles matou muitos inocentes azarados. Muros enormes de água, tempestades com ventanias que dizimaram cidades. O maior de todos, Dione, era capaz de afogar uma cidade enquanto salvava todas as moscas, mas a maioria dos Alangas não tinha esse nível de controle.

O que meros mortais poderiam fazer perante tanto poder?

Peguei outro fragmento e virei-o nos dedos, reparando nos números e letras de identificação escritos na superfície. Meus antepassados tinham encontrado uma fraqueza, uma forma de matar os Alangas... que o meu pai ainda não tinha compartilhado comigo. Ele realmente se importava com o bem-estar do Império? Eu não tinha certeza.

Nós precisamos de um Imperador que se importe conosco. Eu me importava. Mas não poderia pegar o fragmento de Numeen sem ser flagrada.

Coloquei o que estava segurando no lugar e fechei a gaveta, sentindo como se estivesse tentando esconder a vergonha no meu coração.

O lampião balançou na minha mão quando me virei. Havia mais espaço para explorar, e talvez eu encontrasse mais coisas além de fragmentos de ossos e catálogos. Fui até outra coluna e testei outras gavetas. Só fragmentos.

No fundo do cômodo, a parede não tinha gavetas. Encostei a mão na superfície lisa, me perguntando o que havia do outro lado. Uma forma escura chamou minha atenção. Outra porta, quase no cantinho. Corri até ela, com a empolgação crescendo a cada passo.

A maçaneta de metal estava fria, e tentei girá-la antes de ver a fechadura. A maçaneta apenas chacoalhou na minha mão.

Trancada. Claro.

Eu me afastei da porta, frustrada, e peguei a chave na bolsinha do cinto. Entrou com facilidade na fechadura, mas não girou. Tentei empurrar a porta, tentei puxá-la. Tentei sacudir a chave enquanto girava, torcendo para ser a chave certa, mesmo sabendo que não era. Não seria a cara do meu pai.

Ele não tornaria as coisas fáceis para mim uma única vez na vida. Tirei a chave da fechadura. Minha respiração pareceu ecoar nos armários e nas paredes.

A porta. Eu estava tão concentrada na fechadura que não olhei para a porta. Algo pareceu se apoderar do meu coração e apertar com tanta força que me fez ofegar. Dois painéis de bronze estavam presos ali. Entalhes de zimbros nuviosos enraizados embaixo, curvando-se para cima, os galhos ocupando o topo.

A beleza dos entalhes não foi o que me surpreendeu, embora a porta *fosse* linda. Eu não tinha visto aquela porta nos cinco anos desde que tinha adoecido. Mas eu a conhecia, da mesma forma que conhecia a sensação dos meus dentes embaixo da língua. Eu me agarrei a uma sensação, a um cheiro, a uma imagem daquela porta iluminada por vários lampiões. A lembrança escapou, nunca sólida o bastante para ser apanhada.

Eu já estive ali.

9

Jovis

Uma ilhota ao leste da Cabeça de Cervo

Se dá para falar algo sobre os membros do Ioph Carn, essa coisa é o seguinte: eles são persistentes. Eu estava no meu barco, com as velas erguidas e as cordas verificadas, quando Philine e os homens dela chegaram correndo na estrada em direção das docas. Acho que Philine gritou "Pare!".

Um desperdício de fôlego falar isso. Alguém realmente para quando está sendo perseguido? Ela acabara de me dar uma surra. O que esperava, que eu me virasse e agradecesse o pedido educado? Não. Fiz o que todo mundo que já tinha ouvido essa ordem fez: fugi mais rápido.

Mephi chilreou quando corri de uma ponta do barco até a outra, tentando encher as velas com o vento e apontar a proa na direção certa. O porto ali era pequeno, mal passava uma caravela imperial na abertura. Não rasparia as laterais nos recifes, mas com certeza não tinha o mesmo espaço que a Cabeça de Cervo.

Mephi se sentou aos meus pés quando fui até o leme e apontei para os Ioph Carn correndo pelas docas na nossa direção.

– Aquelas pessoas não são boas.

Ele inclinou a cabeça para o lado, os olhos fixos nos meus. Eu estava fazendo a mesma coisa de novo: estava conversando com um animal. Podia botar a culpa nos nervos. Sempre falava demais com demasiada frequência… exceto quando estava em casa, na cozinha, ou no Mar Infinito. Em outros lugares, eu ficava inquieto, sempre inquieto. Emahla nunca me levou a sério até me ver em silêncio.

Philine não foi até nenhum barco no qual eles tivessem viajado. Levou os lacaios até um bote, desamarrou-o e mandou que remassem.

Eles tinham braços grossos feito postes e musculosos como cordas encharcadas de sal. Olhei para os meus próprios membros magros e para as velas, ondulando, mas não me fazendo disparar na água. Só chegaria a ventos melhores quando saísse do porto. Ainda havia o punhado de pedra sagaz. Eu ainda poderia ir mais rápido do que eles.

– Não entra embaixo dos meus pés – falei para Mephi e balancei a cabeça. Eu tinha feito de novo. Ah, que importância tinha se falar me deixava melhor? E deixava mesmo. Fazia com que eu me sentisse no controle.

Levantei o alçapão de depósito, ergui a tábua solta e tateei, procurando a pedra sagaz.

Só tábuas lisas. Uma sensação vertiginosa tomou conta de mim e fez a bile subir pela garganta. A pedra sagaz tinha sumido. Passei a mão pelo espaço. Talvez uma onda tivesse batido no barco à noite e as pedras tivessem mudado de lugar, rolado para um canto. Tentei uma terceira vez, a cabeça parecendo cheia de algodão.

Não podia simplesmente ter sumido.

Uma coisa fria tocou no meu outro braço. Eu me levantei e vi Mephi me observando, as patas unidas como uma tia preocupada. Quando olhei por cima da cabeça dele, vi os Ioph Carn se aproximando.

Quem me dera controlar o vento ou o mar. O que eu tinha a bordo era só uma lança que usava às vezes para pescar. Eu a peguei mesmo assim, virei o barco para a entrada do porto e fiquei a bombordo com a lança. Minhas costelas machucadas doíam enquanto eu respirava, à espera.

A expressão de Philine estava séria, o cassetete preparado. Ela não me deixaria escapar uma segunda vez.

Meus batimentos cardíacos sacudiram as costelas, mais firmes do que eu achava que a situação merecia. As palmas das minhas mãos ficaram cobertas de suor quando o bote chegou mais perto. Dava para ver as veias nos braços dos Ioph Carn enquanto eles remavam, os tendões se projetando na mão de Philine quando ela apertou o bastão com mais força.

O bote bateu na lateral do meu barco e, naquele mesmo momento, Philine agarrou a lateral dele com uma das mãos e a ponta da lança com a outra, na hora que tentei empurrá-la para fora.

Ela usou minha lança como apoio para subir e quase me fez cair no mar. Eu me endireitei um pouco, bem a tempo de ela bater com a base do cassetete nas minhas costelas já machucadas.

A dor tirou meu fôlego, e eu puxei o ar de volta pelos dentes, tentando me concentrar em alguma coisa, qualquer coisa. A lança ainda estava comigo. A ponta ainda estava na mão de Philine. Empurrei a lança, tentando tirar o equilíbrio dela, tentando jogá-la no mar.

Ela só pareceu irritada.

Eu *precisava* tirá-la do barco. Precisava daquilo com a mesma urgência de um homem se afogando. Não poderia ir até Kaphra, não agora. Eu teria negociado com qualquer demônio, teria apertado a mão do maior dos Alangas em pessoa, só para tirar Philine do barco.

Ela sorriu como se o desespero que eu exalava a cada respiração fosse um perfume. Com a mão livre, tirou uma lâmina do cinto e puxou o braço para arremessá-la. Pelo olhar, Philine estava mirando no meu olho.

Uma bola de pelo marrom passou em disparada pelos meus pés e se jogou na mulher. A expressão de Philine mudou na mesma hora, com a mandíbula se contraindo.

– Merda!

Ela largou a faca, que caiu no mar atrás dela.

Mephi fechou o focinho no tornozelo dela e um rosnado ecoou em sua garganta. Philine tentou sacudir a perna para jogá-lo longe. Eu me lembrei dos dentinhos afiados que ele tinha usado para eviscerar o peixe que eu lhe dera. Aquilo doeria, mas não seguraria Philine por muito tempo. Aquela maldita mulher ainda estava com os dedos segurando a ponta da lança com firmeza, e ela era mais do que páreo para mim no quesito força.

Alguma coisa mudou dentro de mim. Senti como se fosse um destravamento, uma movimentação de fechadura e um clique suave e tênue. Senti o corpo estremecendo e um rugido silencioso ressoando nos meus ouvidos.

Philine chutou Mephi para o lado. Eu respirei fundo de novo e a dor sumiu das costelas. O ar pareceu fluir para os meus pulmões e se dissipar nos meus membros, renovando minhas forças. Senti primeiro nos ossos, um tremor sutil de poder. E depois nas pernas, agora firmes e fortes feito as vigas de uma casa. A sensação fluiu para cima, para as costas e os braços, e no momento seguinte eu não estava mais lutando com Philine. Ela ainda estava na minha frente, mas parecia que eu estava enfrentando uma criança. Experimentei levantar a lança, e os pés dela quase se ergueram do convés.

Vi a ficha cair no rosto dela. Será que foi essa a minha cara quando não consegui encontrar a pedra sagaz? Em seguida, antes que pudesse pensar direito, joguei-a junto com a lança na água, logo antes do recife. Foi tão fácil quanto jogar um peixe de volta ao mar.

Com a mesma rapidez, a força sumiu. Desabei no convés com a respiração irregular na garganta, olhando as velas enquanto saíamos do porto e seguíamos para o Mar Infinito.

Mephi veio até mim. Colocou as duas patas no meu joelho, uma expressão solene no rosto com bigodes, sangue manchando o pelo embaixo da boca.

– Não tá bom – disse ele em uma voz estridente e gutural. Mephi deu batidinhas na minha perna. – Não tá.

Uma surra nas mãos dos Ioph Carn eu conseguia aguentar. Ser perseguido saindo do porto e perdendo o que me restava de pedra sagaz... isso também parecia não estar além dos meus limites. Mas aquilo?

Apaguei na mesma hora.

Acordei com o som do mar batendo no casco. Cores e detalhes surgiram feito tinta se espalhando em papel. Primeiro o sol, alto e forte no céu. Depois, o vento batendo nas velas. Apertei os olhos.

Mephi estava na proa do barco, o rosto ao vento, o pelo balançando. Assim que me ouviu mexer, ele se aproximou e chilreou, passando as patas no meu cabelo como se estivesse procurando por comida.

Eu o afastei e me sentei. Meu corpo todo estava duro e dolorido, como se tivesse sido derrubado e atingido por ondas antes de ser jogado bruscamente em terra. Uma surra era assim mesmo: piorava antes de melhorar.

O Ioph Carn.

Dei um pulo e senti dor pelo corpo, tão afiada quanto uma faca. A ilha ainda estava visível, mas ficando menor cada vez mais rápido.

Ainda não dava para ver nenhum barco me seguindo. Levaria tempo para eles tirarem Philine do mar e prepararem o barco deles. Não seria tão rápido quanto o meu, e eu não sabia quanto da preciosa pedra sagaz eles iriam querer gastar para me capturar.

O vento balançou meu cabelo e o jogou nos meus olhos. Prendi-o atrás das orelhas e fiz uma ronda rápida para verificar as amarras e as velas. Olhei as cartas náuticas de novo para ter certeza. Estávamos indo na direção certa e o vento estava bom, então não havia muito a fazer além de esperar. A Academia de Navegadores sempre gostava de dizer que paciência era a primeira coisa que ensinavam aos alunos, embora essa não tivesse sido minha primeira lição lá. Meus pais sabiam o que eu enfrentaria. Eles tentaram me avisar quando fiz as malas para a Ilha Imperial.

– Não vão aceitá-lo – disse meu pai, com a voz suave. – Não vão ver você como um deles.

– Eu sei – falei, revirando os olhos enquanto tirava livros da estante. – Vão me perguntar se falei com os anciãos ou se meu nome significa "montanha nevada" em *poyer*.

Com as sobrancelhas abaixadas, minha mãe se enfiou entre mim e as minhas malas.

– Estamos tentando lhe dizer uma coisa importante! Anaui é pequena; todo mundo nos conhece aqui. Não o conhecem na Imperial. Vão achar que conhecem você, e isso é bem diferente de conhecer.

Suspirei, tal qual um jovem que achava que sabia mais da vida do que os próprios pais.

– Sou metade *poyer* e metade imperial. Era disso que você queria me lembrar?

Eles trocaram um olhar, o rosto da minha mãe exausto e exasperado, pedindo a meu pai que explicasse. Se tivesse admitido que era tolo, eu teria visto que tinha passado longe da mensagem deles.

– Jovis – disse meu pai –, queríamos lembrá-lo de que é tanto *poyer* quanto imperial. E não importa o que digam, isso não faz você ser inferior a eles.

Assenti e agradeci, embora ainda não tivesse entendido. Eu tinha passado no exame de admissão, não tinha? Mas, quando cheguei à Academia, os instrutores me trataram feito um espetáculo mestiço, e a primeira coisa que aprendi foi que a vida de navegador imperial seria solitária.

No leme, olhei para o meu novo companheiro. Ele parecia determinado a garantir que eu não estava mais correndo o risco de ficar sozinho. Talvez eu pudesse ter desviado da faca arremessada por Philine. Talvez não. Parecia que o tinha salvado da água e ele tinha me salvado de uma morte horrível.

– O que você é?

Mephi só se sentou e coçou a orelhinha com uma pata dianteira. Seus lábios se repuxaram em uma careta enquanto ele procurava o lugar exato. Ele se parecia um pouco com uma lontra mesmo. Os dedos das patas eram mais longos, as orelhas pontudas em vez de arredondadas. O rosto era mais anguloso do que redondo, e foi por isso que, de primeira, eu o confundi com um gato. Apesar do tamanho de gatinho, o corpo de Mephi era mais comprido, e ele conseguia se esticar com facilidade até o meu joelho.

Depois de vê-lo se atrapalhando por um momento, suspirei e estiquei a mão para ajudá-lo a se coçar. Ele se aproximou quando o toquei. Embora o pelo fosse áspero, a pelagem perto do corpo era macia feito penugem. Essa devia ser a textura de uma nuvem: incrivelmente macia.

Passei o polegar pela cabeça dele e fiz uma pausa. Havia dois caroços ossudos ao lado das orelhas. Chifres brotando? Não conseguia pensar em nenhuma criatura marinha com chifres e pelo. Sentindo-me bem idiota, perguntei:

– Você poderia me contar quem e o que você é?

Mephi só abriu a boca e soltou um chilreio satisfeito.

Será que eu tinha imaginado quando ele falou? Estava exausto, tinha levado uma surra, escapado por um triz e depois escapado por pouco de novo. Mas, apesar das mentiras que eu contava para os outros e daquelas que às vezes contava para mim mesmo, não achei que aquilo fosse algo inventado pela minha mente.

– Existem papagaios – falei para Mephi – que vivem nas ilhas. Algumas pessoas os têm como animais de estimação e eles falam feito gente.

Tinha parado de fazer carinho nele. Mephi usou a pata para cutucar o joelho onde eu tinha colocado a mão. Obedeci e cocei as bochechas dele.

– É isso que você faz? Repete o que ouviu?

Mephi se agachou, e antes que eu entendesse o que ele estava fazendo, pulou no meu colo e se espalhou nas minhas pernas como se ali fosse seu lugar. Fiquei imóvel, sem ousar respirar, com um certo medo de aquela criatura selvagem me morder. Como ele não fez isso, apoiei uma mão hesitante no ombro quente dele. Mephi soltou um suspiro rouco e deitou a cabeça entre as patas.

Eu já tinha nadado uma vez até o fundo de uma enseada em casa, só para ver quanto tempo aguentava. Quando meus pulmões estavam prestes a explodir, e até meu irmão tinha batido de preocupação na água, estiquei as pernas e me empurrei na direção da superfície. Foi a mesma sensação que senti naquele momento, de que meu coração estava se expandindo, ascendendo a um lugar mais luminoso.

Um barco apareceu à frente no horizonte, uma forma escura contra a água. O vento aumentou, e meu barco cortou a água, quicando um pouco nas ondas. Mephi nem se mexeu. Quem me dera poder adormecer de maneira tão rápida e despreocupada. O barco no horizonte não era do Ioph Carn, nem era um navio imperial. Estranho, não tinha vela nenhuma. O Império ainda tinha galés, mas até as galés deles tinham velas.

Quando chegamos mais perto, percebi que o barco tinha velas, sim. Só que eram do mesmo azul do céu.

Levantei-me com um pulo e o movimento brusco jogou Mephi no convés. O pai de Alon tinha visto o barco indo para leste, mas ele devia ter ancorado em um ponto fora de vista ou voltado para a ilha para tratar de algum assunto... porque estava ali, naquele momento, bem na minha frente.

Verifiquei minhas velas. Eu só estava transportando as duas caixas de melão, não tinha carga completa. Não tinha como fazer o barco ir mais rápido. O outro barco talvez não tivesse me visto, ou só não ligasse, porque parecia que a distância entre nós estava diminuindo. Fui até a proa e apertei os olhos, mas logo me lembrei da luneta. Minha cabeça estava cheia de vespas, zumbindo para todos os lados.

Levantei o banco na proa, peguei a luneta e a abri toda. Com o balanço das ondas e minhas mãos nada firmes, demorei para encostá-la direito nos olhos. O horizonte entrou em foco, assim como o barco de casco escuro. As velas azuis ondulavam, e perto da popa havia uma figura. Pelo menos, só uma que eu conseguisse enxergar, e ela vestia um manto cinza-escuro. A primeira vez em que eu tinha visto esse barco foi na manhã em que Emahla desapareceu. No calor do momento, uma das minhas tias tinha sugerido que talvez ela tivesse se afogado, e, apesar de saber que Emahla não tinha feito isso, fui para o mar. A névoa pairava pesada sobre a praia e não dava para ver onde as ondas quebravam. Fui até a beira, com água entrando nos sapatos, deixando meus dedos gelados.

Algo tinha se movido na névoa. Primeiro pensei que era a água ou a própria neblina. Mas aí vi uma coisa azul. Uma vela azul. Eu me assustei, e ela sumiu. Nem a areia debaixo dos meus pés parecia firme. Como eu podia ter certeza, naquele momento, de que aquilo não era só um pesadelo? Já tinha começado a sentir falta dela, meu coração entendendo o que minha cabeça não tinha como saber.

Vi aquilo de novo cinco anos depois. Cinco anos desperdiçados. Eu estava pagando meu próprio barco, uma coisa maior do que o barco de pesca do meu pai, uma coisa que pudesse ir de ilha em ilha sem afundar na primeira tempestade. Os Ioph Carn eram os únicos que me deixariam pagar com trabalho. Não tive escolha. Mas, no aniversário da morte do meu irmão, parei em uma ilha a oeste da Imperial e queimei um ramo de zimbro nuvioso em uma falésia, fazendo homenagem a Onyu. Céu claro, dia ensolarado. Foi lá que vi de novo: o barco com as velas azuis, uma figura solitária na amurada. Daquela vez, eu soube que não estava imaginando. Cortei contato com o Ioph Carn e passei os dois anos seguintes caçando rumores de velas azuis.

Agora, no meu barco e com o navio estranho à vista, me imaginei pulando a bordo, segurando a figura encapuzada e a sacudindo. Eu perguntaria o que tinha feito com Emahla, para onde a tinha levado, onde ela esteve por todos aqueles anos. Eu ainda me lembrava de como era o peso da cabeça dela no meu ombro, das covinhas nas bochechas quando Emahla sorria, a sensação quente e calejada da palma da mão dela na minha. O jeito como ela sempre parecia me entender mesmo quando eu não conseguia encontrar as palavras.

Mas essas lembranças estavam sumindo, por mais que eu tentasse retê-las, elas estavam se dissolvendo feito sal nas ondas. E aquela era a pior parte do luto: não só saber que ela não estava mais comigo, mas que, em algum momento, novas lembranças e experiências se sobreporiam a elas, tornando a distância entre nós dois ainda maior. Os dias que passamos nadando e pescando na praia, a primeira vez em que eu a beijei, os sonhos que tínhamos compartilhado... Agora eu era o único guardião dessas memórias, e essa era a verdadeira solidão. Havia tantas coisas que eu ainda queria contar para ela, dividir com ela...

A figura se virou para mim. Por um momento, achei que tinha me encarado ao longe. E aí foi para as velas. Um instante depois, tive um vislumbre de fumaça branca fina. Estavam queimando pedra sagaz.

Rapidamente fechei a luneta. Eu não tinha pedra sagaz, mas meu barco tinha sido projetado para ser rápido. Talvez ainda houvesse uma chance, dependendo de quanto combustível o outro barco possuía. Olhei para o meu barco, ciente de que, apesar da minha imaginação, da certeza de que pularia no outro barco e o tomaria à força, eu não tinha armas. Até a lança de pesca já era: tinha caído no porto com Philine. E, como meu corpo ficava me lembrando, ele não estava em boas condições naquele momento.

– Nós vamos pensar em alguma coisa, não vamos?

Isso de falar com Mephi estava começando a virar hábito. Ele me seguiu de perto enquanto eu andava pelo barco. Eu tinha um porrete pequeno que usava para matar os peixes que pescava. Ajudaria um pouco. E lá atrás, quando estava lutando com Philine, eu tive uma espécie de fôlego extra. Seria possível que tivesse de novo?

Não importava. As respostas que procurava estavam a bordo daquele barco, e eu deixaria que o Ioph Carn me espancasse todos os dias da minha vida para não deixar essa chance escapar. Fui até a proa com o porrete dos peixes na mão, torcendo para que os hematomas e o sangue me deixassem parecendo intimidador, e não patético. E foi de lá, na proa, que vi o outro barco começar a se afastar. Senti como se estivesse na praia de novo, procurando por Emahla, percebendo que tudo que eu fazia era inútil. Meus dedos apertaram o porrete até farpas espetarem embaixo das unhas.

– Não consigo... não consigo continuar.

Eu nem sabia o que quis dizer.

Mephi murmurou aos meus pés, se ergueu nas patas traseiras e me cutucou no joelho. Antes que eu pudesse olhar para baixo, ele tinha saltitado até as velas e subido nas pernas do braseiro, a cauda se enrolando no metal. Mephi caiu dentro da tigela e seu pelo ficou sujo de cinzas.

– Não tenho mais pedra sagaz – falei. – Já queimei tudo.

Mas Mephi não estava procurando pedra sagaz. Ele se sentou no braseiro, se virou para a vela e *soprou*. Fumaça saiu de sua boca, fina feito fumaça de pedra sagaz queimada. Junto dela veio um sopro de ar e, em seguida, uma brisa. Ela preencheu a vela, espalhando-se na superfície como óleo em água. Meu barco saltou para a frente.

– Mephi! Mephisolou! – Fui tomado de uma euforia que subiu pelo pescoço e me deixou tonto. – O que você é? O que está fazendo? – Eu não sabia o que estava dizendo. Será que era um sonho? E, se era, quando tinha começado a sonhar? Antes que eu pudesse questionar o que tinha visto, Mephi inspirou e expirou de novo. Mais fumaça saiu de sua boca e mais vento encheu a vela.

Olhei para o horizonte. O barco ainda estava lá, e nós estávamos nos deslocando rápido, percorrendo as ondas como se carregados por asas. Verifiquei pela luneta de novo. Podia ser minha imaginação, mas achei que vi ainda mais fumaça de pedra sagaz subindo para as velas azuis. Quanto mais será que a pessoa tinha? O barco não exibia nenhum símbolo do Império, e nem contrabandistas ou ladrões conseguiam tanta pedra sagaz. Eu só tinha conseguido uma vez, e foi através de manipulação cuidadosa dos construtos e dos soldados do Império. Mas isso lá importava? Bateria em todo o Império com o porrete de peixes só para ter Emahla de volta. Fiquei bem na ponta da proa, com o vento e o mar soprando no rosto, pronto para pular assim que chegássemos perto o suficiente.

O barco de vela azul se afastou de novo e o vento no meu rosto amenizou. Não. Agora, não. Não justo quando eu não via aquele barco havia anos, quando estava tão perto de obter respostas. Estávamos indo mais devagar, e o outro barco acelerava. Quando olhei para trás, vi Mephi na tigela, soltando fôlegos curtos e irregulares.

– Temos que continuar! – gritei para ele, e não me importei que fosse um animal. Ele podia não ter entendido as palavras, mas devia entender meu tom. – Nós ainda podemos pegá-los.

Tão perto, tão perto. Eu era um homem passando fome com mel diante dos lábios.

Mephi soprou de novo, as velas se encheram e o barco sacolejou e saltou. Ele se agachou no braseiro, com cinzas tremendo no bigode.

– Não tá bom – grunhiu.

Desta vez, o choque que senti com as palavras dele foi diferente. Não me importava com aquela criatura que eu tinha tirado do mar. Não me importava com Alon nem com as outras crianças que tinha deixado para trás. Emahla poderia estar *naquele barco* agorinha. Uma parte de mim sabia que não podia ser verdade, não depois de tantos anos, mas a outra parte ainda estava parada naquela praia na manhã em que Emahla tinha desaparecido, torcendo para que de alguma forma as coisas pudessem se acertar de novo. E essa parte *precisava* pegar aquele barco.

A respiração de Mephi estava trêmula de novo. Ele não tinha se levantado. Ainda estava agachado no braseiro feito um animal ferido protegendo a própria barriga. Eu me lembrei de como ele tinha suspirado e apoiado a cabeça no meu colo, confiando completamente em mim. De como tinha se jogado em Philine para me dar mais tempo. Culpa e desespero se misturaram no meu peito. Quantas outras baforadas seriam necessárias para chegarmos ao outro barco? Muitas. Ele morreria antes de chegarmos lá.

Eu sabia disso, *sabia!* Mas, mesmo assim, queria pelo menos tentar. Estava contando mentiras demais para mim mesmo, uma depois da outra.

– Para – falei.

Por mais baixa que a ordem tivesse sido, Mephi desabou na tigela sem soltar outra baforada. As velas se acalmaram. A água abaixo de nós bateu na madeira.

E o barco em que eu queria tanto subir desapareceu no horizonte do Mar Infinito.

10

LIN

Ilha Imperial

Os paralelepípedos da rua estavam escorregadios devido à chuva vespertina, refletindo os lampiões em sua superfície. Agora eu conhecia aquele caminho, assim como conhecia as outras partes daquela sequência. Esperar até meu pai terminar de me interrogar e se sentar para tomar o chá, entrar no quarto dele e pegar uma chave. Ele não me interrogava todas as noites, então eu só tinha roubado mais duas chaves até ali.

Mas aquilo importava para mim, porque, quando eu pegasse a cópia de volta, teria duas chaves a mais do que Bayan.

Algumas pessoas ainda estavam nas ruas, conversando com vizinhos no sotaque cantarolado da Ilha Imperial. Elas me olhavam passar – eu nunca tinha tempo de tirar as túnicas bordadas de seda–, mas logo voltavam a fofocar. Meu pai raramente me deixava sair do palácio sozinha, então ninguém conhecia meu rosto. Eu tinha saído duas vezes em um palanquim, junto com criados que enfiavam as mãos dentro da cortina e pegavam minhas moedas para levar aos vendedores. Eu nunca pousava minhas sapatilhas nas pedras da rua, nunca sentia o ar da cidade na pele.

Espiei dentro das lojas que estavam fechando quando passei por elas. Os ocupantes estavam limpando mesas ou dobrando coisas para guardar em gavetas. Uma alfaiataria tinha uma fortuna em tecidos, rolos empilhados em cima de rolos, as pontas se soltando feito uma cascata de vários tons. Ao lado, uma padaria, o ar ainda carregado de fermento e vapor. E, depois disso, um bar, com os cantos escuros ainda cheios de pessoas murmurando umas com as outras. Canecas tilintavam e fumaça saía pela entrada. Tinha cheiro do tipo de lugar que estava sempre úmido, com mais do que uma poça molhando o piso gasto. Uma parte de mim queria entrar, pedir vinho, me acomodar entre aquelas pessoas e ouvir. O que será que veria nos rostos delas? Mas tinha uma chave pesando no meu bolso. Se não me apressasse, meu pai voltaria para o quarto e descobriria o que eu tinha feito.

Portanto, me esgueirei para dentro da loja do ferreiro. O sino na maçaneta bateu na madeira velha e o homem ergueu o olhar de onde estava trabalhando. Ele só soltou um grunhido baixo, não satisfeito, não incomodado, só... cauteloso.

– Trouxe outra – falei, enfiando a mão no bolso do cinto.

Retirei a chave. O ferreiro levou um momento para estender a mão e me deixar colocá-la na palma da mão dele. Sem dizer nada, ele olhou para ela e avaliou as dimensões. Virou-se no banco e começou a abrir gavetas.

– O preço desta é o mesmo da anterior – falou. Ele já sabia quem eu era. Podia ter pedido mais. Eu tinha como pagar.

Mas só peguei duas moedas de prata e as coloquei no balcão enquanto o via pressionar a chave no molde de cera.

Ele franziu a testa enquanto trabalhava. Olhou meu rosto de relance e então voltou a olhar a chave. Um momento depois ele perguntou, com a atenção ainda no trabalho:

– Encontrou meu fragmento?

O ferreiro fingiu indiferença, mas lambeu os lábios, os ombros contraídos enquanto esperava pela resposta. Ele também tinha perguntado da última vez, e me vi temendo a pergunta ainda mais do que antes. Eu sabia onde o fragmento dele estava. Só não conseguiria chegar nele sem ser pega.

– Não – respondi, a mentira saindo pelos meus lábios antes que eu pudesse contê-la. Apesar de tentar evitar a inquietação, ela fez meu estômago embrulhar. – Tem muitos outros cômodos para destrancar, e não sei quais deles são o quê. Mas espero encontrar em breve. – Assumi o mesmo tom de indiferença, como se aquilo não importasse.

Mas importava para ele.

E para mim, apesar de não dever. Meu pai sempre disse que eu precisava me cuidar, que não poderia depender dos outros. Mas eu estava dependendo de Numeen, e ele estava cumprindo a parte dele do trato. A testa de Numeen ficou coberta de suor, brilhando em laranja na luz do lampião. Atrás dele, em uma prateleira, havia algumas bugigangas: um macaco de madeira entalhada, um buquê de flores secas, um incenso e uma caneca lascada. Fiquei curiosa para saber o que significavam para ele.

– Quantos filhos você tem?

Não devia ter perguntado, mas, tal como o bar no início da rua, eu me sentia atraída por aquele mundo que não conhecia.

As rugas na testa dele sumiram.

– Três. Um filho e duas filhas. – Vi aquele homem de costas largas, que tinha sido tão ríspido comigo quando nos conhecemos, passar de pedra a areia. – São todos muito novos para me ajudarem aqui, mas eles querem. Principalmente o mais velho. – Ele riu de alguma lembrança particular.

– Você deve amá-los muito.

Meu pai falava assim de mim para os outros? Ou só lamentava minhas lembranças perdidas e dizia que talvez me deserdasse? Tentei imaginar a expressão fria dele se dissolvendo ao falar de mim e não consegui.

O entusiasmo de Numeen sumiu assim que as palavras saíram da minha boca, e percebi tarde demais como poderiam soar para ele: como uma ameaça. Ele puxou outra gaveta e revirou o fundo.

– Aqui está a chave que você trouxe da última vez. Esta aqui fica pronta em um ou dois dias. – Ele colocou na bancada a cópia e a chave que eu trouxe, pegou as duas moedas de prata e virou de costas para mim.

Pelo menos aquilo eu entendia. Estava sendo dispensada.

Peguei as duas chaves, enfiei-as na bolsinha do cinto e fui embora. A umidade dos paralelepípedos penetrou nas minhas sapatilhas quando corri de volta para o portão do palácio. Entrou gesso embaixo das minhas unhas quando escalei o muro e desci do outro lado.

Voltei para o quarto do meu pai, sem fôlego e com suor escorrendo pela lombar. Desta vez, Bing Tai resmungou um pouco quando entrei nas pontas dos pés e coloquei a chave onde a tinha encontrado. Não esperei para ver quando meu pai voltaria. Fui para o meu quarto.

Lá era um armário em comparação aos aposentos dele, mas eu preferia assim. Era como ser abraçada por paredes. Todos os cantos do meu quarto pareciam seguros. Não havia nada desconhecido. Só uma cama, uma escrivaninha, um tapete grosso, um guarda-roupa e um sofá. Assim que fechei a porta depois de entrar, soltei um suspiro, tirei as sapatilhas sujas e procurei um par limpo embaixo da cama. Bayan e meu pai ficavam acordados até tarde. Eu esperaria os dois dormirem.

Cruzei as pernas embaixo do corpo e fiz o que Bayan recomendara: meditei.

Fosse qual fosse o efeito que aquilo tinha em Bayan, não funcionou em mim. Só conseguia pensar em Numeen com a testa franzida e a risada enquanto falava dos filhos. Surpreendentemente relaxante, mas nada revelador. Eu me concentrei na minha respiração e esperei até a noite cair no verdadeiro silêncio.

Aí, fui até a porta e saí pelo palácio adormecido. Não acendi um lampião. O luar entrava pelos vãos das janelas e oferecia luz suficiente para eu não dar de cara com as paredes. E eu conhecia aqueles corredores muito bem.

Verifiquei o quarto de Bayan só para ter certeza. Meu pai tinha uma rotina, mas Bayan parecia um fantasma irrequieto. Nunca dava para ter certeza de quando ele apareceria, de qual seria seu humor e se tinha chegado para me fazer algum mal ou não. Do lado de fora da porta dele, se eu prendesse a respiração e ouvisse com muita atenção, dava para ouvi-lo roncar lá dentro, calmo como as ondas quebrando na praia.

Fui primeiro até a sala de fragmentos e testei a chave nova na porta de zimbro nuvioso. Entalou antes mesmo de chegar na metade. Não era a porta certa. Assim, fui de porta em porta pelo palácio, minha respiração ecoando nas paredes, os passos raspando no chão feito cerdas de vassoura. Tremi quando passei pelo mural dos Alangas, as mãos deles unidas e os olhos fechados. Os corredores pareciam maiores à noite, como se a escuridão os alargasse.

A chave finalmente entrou na décima tentativa, em uma porta em frente à sala de interrogatório, onde meu pai tomava o chá. Quando abri a porta, estava um breu absoluto. Nenhum luar agraciava as paredes e o chão. Tive que tatear até encontrar o lampião pendurado ao lado da porta e precisei tentar mais de uma vez para acendê-lo.

Quando ele ganhou vida, tive que segurar um ruído de surpresa. Eu tinha tido sorte. Tinha encontrado a biblioteca.

De muitas formas, era parecida com a sala dos fragmentos de ossos... mas, em vez de gavetinhas nas paredes, havia estantes cheias de livros. O aposento também parecia mais suave, com tapetes sobre as tábuas do chão, sofás entre as estantes e janelas altas nas paredes. Durante o dia, devia ser linda, com luz entrando de cima e reluzindo nas letras douradas de algumas capas. À noite, era como adentrar uma clareira escondida.

Coloquei o lampião em uma mesinha lateral e comecei a mexer nos livros. Muitos deles eram históricos ou filosóficos, mas passei a mão sobre um com uma escrita desconhecida e o tirei da estante. Era tão comprido que ocupava quase toda a profundidade da prateleira. Folheei as páginas largas.

Os símbolos escritos na parte interna eram os mesmos que meu pai tinha entalhado nos fragmentos de osso. Havia pequenas explicações escritas embaixo dos símbolos em uma caligrafia caprichada e pequena... não do meu pai, mas de um antepassado dele.

A maioria era comandos simples para seguir, soar um alarme, atacar, mas, quanto mais eu lia, mais complexos ficavam. Alguns podiam ser combinados com outros no mesmo fragmento para formar um comando diferente. Atacar poderia se tornar atacar sem matar. Também havia marcadores de identificação. Encontrei um para as roupas dos criados, com um recado de que o fragmento tinha que ser colocado sobre as roupas que deveria identificar enquanto o marcador era entalhado.

Peguei mais alguns livros com os símbolos nas lombadas. Alguns tinham objetivos bem mais específicos: um livro inteiro, por exemplo, era dedicado a construir os comandos de construtos espiões. Outro, de burocratas. Um outro falava de comandos de ataque: havia uma descrição de cada ataque e de quando deveria ser usado apresentada na forma de símbolos.

Minha mente estava girando, uma dor começando a se espalhar atrás dos olhos. Não era a luz fraca. Aprender aqueles símbolos e quando deveriam ser usados era como aprender um idioma totalmente novo. E era mesmo, com seus símbolos e sistemas de organização.

Talvez Bayan não fosse burro. Talvez só tivesse coisa demais para aprender.

Mexi nas prateleiras, tentando decidir se conseguiria levar algum livro sem ser descoberta, mesmo que só por um dia. Nada grande demais, claro. E Bayan já tinha passado das habilidades de um principiante. Era provável que nem ele nem meu pai notassem se eu pegasse um livro de comandos básicos.

Subi em uma escada presa às estantes e comecei minha busca, passando o lampião pelos títulos.

Aquilo me dava mais satisfação do que qualquer meditação. Os únicos sons na sala eram os meus: o movimento dos pés na madeira, a respiração, o ruído seco das páginas sendo viradas e o estalo das lombadas velhas. A biblioteca tinha cheiro de papel velho e, bem de leve, de óleo queimando. O lampião era uma coisa intrincada, com vidro em volta para impedir qualquer contato indesejável com tanto papel velho.

No terceiro degrau da escada, perto do fundo da sala, encontrei o que estava procurando.

Era o tipo de livro que se dava para crianças aprenderem a ler. Os símbolos ali dentro tinham sido pintados bem grandes, as explicações eram curtas e simples e vinham acompanhadas de ilustrações. Eu não faria nenhum construto para derrubar o império com aquele tipo de informação, mas até a árvore mais alta começa de uma semente pequena. Então coloquei o livro embaixo do braço.

E aí uma coisa estranha surgiu em mim: uma sensação de que tinha estado ali antes. Não só na biblioteca, mas ali, no terceiro degrau daquela escada, no fundo do aposento. Não, no quarto degrau. Dei mais um passo e, sem saber exatamente o porquê, enfiei a mão no espaço acima dos livros e abaixo da prateleira. Tentei alcançar atrás dos livros.

Eu deveria ter sentido surpresa quando meus dedos encostaram em outro livro. Deveria ter suposto que alguém tinha enfiado livros demais naquela prateleira e um deles tinha caído para trás. Mas sabia que alguém o tinha colocado ali deliberadamente, para escondê-lo.

Atrapalhei-me com o lampião e o livro embaixo do braço, mas consegui continuar segurando-o. Era pequeno, com capa verde, sem nada escrito. Quando o abri, o cheiro não era de tão velho quanto os outros livros, e as páginas ainda eram brancas, não amarelas. Havia datas escritas no alto das páginas, parágrafos abaixo. A caligrafia era suave e fluida, tal como ver uma pessoa na rua que poderia ter sido minha irmã em outra vida. Eu a conhecia do mesmo modo que conhecia o formato do meu nariz. Sim, parecia um pouco mais graciosa, e as palavras nunca se espremiam no fim da página como às vezes acontecia com as minhas... como se eu nunca planejasse como terminar cada linha. Mas era a minha caligrafia.

O livro era meu. Eu o fechei antes que pudesse acabar caindo da escada. Também precisava levar aquele ali comigo. Desci às pressas e quase deixei os livros caírem da minha mão. O lampião balançou no ponto do braço onde eu o tinha pendurado, a luz lançando sombras em movimento pelo tapete. Pulei do último degrau, aliviada de estar de volta no chão.

O som de algo raspando soou atrás de mim, como unhas em madeira. Eu me virei, o coração subindo pela garganta.

Com a cauda balançando, um construto espião me observava da prateleira.

11

RANAMI

Ilha Nephilanu

Ranami estava sentada na cadeira de bambu à qual seus captores educadamente a levaram, com as mãos unidas sobre um livro no colo. Ela já o tinha lido três vezes. Era uma pena que tivesse chegado àquele ponto. Não queria aquilo, apesar de parecer o contrário.

Gio, líder dos Raros Desfragmentados, estava sentado à frente dela, com a cabeça aninhada na palma da mão. Ele mantinha o cabelo grisalho curto, do mesmo tamanho da barba por fazer. E o observava, usando o olho bom, enquanto Ranami tentava não encarar o outro olho leitoso dele.

– Você tem certeza de que ela vem? – perguntou Gio.

– Tenho – disse Ranami.

Ou pelo menos ela esperava que Phalue fosse até lá. Elas tinham tido outra briga. Parecia uma coisa que agora faziam com frequência. As primeiras semanas de cortejo delas foram envoltas em uma névoa dourada, tudo mais luminoso e melhor. Mas aí Phalue dizia ou fazia alguma coisa que lembrava a Ranami das enormes diferenças entre elas. Phalue podia ser amada por causa da mãe comum, mas morava no palácio. Comia quando sentia fome, dormia quando estava cansada e usava roupas simples, não por serem as únicas que tinha, mas porque desdenhava das de seda. Phalue tinha um leque de opções.

Ranami não tinha tido o mesmo.

– Nós brigamos – admitiu ela para Gio. – Mas Phalue sempre volta.

O temperamento de Phalue costumava fazer com que ela saísse correndo da casa de Ranami em um turbilhão de palavras ferinas e portas batendo. Ranami amava como Phalue era apaixonada, embora isso fizesse com que ela parecesse meio tola às vezes, já que sempre voltava, normalmente alguns minutos depois, com doces pedidos de desculpas e uma vontade de recomeçar.

Então Ranami tivera certeza, quando fez contato com os rebeldes para aquele sequestro falso, que Phalue chegaria às ruínas dos Alangas parecendo um tufão naquela mesma noite. Mas eles todos acabaram dormindo lá, a neblina matinal deixando gotas de orvalho nos cílios deles.

– Talvez ela não volte desta vez – comentou Gio. Ele coçou a barba por fazer e colocou as mãos na espada no colo. – Phalue dispensa amantes tal como um pescador azarado joga de volta ao mar os peixes pequenos demais.

Ranami sabia que não era um peixe pequeno, não para Phalue. Sabia com a mesma certeza com que conhecia todas as vielas da cidade.

– Tem três anos – respondeu. – Que pescador mantém um peixe por tanto tempo se não pretende ficar com ele?

Gio deu de ombros e fez que sim.

– Pode ser. Mas ela não está aqui.

– Deixe seus homens e mulheres prontos – disse Ranami. – Quando ela chegar, é provável que distribua uns sopapos no caminho.

Não era o ideal, mas todas as outras táticas que Ranami tinha tentado entraram por um ouvido e saíram pelo outro. De que outra forma ela faria Phalue ouvir? A ilha estava fraturada, e o povo tinha objetivos diferentes. O único que poderia curar uma ferida dessas era o governador. Ranami não podia simplesmente dizer para Phalue todas as políticas que precisavam ser implementadas. Phalue precisava entender a razão por trás delas.

É uma coisa difícil de acontecer, pensou Ranami com enorme aflição. Não tinha pedido para Phalue mudar quando a recusou. Phalue concluiu isso sozinha, sem a ajuda dela. Como tantas crias da rua, Ranami admirava a filha do governador de longe havia tempos, sonhando em cair nas graças dela, em sair da sarjeta e entrar no palácio.

Mas sonhos tinham a mania de só fazer sentido quando estavam sendo sonhados.

Algo se mexeu do lado de fora. Ranami se empertigou.

– Eu acho que é…

Isso foi tudo que ela conseguiu dizer antes de ouvir um grito de fora, um baque e o som de aço em aço. Ela olhou para Gio, que assentiu.

Phalue sabia como chegar de maneira marcante, pelo menos. A burra e inconsequente Phalue, que Ranami amava de um jeito fora do comum. Ela pulou da cadeira de bambu e correu para a entrada. As paredes das ruínas estavam cobertas de musgo e trepadeiras, mas as principais ainda estavam de pé. Devia ter sido um cenário e tanto em seu auge. Ainda havia pedaços de gesso entalhado cobrindo o chão. Assim que chegou na porta externa, Ranami viu Phalue. Mesmo agora, seu coração acelerou e ela sentiu um frio na barriga, como se estivesse pulando de um penhasco no Mar Infinito. Phalue estava ao lado de um rebelde inconsciente, com uma expressão ameaçadora e a mandíbula tão contraída que Ranami tinha certeza de que os dentes dela deviam estar doendo. Não havia beleza suave no rosto de Phalue, nada de sobrancelhas com curvatura gentil nem lábios generosos. As bochechas dela pareciam entalhadas em coral afiado e o nariz era uma parte que não tinha sido lapidada com o tempo. As sobrancelhas pretas e grossas pareciam cortes na testa dela. A beleza de Phalue era tal como a de águias-pescadoras, de serpentes marinhas, de uma onda quebrando em pedras.

Era impressionante que Ranami tivesse conseguido dizer não para ela.

– Phalue! – chamou ela.

Quando seus olhares se encontraram, Ranami se lembrou: elas tinham brigado.

– Estou bem – falou. – Ninguém me fez mal.

Phalue aparentemente não se lembrava da briga, pois embainhou a espada em um movimento suave, deu dois passos à frente e enfiou as mãos no cabelo de Ranami. Suas testas se encostaram e Ranami sentiu os dedos de Phalue tremerem.

– Fiquei com medo – disse Phalue, com a voz embargada. – Achei… Eu devia saber que alguém poderia tentar lhe fazer mal. O que querem? Dinheiro?

Phalue a beijou e Ranami se esqueceu de onde estava na maciez dos lábios de sua namorada.

– Não importa – continuou Phalue quando elas se separaram. – Podemos ir embora agora. Os guardas estão inconscientes.

Ranami olhou ao redor.

– Você não os machucou, né?

Phalue a olhou de um jeito estranho.

– Ah, vai doer quando eles acordarem, mas que importância isso tem? Nunca matei ninguém e não ia começar agora. – Ela soltou uma gargalhada trêmula. – Você consegue imaginar o que meu pai diria? Matar não está no escopo dos governadores, ou algo assim. – O olhar dela foi além da testa de Ranami, e ela enrijeceu.

Ranami se virou e viu Gio.

Certo. O motivo inicial de ela estar ali.

– Phalue – disse Ranami, colocando a mão no braço que a namorada usava com a espada, antes que ela pudesse puxá-la de novo. Ranami a conhecia muito bem. – Quero que você conheça o Gio. Ele tem umas coisas para dizer a você.

Phalue voltou a olhar para ela.

– Ele ficou preso aqui com você?

E essa era a parte que ela estava temendo, o motivo para ter torcido em parte para Phalue não aparecer.

– Não exatamente – respondeu Ranami. – Vim por vontade própria.

– Você... o quê? – Phalue pareceu mais surpresa do que com raiva. E aí ela olhou com mais atenção para Gio, observando o cabelo cortado curto, o olho machucado, a espada no quadril. Sem acreditar, ela olhou para Ranami, e depois para Gio de novo. – Ranami, esse é o líder dos Desfragmentados. Meu pai quer matá-lo. O Imperador quer matá-lo. Ele e o bando dele andam causando inúmeros problemas para o Império. Você sabia que derrubaram o governador de Khalute? É uma ilha pequena, mas mais cedo ou mais tarde o Imperador vai mandar os soldados e construtos dele aqui.

– Eu sei – respondeu Ranami, levantando as mãos, tentando conter a raiva de Phalue. – Alguns dos rebeldes estão nesta ilha por um motivo muito específico, mas descobri que estavam aqui e os abordei.

Tinha sido só um pouquinho trabalhoso fazer isso. Eles não eram exatamente conhecidos por serem simpáticos e abertos com gente de fora. Mas ela lera os *Tratados sobre igualdade fiscal*, de Caleen, e citar esse texto tinha impressionado os Desfragmentados o suficiente para Ranami conseguir um contato. Planejar o falso sequestro exigiu ainda mais persuasão. No começo, esperaram que se voltasse contra Phalue, que trabalhasse com eles para minar o trabalho do governador. Mas ela se recusou. Tinha que haver outro jeito, um que envolvesse colocar Phalue como governadora.

Phalue estreitou os olhos.

– Tem um valor oferecido pela cabeça dele. Eu deveria denunciá-lo.

Ranami viu com o canto do olho quando Gio levou o braço até a espada.

– Phalue – chamou Ranami, a voz gentil –, para quem você vai denunciar?

A expressão de Phalue foi de determinação à confusão e à consternação. Ranami conhecia os pensamentos dela, tinham compartilhado os próprios mundos uma com a outra, as esperanças e as decepções. A única pessoa para quem Phalue poderia denunciar aquilo era o pai, e ele usaria o dinheiro da recompensa para dar outra festa exuberante ou construir outro anexo do qual o palácio não precisava. Phalue comprimiu os lábios.

– Posso encontrar um construto espião e denunciar. O dinheiro não importa tanto quanto a segurança do Império.

– Só escuta o que ele tem a dizer. Por favor. – Ranami segurou as mãos de Phalue e passou os dedos pelos calos.

– Nós duas poderíamos ser enforcadas só por falar com ele – disse Phalue, com o olhar ainda em Gio. – O que quer que ele tenha a dizer não vale a sua vida.

Ranami apertou as mãos.

– Lembra o que me disse quando a gente brigou? Você disse que não podia mudar a forma como foi criada, que sentia que eu a desprezava por não ter nascido na rua. Sei que você se esforçou. Não estou pedindo para mudar seu passado. Estou pedindo para considerar seu futuro e as escolhas que tem pela frente.

– Escolhas que nem todo mundo tem – complementou Gio. Ele tinha relaxado de novo, a voz assumindo um tom sombrio e oratório. – Não vou medir palavras com você. Nós precisamos da sua ajuda. As nozes polpudas que os fazendeiros plantam aqui são todas enviadas para o coração do Império para serem vendidas, onde chegam a preços melhores. Os fazendeiros não têm condição de comprar nenhuma. O óleo nessas nozes é uma cura eficiente para a tosse do brejo e estamos entrando em outra estação chuvosa. Os filhos desses fazendeiros já começaram a morrer.

Pelo menos Phalue não tentou matá-lo nem saiu correndo. Mas ergueu os ombros e suspirou.

– Eu tenho mesada. Posso comprar umas nozes polpudas para dar aos fazendeiros.

Era um gesto gentil, e Phalue era cheia de gestos gentis. Era parte do que Ranami amava nela. Mas isso só ajudaria alguns fazendeiros, não resolveria o problema. Phalue nunca tinha sentido a coceira no fundo da garganta, as dores no corpo do longo dia de trabalho que não poderia melhorar o *status* dela, a impotência de ver os entes queridos sofrerem.

Gio a encarou.

– Isso não vai ser o suficiente. Quero que você nos ajude a roubar uma parte do carregamento de nozes polpudas e deixar que os fazendeiros fiquem com elas.

Phalue fez um ruído de deboche.

– Você enlouqueceu.

Gio deu de ombros.

– Nunca aleguei outra coisa. Não asso pães nem conserto redes. Nenhum império dura para sempre, e acho que este passou do ponto faz tempo.

Ele começou a indicar nos dedos.

– O Imperador está velho e poucas pessoas viram essa filha dele desde que ela era bebê. Ele se isolou do mundo e dizem que está fazendo experimentos com os fragmentos de osso que coletou. Ele diz que precisamos continuar contribuindo com fragmentos para alimentar os construtos, porque os Alangas podem voltar um dia. Já tem centenas de anos. Se não fossem as ruínas e um artefato ou outro, eu nem sei se acreditaria que existiram. Eles não vão voltar. O juramento do Imperador, de nos proteger da magia deles com a própria, está cada vez mais parecendo com a ideia de que colocamos um cachorro velho para proteger um par de chinelos que ninguém usa. A premissa do Império? A base sobre a qual foi construído? Nada disso existe mais. Mas tudo continua indo para a capital, para ser selecionado antes de os restos serem devolvidos para nós. Estamos cansados de catar restos. Queremos construir uma coisa nova. Pense bem: o fim dos Festivais do Dízimo, riqueza distribuída de forma mais igualitária e um Conselho feito de representantes de cada ilha. Você poderia ser parte disso se quisesse. O povo a amaria ainda mais do que já ama.

Aquilo não a abalou. Ranami já tinha tentado usar discursos assim, e Phalue só tinha repetido as coisas que o pai dizia. Todos tinham uma função a cumprir no Império. Os que trabalhavam arduamente eram recompensados. Ela dava exemplos de gente que tinha saído da pobreza, e, sim, alguns tinham, enquanto o resto tentava, se virava e mantinha esperanças. Era como explicar o conceito de uma árvore para uma lula gigante.

– Vocês querem ajudar os fazendeiros? Ajudem-nos a alcançar as cotas.

– Eles nem sempre conseguem fazer isso – respondeu Gio.

– Alguns conseguem – disse Phalue. – Se eles conseguem, por que o resto não?

Ranami contraiu a mandíbula.

– Você colocaria a vida de crianças nas mãos do cumprimento de cotas?

Phalue apertou o alto do nariz.

– Você sabe que não é isso. – Ela olhou para Ranami. – Você quase me matou de medo. Sabe o que é entrar na casa da sua namorada e encontrá-la revirada, sem ela lá? Não quero mais fazer isso, essas brigas, essas separações, para depois dar um jeito de voltar para você. A gente tem que encontrar outra forma de fazer isso funcionar.

Ah, pelas profundezas do Mar Infinito… ela estava fazendo um pedido de casamento de novo? Ali, na frente do líder dos Raros

Desfragmentados e dos dois que ainda estavam inconscientes no chão? Aquele seria o menos romântico de todos os pedidos de Phalue. Ranami tinha dito "não" mais de uma vez. Não era que não quisesse se casar com ela. Ranami queria, mais do que tudo. Mas isso era no mundo dos sonhos, onde só havia amor e as duas, não ali, onde os mundos delas se chocavam de forma dolorosa. Ela não queria ser a esposa de uma governadora. Não poderia ficar no palácio vivendo aquela vida sabendo que tinha sido criada na sarjeta, que seu coração doeria cada vez que visse um moleque de rua. Por mais que dissesse aquilo para Phalue, Ranami não sabia bem como explicar o que realmente significava para ela.

– Phalue... – começou a dizer e parou, sem saber o que mais falar. Havia sentimentos demais que não sabia botar em palavras. Um dia, Phalue se cansaria de pedir. Um dia, ela seguiria em frente. Se ao menos parasse de pedir...

Mas, desta vez, Phalue não a pediu em casamento.

– Quero que você se mude para o palácio comigo. Já faz muito tempo. Respeito seus desejos e venho à cidade visitá-la, mas você não precisa morar em um barraco. E, às vezes, o que eu quero precisa importar também.

Aquilo era uma tentativa estranha de achar um meio-termo?

– Está dizendo que vai ajudá-los? – perguntou Ranami.

Phalue fez que não e, por um momento, o coração de Ranami despencou. Mas ela expirou, um movimento longo e lento.

– Estamos falando dos Raros Desfragmentados, Ranami. Você acha que é algum tipo de jogo? Que pode convidá-los para vir aqui e ficar para ajudar os fazendeiros e aí eles simplesmente vão embora? Eu sei que você me acha ingênua, mas não sou tanto assim.

Gio foi sábio de só cruzar os braços e não dizer nada.

– Eu sei que a incomoda – continuou Phalue –, mas essas coisas são assim por um motivo. Os fazendeiros recebem terras do meu pai. Devem lealdade a ele. Sim, eu acho que o jeito como ele gasta dinheiro é idiota, mas ainda é direito dele enviar as nozes polpudas para as ilhas mais ricas, onde pode conseguir o melhor preço por elas. Meu pai ainda paga a parte dos fazendeiros. Ele mantém a ordem e a paz, e isso merece pagamento.

Ranami trincou os dentes. De novo aquele velho argumento. Elas poderiam andar em círculos assim por horas. Se nem o líder dos Raros Desfragmentados conseguia mobilizar Phalue, que esperança Ranami tinha?

– Não sei como fazer você entender – disse ela. Seus olhos estavam quentes e, para seu constrangimento, lágrimas desceram pelas bochechas. Tinha feito tudo que podia para diminuir esse abismo entre as duas. Aquilo parecia um fim, um que Ranami não sabia como engolir.

Phalue segurou as mãos dela.

– Você passou por muita coisa e colocou nós duas em perigo. E, Ranami... eu moveria montanhas por você. Essa é a coisa mais estranha que você já fez, a mais idiota, mas, se é tão importante assim, tudo bem. Meu pai não vai sentir falta de um pouco de dinheiro. Mas só desta vez. – Phalue limpou as lágrimas das bochechas de Ranami com os polegares e beijou as marcas que elas deixaram. – Nenhum filho deles vai morrer de tosse do brejo, não nesta estação. E você... – Phalue voltou a atenção para Gio. – Vou enviar uma mensagem para o Imperador avisando que está aqui. Quando ele a receber, o negócio estará terminado e você terá que ir embora. Esta ilha não está pronta para sua rebelião. Estamos bem do jeito que estamos.

Gio deve ter assentido para concordar, porque Phalue passou os braços na cintura de Ranami.

– Pronto. A gente pode não brigar mais?

Atrás dela, um dos rebeldes inconscientes se mexeu, gemeu e levou a mão à cabeça.

– Obrigada – disse Ranami... mas ela não sabia se estava falando com Gio ou Phalue.

12

JOVIS

Em algum lugar no Mar Infinito

Eu dei azar. Pouco depois que falei para Mephi parar de soprar a vela, o vento morreu completamente. Balançamos nas ondas, tão de leve quanto o berço de um bebê, o sol queimando o convés embaixo dos meus pés descalços. Mephi ficou deitado na sombra na proa do barco, encolhido em um cobertor que coloquei lá para ele. De vez em quando, se revirava no sono e murmurava. Se eu colocasse as mãos nas costas de Mephi, ele se acalmava.

Remexi nas cartas náuticas e o observei, uma das mãos nas costelas doloridas. Não fazia a menor ideia de que tipo de criatura Mephi era. Ninguém conhecia de verdade as profundezas do Mar Infinito nem o que vivia nele. Todas as ilhas tinham uma plataforma continental rasa e curta antes de despencarem verticalmente em fossas abissais. Elas se moviam pelo Mar Infinito, então devia haver um fundo em todas. Meu irmão e eu muitas vezes nos gabávamos de termos mergulhado tanto a ponto de sentirmos onde a ilha tinha começado a estreitar de novo. Todas as crianças diziam isso.

Mephi quase se parecia com várias criaturas. Quase parecia um gatinho. Quase parecia uma lontra. Quase parecia um macaco com as patas hábeis com membranas. Como ele ficaria quando os caroços na cabeça virassem chifres? Quase um antílope? E que tipo de criatura era capaz de criar vento e também falar?

Massageei a testa e tentei forçar meus pensamentos caóticos a assumirem alguma ordem. O que eu sabia era o seguinte: tinha desistido de saber mais sobre o desaparecimento de Emahla para não colocar aquela criatura em perigo.

Meu coração me puxava em duas direções diferentes. Eu queria me importar com Mephi. Ele estava murmurando de novo, e senti a testa franzida, que nem tinha percebido que estava fazendo, relaxando. Não, isso era uma mentira que eu estava contando para mim mesmo. Eu já me importava com ele. Mas Emahla...

Éramos crianças quando nos conhecemos, tão novos que meu irmão, Onyu, ainda estava vivo, antes do Festival do Dízimo que tirou a vida dele. Eu estava procurando mariscos na praia, minha mãe não muito longe, a saia puxada e amarrada nas coxas.

Queria poder dizer que me lembrava das primeiras palavras que Emahla me disse. Queria ter uma história mais grandiosa, uma em que eu a via e ficava de boca aberta, ou uma em que sabia que era especial. O pai dela a levou quando foi pescar de palafita perto da costa, e ela ficou me olhando por um tempo. Eu me preparei para os comentários de sempre: "Você é daqui?", "Você fala imperial?", "O que você é?". Mas Emahla só pegou um graveto e começou a cavar comigo.

– Aposto que eu consigo achar mais mariscos – dissera ela.

Daí em diante, nós ficamos amigos. Para mim, ela era só uma garota: uma cabeleira preta, membros compridos, dedos das mãos e dos pés que pareciam grudentos. Às vezes, mal podia esperar para vê-la. Às vezes, eu a odiava com toda a força que só uma criança podia ter. E, depois que Onyu morreu, ela se tornou minha melhor amiga.

Torcia para que Emahla soubesse que eu a procurava

Alguma coisa bateu na lateral do barco. Olhei para o mar e vi alguns pedaços de madeira flutuando. Embora estivessem gastos, pareciam tábuas quebradas, e não madeira à deriva. Restos de um naufrágio ou da Ilha da Cabeça de Cervo. O horror pareceu voltar com tudo, trazendo pensamentos sobre todas aquelas pessoas que ficaram na ilha, sugadas para dentro de um túmulo de água no que deveria ser terra firme. Fechei a mão no pulso direito, sentindo embaixo dos dedos a aspereza da atadura que eu tinha amarrado ali. Não haveria tatuagem na maioria dos corpos, se é que haveria corpos a serem encontrados.

Concentrei-me nas cartas de novo. No final da estação seca, as ilhas da Cauda do Macaco se aproximavam umas das outras e se moviam para noroeste nesta época do ano. Fiz alguns cálculos rápidos para encontrar a posição da próxima ilha e ajustei nossa direção.

O vento finalmente aumentou à noite, e Mephi acordou. Ele chilreou no cobertor, mas não se levantou, então eu me vi dando-lhe pedaços de um peixe que tinha pescado. Os bigodes dele fizeram cócegas nos meus dedos enquanto comia. Mephi estalou os lábios, mostrando os dentes brancos afiados e balançando a cabeça. Distraído, fiz carinho na testa dele.

– Minha mãe diria pra você comer sem fazer barulho – falei. – Ela diria que até as pessoas da Ilha Imperial estariam ouvindo você mastigar. – Esperei, prendendo o ar, torcendo para ele falar de novo.

Mephi me olhou.

– Não... tá bom? – A voz dele saiu igual a uma dobradiça enferrujada.

Eu ri. Talvez ele fosse mesmo igual a um papagaio.

– Não tá bom – confirmei. – Não tá nada bom.

Ele pegou outro pedaço de peixe com as patas frias e comeu de forma tão delicada quanto se fosse filho de um governador.

– Você entende o que eu digo? – perguntei, olhando nos olhos pretos dele.

Mephi só ficou me encarando até me sentir idiota de novo por falar com um animal. Pensando bem, não conseguia acreditar que tinha deixado o barco parar por causa *disso*. Eu tinha trabalhado feito louco, tinha roubado do Ioph Carn, mas, assim que aquela criaturinha pareceu estar sofrendo, joguei tudo para cima.

Ainda havia tempo. Se eu parasse na ilha seguinte e vendesse os melões, poderia usar o lucro para comprar mais mercadoria e vender mais caro. Poderia guardar o dinheiro para comprar mais pedra sagaz. Eu encontraria o barco de vela azul de novo.

Naquela noite, Mephi entrou embaixo do cobertor e se encolheu ao meu lado enquanto eu dormia. Senti-o encostar o corpo no meu, seu coração batucando nas minhas costelas. Estranho pensar que eu o tivesse colocado de volta no mar algumas noites atrás e dito para ele encontrar a própria espécie. Eu me mexi, torcendo para não o esmagar à noite sem querer.

– Não espere que isso aconteça todas as noites – murmurei para Mephi. – É só porque você não está se sentindo bem.

Ele só suspirou e apoiou a cabeça no meu ombro.

Acordei com um focinho frio com bigodes na minha orelha.

Precisei tirar o cobertor e empurrá-lo para longe com o braço livre para reparar que as dores da surra do Ioph Carn tinham sumido. Fiquei paralisado. Eu me estiquei, esperando uma pontada nas costelas. Nada. Empurrei para o lado o resto do cobertor, levantei a camisa e olhei os hematomas. Ah, eles ainda estavam ali. Experimentei apertar um, só para ver. Sim, doeu. Mas não parecia tão feio quanto no dia anterior.

Um ruído de água soou atrás de mim.

– Mephi! – gritei para chamá-lo antes de me lembrar que ele sabia nadar. Minha respiração entalou na garganta enquanto minha mente evocava todas as criaturas que eu tinha visto nos meus anos de contrabando: tubarões, lulas gigantes, serpentes marinhas e baleias dentadas. Todas veriam Mephi como uma iguaria deliciosa. Mas eu o ouvi chilreando antes mesmo de me curvar na amurada.

Ele estava junto ao barco, nadando na água como se tivesse nascido para isso, fazendo barulhinhos satisfeitos enquanto se abaixava, mergulhava e se deitava de costas.

– Não, Mephi. Não tá bom! – gritei.

Por mais que parecesse me entender antes, agora parecia mesmo que eu tinha falado com um gato. Ele passou as patas nos bigodes e mergulhou de novo, fundo, até sumir de vista. Inspirei e prendi o ar, o coração latejando nos ouvidos. Parte de mim tinha medo de ele ser comido. A outra parte se perguntava se tinha avistado outros da espécie dele ou se tinha decidido que já tínhamos passado tempo demais juntos. Talvez fosse melhor assim. Eu nem sabia se ele devia comer peixe ou se tinha que estar mamando na mãe.

A cabeça de Mephi apareceu de novo, perto da proa, com um peixe quase do tamanho dele na boca.

Aliviado, joguei a rede para ajudá-lo a subir no barco. Coloquei seu corpinho encharcado no convés e ele colocou o peixe aos meus pés.

– Não faça mais isso – falei, repreendendo-o. – Você ainda é muito pequeno.

De que tamanho ele ficaria? Mephi me observou e chilreou.

Olhei para o peixe e depois para ele.

– Pode comer.

Talvez Mephi não entendesse minhas palavras, mas entendeu muito bem o significado. Pelo menos estava recuperado.

Chegamos à ilha seguinte naquela tarde. Deixei as caixas de melão no convés enquanto amarrava o barco, um olho atento no construto das docas. Tinha a cabeça de um falcão no corpo de um primata e pés com garras de um urso pequeno. Queria poder dizer que era grotesco, mas o Imperador fez um bom trabalho.

Mas eu fazia melhor quando tinha que usar minha astúcia contra a deles.

Construtos não eram pessoas, mesmo que alguns tivessem partes humanas. A vida contida nos fragmentos em seus corpos dava energia a eles, e os comandos inscritos neles davam o objetivo de cada um. Mas, dependendo da rigidez de como os comandos estavam escritos, bem, eles podiam ser subvertidos. E, apesar do trabalho bem-feito naquele construto, ainda era um trabalhador das docas, de nível baixo. Menos comandos, mais brechas.

E eu conseguia entrar em uma brecha como se fosse um vão nas pedras.

Assim que o construto me viu amarrando o barco, veio até mim.

– Declare suas mercadorias – disse ele. A voz era como o zumbido de insetos em uma lâmpada.

– Sou um soldado do Império. Abra caminho. – Desejei ter ficado com a jaqueta para ter mais autenticidade, mas tinha enganado aqueles construtos antes sem ela.

O construto inclinou a cabeça para o lado e me examinou como se eu fosse uma presa.

– Você não é soldado – retrucou ele.

– Sou, e você é instruído a obedecer aos homens do Imperador. – Olhei para a minha roupa. – Ah, é a falta de uniforme, não é? – Soltei um suspiro pesado. – Infelizmente, eu o perdi.

Abaixando a cabeça, o construto olhou para o meu queixo como se pudesse me entender se me visse de outro ângulo.

– Perdeu?

– No naufrágio – falei.

– Não há registros de naufrágios imperiais recentes.

– Mas você sabe o que aconteceu com a Ilha da Cabeça de Cervo? – perguntei. – Permita que eu seja o primeiro a relatar: estávamos lá para o Festival do Dízimo, mas fomos pegos pela correnteza da ilha afundando. – Era melhor inserir o máximo de verdade nas mentiras. – Consegui fugir nadando, mas precisei tirar tudo, exceto as roupas de baixo. Sou o único sobrevivente.

As penas do pescoço dele se eriçaram antes de o construto sacudir a cabeça e elas se ajeitarem de novo.

– Seu broche imperial...

– Também perdi – respondi. – Mas sou soldado e você tem que obedecer aos homens do Imperador. Afaste-se e me deixe passar.

Quase consegui ver as engrenagens trabalhando na cabeça da criatura e tentei não suar. Mephi, ainda no barco, felizmente ficou em silêncio. Eu tinha encontrado alguns construtos aprimorados, instruídos a não obedecer a ninguém sem um broche imperial. Mas aquela ilha era pequena, de baixa prioridade. E só havia um Imperador. Esperava que aquele fosse um construto mais velho, original.

Ele não insistiu para ver o broche. Bateu a pata no chão, as garras estalando na madeira da doca, os dedos se entrelaçando uns nos outros.

Não esperei receber mais perguntas. Eu me virei para o barco, peguei as caixas de melão e passei pelo construto. Quando olhei por cima do ombro, vi Mephi vindo atrás de mim.

– Você não devia estar aqui – sibilei para ele. – Você precisa ficar no barco.

Mais uma vez, a capacidade dele de me entender pareceu sumir. Em vez de dar meia-volta, ele pulou até a minha cintura, e os pés se moveram para se segurar no meu cinto. Antes que pudesse tirá-lo dali, Mephi tinha se acomodado nos meus ombros, enrolando o corpo comprido em volta do meu pescoço. Eu esperava que ele fosse quente, como os cachecóis que o pessoal do meu pai usava, mas o pelo era frio feito névoa na minha pele.

– Tudo bem – murmurei para a criatura perto das minhas orelhas. – Só não me atrapalhe nem dê trabalho. – Depois de pensar um pouco, acrescentei: – Também não diga nada. – Eu estava ali para vender melões, não para inventar mentiras sobre o que Mephi era.

Precisei perguntar a alguns estranhos simpáticos o caminho para conseguir chegar ao mercado. O mercado dali era maior do que o da ilha anterior, embora ainda fosse pequeno. Aquele não ficava espremido entre duas ruas estreitas, mas espalhado em uma praça vazia no centro da cidade.

Fiz umas contas mentais e tentei não pensar na fortuna em pedra sagaz que joguei fora, que possivelmente ainda estava afundando no Mar Infinito. Se eu lucrasse com a venda dos melões, poderia comprar um pouco de pedra sagaz ilegal. O barco de velas azuis ainda era pequeno e não estaria desbravando a imensidão do Mar Infinito. Ele iria para outra ilha, e só havia mais uma ali perto. Eu estava na Cauda do Macaco, uma série de ilhas uma após a outra. Mais para o leste, depois da Cauda, ficava a Rede de Hirona, e o barco de velas azuis talvez se perdesse naquele amontoado de ilhas. Eu não tinha muita comida, mas poderia pescar... o suficiente para me virar, pelo menos. O outro barco teria que fazer paradas para se abastecer e descansar, e, se eu fosse rápido, ainda conseguiria alcançá-lo na Cauda do Macaco, antes da Rede.

Primeiro comprei um chapéu e o coloquei com firmeza na cabeça, a aba de palha fazendo sombra nos meus olhos. E aí procurei por um cliente em potencial no mercado.

Quando botei as caixas na mesa de um fazendeiro próximo, ele só me olhou com desconfiança.

– Melões da Ilha da Cabeça de Cervo – falei. – A ilha não existe mais, como você deve ter ouvido falar, e nós estamos entrando na estação chuvosa. Vai levar anos para esses melões voltarem a crescer.

O homem magro me olhou de lado e passou as palmas das mãos na calça antes de se levantar.

– Dá azar tentar lucrar com a infelicidade dos outros.

Mas ele fez sinal para eu abrir as caixas mesmo assim.

Pedi permissão, peguei o pé de cabra dele e levantei a tampa da primeira.

O fazendeiro olhou dentro e deu de ombros. Ah, ele era um mentiroso quase tão talentoso quanto eu.

– Também planto isso na minha fazenda. – Ambos sabíamos que isso não importava. A estação tinha acabado e era provável que ele já estivesse tendo um bom lucro.

– E eu aposto que, se você esperar mais dez dias, vai conseguir um preço melhor pelos melões. Se você os planta, sabe que duram um ano inteiro guardados. O que mais alguém enfrentando uma estação chuvosa poderia querer? Quando se cansarem das verduras e das frutas de casca mole, as pessoas vão ter um melão doce para se lembrarem dos dias quentes e secos. A safra vai ser menor do que nos anos anteriores. A Cabeça de Cervo produzia muito.

– Estão machucados – disse o fazendeiro, apontando para uma marca quase imperceptível em um dos melões.

Mephi deu um gritinho de protesto. Levantei a mão para coçar a cabeça dele, torcendo para que ficasse quieto.

– Isso não muda o gosto.

– Quem está disposto a pagar um preço mais alto prefere que as frutas estejam tão lindas quanto suas joias.

E assim continuou um bate-boca até os dois declararem que não haveria negócio... antes de ele aceitar, contrariado, que talvez algum tipo de acordo poderia ser feito.

As moedas de prata encheram minha bolsa com um tilintar delicioso. Mas encontrar alguém disposto a me vender pedra sagaz por baixo da mesa, isso, sim, daria trabalho.

– Jovis?

Não reconheci a voz. Era grave e baixa, e não pertencia a ninguém conhecido, eu tinha certeza. Mantive a cabeça abaixada, os ombros tão encolhidos que minhas bochechas ficaram escondidas no pelo de Mephi. O chapéu cobria quase toda a metade superior do meu rosto. Será que tinham colocado cartazes em uma ilha pequena daquelas?

– Jovis! – disse a voz de novo, mais insistente.

Quando eu estava com esperanças de que houvesse outra pessoa chamada Jovis no mercado, uma mão segurou meu braço e puxou a atadura na minha tatuagem o suficiente para exibir as orelhas do coelho.

– Eu sabia que o encontraria aqui.

13

Lin

Ilha Imperial

Com a boca seca e o coração batendo nas minhas costelas feito um pássaro engaiolado, olhei para o construto espião na prateleira. Devia ter entrado por uma das janelas altas, enviado para xeretar o palácio à noite, procurando algo fora do comum. E ele tinha encontrado.

O construto voltaria correndo para o pátio e passaria embaixo da rocha no centro, em direção à toca em que o Construto da Espionagem ficava escondido, e contaria que eu estava onde não devia. Meu pai me deserdaria, e o Império cairia com a morte dele. Ficaria despedaçado.

Como eu estava despedaçada.

Não. Eu trinquei os dentes. Não podia deixar que aquele fosse o fim.

Nós dois nos movemos ao mesmo tempo: o construto na direção da janela, eu na direção dele. Ele chegou ao fim da prateleira na mesma hora que estiquei a mão.

Esperava fechar as mãos ao redor de nada, mas era mais rápida do que Bayan ou meu pai. Peguei a criatura pela cauda. Ela soltou um berro horrível, um som agudo que ecoou nas paredes e nas prateleiras. Meus ouvidos zumbiram. Por todas as ilhas e pelo Mar Infinito, acordaria até os criados nos aposentos deles! Puxei a criatura para o peito e fechei as mãos em volta dela. Seus dentes se fecharam na minha palma.

Aquilo doeu. Fiz o que pude para não gritar. Afastei a mão e envolvi o construto na barra da minha túnica. Ele gritou até que eu lhe enrolasse a cabeça. Ainda dava para respirar pelo pano. Se eu o matasse, onde poderia esconder o corpo? Poderia levá-lo para fora dos muros do palácio, deixá-lo em algum lugar ou enterrá-lo.

Mas os fragmentos não tirariam mais a vida dos antigos donos. Não haveria mais necessidade de dar energia ao construto. E meu pai sempre parecia saber quando um dos construtos dele morria.

Surgiriam muitas perguntas. Eu tinha que manter o construto vivo por enquanto.

Vários cenários passaram na minha cabeça. Se eu o deixasse no palácio, seria descoberta. Meu pai não entrava muito no meu quarto, mas ia às vezes, e Bayan aparecia com mais frequência, para me chamar ou me incomodar. E havia outros construtos espiões no palácio, sempre de olho.

Só consegui pensar em um lugar onde deixar a criatura.

Quando cheguei à loja do ferreiro, o sol estava surgindo no horizonte. Tinha arrumado a bagunça na biblioteca e deixado o diário no meu quarto. Usei outra túnica para enrolar o construto. O tempo estava apertado. Meu pai e Bayan costumavam ficar acordados até tarde e só se levantavam bem depois do alvorecer. Mas não dava para dizer que era um costume diário.

A agitação da cidade despertando era muito diferente do silêncio dentro dos muros do palácio. Portas se abriam e fechavam, pessoas passavam por mim correndo, com cestas embaixo dos braços ou bolsas nos ombros. Ninguém olhou para mim, uma garota com um pacote embaixo do braço. Todos tinham coisas a fazer. A luz chegava dourada nas ruas, afastando as sombras azuladas da noite anterior. Os pescadores noturnos estavam voltando das docas, a pesca em baldes, enchendo o ar com o aroma de água do mar, de peixe e de lula frescos. Caía água dos baldes nas ruas. Tive que desviar de poças mais de uma vez até chegar ao meu destino. O bar ao lado estava em silêncio, os clientes já em casa. A loja do ferreiro estava fechada, mas ouvi o som de um martelinho batendo em metal.

Bati na porta com tanta força que meus dedos doeram.

Numeen atendeu e franziu a testa quando me viu.

– Você não devia estar aqui. Veio ontem à noite.

– Eu sei – respondi e entrei antes que ele pudesse me impedir. – Vim pedir um favor.

– Não faço favores.

Mas Numeen fechou a porta mesmo assim. Minha cabeça começou a suar assim que a porta foi fechada. Havia um fogo baixo aceso e, apesar da chaminé e da janela aberta, a loja toda parecia uma fornalha.

– Um favor em troca de um favor – falei.

– Você encontrou meu fragmento de osso?

– Eu... não. – De novo, a pontada de culpa. Eu a afastei. Daria um jeito de recuperar o fragmento dele quando tivesse a oportunidade. Tinha coisas mais importantes com que me preocupar. Enfiei a mão no bolso e tirei a pedra sagaz que tinha tirado do estoque do meu pai.

Numeen arregalou os olhos quando viu. O comércio de pedra sagaz era altamente regulado pelo Império. Ninguém podia comprar ou vender sem o conhecimento e o consentimento do Imperador. Mas eu tinha ouvido relatos do Construto do Comércio. O Ioph Carn roubava e vendia pedra sagaz, e algumas outras pessoas também. Se você botasse as mãos em pedra sagaz, sempre havia um jeito de vendê-la, com ou sem o Império.

– O que está me pedindo?

O embrulho embaixo do meu braço tremeu, como se soubesse que estávamos falando dele.

– Peguei um construto espião – respondi. – Não posso matá-lo, meu pai vai saber. Preciso de um lugar pra deixá-lo até tudo isso acabar. Você pode fazer uma gaiola pra ele? E deixar em algum lugar na sua loja?

– Se o Imperador descobrir, estou morto. Não só eu, mas minha família toda.

– Então pense na sua família e no que poderia fazer por eles se vendesse esta pedra sagaz. Não vai ser para sempre, e vou voltar de vez em quando pra ver como ele está.

– E com mais chaves – disse Numeen, o tom resignado. Essa era a verdade, e vi a compreensão surgir em seu rosto. Ele não tinha como pular fora agora. Tinha unido o próprio destino ao meu a partir daquela primeira chave.

Ofereci o embrulho com o espião dentro. Ele se remexeu, mas, nas mãos do ferreiro, o espião sossegou. Observei o rosto de Numeen, sem saber o que dizer. Meu pai poderia ter percebido tudo que Numeen tinha a ganhar com esse trato. Poderia só ter agradecido. Eu me perguntei se ele era bom mesmo em ler expressões ou se simplesmente não se importava... porque eu vi mais do que resignação no rosto de Numeen. Vi ressentimento nos lábios apertados, na testa contraída, no silêncio.

– Sinto muito – falei por impulso, sem conseguir me segurar. Eu era Lin. Era a filha do Imperador. Mesmo assim, sentia muito. – Se pudesse fazer isso sem a sua ajuda, eu faria.

– E o que você pretende fazer?

Tornar-me Imperatriz. Conquistar o respeito do meu pai. As palavras não saíram. Eu andava me escondendo, roubando chaves, tentando descobrir os segredos do meu pai para poder provar para ele o meu valor, apesar de estar quebrada. Sempre tive medo de ele morrer sem contar nenhum segredo para mim, só me deixando com palavras amargas. Não soube como explicar isso. Então, só falei:

– Sobreviver.

Numeen assentiu e fechou a cortina. O espaço dentro da loja pareceu ficar ainda mais quente, a luz do fogo deixando tudo vermelho e amarelo.

– Volte quando precisar de outra chave.

Saí correndo da loja, e o sino da porta tilintou quando deixei que se fechasse atrás de mim. As ruas já estavam mais iluminadas, o brilho laranja suave dos lampiões nas janelas dando lugar ao alvorecer. Os criados já estariam trabalhando.

Não parei para descansar. Corri pelas ruas, desviando de pessoas mal-humoradas e sonolentas se preparando para o dia à frente, cestas debaixo dos braços e sopros rápidos apagando os lampiões. Era uma dançarina entrando no palco quatro passos atrasada, incomodando quem já estava lá e sem conseguir encontrar meu lugar.

Não havia tempo para pegar a entrada dos criados. Quando subi para o alto do muro, os construtos de lá me olharam, mas não tocaram alarme nenhum. Voltei para o palácio pelo telhado, me esforçando para deixar os passos leves nas telhas. Abaixo, vi os poucos criados varrendo os caminhos vazios da cidade murada em miniatura ou carregando baldes de água do poço para o palácio. As construções na periferia continuavam vazias: sem poeira, mas com tinta rachada e desbotada. Um dia voltariam a ter vida, quando eu fosse Imperatriz.

Quando cheguei ao palácio em si, o sol tinha subido acima do porto. A luz cintilava no mar e transformava cada onda quebrando em uma pedra preciosa. As aves marinhas tinham começado a chamar as outras. Ali, no palácio, aninhado no pé das montanhas, eu me sentia meio afastada do mar. Mas não tinha tempo para pensar nisso. Encontrei uma janela na extremidade do palácio, desci do telhado e entrei.

Quando estava voltando para o quarto, vi alguns construtos do comércio, da guerra e burocratas que tinham ido se reportar aos superiores. Eu não era o objetivo deles, então não me deram atenção. Ainda assim, só respirei tranquila quando fechei a porta do quarto depois de entrar.

O diário e o livro de comandos para iniciantes estavam onde eu os tinha deixado, enfiados às pressas embaixo da cama. Um tinha a chave para o meu passado; o outro, para o meu futuro. Passei as mãos pelas capas de ambos. Ali, no silêncio do meu quarto, as palavras de Numeen se reviraram na minha mente.

O que eu pretendia fazer?

O construto espião tinha deixado claro: não dava para ficar esperando que meu pai morresse, torcendo para que, se eu aprendesse o suficiente, ele me escolhesse como herdeira. Havia variáveis demais, coisas demais que poderiam dar errado. E meu pai tinha me ensinado isto, pelo menos: não conte com aquilo que não pode controlar.

Eu tinha que assumir o controle.

Passei a mão na capa de tecido verde do diário, ansiosa para devorar as informações contidas ali dentro. Com relutância, coloquei-o de lado e peguei o livro de comandos. Haveria tempo para ambos, mas eu precisava priorizar um deles.

Meu pai governava o Império de maneira indireta. Todo o seu poder e seus comandos estavam distribuídos entre os quatro construtos mais complexos: Ilith, Construto da Espionagem; Uphilia, Construto do Comércio; Mauga, Construto da Burocracia; e Tirang, Construto da Guerra. Passou pela minha cabeça que devia ser por isso que ele guardava os segredos da própria magia com tanto zelo.

Se eu fosse esperta, se fosse inteligente, se fosse cuidadosa, poderia reescrever os comandos cravados nos fragmentos deles. Poderia torná-los meus. Meu pai não me achava suficiente. Faltava minha memória. Mas eu sabia quem era agora. Eu era *Lin*. Era a filha do Imperador.

E mostraria a ele que até filhas quebradas podem ter poder.

14

AREIA

Ilha Maila, na extremidade do Império

Areia cuidou dos pontos naquela noite, depois de levar as mangas para o vilarejo. Ninguém comentou nada pela saca não estar cheia. Ela não sabia se tinham reparado. Todos estavam concentrados em completar as próprias tarefas. Quando tudo estava reunido, Grama começou a separar os itens. Essa tarefa era dela. Areia não conseguia se lembrar de uma época em que não tivesse sido.

Mas um tempo assim devia ter existido. O rosto de Grama era marcado como um coco caído, as costas marrons das mãos manchadas feito o pelo de uma foca. O cabelo dela ainda era preto e as costas, eretas. Não era velha, mas também não era jovem, e devia ter existido uma época em que ela foi jovem.

Pacientes, os outros fizeram fila para o jantar, esperando que a comida da panela fosse colocada nas tigelas. Pelo cheiro, era ensopado de peixe, provavelmente com acompanhamento de manga e os grãos duros que Nuvem sempre colhia das algas marinhas.

Areia enfiou e tirou a agulha do antebraço, fazendo uma careta por causa da dor, mas também apreciando a sensação. Parecia apurar seus sentidos e sua mente, que estavam embotados até ela ter caído da árvore.

Ela amarrou as pontas e roeu o fio para cortá-lo. Em seguida, foi falar com Grama, que Areia achava que era a mais velha dentre eles ainda viva.

– Quando você veio para Maila? – perguntou.

Grama franziu a testa para Areia, as mãos manchadas separando tudo em pilhas: coisas para comer agora, coisas para comer depois, coisas para guardar pelo máximo de tempo possível.

– Quando vim para Maila? – repetiu Grama. – Sempre morei aqui.

– Você cresceu aqui?

As palavras tiveram um gosto estranho na língua. Não conseguia imaginar uma Grama criança, correndo pela ilha. Com pais, amigos e família. A imagem não se formava. E aí Areia pensou em si mesma ali quando criança e viu que não tinha a menor ideia de como era nessa época. Devia ter existido uma época em que fora uma criança. Ela franziu a testa. Não conseguia se lembrar dos pais. Devia ser o tipo de coisa de que as pessoas se lembravam.

– Sempre morei aqui – disse Grama.

– Sim, mas e antes?

– Antes de quê?

– Antes de Maila. Alguém deve ter vindo de algum lugar... – Areia parou de falar, de repente sem saber o que estava perguntando. Sempre tinham estado ali. O pensamento reverberou em sua cabeça como um toque de sino que não parava de ecoar.

Não.

Não era verdade. Como poderia ser verdade? Não tinham brotado das rochas feito os monstros das lendas. Eram pessoas, e pessoas tinham pais. Pessoas tinham lugares de origem. Os olhos de Areia percorreram as pessoas esperando na fila.

Vidro, Penhasco, Coral, Espuma... Coral. Havia algo em Coral, uma lembrança que Areia não conseguia resgatar. Era como uma palavra que ela conhecia, mas da qual não conseguia se lembrar. E aí aquilo reluziu na mente dela feito um relâmpago.

Coral não estava lá desde sempre. O pensamento tentou escapar de Areia, tal como um peixe capturado com a mão. Ela o agarrou.

Coral não estava lá desde sempre.

Areia foi até ela, a respiração curta, o andar manco sacudindo as lesões.

– Coral.

Coral mal se virou, apesar da urgência no tom de Areia. Cílios compridos se balançaram junto às bochechas.

– Sim?

– Quando você veio para cá?

– Sempre morei aqui – respondeu Coral, sem encarar Areia.

Quanto mais Areia agarrava aquele pensamento reprimido, mais claro ele ficava.

– Quatro noites atrás, o que você trouxe para o vilarejo?

– Sempre trago uma saca de mariscos.

Areia resistiu à vontade de sacudir Coral pelos ombros.

– Você não traz. Não trouxe. Quatro noites atrás não teve marisco. Outra... – O pensamento se embolou de novo, embaçando feito a visão dela depois de cair água nos olhos. Outra pessoa? Areia tentou se concentrar nisso e desistiu.

Não importava. Outra pessoa tinha feito aquilo em algum momento, mas Areia não se lembrava de quem.

– Nem sempre foi você. Pensa. Como você veio para cá?

– De barco – respondeu Coral. Sua boca ficou aberta, como se ela estivesse chocada pelas palavras que tinha dito. Em seguida, franziu a testa e retorceu as mãos. – Isso não pode estar certo.

– Mas está.

Quanto tempo aquela clareza duraria? Areia se perguntou se voltaria para as mangueiras no dia seguinte, se esforçando para encher a saca, sem se lembrar do dia anterior. Ela encostou a mão na ferida que tinha costurado e a sensação do fio debaixo da palma da mão a ajudou a se concentrar. Aquele dia foi diferente. O dia em que Coral tinha chegado tinha sido diferente. Areia não conhecia Coral, não de verdade, mas cada movimento e gesto dela dizia uma coisa: suavidade. Olhos límpidos feito poças de água da maré, cada palavra dita com hesitação. Areia precisava arrancar uma resposta dela antes que Coral se fechasse.

– Que tipo de barco?

– Isso é importante?

Areia fechou os olhos por um instante e teve uma lembrança distante de rezar para deuses velhos e mortos, o perfume de incenso almiscarado denso no ar. Ela sentiu até o cheiro. Depois encarou Coral.

– É a coisa mais importante da sua vida. É mais importante do que pegar mariscos.

Aquilo pareceu ter um impacto, pelo menos. As duas se moveram com a fila, mas Coral apertou os lábios.

– Era um barquinho de madeira escura, mas grande o suficiente para caberem passageiros. Acho que vim no porão. Estava escuro. Não sei, desculpa.

– Mas você saiu do barco em algum momento. Teve que chegar do barco até Maila. Deve ter visto mais. – Ela desejou conseguir penetrar na mente de Coral e arrancar a lembrança dela.

– Sim – disse Coral devagar. A fila andou mais, restando só uma pessoa entre elas e a panela de ensopado.

Se chegassem à frente, Coral pegaria a comida e esqueceria de tudo, se perderia nas rotinas do dia. Areia sabia. Com uma sensação cada vez mais profunda de desespero, ela viu outra concha de ensopado ser colocada em uma tigela.

– O que você viu? Me conta agora. Por favor.

Coral mordeu o lábio inferior. Ergueu a tigela, preparada para pegar o jantar.

Areia segurou o pulso dela.

– Pensa!

As palavras caíram da boca de Coral.

– As velas eram azuis.

Uma concha de ensopado foi colocada na tigela de Coral. O rosto dela ficou vazio, como se uma mão tivesse passado em um quadro, limpando-o e deixando apenas marcas fracas de giz.

15

Jovis

Uma ilha na Cauda do Macaco

Se um homem pudesse morrer de estresse, eu teria morrido várias centenas de vezes nos últimos dias.

– Jovis – disse a voz de novo.

Tentei me soltar da mão no meu braço sem olhar para o dono.

– Está enganado – falei, deixando a voz mais rouca, mais seca. – Eu não sou quem você está procurando.

Mas a mão não permitiu que eu me soltasse.

Mephi, ainda no meu pescoço, se esticou para sussurrar no meu ouvido.

– Não tá bom?

– Não sei ainda – respondi, mais alto do que ele.

Quando me virei para ver quem tinha me abordado, o homem pareceu surpreso pela minha resposta.

– Você não sabe ainda o quê?

– Quem você é e o que quer. – O alívio me deixou um pouco mais grosseiro do que eu pretendia. O homem não era um Ioph Carn. Não carregava armas e tinha o corpo arredondado de alguém que apreciava os pequenos prazeres da vida. Foi bom ter sido ríspido. Ele sabia meu nome, e havia uma recompensa pela minha cabeça.

– Eu ouvi falar… – ele baixou a voz de forma tão drástica que tive que me inclinar para perto – …do que você fez na Cabeça de Cervo.

Ele o quê? Só estive na Cabeça de Cervo por uma tarde. O que eu tinha feito? Escapado do afundamento? E como ele tinha descoberto? Ah, espera… claro. Eu estava vagando nas ondas feito o filho indolente de um governador, sem pedra sagaz e sem vento. Outros teriam chegado ali antes de mim.

– Não sei do que você está falando. – Desta vez, quando puxei o pulso, ele foi junto, tropeçou e quase caiu de cara na rua. Eu o segurei e o coloquei em pé.

Não tive a intenção de puxar com tanta força. Ou tive? Flexionei os dedos quando o soltei. Eita. Não havia mais dor. Mas não poderia olhar os hematomas agora.

– O garoto – disse o homem, os olhos percorrendo o mercado. Ele levantou as mãos, os dedos curvados como se não tivesse certeza se deveria fechá-los em punhos. – Por favor, não minta. Tive que pagar por essa informação. Tive que pagar muita gente. Estava procurando você.

Alon. O garoto que Danila me pediu para salvar do Festival do Dízimo. A apreensão cresceu dentro de mim feito uma maré. Só reparei quando já estava sendo tragado.

O homem lambeu os lábios, e vi suor se acumulando ali.

– Tenho uma coisa para lhe pedir. Eu tenho uma filha.

– Não.

Quando descartei a ideia de para quem os pais de Alon poderiam contar, eu estava pensando no Império, não em outros pais desesperados. Erro meu. Olhei para o mercado ao redor. Quantas pessoas tinham ouvido meu nome? Passei pelo homem e tentei encontrar ruas mais vazias.

Mephi se mexeu no meu ombro, as patas afundando na minha pele. Ele fez um som suave e indignado no meu ouvido.

– Isso é que não tá bom – falei para ele. – Recebo ameaças para libertar um garoto do Dízimo e agora todo mundo quer o mesmo. – Eu me virei para uma viela deserta, com detritos amontoados no centro. Passos soaram atrás de mim.

– Espere, por favor. Vou pagar.

Se eu fosse um cachorro, teria levantado as orelhas. Tinha pouquíssimo tempo e dinheiro para alcançar o barco de velas azuis. Além disso, o Ioph Carn estava na minha cola. Minha bolsa estava relativamente bem, mas as circunstâncias pediam que estivesse gorda. Eu me virei tão rápido que o homem quase se chocou comigo.

– Estou com pressa.

Mephi enrolou o rabo no meu pescoço e desceu pelo meu braço na direção do homem, com um trinado na garganta. O homem olhou para o meu ombro com desconfiança.

– Não levaria muito tempo. Conheço uma pessoa em outra ilha.

Esperei que ele elaborasse. O homem retorceu as mãos como se os dedos fossem um pano molhado. Eu suspirei.

– Todo mundo conhece alguém em outra ilha.

– Uma amiga – respondeu ele às pressas. – Uma pessoa que é parte dos Raros Desfragmentados. Em Unta.

Eu não tinha nenhum apreço pelo Imperador, mas também não gostava dos Desfragmentados. Ainda assim, se pegar aquele trabalho pudesse me levar para mais perto de Emahla, eu precisava me arriscar. Unta ficava no caminho, e era perto; só dois dias de viagem.

– E você quer que eu faça o quê? Desembucha.

– Que leve minha filha com você. Que a tire desta ilha e a leve para a minha amiga. Ela vai cuidar dela. Eu pago você para isso.

– Os Raros Desfragmentados são um bando de fanáticos que estão sempre esticando o pescoço para que o Império tenha mais facilidade em cortar a cabeça deles fora. É melhor tentar levá-la para um mosteiro. Ela ficaria protegida do Império atrás daqueles muros.

O homem pareceu afrontado.

– Eu nunca mais a veria. E se ela não quiser ser monja?

Suspirei.

– Cinquenta fênix de prata.

– Combinado.

Eu me surpreendi. Ele não parecia miserável, não com aquela barriga, mas as roupas eram bem simples. Um homem humilde? Eu já tinha errado antes. Devia ter pedido mais. Mas cinquenta me daria o que eu precisava.

– Isso vai levar algum tempo – falei. – E não espere que eu tire comida dos meus suprimentos para alimentar sua filha. Vou precisar que forneça alimento, cobertores e água.

– E documentos falsos?

Então ele também estava esperando pagar por isso? Eu tinha pedido muito pouco.

– Não. Não precisa.

– Mas como você vai passar pelo construto do comércio?

Fiz um pequeno gracejo com uma das mãos, com o humor consideravelmente melhor do que no segundo anterior.

– Vou contar uma história para ele. Uma mentira linda e elaborada, podemos dizer. – Transformei o gracejo numa mão aberta estendida. – Metade do dinheiro agora, por favor.

Ele me olhou indeciso.

– Existe um motivo para o Império ter botado preço na minha cabeça. Vou fazer o que me pediu e vou fazer bem. Acha que gastariam para continuar pendurando aqueles cartazes de algum contrabandista burro que acabou de sair da fralda?

Ele contou o dinheiro depois disso.

– Traga-a para as docas no pôr do sol, mas não se aproxime dos barcos. Eu o encontrarei em terra.

Guardei o dinheiro na bolsa e saí da viela, feliz da vida.

Mephi, evidentemente, também ficou satisfeito.

– Bom – disse a voz rouca no meu ouvido. Ele esfregou a bochecha peluda em mim.

Isso era interessante. Será que ele entendia o que estava dizendo? Havia lendas de serpentes marinhas muito antigas que tinham aprendido nossa língua humana, e mais histórias de criaturas mágicas morando nas profundezas do Mar Infinito... mas eram histórias. Aquela era uma criaturinha filhote e eu quase conseguia segurá-lo nas mãos em concha se ele se enrolasse em uma bolinha.

– Não – respondi. Se ele sabia o que eu estava dizendo, eu ensinaria direito. – O dinheiro é bom. O trabalho? Não é bom.

– Bom – insistiu Mephi.

Suspirei. De que adiantava? Será que realmente queria no meu barco uma criatura que era capaz de me responder? Apesar do pensamento, sorri e estiquei a mão para coçar a cabeça de Mephi. Ele soltou um chilreio e se acomodou no meu ombro, o pelo fazendo cócegas no meu pescoço.

– Melhor vermos comida para você. E eu preciso de mais informações.

A cidade não tinha um tamanho ruim, e logo descobri que podia escolher entre dois bares. Fui para o que ficava mais perto das docas. O cheiro de peixe se misturava com o cheiro de fumaça velha quando entrei. Bastou respirar uma vez e uma pontada de saudade de casa tomou conta de mim. Meu pai costumava encontrar seus amigos das Ilhas Poyer em um lugar como aquele. Onyu e eu entrávamos às vezes quando sabíamos que meu pai tinha acabado de pescar e passávamos sorrateiramente pelo véu de fumaça de cachimbo para vê-los jogar cartas. Se tivéssemos sorte, meu pai nos deixava fazer uma jogada.

– Sua mãe não vai gostar de eu estar ensinando jogatina para vocês – dizia ele.

Metade das vezes, era só isso, e na outra metade, se esperássemos, ele resmungaria um pouco e puxaria uma cadeira para nós dois dividirmos. As cartas enceradas estavam escritas em *poyer*, e eu fiz tentativas tímidas e desanimadas de aprender a ler. Cada erro que eu cometia parecia acentuar a cor pálida da minha pele, meus cachos soltos, meus membros finos e compridos. A pronúncia de Onyu sempre foi melhor, embora eu soubesse o suficiente para entender quando os amigos do meu pai sorriam para o meu irmão e diziam: "Ah, ele fala a língua como se tivesse nascido para isso!".

Nunca me faziam aquele tipo de elogio.

Não havia cartas *poyer* naquele bar. Estava meio vazio naquela hora do dia, mas ainda tinha dois pescadores em uma mesa, depois de terminarem o dia de trabalho. Eu os ouvi murmurando um com o outro.

– A única coisa que o Imperador vai dizer é que a Ilha da Cabeça de Cervo afundou por causa de um acidente.

– Um acidente. Que tipo de acidente afunda uma ilha inteira?

– Aposto que são os Alangas e que ele está velho e fraco demais para impedi-los. Talvez esta ilha seja a próxima. Talvez todas sejam.

Eles me encararam com intensidade quando me sentei em uma das cadeiras de sua mesa. Afinal, havia muitas mesas vazias.

– Estou me intrometendo, eu sei – falei –, mas estou procurando uma pessoa.

A expressão deles só mudou quando acenei para o dono do estabelecimento e pedi vinho doce de melão para todos nós. E aí eles trocaram olhares. Um deles deu de ombros. Os dois relaxaram na cadeira e me olharam, esperando para ouvir o que eu diria em seguida. A bebida era um jeito fácil de fazer amigos, e eu não estava querendo fazer amizade permanente. Só amizade de uma tarde. O suficiente para revirar a mente deles e os deixar pensando que eu era um sujeito legal. O suficiente para dissuadi-los de procurar qualquer soldado imperial que estivesse de serviço por ali assim que eu saísse.

– Um barco veio para cá. Um barco de madeira escura com velas azuis. Menor do que uma caravela imperial, mas grande o bastante para transportar alguns passageiros... apertados, talvez uns dez.

– Quando? – perguntou o homem da esquerda.

– Recentemente. Nos últimos dias.

Ele esfregou o queixo.

– Não, não vi. Queria poder lhe dizer mais pela gentileza.

O outro homem deu de ombros de novo e eu me perguntei se o corpo dele só era capaz de fazer isso. Mas aí ele franziu a testa.

– Você deveria perguntar para a Shuay, uma senhora que trabalha ao norte das docas vendendo caranguejo cozido. Ela conhece quase todo mundo na ilha e fica de olho nas docas. Vê todo mundo que chega e sai. – O dono colocou nossas canecas de vinho de melão na mesa, e o homem tomou um gole. Riu com o olhar no fundo da caneca. – Deve ter visto quando você chegou.

Mephi desceu pelo meu ombro na direção do homem à minha esquerda, que ofereceu a mão a ele. Mephi a farejou e os pelos das costas dele se eriçaram. Ele recuou, a cabeça baixa, as orelhas coladas no crânio. Os lábios se repuxaram sobre dentes brancos e brilhantes.

– Opa – falei, pegando-o e colocando-o de volta no meu ombro. Temia que Mephi acabasse soltando um "não tá bom" de novo, incitando mais perguntas do que eu saberia responder.

– Que tipo de bichinho você tem aí? – perguntou o homem à minha esquerda.

Mil mentiras surgiram na minha cabeça ao mesmo tempo. Mas eles eram só pescadores que acharam Mephi curioso, e Mephi não tinha dito nada.

– Não sei direito – respondi, tentando acalmar a criatura. Os pelos das costas dele acabaram baixando. – Ele que me escolheu, acho. Perdeu a mãe. Vocês já viram algum bicho assim?

– Não, mas eu tomaria cuidado. Conheço uma mulher que pegou uma foca bebê. Era órfã e ela achou fofa. Ficou quase do tamanho de um barco de pesca e arrancou três dedos dela no dente antes de sair nadando.

– Vou tomar cuidado. – Tomei um gole de vinho de melão. Mais uma informação. Falei devagar, avaliando as reações. – Estou indo para a próxima ilha, a Cauda do Macaco. A leste. Preciso chegar lá rápido.

Eles se entreolharam.

– Você não vai encontrar muito desse tipo de comércio aqui – disse o homem que dava de ombros –, exceto pelo Ioph Carn.

O Ioph Carn. Às vezes, eles eram tão ruins quanto o Império. Ou você pagava ao Império, ou pagava ao Ioph Carn, ou aos dois.

– Ouvi falar que pescadores costumam guardar uns pedaços, só para o caso de precisarem fugir de uma tempestade. – Mexi na bolsa e as moedas ali dentro tilintaram. – Estou disposto a pagar bem.

O homem à minha esquerda grunhiu e deu batidinhas na mesa com os dedos. Terra e sangue de peixe manchavam suas unhas. Ele enfiou a mão na bolsa, tirou um pedaço bem razoável de pedra sagaz e me mostrou por baixo da mesa.

Mephi se encolheu mais no meu pescoço, o corpo todo ficando tenso até ele parecer uma cobra querendo fazer de mim sua refeição. Precisei soltar as patas dele da minha camisa e afrouxar o aperto.

– Pago dez fênix de prata.

– Não tá bom – gritou Mephi. – Não tá bom, não tá bom!

Ele desceu pelo meu braço, ficou na beira da mesa e derrubou a pedra sagaz da mão do homem. A pedra caiu no chão.

Mesmo um bar meio vazio tinha olhos demais. Todos eles grudaram em mim e em Mephi. Criatura infernal! Eu me levantei da mesa tão rápido que a cadeira virou. Devia tê-lo deixado lá, gritando, o pelo todo em pé. Poderia encontrar pedra sagaz em outro lugar e me livrar tanto daquela ilha quanto de animais que falavam. Emahla deveria ser a única coisa importante para mim. Mas não tinha nem terminado o pensamento e minha mão já estava na nuca dele, colocando-o de volta no ombro.

– Que os ventos sejam favoráveis – falei para os dois pescadores.

Fui para a porta.

– Você está tentando me matar? – sibilei para Mephi. Lá fora, as nuvens tinham chegado. O ar estava com cheiro de grama úmida e maresia. O vento balançava o pelo de Mephi, e só quando coloquei a mão nas costas dele foi que senti que ele estava tremendo.

– Não tá bom – choramingou, infeliz.

– Como vou encontrar Emahla se não tiver pedra sagaz?

Em resposta, Mephi inspirou fundo e soltou um filete de fumaça branca.

– Bom, isso pode funcionar em um momento, mas não é tão bom quanto pedra sagaz. Você vai ter que encontrar um jeito de se acostumar. – Parei de caminhar na rua e balancei a cabeça. Quando eu tinha começado a achar que ele entendia frases complexas? Mas pensar sobre os caprichos da cronologia teria que ficar para depois.

Encontrei Shuay perto das docas, assim como os pescadores tinham indicado. Da barraca dela subia um vapor que se misturava com as nuvens baixas. O vento sacudia as frondes que formavam o telhado dela.

– Dois centavos por patas de caranguejo no vapor – disse ela sem erguer o olhar. Era uma mulher magra e idosa, com o cabelo preto cheio de mechas brancas.

Paguei por duas, porque as pessoas sempre ficavam mais dispostas a serem gentis se você fazia negócio com elas. Shuay me entregou as patas de caranguejo em folhas de bananeira e eu ofereci uma porção para Mephi.

Assim que sentiu o cheiro, a tremedeira dele passou. Ele pegou o caranguejo e começou a arrancar ruidosamente a casca, fazendo sons baixos de satisfação ao encontrar a carne dentro.

Shuay riu.

– Seu amiguinho está com fome.

– Acho que ele está sempre com fome. – Dei outro pedaço de pata de caranguejo para ele. Mephi estava fazendo uma sujeira na minha camisa, mas não consegui me importar muito. Eu não tinha trocado de roupa desde a surra, e ainda havia terra e sangue nas fibras. – Ouvi falar que você sabe tudo sobre quem chega e quem sai das docas. Estou procurando uma pessoa.

Nem precisei pagar. Shuay se inclinou para a frente, os cotovelos na bancada da barraca. O sorriso dela era um convite para eu continuar falando, e algo no brilho dos olhos dela me lembrou da minha mãe. Uma sensação de vertigem tomou conta de mim por um instante. Parecia ter sido no outro dia que estive em casa, na cozinha dela, sentado ao seu lado no banco, meu quadril encostado no dela enquanto eu picava cebolinha.

Quantos anos será que ela teria agora? O cabelo estava todo preto quando fui embora. Teria fios brancos como o de Shuay? O fragmento dela teria sido colocado em uso? Será que estaria doente, como a mãe de Alon? Nem queria pensar nisso.

Inspirei o cheiro de caranguejo no vapor, tentando me concentrar.

– Você viu um barco chegar aqui? De madeira escura com velas azuis?

Quando ela assentiu, achei que a minha garganta iria fechar.

– Não vi só o barco – disse ela. – Vi o capitão também, e a acompanhante dele. Eles passaram aqui quando estavam indo embora.

Não consegui falar.

– Um sujeito alto, o rosto comprido, uma capa grande. Parece com isso?

Fiz que sim e perguntei, meio engasgado:

– E a acompanhante?

– Moça jovem. Mais baixa do que ele. Olhos grandes e escuros. Sobrancelhas grossas e um rosto fino. – Shuay franziu a testa. – Não era bonita, mas era impressionante, eu diria. Lábios que se curvavam um pouco pra cima nos cantos. Mas parecia estar com medo. Apavorada. Ela não disse nada, nem ele.

Mephi devia ter sentido minha angústia, pois largou o caranguejo que estava comendo e começou a fazer carinho no meu cabelo com uma pata. Não dava para contar com uma descrição verbal, mas o rosto que Shuay tinha citado surgiu na minha mente. O rosto de Emahla. Ninguém nunca disse que ela era bonita, só eu. E fui sincero.

Shuay deu um tapinha na minha mão. Eu ainda estava segurando a porção de patas de caranguejo, amassando a folha com os dedos.

– Pode se sentar se precisar.

A gentileza da voz dela quase me levou às lágrimas. Eu sabia, lá no fundo, que aquilo seria mais uma história que ela espalharia para se sentir importante, mas também já usei as pessoas em nome da minha própria satisfação. Não podia achar ruim.

Tentei manter a voz firme.

– Ela tinha uma marca aqui? – Apertei um dedo embaixo do olho direito.

A expressão de Shuay ficou pensativa.

– Acho que não. Não tinha nem uma sarda.

Toda a esperança, o pânico e o medo sumiram, me deixando taciturno e vazio. Não era Emahla. Só alguém parecida com ela.

– Tenho que ir. Obrigado. – Entreguei o resto do caranguejo para Mephi, já sem apetite. Eu tinha coisas que precisava fazer.

Levei a maior parte da tarde para encontrar mais pedra sagaz, e o resto da tarde para fazer Mephi aceitá-la. Ou pelo menos formar uma espécie de tolerância. Devia ter algum cheiro nela porque, se eu a tocava, ele se afastava das minhas mãos, sibilando e cuspindo, parecendo mais uma almofada de alfinetes do que um animal. Precisei passar água nas mãos para ele poder chegar perto, e mesmo assim Mephi enrolou o rabo no meu pescoço como se pretendesse me enforcar.

Mas que escolha eu tinha? Ele era um animal que tirei do mar alguns dias atrás. Emahla era a mulher a quem eu tinha prometido minha vida. E talvez Shuay estivesse enganada. Talvez a mulher que tinha visto fosse Emahla. Eu precisava descobrir por conta própria. Senti como se houvesse uma corda amarrada no meu corpo, esticada de forma dolorosa, me arrastando para a frente.

Voltei para as docas no pôr do sol.

O homem que tinha me pagado para contrabandear a filha dele estava lá, esperando com uma caixa de suprimentos nos pés. A mão direita estava no ombro de uma garotinha de cabelo trançado e olhos sérios. A mão esquerda estava apoiada em... outra criança. Um garoto da mesma idade. Não precisei olhar para a expressão de súplica do homem para saber o que iria me pedir.

Tinha que ter uma palavra para aquele sentimento: surpresa que não é surpresa. Minha mãe me repreendeu muitas vezes quando eu era pequeno: "Uma decisão tola é como um rato que você solta. Vai gerar mais consequências do que você achava possível".

Mephi chilreou ao vê-los, o primeiro som que ele tinha feito desde que coloquei a pedra sagaz no bolso.

Minhas decisões tolas estavam gerando exércitos inteiros.

16

LIN

Ilha Imperial

Havia sangue manchando meus dedos. Queria ter um avental como o de meu pai ou o de Bayan, mas me virei com uma túnica que não usava mais, enfiando o tecido no espaço entre os dedos e as unhas.

Eu tinha encontrado a sala onde meu pai guardava as partes: de pássaro, de macaco, de gato, de animais que eu nunca tinha visto nem ouvido falar, empilhadas em uma caixa com isolamento térmico. A sala em si era escura e fria, entalhada em pedra embaixo do palácio. Mesmo assim, tinha um leve cheiro de decomposição e mofo. Escolhi algumas partes das quais tinha certeza de que ninguém sentiria falta: as pequenas. As asas de um pardal, o corpinho macio de um rato, a cabeça de uma salamandra. Apertei os olhos quando me curvei sobre o conjunto reunido no chão do meu quarto. Costurar era mais difícil com membros tão pequenos, mas, de acordo com o livro que tinha lido, o fragmento de osso que inseri no corpo consertaria qualquer erro. Eram os corpos maiores que tinham que ser montados com maior delicadeza, pois a magia do fragmento de ossos só conseguia consertar erros menores.

Tentei não ficar ansiosa demais. Estava mais interessada em entalhar um comando no fragmento novo dentro do bolso do meu cinto e em usar a magia para mover meus dedos através e dentro do corpo do construto. Será que funcionaria para mim? Ou será que tinha perdido mais detalhes do meu passado? Talvez eu não tivesse habilidade para trabalhar com os fragmentos e era por isso que meu pai não dividia a magia dele comigo.

Houve uma batida na porta, e meu coração deu um salto. Enfiei o construto embaixo da cama, limpei as mãos de novo e lamentei o sangue que tinha entrado e secado nas linhas da palma. Eu não tinha tempo para isso.

A batida soou de novo, como se para enfatizar aquele fato. Passei as mãos pela túnica e fui até a porta.

Abri-a tão rápido que produziu uma brisa. Com ela veio o cheiro de sândalo.

Meu pai estava na porta, com as mãos segurando a bengala. Ele se apoiou nela e espiou dentro do meu quarto. Não foi a primeira vez que me perguntei que acidente tinha removido os dedos dos pés dele. E aí me lembrei do que estava fazendo.

Se eu olhasse para trás agora, meu pai notaria. Portanto, mantive o olhar nele, torcendo para que não conseguisse ver minha pulsação tremendo no pescoço, tentando formar uma imagem mental do meu quarto. Será que eu tinha deixado alguma coisa exposta que não devia? Era tarde demais para fazer qualquer coisa além de esperar.

O olhar dele voltou a mim.

– Não a tenho visto muito ultimamente – disse meu pai. – Ando ocupado, claro. Os construtos estão sempre precisando de conserto e os soldados estão sempre os trazendo de volta para manutenção. Mas você não foi jantar.

Eu estava esperando Bayan.

– Tenho meditado – falei, me lembrando do conselho que ele tinha me dado. – Bayan disse que o ajudou a recuperar a memória. – Abaixei o olhar, fingindo constrangimento de ser pega no meio disso.

Meu pai assentiu.

– É uma boa ideia. Estou feliz de estar tentando se lembrar. Você perdeu muita coisa. A jovem que era antes... ela ainda está aí, tenho certeza. – Ele olhou para algum lugar atrás do meu ombro.

E qual era o problema da jovem que eu era *agora*? Limpei a garganta, mudei de posição. Queria que meu pai fosse embora. Se ele achasse que estava desesperada para voltar a meditar, a me lembrar, melhor. Não era que eu não quisesse me lembrar. Eu queria. Mas, no começo, tinha passado dias e noites revirando os pensamentos, tentando encontrar quem eu costumava ser antes. Procurei até sentir que a cabeça estava sendo espremida por barras de ferro. Só tinha quem eu era agora.

Meu pai reparou... como poderia não reparar?

– Admiro sua dedicação – disse ele, a voz baixa e rouca –, mas gostaria que você se juntasse a Bayan e a mim no jantar de hoje. Temos coisas a discutir e eu gostaria de ter você lá.

Hesitei. O construto pela metade ainda estava embaixo da cama, junto com o diário e o livro para iniciantes sobre fragmentos de ossos. Mas, quando meu pai dizia que gostaria que me juntasse a eles, o que realmente queria dizer era que eu tinha que ir. Ele mantinha uma camada de polidez nas ordens, mas era uma camada fina e facilmente perturbada por desobediência. Então, assenti antes que pudesse ler nas entrelinhas da minha hesitação, saí para o corredor e fechei a porta.

Por um momento, meu pai não se mexeu. Ficamos ali, um ao lado do outro. Mesmo corcunda e velho, ele era um pouco mais alto do que eu, a bengala dando algum peso ao corpo magro. Um calor irradiava das vestes dele feito uma vela ardendo quente e rápido demais. O cheiro de sândalo encheu minhas narinas e se misturou com o cheiro de chá amargo que ele tinha no hálito.

Depois de um olhar rápido e avaliador para mim, meu pai saiu mancando pelo corredor. As vestes balançaram atrás dele como ondas quebrando.

Eu o segui, cautelosa.

A sala de jantar ficava ao lado da sala de interrogatório. Bayan já estava lá dentro, sentado do lado direito do lugar do meu pai. Um lugar tinha sido posto para mim à frente deles. Havia um recado naquilo, mas isso era com um em todas as coisinhas que meu pai fazia. Eu era a intrusa ali.

Criados entraram e saíram enquanto eu me sentava no meu lugar à mesa. Meu pai ainda estava se sentando na cadeira, a bengala no chão ao lado dele, uma das mãos na mesa, a outra no assento. Eu já estava preparada para ouvir os ossos dele rangendo e roçando uns nos outros enquanto ele se sentava.

Uma xícara de chá de jasmim fumegava na minha mão direita. Um galeto recheado e de pele dourada e crocante enfeitava o centro do meu prato, cercado por uma pilha de legumes brilhantes e arroz branco.

Tinha quase me esquecido de como era uma refeição formal. Eu não costumava comer na sala de jantar, e meu pai raramente pedia para me juntar a eles. Muitas vezes, eu só comia o que os criados levavam para mim no quarto.

Na verdade, eu preferia que fosse daquele jeito. Entre Bayan e meu pai, comer na opulência da sala de jantar era como ser convidada para um jantar elegante entre tubarões. Será que eu estava ali para comer ou para ser o prato principal?

Havia mais quatro lugares na ponta da mesa comprida, sem pratos neles. Minha coluna enrijeceu quando os quatro construtos superiores entraram na sala. Os criados aceleraram o trabalho, e deu para perceber que queriam sair dali tanto quanto eu. Senti inveja do fato de eles poderem.

Tirang, o Construto da Guerra, era um primata com pés de garras e um focinho longo de lobo. Ele se sentou mais perto do meu pai, com as garras estalando no chão. Ilith, o Construto da Espionagem, ocupava o dobro do espaço dos outros, suas muitas mãos se desdobrando na frente dela sobre a mesa. Mauga, o Construto da Burocracia, tinha uma cabeça grande de preguiça no corpo de um urso. Ele entrou feito um urso que tinha acabado de acordar da hibernação e se sentou. Balançou-se para a frente e para trás até se acomodar. E, finalmente, Uphilia, o Construto do Comércio, era uma raposa com dois pares de asas de corvos. Ela entrou quase deslizando, com passos silenciosos, as quatro asas dobradas nas laterais do corpo. Sentou-se na almofada e começou a limpar o rosto com uma pata dianteira.

Esses eram os quatro construtos que eu precisava controlar. Se eu os domasse, teria o respeito do meu pai.

Ele começou a comer com as mãos trêmulas. Fiquei com medo que os pedaços não fossem chegar aos seus lábios. Mas, quando falou, a voz dele estava forte.

– Novidades?

Tirang falou primeiro, a voz parecida com areia esfregando em uma pedra.

– Seus soldados estão no limite. Além do governador que derrubaram, os rebeldes estão ganhando apoio em outras ilhas na Cauda do Macaco. Um pouco mais de cem dos seus construtos bélicos foi destruído. Gostaria de pedir que fossem substituídos.

Meu pai botou a colher de lado.

– Se os construtos burocráticos de Mauga não puderem consertá-los, você está com menos cem construtos bélicos. Não vai haver substituição.

Bayan se inclinou para a frente.

– Talvez eu possa...

Meu pai o silenciou com um olhar de desprezo. Depois voltou-se para Ilith e eu prendi o ar.

As mandíbulas de Ilith estalaram.

– Os Raros Desfragmentados estão expandindo sua influência. As pessoas estão infelizes com os impostos, e a destruição recente da Ilha da Cabeça de Cervo gerou mais inquietação. Não confiam em você para mantê-los seguros, o que me leva ao próximo ponto: o povo está insatisfeito com o Festival do Dízimo. Até alguns governadores estão questionando a necessidade dele. Faz muito tempo que os Alangas foram expulsos do Império, e as pessoas andam menos inclinadas a vê-los como uma ameaça.

– Eu trabalho todos os dias para manter este Império – reclamou meu pai, fechando a mão em punho. – E esses moleques ingratos acham que estariam melhor sem mim. O Dízimo é um preço baixo a pagar pela proteção que ofereço. Passo todos os dias da minha vida fazendo construtos, sempre vigilante. Na época de meu avô, as pessoas eram gratas. Era uma honra ceder um fragmento. Agora, elas reclamam que o Dízimo mata algumas crianças, que consome dias das vidas delas... quando a minha vida toda foi consumida.

Bayan e eu ficamos em silêncio, sabendo que, se disséssemos a palavra errada, a raiva dele se voltaria para nós. Dava para senti-la como uma coisa viva, uma cobra cega esperando um rato se mexer.

Meu pai finalmente suspirou e balançou a mão.

– Mauga, coloque as histórias antigas para circular de novo. Pague uma trupe para viajar pelas ilhas e mande que montem uma produção de *Ascensão da Fênix*. Todo mundo gosta da história e ela vai lembrar às pessoas o que meus antepassados fizeram por eles. O que ainda estamos fazendo: mantendo-os em segurança.

Mauga resmungou um pouco, baixinho, as garras estalando na mesa quando ele se mexeu.

Ilith olhou para mim e para Bayan e depois de novo para o meu pai.

– Talvez as histórias não sejam necessárias. Ouvi alguns relatos sobre artefatos Alangas… despertando.

Meu pai fechou as mãos.

– Artefatos não são os Alangas em pessoa. Vamos falar sobre isso mais tarde.

Olhei para Bayan e vi que ele estava olhando para mim. Meu pai podia não parecer preocupado, mas Bayan estava.

– Muito bem. Mas tem outra coisa que o senhor deveria saber – disse Ilith. – Meus espiões relataram um boato. Pode não ser nada além de imaginação fértil, mas talvez haja alguém sumindo com seus cidadãos antes do Festival do Dízimo estar completo. O nome dele é Jovis.

As asas do Construto do Comércio tremeram, e Mauga levantou a cabeça de preguiça.

– Conheço esse nome – comentou ele. – E Uphilia também. Nós mandamos fazer cartazes.

Meu pai se apoiou na mesa e entrelaçou os dedos, a cabeça abaixada.

– É um fugitivo?

– Um contrabandista – respondeu Mauga, a voz um estrondo na garganta. Ele fungou. – Jovis tem sido… hã… um problema. Duas caixas de pedra sagaz desapareceram da mina de Tos. Ele não paga nenhum imposto relevante.

– Claro que não. – A cauda de Uphilia se balançou. – Ele é contrabandista.

– Ele paga impostos ao Ioph Carn. Quem não paga ao Império, não escapa deles. – disse Ilith.

– Ilith, mantenha seus espiões em alerta para descobrir mais sobre esse Jovis – ordenou meu pai. – Mas ele é um problema pequeno perto dos Desfragmentados. Tirang, organize uma frente contra a rebelião na Cauda do Macaco. Envie alguns construtos bélicos. Reúna informações primeiro.

E assim ele voltou a comer o jantar, como se aquilo resolvesse tudo. E quanto a falar com os governadores? E a ilha que tinha afundado?

Podia ser minha imaginação, mas pensei sentir um sacolejo embaixo de mim, um tremor.

Ninguém mais olhou para baixo. Era só minha mente me pregando peças.

– Vossa Eminência – falou Bayan.

Minha atenção se voltou para ele, e percebi detalhes que não tinha visto antes. Bayan não tinha comido nem metade do que havia no prato. Os dedos de uma das mãos estavam fechados no guardanapo. Ele estava nervoso.

Bayan ficou duro como uma estátua.

– O último construto que fiz... eu mudei o comando para aquele que o senhor recomendou. Mas é possível manter o comando original e modificá-lo para que funcione da mesma forma?

E nada mais foi dito sobre política. Já construtos era um assunto sobre o qual meu pai podia falar com animação por horas.

Ele inclinou a cabeça para o lado.

– É possível – respondeu, batendo com os palitinhos no prato –, mas não quer dizer que seja aconselhável. Um comando, depois de escrito, não pode ser apagado nem substituído. Pode ser modificado, mas você corre o risco de ter um comando menos eficiente. Se não tomar cuidado, pode até correr o risco de alterar o comando de uma forma que não pretendia. Um ponto faltando ou um sobrando pode mudar completamente o significado. É melhor usar outro fragmento e entalhar um novo comando.

– Mas e se ficarmos com poucos fragmentos?

Meu pai fez um ruído de desdém.

– Mesmo com os Raros Desfragmentados e esse contrabandista, o suprimento de fragmentos não irá acabar.

– Nada dura para sempre. Nem o reinado dos Alangas.

– Os Desfragmentados não têm plano. Eles sabem o que não querem, mas não sabem o que querem. Nenhum movimento sobrevive sem uma visão do futuro, porque, sem isso, não há nada pelo que lutar. Esses rebeldes não são uma ameaça real e você não precisa começar a estocar fragmentos.

Eles falavam não só como professor e aluno, mas como pai e filho. Na luz suave da sala de jantar, Bayan parecia um reflexo mais jovem do meu pai. Não era surpresa ele tê-lo escolhido para criar. Não era surpresa ele estar considerando colocá-lo para me substituir.

Senti minhas sobrancelhas franzirem quando olhei para Bayan e desfiz a expressão antes que alguém pudesse reparar. O rosto dele estava calmo, mas os dedos ainda estavam apertando o guardanapo. Ele não tinha perguntado só por curiosidade. Tinha perguntado porque aquilo deixou meu pai à vontade. A pergunta que o tinha feito remexer os dedos ainda viria.

Se eu fosse Bayan, teria sido paciente. Teria deixado o clima na sala relaxar mais um pouco. Mas a ambição dele não era paciente.

– O senhor pode me dar aquela chave da porta com os zimbros nuviosos? Estou pronto.

A porta com os zimbros nuviosos, a que eu reconhecia de um passado que não conhecia mais. Tentei não parecer interessada, mas nem precisava ter me esforçado. A atenção do meu pai estava toda em Bayan.

– Eu lhe darei as chaves quando julgar que está pronto. Se não lhe dei uma delas, é porque não é a hora de recebê-la.

Meu pai falou com calma, mas observei a forma como ele deixou os palitinhos de lado apesar de não ter acabado de comer. Havia um aviso naquela calma. Era o recuo do mar antes do tsunami.

Bayan não reparou.

– Eu fiz tudo que o senhor pediu e fiz coisas que nem pediu. Cada vez que o senhor passa por aquela porta, volta revigorado. Quero saber o que tem atrás dela.

As mãos do meu pai se moveram com maior rapidez do que eu achava possível para a idade dele.

O tapa não podia ter doído tanto, mas Bayan se encolheu com a mão na bochecha e meu pai pegou a bengala. Começou a erguê-la, mas, pensando melhor antes de agir, a colocou de volta no chão. Os construtos ficaram nas almofadas feito estátuas, observando com olhos desinteressados.

Ele já tinha batido em Bayan. Não me ocorreu até aquele momento, mas Bayan nunca soube o próprio lugar, e meu pai gostava de fazer as pessoas se lembrarem disso. Teria doído mais quando meu pai era mais forte, uns anos atrás.

– Você vai esperar – sibilou ele, a respiração pesada. – E guarde sua cobiça para si. Se você pede coisas que não consegue entender, quer dizer que é mais imprudente do que eu achava que era.

Bayan passou a mão onde meu pai tinha batido. O tapa não tinha sido forte, mas um dos anéis que meu pai usava tinha deixado uma marca vermelha.

– Se eu fosse seu filho de sangue, o senhor teria me mostrado?

Então Bayan estava com ciúme de mim. Eu não soube como interpretar aquilo. Sentia tanto ciúme de Bayan que não tinha pensado em como ele se sentia em relação à minha posição.

Antes que eu pudesse refletir sobre meus sentimentos, meu pai ergueu a mão esquerda.

– Tirang.

O Construto da Guerra se levantou. Meu pai só precisou dobrar um dedo e o construto puxou uma adaga do cinto e foi na direção de Bayan.

Por mais fraco que fosse o corpo de meu pai, sua mente continuava afiada. E com isso vinha o controle sobre todos os construtos de todas as ilhas do Império.

Agora Bayan estava com medo, como devia ter ficado antes. Eu deveria apreciar aquela vitória. Deveria ter me gabado, assim como Bayan tinha feito tantas vezes por causa das chaves.

Ah. Não consegui. A ideia de ver Tirang machucar Bayan me deixou enjoada, não feliz. Embrulhou meu estômago e me fez agir.

– Também tenho uma pergunta – falei subitamente. Os quatro construtos me olharam, e o dedo curvado do meu pai relaxou. Tirang parou no meio da sala de jantar. – Imprudência é uma característica herdada ou é aprendida?

Pelo Mar Infinito e pelos grandes zimbros nuviosos... não sei bem o que me fez falar, exceto pena. Funcionou, de certa forma. Meu pai parou de prestar atenção em Bayan. Pareceu ter se esquecido de que ele estava lá. Tirang foi se sentar no lugar à mesa. Bayan se curvou na almofada, o pavor sumindo feito poeira depois de um aguaceiro da estação chuvosa.

E meu pai, com todo o amplo poder do Império ao seu dispor, voltou a atenção a mim.

17

Jovis

Uma ilha na Cauda do Macaco

O homem me ofereceu mais cinco moedas para levar o garoto também. Era filho de uma família amiga, e a filha dele não queria ir embora sem o menino. Era uma miséria em comparação ao que o homem tinha dado por ela, mas eu já não estava indo naquele caminho? E o que eram duas crianças roubadas se eu já seria executado por uma? O Império não podia cortar minha cabeça duas vezes. Não que não fossem tentar, mas ainda não tinha ouvido falar do Imperador trazer gente de volta dos mortos.

Essas foram as mentiras que contei para mim mesmo, porque não quis admitir que aquilo pareceu fazer Mephi feliz e que isso importava para mim.

Assim que concordei, o animal desceu pela minha camisa, se enrolou nos tornozelos das crianças e pediu para que coçassem suas orelhas, divertindo e encantando as duas. Acho que foi bom. Se eu tinha que dividir o barco por uns dias, pelo menos um de nós deveria ser bom com crianças.

Vi o homem se despedir da filha, ambos tentando segurar as lágrimas. Não se veriam por um bom tempo. Ele poderia declará-la como morta para o Império, mas os espiões de Ilith estavam por toda parte, e, se ele tentasse ir atrás, eles juntariam as peças daquele quebra-cabeça. Não existiam palavras para descrever o quanto eu sentia falta da minha família, então deixei que pai e filha tivessem o momento deles. Há muito tempo não pensava em como devia ser para a minha mãe e o meu pai ter um filho morto aos 8 anos e o outro desaparecido, com o rosto em cartazes de recompensa do Império. Não escrevi cartas para eles por não querer chamar atenção para o fato de que eu tinha família. Não pensava nessas coisas, porque doía igual a tirar a atadura de uma ferida que não tinha cicatrizado.

Quando eles acabaram, eu chamei as crianças.

– Vamos – falei para elas. – Fiquem por perto e não digam nada.

– E o construto? – perguntou a menina.

Eu me virei e levantei o dedo.

– Isso. Isso foi dizer uma coisa.

– Mas...

– Se vocês disserem a coisa errada, vamos todos ser pegos, e o Império vai cortar a minha cabeça fora.

Os dois sugaram os lábios para dentro da boca, com os olhos arregalados. Mephi se levantou e tocou com as patas nos braços deles. Deixei que ele os consolasse, mas não havia sentido em tentar protegê-los daquela realidade. Crianças entendiam a vida e a morte, embora os adultos gostassem de pensar que não. E eu queria sair vivo dali.

– Entendido? Entendido. Vamos lá.

Ouvi o barulho dos passos delas me seguindo para as docas. O construto viu minha aproximação e correu na minha direção. Ignorei-o e fui direto para o meu barco. Mephi pulou a bordo assim que chegamos perto, e eu me ajoelhei para soltar a corda que nos mantinha ancorados. Uma chuva começou a cair forte, com gotas grossas, escurecendo a madeira embaixo de mim. Não parei, nem quando o construto apareceu na minha frente.

– O Dízimo é em cinco dias – disse ele. – Você não tem autorização para tirar crianças da ilha tão perto do Festival.

– Tudo bem – falei com tranquilidade. – Mas eu sou soldado e tenho ordens de levar essas crianças para o leste.

– Você *não* é soldado. – O construto falou com um tom de triunfo, como se tivesse passado o dia tentando entender minhas palavras de antes.

– Sou sim – respondi. – Passei por um naufrágio e perdi o uniforme e o broche.

– O Império teria lhe provido novos – retrucou o construto, ainda arrogante.

– Teria, se eu tivesse tido tempo de pedir. Mas estou em uma missão urgente, e pedir um uniforme e um broche novos atrasaria meu objetivo.

O construto me olhou com os olhos estreitados, as penas da cabeça se eriçando.

– Que missão urgente?

Eu ri, me levantei e joguei a ponta da corda para o barco. Ele se afastou da doca. Por sorte, as crianças atrás de mim ficaram em silêncio.

– Está tentando me enganar? Não posso falar sobre objetivos de missões. O próprio Imperador deu a ordem.

– O próprio Imperador?

– Sim. – Olhei na cara do construto, sem demonstrar nada. Eu *era* soldado. Podia contar essa mentira para mim mesmo e fazer com que parecesse verdade. – Agora, abra caminho e me deixe passar.

– Não posso dar passagem livre pelo porto a contrabandistas.

– Eu sou soldado imperial.

– Você não me mostrou nenhuma prova. Talvez seja um contrabandista. – A voz do construto virou um choramingo nessas últimas palavras.

– Você também não tem provas de que eu seja contrabandista – falei, esticando a mão para trás para pegar as crianças pela roupa. – Tenho mais o que fazer. – Dei um impulso para ajudar a menina a pular no barco e segurei o menino. Ele, tendo visto o que eu já tinha feito, pulou com a ajuda das minhas mãos.

O construto murmurou sozinho na doca, a voz igual ao chiado de uma chaleira fervendo.

Não quis ver a que conclusão chegaria. Pulei no barco e comecei a trabalhar nas velas. Mephi foi atrás de mim, chilreando aos meus pés. Se eu ainda estava com hematomas da surra do Ioph Carn, não conseguia mais sentir. As velas subiram com facilidade, a corda espetando as palmas das minhas mãos. A chuva começou a cair forte mesmo, uma cortina cinzenta entre nós e o resto do mundo. Levantei o alçapão de carga quando começamos a nos afastar do porto.

– Entrem aí – falei para as crianças. – É escuro e meio úmido, e sinto muito por isso. Mas deixo vocês subirem quando estivermos no mar e longe dos outros barcos.

Parecia que elas estavam confiando um pouco mais em mim depois do que fiz com o construto. Elas desceram para o compartimento de carga sem reclamar, nem mesmo quando fechei o alçapão. Mephi correu da proa à popa e de volta à proa, tentando morder a chuva. Eu ri das travessuras dele. Claro, a criatura nunca tinha visto aquilo. Estávamos na estação seca e aquela era a primeira chuva da estação chuvosa. Eu me perguntei se, quando a estação seca voltasse sete anos depois, Mephi se lembraria de como era.

– Sim – disse para ele quando passou correndo. – Água caindo do céu pode ser uma coisa incrível.

Mephi parou de morder a chuva para me olhar, depois levantou a cabeça para o céu de novo.

– Água – repetiu ele com a voz de dobradiça enferrujada. – Água!

– Chuva, na verdade, mas que é feita de... – Parei e balancei a cabeça. Não sei por que achei que fazia diferença. – Sim – falei. – Água.

Mephi soltou um grito trêmulo e correu até mim, batendo com o corpo nas minhas canelas.

– Água. Bom!

– Acho que é mesmo.

Eu me sentei ao leme e deixei a chuva encharcar minha roupa.

Havia muito tempo que não chovia assim. Eu tinha 13 anos quando a última estação chuvosa tinha começado, estava na praia com Emahla. Nós fizemos uma brincadeira de ver que tipo de recompensa conseguíamos tirar do mar e da areia. Eu tinha acabado de capturar um caranguejo colorido enorme e, tomado de prazer, quase o enfiei na cara dela.

– O que você pegou? Uns mariscos e um ouriço do mar? Eu peguei... – Segurei as garras do caranguejo e as balancei. – O maior e mais delicioso dos caranguejos. Ele é Korlo, o Caranguejo, e está feliz em conhecer você. Ele afunda barcos nas horas vagas. Então, veja só, não estou trazendo só comida para panela. Capturando esse caranguejo, eu virei herói. Vão escrever canções sobre mim. Jovis, o conquistador de caranguejos! Salvador dos mares!

Emahla só revirou os olhos.

– Inventando histórias de novo? Você é tão mentiroso.

O caranguejo se virou na minha mão e beliscou a carne entre meu polegar e o indicador.

– Ai! Droga! – Eu o soltei, e Emahla riu.

A chuva tinha começado nessa hora, de repente. As nuvens estavam se insinuando havia dias, mas tinham escolhido aquele momento para cumprir a ameaça.

Nós dois tínhamos nascido em uma estação chuvosa, mas fazia muito tempo desde então. Ainda chovia na estação seca, mas não assim. Aquilo era como se o céu guardasse um oceano e a represa que o segurava tivesse finalmente arrebentado. A água caiu feito uma cachoeira. Emahla riu de novo, levantou os braços e jogou a cabeça para trás, deixando os baldes de mariscos caírem na areia. Assim, de repente, com a chuva grudando o cabelo dela na cabeça, se acumulando como contas de vidro nos cílios dela, descendo como lágrimas pelas bochechas coradas, eu soube.

– Você é linda – falei de repente, e isso mudou nossa amizade para sempre.

Toda a alegria sumiu dela.

– Você é tão mentiroso – disse ela de novo, mas, dessa vez, não com tanta segurança. Ela se virou e saiu correndo da praia, deixando o balde para trás.

Emahla não voltou a falar comigo por catorze dias, o que, para mim, pareceu uma vida. Bati na porta dela várias vezes, mas seu pai e sua mãe educadamente me mandavam embora. Na única vez em que a irmãzinha abriu a porta, ela disse, sem rodeios:

– Emahla não quer ver você. – E fechou a porta antes que eu conseguisse perguntar qualquer coisa.

Tinha me esquecido de como a vida era antes de sermos amigos. Tentei encontrar outros meninos e meninas com quem brincar, e, embora me aceitassem nos grupinhos sem reclamar, primeiro me perguntaram se eu falava *poyer*, se era verdade que os *poyer* tinham ursos como bichos de estimação e o que o meu nome significava. Tinha que significar alguma coisa. Eles não riam das mesmas piadas que Emahla. Tinham uma linguagem própria, e eu me confundia quando tentava me adaptar, porque não era isso que eu queria. Queria o conforto da presença de Emahla, o jeito como nos entendíamos.

Quando ela finalmente bateu na porta de casa de novo, fiquei sem ar de tanto alívio. Ela não tentou fingir que não tinha acontecido nada, nem tentou voltar para nossas conversas antigas. Emahla parou na minha porta, com o cabelo preto caindo em fitas de cetim em volta de um rosto solene. Seus olhos eram tão escuros que achei que iriam me engolir.

– Podemos ser amigos – foi tudo que ela disse. – Mais nada.

Eu era pouco mais do que um menino, e tinha toda a avidez estabanada de um filhote de cachorro.

– Eu só estava brincando. Não me assusta desse jeito, vai. Não falei sério.

Ela me encarou, e minhas mentiras pareceram folhas de papel molhadas, se desintegrando ao menor toque. Murchei sob o olhar dela. Emahla suspirou, provavelmente mais por pena do que por qualquer outra coisa.

– Quer ir pegar coco?

Assenti e calcei os sapatos.

As coisas nunca mais foram as mesmas, apesar de nós dois tentarmos. Percebi que gostava de mulheres, e Emahla logo se tornaria uma mulher, e eu gostava mais dela do que de todas as outras combinadas.

Mais tarde, nas noites em que nos sentávamos na praia e olhávamos as estrelas, ela me contou que se apaixonou por mim em um dia chuvoso na cozinha da minha mãe.

– Você estava ajudando ela a fazer bolinhos – dissera Emahla, a cabeça apoiada no meu ombro. – Estava em silêncio. Pela primeira vez na vida, estava em silêncio. E, quando me sentei ao seu lado para ajudar, com o ombro encostado no seu, senti um futuro naquele silêncio. Você sempre diz tantas coisas. Está sempre, sempre falando. Tantas histórias! Mas foi só quando ficou em silêncio que eu vi a verdade por trás de todas as suas palavras, de todas as suas histórias.

Sempre soube que podíamos rir juntos, que podíamos fazer coisas divertidas. Mas nunca achei que pudesse lhe contar o que acontecia no meu coração, dividir minhas dores e decepções, e você receber isso nas suas mãos. Recitar de volta suas próprias dores. Sempre achei que você faria piada ou contaria uma história engraçada sobre um pescador que fisgou a lua sem querer.

Ela me beijou naquele dia depois dos bolinhos, solene como no dia em que me disse que só poderíamos ser amigos. Emahla riu quando acabou, e eu ri e a beijei várias vezes, como se o mundo fosse o mar e ela fosse o único ar que eu conseguia respirar.

Eu não sabia se estava chorando enquanto me lembrava daquilo, sentado no meu barco. A chuva estava quente nas minhas bochechas. Mephi se aproximou dos meus pés. Ele encarou meu rosto, pulou no meu colo e se ergueu para colocar as patas no meu peito.

– Não tá bom? – perguntou, olhando nos meus olhos.

– Não. – Eu limpei a garganta. – É o tipo de bom que lhe deixa triste porque você não tem mais aquilo. Um muito bom.

Ele encostou a cabeça no meu queixo, os bigodes fazendo cócegas no meu pescoço.

– Um muito bom – murmurou.

Passei o dedo nos cotocos na cabeça de Mephi. Pensei no que Emahla acharia daquela criatura.

– Um dia. Um dia, vamos nos encontrar de novo.

Ele se encostou no meu peito e suspirou.

18

LIN

Ilha Imperial

Eu senti a pulsação do meu coração no pescoço, latejando embaixo da orelha. Meu pai me encarou. Quis muito desviar os olhos, olhar em outra direção, pedir desculpas. Por que eu tinha atraído a atenção para mim em vez de Bayan? Será que meu pai mandaria Tirang me machucar? Mas mantive a cabeça erguida e observei cada movimento do rosto dele. Raiva, quente feito a forja de um ferreiro, e consternação. Medo, tão fugaz que quase não vi. Ele escolheu ficar constrangido.

– Talvez a imprudência possa ser uma característica aprendida – respondeu de modo ressentido. – Eu me esforço para não ensinar. – Ele baixou a mão para a mesa.

Tirang voltou para o assento almofadado, como se não estivesse prestes a cometer um ato de violência.

Soltei o ar. Bayan parecia doente de alívio.

Mas eu não tinha escapado de todas as consequências. O olhar do meu pai permanecia em mim.

– Você alega mais prudência a ponto de me dar sermão pela falta dela?

– Não, claro que não – respondi e desta vez abaixei os olhos.

– Devo lembrá-la que você só tem seis chaves.

Nove, corrigi-o em pensamento.

– Isso é verdade.

Eu o ouvi se ajeitando na cadeira, o toque dos dedos na mesa. Quando olhei de novo, meu pai tinha empurrado o prato para o lado e estava com as mãos unidas em frente a corpo.

– Você disse que anda meditando sobre o seu passado. Penso que é bom que esteja finalmente fazendo algum esforço, e esforços não passam despercebidos. – Ele enfiou a mão no bolso do cinto e tirou uma chave. Ela estalou ao tocar na madeira quando ele a colocou na mesa. – Tenho algumas perguntas para você.

Pela primeira vez, não me senti fraca de desejo. A raiva rugiu na minha barriga. Meu pai tinha colocado a chave na mesa como se eu fosse um cachorro e ela fosse um petisco. Ele me daria o petisco, sim, mas só se eu fizesse um truque primeiro. Quantas vezes aquela satisfação me foi negada. Mas, daquela vez, eu tinha lido um pouco do diário. Do meu diário.

– Pergunte – pedi.

Devo ter deixado transparecer um pouco da raiva, pois meu pai pareceu meio surpreso. Ao lado dele, Bayan se encolheu no assento como se estivesse desejando poder afundar no chão. Mas logo meu pai se recompôs.

– Qual era o nome da sua melhor amiga de infância?

Deixei as primeiras duas perguntas passarem – ele sempre fazia três –, apesar de fazer caras e bocas, como se realmente estivesse tentando encontrar as respostas.

– Talvez eu precise meditar mais – respondi depois da segunda.

Meu pai pareceu insatisfeito e me fez a terceira pergunta.

– Qual era sua flor favorita?

Um ramo de jasmim tinha sido prensado nas primeiras páginas do livro e o aroma se misturava com o de papel velho.

– Jasmim – respondi. Parei, fechei os olhos e respirei fundo. – Acho que guardava alguns quando passava a estação. Eu prensava e cheirava, mesmo depois de as pétalas terem secado.

Meu pai ficou imóvel. Parecia sentir admiração e alguma outra coisa. Esperança? Ele tinha mesmo esperança de que eu recuperasse a memória? Se sim, por que não me contou minhas lembranças antigas, todas as vezes em que interagimos? Isso as atrairia mais rápido do que um interrogatório.

– Sim – disse meu pai, com a voz suave. – Você amava jasmim, mais ainda do que todos os lírios exóticos do jardim. – Ele afastou o olhar para longe.

Deixei que ele sentisse a lembrança que surgiu em sua cabeça, embora só quisesse sacudi-lo e perguntar em que ele estava pensando. Mas esperei e depois limpei a garganta.

– A chave?

Meu pai se sacudiu, parecendo mais o homem idoso que realmente era.

– Sim.

E deslizou a chave pela mesa na minha direção.

Esperei até a mão dele estar junto ao corpo de novo para pegá-la. Era de bronze e pequena, e ainda estava quente ao toque, um desenho simples de bambu na cabeça. Uma chave menos elaborada do que as outras que vi na corrente do meu pai, mas eu estava começando a descobrir que a complexidade da chave tinha pouco a ver com o valor dos segredos que encontraria atrás da porta.

– Qual porta ela abre?

Meu pai balançou a mão com desdém.

– Pode descobrir sozinha. Vocês dois podem ir.

Bayan levou um susto, como se esperasse outro tapa. Eu mal tinha tocado na comida, mas me levantei e vi Bayan fazer o mesmo. Ele pareceu recuperar um pouco da dignidade enquanto se empertigava, alisando a túnica com as mãos e limpando o canto da boca. Passou longe do meu pai ao ir para a porta e mais longe ainda dos quatro construtos. Eu o segui até o corredor.

A porta se fechou quando passei, e ouvi a voz de Uphilia quando ela falou com meu pai sobre impostos e taxas de licenças.

Bayan não foi embora de imediato. Ele ficou meio agitado, mudando de posição como se soubesse que tinha que ir para outro lugar, mas não soubesse para onde.

Eu fiz que iria passar por ele.

– Obrigado – disse ele de repente. – Você não precisava ter me socorrido. Teria sido melhor se não tivesse feito isso.

Olhei para ele, refletindo.

– Se eu não tivesse feito isso, teria que ver Tirang lavar o chão com seu sangue. Não é o que eu chamo de entretenimento na hora do jantar.

Bayan soltou uma risada curta e nervosa. Toda a graça e a inteligência dele tinham sumido.

– Não precisava ter feito isso. – Ele apertou os lábios e a expressão aflita em seus olhos sumiu, embora ainda houvesse suor na testa. – Obrigado – repetiu Bayan.

– Eu que devia agradecer por você me dizer pra meditar – falei. – Obviamente, ajudou.

Ele deu de ombros.

– Não falei aquilo para te ajudar. Não tive boas intenções.

– Eu sei. – Mas ele não me odiava. Fiquei estranhamente grata por isso.

Ficamos nos encarando por mais um momento, o olhar de Bayan pensativo, como se ele estivesse ponderando sobre alguma coisa. Em seguida, enfiou as mãos nos bolsos e indicou minha mão com a cabeça.

– A chave. Sei de onde é.

Eu ainda a estava segurando, o metal frio na minha mão.

– De onde?

– Vou lhe mostrar.

Preferia que ele só tivesse me dito, mas não queria arriscar perder aquela pequena gentileza de um rival, então o segui pelos corredores. Bayan não se virou nem uma vez para ver se eu ainda estava lá, nem quando passamos por criados e subimos as escadas para o terceiro e menor andar. Terminamos em um lugar pelo qual eu não passava com frequência, perto dos fundos do palácio, onde ele se aninhava nas montanhas. A porta na frente da qual paramos era marrom e pequena, e Bayan teria que se curvar para passar por ela. A madeira estava gasta, o verniz descascando na parte de baixo.

– Aqui?

Bayan assentiu.

Sentindo-me meio esquisita, enfiei a chave na fechadura e girei.

Abriu para o céu. Os muros dos dois lados da porta protegiam o caminho do vento e de invasores. Aqueles muros estavam mais bem cuidados do que os que cercavam o palácio, o gesso liso e sem rachaduras. Um lance de escadas levava à encosta da montanha, com o sol poente contornando cada degrau de dourado.

Bayan entrou depois de mim, e eu fechei a porta. Olhei para ele com curiosidade, mas Bayan não disse nada, só esperou até eu trancar a fechadura. Passei por ele e fui para a escada. Ele tinha o mesmo cheiro de sândalo que meu pai. Eu me perguntei se era uma coisa calculada, como um cachorrinho órfão tentando absorver o cheiro de um adulto para que o adulto o adotasse. Ou talvez Bayan fosse mais parecido com meu pai do que eu e até escolhesse os mesmos perfumes.

A escada era irregular, alguns degraus tão altos que eu precisava me apoiar no muro para subi-los. Outros nem eram da altura de dois dedos juntos. Senti uma inveja danada das pernas compridas de Bayan, mas ele não passou na frente. Esperou enquanto eu seguia com dificuldade, embora eu ouvisse ele rir mais de uma vez quando me deparava com um degrau mais difícil. Trinquei os dentes. Olhei para trás para ver o quanto eu tinha percorrido, apertando os olhos contra o sol. A quantidade de degraus abaixo era vertiginosa: as telhas do palácio se espalhavam abaixo de mim. Tive a sensação de que poderia cair nelas se pulasse com força.

Quando finalmente cheguei ao topo, perdi o fôlego por mais motivos do que apenas a subida.

A escada acabava em um pátio redondo, cercado de todos os lados pelo mesmo muro. Havia montanhas depois desse pátio, as beiradas irregulares emoldurando as pedras. No meio do pátio, com os galhos abertos por quase todo o espaço, havia um zimbro nuvioso.

Se eu já tinha visto um, não me recordava. Só me lembrava de pinturas ou entalhes. Os zimbros nuviosos cresciam nas montanhas, com raízes enormes que chegavam às profundezas das ilhas. A maioria dos espécimes vivos era inacessível ou cercada pelos muros de um mosteiro, onde eram cuidados e adorados. As frutas, as folhas e as cascas eram recolhidas pelos monges e distribuídas com moderação.

Dei alguns passos hesitantes na direção da árvore, ainda sem saber se era real. Então levantei a mão para aninhar um galho nos dedos. O cheiro intenso e perene preencheu minhas narinas e as agulhas curtas pinicaram a palma da minha mão. Algumas frutas escuras pontilhavam as extremidades. Queria enfiar a cara ali e inspirar tudo.

– Tome cuidado para não pegar nada – disse Bayan. – Você não pode pegar nada sem a permissão do Imperador.

– Quem se importa?

– Eu – respondeu ele –, embora presuma que seu pai vá pedir para que você assuma algumas dessas tarefas também.

– Foi por isso que me trouxe aqui? – perguntei, achando graça. – Para você ter ajuda? – Olhei nos galhos e vi um dos espiões de Ilith, com a cauda em volta das agulhas. Ele guinchou quando me viu, subiu mais alto e se virou para me repreender de novo. Era a cara do meu pai não confiar nem no filho de criação.

– E por acaso eu tenho culpa? – falou Bayan. – O Imperador me mandou aprender todos os comandos, que é como aprender um idioma novo, montar construtos, cuidar do zimbro nuvioso e aprender política. Mal tenho um momento pra mim e ele já está me chamando de novo para fazer alguma coisa. – Bayan olhou para o construto espião. – Vai, relata isso também. Eu não ligo. – O construto só balançou a cauda e nos observou. – Pelo menos, ele lhe deixa em paz.

Soltei o ar. Estava com gosto amargo.

– Sim, ele me deixa em paz porque, pra ele, estou quebrada.

– Mas se consertando um pouco – comentou Bayan.

Olhei para ele, com seus olhos pretos e brilhantes, os lábios carnudos, a mandíbula bem definida, e me perguntei se poderia confiar nele um dia. Não consegui ler a expressão em seu rosto. Não estava vazia, mas também não revelava segredos. Eu não conhecia Bayan de verdade, só como rival. Tão logo me recuperei da doença, enquanto revirava a mente em busca de lembranças da vida anterior, ele já estava lá, feito uma ameaça constante. Meu pai tinha deixado claro desde o começo contra o que eu estava lutando.

– Você quer ser Imperador?

– Claro que quero – respondeu Bayan.

– Por quê?

– Porque, se você for a Imperatriz, o que será de mim? Vai ficar feliz de ter outra pessoa morando neste palácio que conhece toda a sua magia secreta? Sua família sempre guardou a magia do fragmento de ossos com zelo. E, agora, seu pai me cria e me ensina tudo que sabe. Não sou idiota. Sei o que vai acontecer comigo. Sou um perigo se ficar vivo.

Ele tinha razão, embora a ideia de ordenar a morte de Bayan me fizesse mal. Tinha que haver outro jeito.

– Esse é o único motivo?

Ele se encostou no tronco do zimbro nuvioso. Parecia tão cansado quanto meu pai, e Bayan tinha uma fração da idade dele.

– Que importância tem? Eu faço isso para sobreviver. Você também faz isso para sobreviver. E, agora, olha. Nós dois temos sete chaves.

– Somos rivais.

– Sim. E, aqui, isso é a única coisa que importa.

Ele foi para longe de mim e desceu os degraus tão rápido que não consegui ir atrás.

O sol desceu abaixo do horizonte e deixou tudo em uma luz azul fraca. Fiquei sozinha no pátio cada vez mais escuro, com o vento sacudindo os galhos do zimbro nuvioso.

19

Phalue

Ilha Nephilanu

Phalue levantou a caneca até os lábios e fingiu beber. Seu pai, à cabeceira da mesa, lhe lançou um olhar de aprovação, e ela se esforçou para não revirar os olhos.

– Você deveria tentar relaxar às vezes – ele sempre dizia.

Fora os ombros largos e a altura, ela não sabia bem o que tinha herdado dele. O governador estava sentado na almofada com uma indolente falta de graciosidade, o cabelo preto preso, os membros compridos escondidos atrás de vários tecidos brocados. Phalue odiava brocado. Era quente, áspero e pesado. Preferia roupas simples e funcionais. Ela gostava de lutar. Já seu pai abominava o esforço físico. Ela gostava de andar na cidade, entre os cidadãos. Ele ficava no palácio feito uma tartaruga dentro do casco.

E Ranami teve a coragem de lhe dizer que ela não conhecia o mundo fora da própria bolha? Pois Phalue conhecia bem. Sua *mãe* era uma plebeia. Sim, a casa da mãe era bem melhor do que a residência modesta de Ranami, e ela possuía dinheiro depois de se casar com um governador. Mas também crescera com dois irmãos, todos espremidos no mesmo aposento. Tinha passado por dificuldades. E Phalue costumava passar tempo com as pessoas da cidade. Tinha atraído mais de uma para a cama antes de conhecer Ranami. O que ela poderia não saber sobre as pessoas que seu pai governava? Por que Ranami ficava insistindo que Phalue não entendia? Era uma competição de quem sofria mais? E, se ela perdesse, seria culpa *dela*?

Quando sua mãe era esposa do governador, tinha convencido o pai de Phalue a reduzir as cotas. Só que ele viu um dos fazendeiros de preguiça, as árvores sem poda. O que Ranami propunha que se fizesse sobre aquilo? Roubar nozes polpudas para os fazendeiros, ao que parecia.

– Querida, você com a cara amarrada de novo – disse o pai. Uma jovem estava encostada ao lado dele, a mão apoiada na dobra de seu braço. Phalue não conseguia se lembrar do nome dela. Taila? Shiran? Achava que tinha isso em comum com o pai: o amor por mulheres bonitas. Mas Ranami era mais do que só bonita.

Mais uma vez, aquela maré crescente de amor se misturou com uma onda de frustração. Phalue relaxou a expressão.

– Só estava pensando na carga de nozes polpudas.

O pai ergueu uma sobrancelha.

– Minha filha "boa-vida" repentinamente está interessada no comércio e na burocracia?

– O senhor está?

Ele deu de ombros.

– Não diria que me interesso, mas é uma responsabilidade da minha posição.

– Nephilanu está migrando para a estação chuvosa. E se surpreendermos os fazendeiros este ano? Não reduzir a cota até que a colheita termine, mas, quando estiver finalizada, deixar que todo mundo que tenha alcançado a cota menor tenha um pouco de nozes polpudas. Por trabalharem no campo, eles têm mais chance de sofrer de doença do brejo do que a nobreza no coração do Império.

Seu pai colocou a caneca na mesa.

– Você tem o coração mole, Phalue. Vai precisar trabalhar isso antes de assumir o governo. Dei-lhes terra e eles precisam pagar de alguma forma. É um preço justo. As árvores não ocupam a terra toda e eles podem fazer plantios no resto. Não os obriguei a isso, eles aceitaram a oferta por vontade própria. Qualquer fracasso é preguiça da parte deles. – O governador balançou a cabeça e tomou outro gole. – Você parece um dos Desfragmentados. Guarde sua pena para os infelizes sem escolhas.

Era o mesmo argumento que ela havia repetido para Ranami. Phalue franziu a testa. Mas não tinha certeza se descreveria os fazendeiros como preguiçosos, apesar das convicções do pai.

– De novo com a cara amarrada – disse ele.

Ela mudou de assunto.

– O chafariz no pátio. Você deveria destruí-lo. As pessoas estão falando sobre o retorno dos Alangas. Sabe que não é mais só um chafariz. É um artefato que pode ser usado contra você se eles voltarem.

A mulher ao lado do pai dela ficou pálida.

– Você ainda não é governadora – respondeu ele com leveza. – Os olhos se fecharam. Nada aconteceu. Faz parte do pátio há gerações. É trabalho do Imperador manter os Alangas longe, e os Sukais tem feito um bom trabalho há centenas de anos. Não sei por que deveríamos parar de confiar neles agora.

Embora normalmente Phalue ignorasse a complacência do pai, naquele momento aquilo a incomodava, como se fosse uma coceira que não passava.

– Tenho que ir – anunciou Phalue, se levantando.

– Já? Você quase não comeu.

– Vou me encontrar com Ranami na cidade. Visitaremos o campo. – Era a verdade, mas também não era. Elas não iriam visitar. Iriam roubar nozes polpudas. O pensamento deixou seu estômago embrulhado e apertado, como uma onda quebrando em terreno rochoso.

– Fico tão feliz de você ter feito as pazes com ela – disse o pai, pegando uma banana. – Preferiria que se casasse com outra nobre, mas acho que lhe pedir isso seria meio hipócrita da minha parte. – Ele apertou os lábios enquanto se concentrava em descascar a fruta. – Mas você deveria se casar, criar uns filhos e escolher um herdeiro. Não viverei para sempre.

Do jeito que ele bebia e se escondia no palácio, seria bem menos do que "para sempre". Phalue balançou a cabeça.

– Não quero ter essa conversa de novo. Vou me casar no meu tempo. – O que, aparentemente, era quando Ranami estivesse pronta. Se um dia estivesse pronta. – Vou tentar voltar para o jantar.

– Se você encontrar sua mãe – continuou o pai –, diga para ela vir me visitar.

Phalue só deu de ombros para a sugestão e saiu pela porta. Sua mãe odiava fazer visitas.

Ranami estava esperando por ela na porta de casa. Phalue mal precisou bater e ela já abriu.

– Você está atrasada – disse Ranami, com as bochechas coradas. Ela saiu e fechou a porta. Fez aquilo em silêncio, mas com precisão, de uma forma que deixou Phalue bem ciente de que a tinha irritado.

– Fiquei presa no almoço com meu pai.

– Você não está levando isso a sério. – Ranami olhou para o céu e espiou as nuvens em um esforço vão de encontrar o sol. – Temos que ir logo. Vai demorar para chegarmos às fazendas, e temos que evitar sermos vistas por qualquer um dos superintendentes. – Ela colocou um manto marrom áspero nas mãos de Phalue. – Você tem que carregar essa espada? Vai chamar atenção.

O manto era meio pequeno para alguém do tamanho de Phalue e terminava no meio da panturrilha quando ela o colocou. A espada realmente ficou aparecendo.

– Posso prender nas costas. – Ela soltou o cinto e o prendeu nos ombros, como uma bandoleira. – Pronto.

Ranami só olhou para ela com exasperação e ceticismo antes de segurar a mão de Phalue.

– Vai ter que servir.

Elas saíram andando da cidade juntas, e, apesar da irritação de Ranami, ela não soltou a mão de Phalue. Ruas de pedra viraram de terra e de lama; telhados de telha viraram de sapê. As construções foram diminuindo até se tornarem árvores e vegetação da floresta.

Era uma espécie de aventura, ou pelo menos o mais perto de uma que Phalue viveria. Ela tinha aceitado ajudar os Desfragmentados com relutância, mas que mal haveria em roubar algumas nozes? E o que poderia acontecer se fosse pega?

Elas pagaram um carro de boi para lhes dar uma carona até as fazendas. O carro oscilava e rangia a cada buraco na estrada, e Phalue viu Ranami olhando para as árvores. Uma brisa balançou seu cabelo comprido e escuro, e o fundo de céu nublado fazia Ranami parecer uma deusa da tempestade. Mesmo vestindo um manto marrom e áspero, ela era linda. Era a determinação na mandíbula e a firmeza dos lábios dela, a leve preocupação na testa, os olhos escuros e solenes.

– Vou ler os livros que você queria. Quando a gente voltar – disse Phalue.

– Você *sempre* diz isso – falou Ranami, a voz distante.

Phalue se aproximou dela, passou um braço em volta de seus ombros, puxou-a para perto e beijou o espaço entre suas sobrancelhas. *Desculpa.* Ela desejou que a amada entendesse. Aquilo era importante para Ranami, e Phalue teria que fazer com que fosse importante para si mesma. Ranami soltou um suspiro e se encostou nela. Elas combinavam feito duas metades da mesma noz. Em ocasiões como aquela, tudo parecia tão certo entre as duas.

Começou a chover um pouco antes de chegarem às fazendas. Phalue não se lembrava como era uma estação chuvosa; fazia sete anos desde a última. Em algum lugar no armário de casa havia um casaco impermeável que não cabia mais nela. A capa áspera serviu bem para conter a umidade, e a chuva ajudaria a evitar que elas fossem vistas. Assim que o pomar apareceu à frente, Ranami bateu com os dedos no carro.

– Vamos descer aqui, obrigada.

Phalue segurou a mão de Ranami e a ajudou a descer. A chuva pesava no capuz do manto de Phalue, e o tecido grudava na testa. Na cidade, as crianças estariam correndo nas ruas, impressionadas que tanta água pudesse cair do céu. Com o passar dos anos, elas começariam a desejar um céu ensolarado e limpo. Mas, agora, a chuva era bem-vinda.

A lama fez barulho embaixo dos pés delas quando correram para a cabana mais próxima, onde Gio disse que as encontraria. Phalue precisou bater duas vezes na soleira para a porta se abrir com um rangido.

– Estão atrasadas – falou Gio quando abriu a porta.

Phalue se esforçou para não revirar os olhos.

– Pelo menos estou aqui, e este lugar não é perto da cidade. Eu concordei em ajudar, então vamos acabar logo com isso.

Ranami e Gio trocaram olhares.

– Entrem – disse Gio por fim. – Vocês estão ficando encharcadas aí fora.

Quando entraram, Ranami soltou a mão da de Phalue e se afastou. A filha do governador teve a sensação estranha de que a namorada estava com vergonha dela. Mas não podia falar disso naquele momento.

A cabana estava só um pouco mais seca do que o lado de fora. O chão era de tábuas ásperas, com vãos tão largos que caberiam ratos.

O telhado de sapê vazava em alguns pontos, e havia um homem colocando tigelas para pegar a água que caía. As gotas faziam barulho na cerâmica e criavam uma estranha sinfonia.

Na sala contígua, Phalue viu uma jovem com um bebê nos braços. Ela estava se balançando para a frente e para trás, ninando a criança, o piso gemendo a cada mudança de peso.

O único luxo da cabana era um tapete grosso. Estava gasto e desbotado em algumas partes, mas tinha uma detalhada estampa de trepadeiras.

Ranami assentiu para Gio e foi até o homem colocando as tigelas no chão. O cabelo dele tinha fios grisalhos, e os olhos escuros eram quase tão grandes quanto os de Ranami. Tinha um nariz suave, lábios generosos e um queixo pontudo. Ele se levantou e abriu os braços para ela.

Quando terminaram de se abraçar, Ranami se virou para Phalue.

– Phalue, este é meu irmão, Halong.

Phalue sentiu o mundo parar. Ranami nunca tinha mencionado a própria família. Até onde sabia, ela tinha crescido sozinha nas ruas.

– Não de sangue – esclareceu Halong, com um sorriso carinhoso nos lábios. – Mas, quando se está procurando comida no lixo, encontrar alguém em quem se pode confiar é como encontrar algo mais valioso do que ouro.

– É um prazer conhecê-lo – disse Phalue. Ela apertou a mão sobre o coração em cumprimento e Halong fez o mesmo. Mas o sorriso dele sumiu quando fez aquilo.

Pela primeira vez em muito tempo, Phalue se sentiu deslocada. O que estava fazendo ali, com o líder dos Raros Desfragmentados e um fazendeiro de nozes polpudas? Era isso mesmo que Ranami queria? Phalue era a filha do governador da ilha... isso não significava nada? Quando abaixou a mão para a lateral do corpo, ela se fechou em punho. Para eles, Phalue devia parecer uma brutamontes dourada, alimentada na mesa generosa do pai, as roupas simples ainda exibindo bordados nos punhos e na gola. Ela puxou o manto áspero em volta do corpo, alheia à chuva ainda presa nele.

– Meu nome é Phalue – disse ela.

– Sei quem você é, Sai. – Halong a percorreu com o olhar.

Ranami colocou a mão no cotovelo dele.

– Ela veio ajudar.

Gio deu um passo à frente, os polegares enfiados no cinto.

– O plano é simples e precisa de poucas pessoas. Phalue, você distrai o superintendente e seus subalternos quando ele contar as caixas para o envio. Halong trabalha no armazém. Ele vai trocar três caixas de lá por caixas nossas enquanto você estiver distraindo todo mundo. Ranami vai pegar as caixas verdadeiras e entregar para um dos fazendeiros.

Phalue começou a balançar a cabeça antes de Gio terminar.

– Não estou gostando disso. Coloca Ranami em demasiado risco. Todo mundo espera ver este homem no armazém, mas, se a pegarem com as caixas, ela vai estar encrencada de um jeito que acho que nem eu consigo salvar. E quem é esse fazendeiro para quem Ranami vai levar as caixas? Podemos confiar nele? – Ser apresentada para as pessoas que Ranami conhecia, e que Phalue nunca tinha ouvido falar que existiam, a abalou. Ela estava perdida, tentando encontrar o caminho de volta para a terra firme.

– Sei que isto não é brincadeira – disse Ranami, a voz clara, o queixo erguido. – Se houver consequências, tudo bem.

– A gente vai ter essa conversa agora? Posso pelo menos conhecer esse fazendeiro que está com a sua vida nas mãos?

Ranami apertou os lábios.

– Para com isso – disse ela, segurando a mão de Phalue. – Se nem isso fica claro para você, não sei o que pode ficar. – Ranami a puxou de volta para a chuva.

– Por que você insiste tanto que eu preciso que isso "fique claro"? – A chuva grudou o cabelo de Phalue nas bochechas e escorreu em filetes frios até a base da garganta. – Confesso, esse Halong tem uma casa pequena, embora não tão pequena quanto a sua, e tem pouca coisa. Mas ele parece bem alimentado e tem família. Cresceu como órfão de rua, mas se saiu bem. Trabalhou duro.

Ranami se virou para ela e soltou a mão da de Phalue.

– É isso que você vê? Uma vida simples, mas boa o suficiente? Sim, Halong trabalhou duro e está bem. Está mais do que bem pelos padrões de órfãos de rua. A maioria das crianças que eu conheci morreu. Fiz coisas das quais não me orgulho só para ter o que comer. Halong também. E, embora tenha esposa e família, o primogênito dele morreu de tosse do brejo. E, sim, ele continua *bem* de vida! É fazendeiro e trabalha no armazém. Acorda antes do amanhecer para trabalhar nos campos que comprou do seu pai com a promessa de entregar todas as colheitas. Ainda por cima, ele trabalha no armazém também, para que a família possa morar em uma cabana que tem mais de um aposento. *Bem* é o que você vê quando olha pra ele? Preciso perguntar então o que vê quando olha para mim.

– E é por isso que sempre levo moedas comigo quando vou à cidade. Para dar aos órfãos da rua. Um dia, espero adotar um ou dois. Mas sempre vai haver sofrimento. Eu não posso resolver tudo!

Mas Ranami já tinha se virado e estava andando por entre as árvores na direção de uma construção maior ladeira abaixo. Phalue quis chamá-la e dizer o que via. Ela via uma mulher teimosa. Via um coração mole e gentil envolto em uma determinação indomável. Via a mulher que amava, forjada por experiências terríveis, experiências que nunca tinha se dado ao trabalho de contar para Phalue. Mas Phalue só trincou os dentes.

– Você é impossível.

O vento e a chuva tragaram as palavras dela. Se Ranami ouviu, ela não deu sinal.

Phalue precisou correr para acompanhá-la.

No pé da ladeira, Ranami abriu a porta da construção e entrou.

Parecia maior de perto. Phalue parou para esticar o pescoço para o telhado de sapê. Todas as janelas tinham sido fechadas por causa da chuva. Não parecia a casa de ninguém. Parecia mais... um celeiro. Phalue entrou.

Só havia dois lampiões iluminando o espaço todo, e os olhos de Phalue demoraram para se ajustar. Ela sentiu o odor das pessoas antes de vê-las. O cheiro era de suor seco, umedecido de novo pela chuva, feito um hálito ruim, de sopa velha que ficou demais no fogo. Os contornos escuros ficaram nítidos. Camas empilhadas umas em cima das outras e pessoas empilhadas nelas. Alguém tossiu no escuro. Phalue seguiu com passos trôpegos, tentando encontrar Ranami. Era como nadar em um mar escuro cheio de algas.

– Ranami.

Ela apareceu de repente na frente dela, com o cheiro doce e limpo. Phalue fechou os dedos na barra da camisa de Ranami e se agarrou a ela como se agarraria a uma boia.

– É aqui que a maioria dos fazendeiros mora – disse Ranami. – Essa é a moradia que seu pai oferece a eles. Se quiserem plantar nozes suficientes, a maior parte da terra precisa ser usada para as árvores de nozes polpudas.

Phalue tinha visto de longe as moradias de alguns órfãos da rua. Intelectualmente ela sabia que as condições eram ruins. Mas os corpos espremidos, tanta vida amontoada debaixo de um mesmo teto... Era um mundo que não tinha vivenciado. Nunca tinha estado no meio daquilo, nunca tinha precisado fazer mais do que jogar algumas moedas para a caridade. Phalue olhou para o lado e viu um pai e um filho em uma cama, todos os pertences em uma prateleira atrás deles.

– Podemos conversar lá fora?

– Não – respondeu Ranami. Ela estava incandescente de raiva, um ponto ardente em um mar cinzento. – Isso é o que o seu pai faz. Ele constrói anexos para o palácio com o próprio dinheiro e não faz nada para oferecer moradia melhor aos trabalhadores. Acha que isso é muito diferente de onde eu cresci? Mas pelo menos eles não estão nas ruas. Até que estão bem.

Phalue ouviu o tom da voz de Ranami quando ela disse "bem" e desejou nunca ter dito aquilo. Não haveria conversa com ela naquele momento. Phalue chegou mais perto. Não podia ter certeza no escuro, mas sentia olhares nela, fios fazendo cócegas na nuca.

– Qual fazendeiro é o da sua confiança? – sussurrou ela.

Ranami olhou para Phalue como se ela tivesse descascado uma banana, jogado a banana fora e comido a casca.

– Todos, Phalue. Vou trazer as caixas para todos.

– Como você pode ter certeza...?

– Porque sou igual a eles. Eu tive sorte, se é que podemos chamar assim, de ser aprendiz de um vendedor de livros que me ensinou a ler porque aquilo me tornava mais valiosa. Ele me tratava como um dos livros, botava as mãos em mim, em lugares onde eu não conseguia reagir com rapidez o suficiente. Mas, sem isso, eu teria aceitado a oferta idiota do seu pai só para sair das ruas. Todas essas pessoas aqui perderam gente que amavam.

Por causa da tosse do brejo, de outras doenças, de quedas de árvores fazendo colheita. Quanto tempo vai demorar até você ser governadora?

O peito de Phalue se encheu de culpa.

– Quando meu pai estiver pronto para se aposentar.

– E, enquanto ele decide que não está pronto para passar o título, você espera, paciente e confortavelmente, enquanto estas pessoas morrem – disse Ranami, o rosto avançando contra o de Phalue.

Phalue não conseguiu sustentar o olhar dela. Não suportava estar ali, sufocada no meio das camas e da tosse. Ela se virou e foi para a porta como se estivesse indo respirar. A chuva bateu no rosto dela, mas nem o frio conseguiu levar a culpa embora. Aquelas pessoas tinham escolhido aquilo. Tinham feito uma troca com o pai dela. A terra e uma pequena parte do lucro pelas nozes polpudas e o trabalho. Ninguém as tinha obrigado a aceitar.

E aí ela se lembrou da refeição que tinha feito antes de sair do palácio do pai. O macarrão frio em molho de amendoim, o gosto forte e picante de *curry* de cabra, as verduras cozidas até um tom transparente de jade. Tudo decorado com flores, pintado artisticamente com molhos nas laterais. As vigas de madeira do teto pintadas de dourado e vermelho.

Se não fosse o trabalho de aprendiz com um vendedor de livros, Ranami podia ter acabado como as pessoas daquele lugar. Talvez tivesse subido até uma posição como a de Halong.

Ou talvez não. Phalue não conseguia acreditar que todas aquelas pessoas enfiadas naquele espaço eram preguiçosas.

Então, ou seu pai lidava com aquelas pessoas de forma injusta ou elas simplesmente valiam menos. E, por conhecer Ranami, por amá-la, Phalue não conseguia aceitar a segunda opção.

Sim, ela ajudava os órfãos quando estava na cidade. Talvez sempre houvesse órfãos. Phalue fazia o que podia com a mesada, mas nunca seria o suficiente. O que seria quando ela fosse governadora?

A integridade de Ranami a deixava vulnerável. Phalue tinha se sentado na corte do pai. Conhecia os caprichos da natureza humana. Ser líder dos Desfragmentados e proferir ideais não tornava Gio virtuoso. Ser pobre não tornava aquelas pessoas de confiança.

Mas nada disso mudava o fato de que Ranami estava certa: o que Phalue estava fazendo era terrivelmente inadequado. Se ela fosse governar aquelas pessoas, tinha que lutar de verdade por elas. E Phalue nunca tinha fugido de uma luta.

Ela respirou fundo algumas vezes, o ar esfriando o calor em seu peito. Preferia ter enfrentado mil espadas. Mesmo assim, virou-se e voltou para a escuridão da casa dos fazendeiros. Não levou muito tempo para encontrar Ranami, que estava falando com um senhor sentado a uma das poucas mesas do local. A luz fraca os deixava em tons desbotados, como um tapete que tinha recebido muita luz solar.

Em duas passadas rápidas, Phalue estava ao lado dela. Ela pegou a mão de Ranami. Se Ranami não se protegeria, Phalue teria que fazer isso em seu lugar.

Ranami soltou um suspiro exasperado.

– Está tentando me pedir em casamento *de novo*? Nem toda briga quer dizer que vou deixá-la. E, se eu fosse lhe deixar, simplesmente a deixaria.

– Não. – Todas as palavras que Phalue queria dizer estavam espremidas na garganta. Ela engoliu e tentou de novo. – Eu quero ajudar. Quero mesmo ajudar.

Ranami tirou o cabelo molhado das bochechas de Phalue. O toque foi carinhoso.

– Eu sei. – Ela apertou a mão de Phalue. – O plano tem que começar logo. Vamos precisar de uma distração.

Phalue tossiu em uma tentativa de esconder as lágrimas no fundo da garganta.

– Sim. Vou causar uma distração. Uma grande o suficiente para você roubar cem caixas de nozes polpudas.

Ranami riu e segurou as orelhas de Phalue para puxar o rosto dela para a altura do seu olhar.

– Só umas poucas, amor. Já é o suficiente.

20

JOVIS

Em algum lugar no Mar Infinito

Deixei as crianças em Unta com a mulher dos Raros Desfragmentados. Ela olhou, espantada, para a minha tatuagem.

– Como você conseguiu? – perguntou. – Com quantos teve que lutar?

– Uma dezena – falei sem hesitar, antes de me virar para ir embora.

Só depois que a ilha tinha ficado para trás é que me ocorreu que ela talvez não tenha percebido que eu não estava falando sério. Estávamos indo rápido, percorrendo a Cauda do Macaco feito uma pena em um riacho, mesmo sem pedra sagaz. Tudo pareceu fácil: erguer as velas, soltar e puxar a âncora depois de pararmos perto do litoral. De vez em quando, Mephi cuidava das velas, embora parecesse se cansar rápido. A solidão no mar me deu tempo, talvez até demais, de pensar nas coisas.

Encontrei Mephi perto da Cabeça de Cervo, que era perto do fim da Cauda do Macaco. Nunca tinha visto uma criatura assim. Ele tinha que vir de algum lugar, então devia haver outros da mesma espécie. Mas que tipo de animal era capaz de soprar nuvens de fumaça branca?

Mephi, por sua vez, não pareceu reparar no meu humor. Ele mergulhava no mar sempre que eu dava permissão, perguntando "Não tá bom?" e "Muito bom?" com a mesma frequência, até eu começar a me sentar com ele à noite para tentar ensinar-lhe a falar outra coisa. Qualquer coisa. A palavra "bom" estava começando a perder significado para mim. Mas Mephi era bem melhor em pegar peixes do que eu, e logo fiquei feliz de ter ficado com ele, mesmo que só por esse motivo.

À noite, ele encolhia o corpo junto da minha bochecha, enfiava o nariz no espaço entre minha orelha e meu ombro e murmurava até adormecer.

Fiquei de olho em busca do barco de velas azuis, mas caí no torpor da rotina. Então, tomei um grande susto quando atracamos em um pequeno porto e ouvimos os primeiros toques da música.

Mephi tinha crescido até o tamanho de um gato, mas continuava pequeno o suficiente para andar nos meus ombros. Eu tinha parado em um bar para ver se conseguia comprar suprimentos da dona. Um músico no canto tocava com um conjunto de sinos e um tamborzinho no cinto.

– Só um barril de água potável, se você tiver – falei para a mulher atrás do balcão. Ela tinha a mesma postura de Danila. Eu a parei quando ela começou a se virar. – Na verdade, uma saca de arroz também.

– São mais duas pratas – respondeu ela.

– Duas? – Eu tinha dinheiro, mas gostava de uma boa barganha.

A melodia foi chegando por trás, como um ladrão pegando uma bolsa. Foi entrando na minha cabeça antes de eu perceber, e meu pé batia no mesmo ritmo. Era contagiante, mesmo eu não dançando.

– Sim, duas – repetiu a mulher, amarrando a cara. – Se você não estava morando em uma caverna, sabe o que aconteceu com a Cabeça de Cervo. Mais pessoas querendo arroz. Menos arroz disponível.

E aí ouvi meu nome. Um choque percorreu meu corpo, meu coração congelou e depois chutou minhas costelas feito um cavalo tentando se libertar. Era o meu nome. Em uma música.

> Ele rouba seus filhos para os libertar
> A energia para construtos eles não vão dar
> Ele é uma estrela no céu, o brilho no seu olhar
> Ele é o Jovis.

Mephi chilreou no meu ouvido, a cauda enrolando meu pescoço. Ele *definitivamente* sabia mais palavras do que "Não tá bom" e "Muito bom".

– Temos que sair daqui – murmurei para ele. – Sim, eu pago as duas pratas – falei para a mulher. Procurei a bolsa e tive que tentar duas vezes até encontrá-la, meu pulso prendendo no cinto. – Aqui. – As moedas tilintaram no balcão.

A mulher olhou para as moedas, depois um pouco mais para cima. Senti o ar no pulso antes de ter percebido que a atadura tinha escorregado. Ali estava a tatuagem de coelho, em toda a sua glória. Se eu tivesse juízo, teria feito uma cicatriz por cima dela.

– Jovis? – perguntou a mulher.

Os cartazes já eram bem ruins quando eu estava fugindo do Império e do Ioph Carn. Agora, estava tentando me esconder de pessoas que achavam que eu era algum tipo de herói.

– Me pagaram para fazer aquilo. Para roubar as crianças – expliquei. Eu podia ter aberto a boca e vomitado sapos, e ela teria me tratado com a mesma reverência maldita. – Só salvei três.

– Leva o arroz – disse a mulher, enfiando a mão embaixo do balcão e botando uma saca em cima. Ela empurrou as moedas de volta para mim. Outras pessoas estavam começando a reparar.

Peguei as moedas e me virei, procurando a porta.

A música tinha parado.

– Jovis – chamou uma mulher idosa à direita. O lampião acima dela se acendeu, lançando sombras em seu rosto abalado. – Tenho um neto que vai fazer 8 anos.

– Minha sobrinha – disse outra mulher. – O pai dela morreu de mal do fragmento dois anos atrás.

Eles começaram a se levantar das cadeiras e a se mover em torno dos pilares de madeira para fazer contato visual comigo. Suplicando, implorando. Tantas vozes. Tantas vontades e medos. Tantas crianças.

Meus ossos começaram a tremer, uma vibração que me sacudiu das orelhas às pontas dos pés. Querendo se libertar de alguma forma.

– Parem! – Bati com o pé no chão, esperando só balançar um pouco as tábuas do piso.

O chão tremeu. Pratos sacudiram nas prateleiras. As vigas rangeram e um pouco de pó se soltou. Aquilo era mais do que apenas o resultado da minha força. Era outra coisa.

Todo mundo, com a memória fresca do que aconteceu com a Ilha da Cabeça de Cervo, parou. Os sinos na bandoleira do músico tilintaram com a vibração decrescente, o único som que sobrou no ambiente. Olhei de rosto em rosto e vi medo. Era o fim da minha parada rápida e tranquila em um porto para repor suprimentos. Fui até a porta e todos saíram da frente.

A brisa estava quente e úmida e balançou o pelo de Mephi. Eu ainda sentia a pulsação palpitando no pescoço.

A vez em que lutei com Philine. O homem na viela que eu quase tinha derrubado. A facilidade com que tinha feito o trabalho no barco. As feridas cicatrizando rápido. Não era só coincidência ou um truque da mente. Agora, com o sacolejo do bar, eu tinha que admitir: algo estava mudando em mim. Sempre fui diferente, as pessoas ao meu redor não paravam de me lembrar. Mas as minhas diferenças sempre significaram que eu tinha menos poder. Podia gritar em um salão e ser ignorado. Agora, conseguia fazer esse mesmo salão tremer. Deveria ficar empolgado; não poderiam mais me ignorar. Mas não consegui fazer as mãos pararem de tremer.

– É você? – perguntei para Mephi.

– Talvez – disse ele com a vozinha aguda. Como se soubesse os pensamentos que ocupavam a minha cabeça.

Quase pulei longe.

– Talvez? Depois de me bombardear com "Não tá bom" e "muito bom" por dias, agora você me fala "talvez"?

– Ainda aprendendo. Não sei. Muitas coisas não sei – respondeu Mephi, passando o nariz frio na minha orelha. Tremi, e só um pouco foi de frio. Achei que ele era igual a um papagaio, mas ali estava Mephi, formulando pensamentos completos feito uma criança. Não consegui me situar. Parecia que eu estava no fundo de um buraco escuro e estava tendo vislumbres de movimento lá embaixo.

Olhei ao redor e encontrei um galho grande caído por causa da tempestade recente. Peguei-o e tentei quebrá-lo. A casca só arranhou as palmas das minhas mãos.

Mephi desceu metade do meu braço e bateu com as patinhas no meu cotovelo.

– Tenta mais.

Quando fiz o chão do bar tremer, eu estava meio em pânico, só querendo que todo mundo parasse, que me deixassem em paz. Aquele galho... eu precisava querer que ele quebrasse. Uma parte de mim queria, e a outra não. Porque essa mudança era do tipo que não teria mais volta. Eu mergulharia naquele buraco, sem saber o que havia no fundo e sem ninguém para guiar meus próximos passos.

– Estou com medo.

Mephi só subiu para os meus ombros e passou as patas pelo meu cabelo.

– Tudo bem. Eu também.

Poderia fugir daquilo, da mesma forma que vinha fugindo do Império e do Ioph Carn. Mas preferia estar fugindo *para* algum lugar, e não acidentalmente causando caos aonde ia. Afastei o medo e me concentrei. A vibração nos meus ossos começou de novo. Quase dava para ouvir se eu prendesse a respiração.

Quando dobrei o galho de novo, ele quebrou nas minhas mãos com a facilidade de um gravetinho.

– Como isso é possível?

– Não sei – disse Mephi. – Mas legal.

Eu ri e deixei os dois pedaços de galho caírem no chão.

– Acho que sim, de certa forma. Mas o que você é, Mephi? É uma serpente marinha como o Mephisolou? – Nas lendas, as serpentes marinhas antigas tinham poderes mágicos e eram capazes de falar como as pessoas.

Tinha dito aquilo de brincadeira, mas Mephi só enrolou a cauda no meu pescoço e tremeu.

– Não sei.

Éramos dois então.

O barulho dentro do bar tinha começado a voltar, o músico tocando outra canção com os sinos e os tambores. Parecia que ninguém tinha coragem de ir atrás de mim.

– A gente ainda deveria pegar nosso arroz e nossa água?

– Arroz! – exclamou Mephi com satisfação. Às vezes não sabia se estava alimentando uma criatura ou um buraco sem fundo em forma de animal. Como poderia ficar com ele se ele continuasse crescendo?

Eu me preparei e entrei de novo no bar.

O salão todo ficou em silêncio mais uma vez. O único ruído era o estalar dos lampiões balançando na brisa que entrou comigo pela porta.

– Só vim comprar comida e água – falei para os clientes. Não vim resgatar ninguém, nem causar confusão. Só quero comida. – Levantei as mãos como faria se estivesse me aproximando de um animal ferido.

Eles ficaram me olhando andar de volta até o balcão e tirar quatro moedas de prata da bolsa.

– E eu vou pagar pelo que levar – falei para a dona.

Contrariada, ela pegou as moedas.

– Jovis – disse uma voz atrás de mim.

Estava ficando muito, muito cansado de ouvir meu nome na boca dos outros. Eu me virei e vi que o caminho até a porta estava bloqueado pela minha integrante menos preferida do Ioph Carn.

Philine.

Quase esperava vê-la molhada e esfarrapada, como se tivesse acabado de sair da baía onde eu a tinha jogado. Mas ela vestia couro outra vez: peças novas, ao que parecia, com vários implementos afiados em diversas partes do corpo. O cassetete estava na mão.

– Por quanto tempo você achou que poderia fugir? – perguntou Philine. – O Ioph Carn tem mais recursos do que você, e nossos barcos são tão rápidos quanto o seu.

– Não quero confusão – respondi. – Tem um monte de gente aqui que poderia se machucar. Inclusive você.

Ela revirou os olhos.

– O que, mais casca de zimbro nuvioso? Por favor. Não caio no mesmo truque idiota duas vezes. Você vem comigo para ver o Kaphra.

Eu só queria a desgraça do arroz e da água. Fechei as mãos em punhos e senti a força neles.

– Não quero machucá-la – falei e fiquei surpreso de ver que eu estava falando sério. Tudo que queria era ficar em paz e encontrar a mulher que tinha sido minha esposa anos atrás.

– Ah, você é muito engraçado. Mas continue me provocando e eu vou começar a me sentir insultada. Além do mais, acha que vim buscar você sozinha? – perguntou Philine, com escárnio na voz. – Tem mais cinco comigo, todos treinados por mim.

– Me deixa passar – pedi. – Vou arrumar seu dinheiro e não vou machucar nenhum de vocês. – Mephi, no meu ombro, se encolheu e enfiou o nariz atrás da minha orelha.

Mais cinco homens e mulheres apareceram atrás de Philine, todos usando os mesmos trajes de couro. Ela riu.

– O que vai fazer desta vez? Invocar Alanga Dione dos mortos? Chamar uma serpente marinha para nos comer? Quantas outras histórias Jovis tem na manga? Você teve sorte da última vez. Tem mais de nós agora. E todos sabemos que é um mentiroso.

– Deixa todo mundo aqui sair – pedi, olhando para os clientes nervosos.

Philine olhou para o teto como se achasse o padrão da madeira particularmente interessante.

– E aí, Jovis? O que você acha que vai acontecer?

Indiquei a dona do bar atrás do balcão, e a mulher o contornou às pressas.

– Você pode acertar sua dívida depois – disse ela antes de pegar as outras pessoas no salão e as levar para fora. Os Ioph Carn não se moveram para deixar que passassem, mas também não impediram ninguém.

– E o seu bichinho? – perguntou Philine, a voz debochada. – Não está com medo de ele se machucar também?

– Só quero ir embora – falei. Dei um passo na direção da porta. Todos os seis Ioph Carn deram um passo à frente.

– Nananinanão – disse Philine. – Nem mais um passo.

– Se não o quê? Você vai me matar? O Kaphra não está planejando isso mesmo? Para que eu sirva de exemplo?

Todos deram um passo na minha direção de novo, e Philine ergueu o cassetete.

Levantei a mão.

– Não faça isso.

– Bem, agora eu *estou* me sentindo insultada. – A boca de Philine se retorceu com aquelas palavras, e a expressão nos olhos dela estava mais afiada do que as adagas em seu cinto.

Senti uma vibração dentro de mim, tremores como os da Cabeça de Cervo, vibrando até as pontas dos meus dedos. Eu ajeitei meus ombros e fui para a porta.

– Não me impeçam.

Um sorrisinho surgiu no canto da boca de Philine. Ela queria que eu tentasse porque queria me machucar. O cassetete desceu rápido bem na direção dos meus ombros.

Eu o segurei.

Apesar do que tinha feito lá fora com o galho, fiquei surpreso. Philine pareceu mais surpresa ainda. Ela arregalou os olhos, sem acreditar, e trincou os dentes, tentando forçar o cassetete.

Não. Nunca mais. Eu o peguei com as duas mãos e desta vez não tive medo. Quebrei o cassetete ao meio. O estalo reverberou nas paredes do bar e Philine o soltou. Joguei as duas pontas para o lado.

– Me deixa passar.

Philine me observou por um momento, intrigada, como se eu fosse um peixe de água doce que ela tinha encontrado no mar. Ela balançou a cabeça devagar em seguida.

– Não. – Com dedos firmes, Philine tirou duas adagas do cinto.

Os outros Ioph Carn não hesitaram.

Eles estavam com ela até o fim.

Respirei fundo. Esperava não estar errado quanto àquilo.

– Vai, Mephi – falei. Ele pulou dos meus ombros e correu para baixo de uma mesa.

Nenhum dos Ioph Carn gritou, ninguém fez careta. Eles só correram, rápidos feito andorinhas.

Desviei para a esquerda do golpe de Philine e dei um empurrão nela. Nem usei toda a minha força e ela voou para trás. Canecas se espatifaram quando o corpo dela passou por cima de uma mesa. Outra mulher me atacou com uma espada. Segurei sua mão e a chutei nas costelas. Senti o osso ceder e quebrar embaixo do meu pé. Philine caiu no chão.

Os dois seguintes logo vieram para cima de mim, e eu pulei para trás, tentando conseguir mais espaço. Os Ioph Carn não eram meros valentões, e Philine era uma boa professora. Eles ficaram para trás, esperando os outros dois, e juntos os quatro se espalharam, tentando me cercar.

Já eu, evitava uma briga sempre que podia. Nunca recebi treinamento. Só tinha os punhos e o que Mephi me deu. Inteligência tinha que servir para alguma coisa, né? Peguei cadeiras à esquerda e à direita e as joguei nos homens e mulheres se aproximando, com o máximo de força que consegui.

As cadeiras se partiram em dois dos Ioph Carn, jogando pedaços de madeira no ar. Os dois desabaram, um com uma lasca enfiada no ombro. Eu tinha mesmo jogado com tanta força?

Os outros dois, ambos homens, correram para cima de mim sem nem olhar os companheiros caídos. Eu tinha passado tempo demais impressionado com a minha própria força. Não estava preparado.

Uma dor explodiu nas minhas costelas, seguida de uma sensação quente e ardente. Chutei para trás e senti algo rachar embaixo do pé. Não tive tempo de verificar a ferida, nem o quanto estava ruim. Peguei o pulso do outro homem antes que ele pudesse enfiar a lâmina no meu braço. Apertei o mais rápido que consegui, até ele abrir a mão e jogar a lâmina longe. Eu não queria machucar nem matar ninguém. O homem só franziu a testa quando o soltei e puxei uma adaga da bota dele.

– Tem uma para você e uma para mim – falei. – Você quer mesmo fazer isso?

Ele tinha o semblante amarrado de uma barracuda, com uma cicatriz alta na bochecha. Não falou nada, só passou o olhar pelo meu corpo como se estivesse procurando um ponto fraco. Atrás dele, Philine gemeu. Ela começou a se levantar.

A vibração dentro de mim virou um rugido.

– Parem... agora! – Peguei a mesa à minha direita e quebrei uma das pernas dela para erguê-la como uma clava.

O homem da cicatriz avançou.

Bloqueei o golpe dele com a perna da mesa e a soltei. A adaga, enfiada na madeira, puxou o braço dele para baixo e tirou seu equilíbrio.

Eu o segurei pelas costas do gibão de couro e o joguei no chão. A cara do homem bateu no piso de madeira e ele ficou deitado, imóvel.

Quando olhei para a frente, Philine estava parada fora do meu alcance, duas adagas nas mãos. Ela me olhou com uma mistura de medo e irritação.

– O que você *é*?

Era a mesma pergunta que eu tinha feito a Mephi. Um homem em busca da esposa. Um contrabandista. Um ladrão de crianças. Tudo isso girava na minha mente.

– Não sei.

Philine pensou um pouco, a cabeça inclinada para o lado. E aí ela assentiu para si mesma, quase imperceptivelmente.

– Volte comigo para ver o Kaphra. Podemos encontrar um uso para o seu talento. Ele vai perdoar sua dívida.

Quase ri sem acreditar.

– Você acha que é isso que eu quero?

Ela deu de ombros.

– Não é isso que todo homem quer? Poder?

Eu sentia a vibração dentro de mim, o zumbido no ar antes de um raio cair.

– Só quero ficar em paz! – Bati o pé de novo e a construção toda tremeu, gemeu e grunhiu como um velho doente.

Philine se lembrou da Cabeça de Cervo. A cor sumiu do rosto dela, o olhar indo para as vigas do teto. Seus subordinados estavam se levantando devagar, com as mãos nas feridas, mas até eles pararam quando o bar tremeu.

– Saiam – falei.

Eles fugiram, meio correndo, meio mancando. Até mesmo Philine.

Eu não tinha falsas esperanças. Eles eram o Ioph Carn e ninguém contrariava o Ioph Carn. Voltariam atrás de mim com mais gente. Exausto, me sentei em uma cadeira e servi uma caneca de vinho da jarra que havia à mesa, sem querer saber quem tinha bebido dela momentos antes. O vinho desceu pela minha garganta e esfriou o fogo na barriga.

Mephi, do outro lado do bar, chilreou. Ele saiu de debaixo da mesa. Estiquei a mão e ele se aproximou, desviando dos restos das duas cadeiras. Eu o ajudei a subir no meu colo, e ele encostou a cabeça peluda no meu peito.

– Muito bom – disse Mephi enquanto eu coçava suas orelhas.

– Ainda não consegui decidir se você vale a dor de cabeça.

Estava na metade da caneca de vinho quando a dona do bar abriu a porta. Ela olhou os danos.

– Eu pago – falei. Deixaria um rombo na minha bolsa, mas eu não era um ciclone ou uma monção, alheio à destruição que deixava quando passava.

– Os outros – disse ela, olhando para trás. – Eles também podem voltar?

Balancei a mão.

– São seus clientes, não meus. Não cabe a mim dizer quem pode frequentar seu estabelecimento.

Eles entraram atrás dela, hesitantes feito gatos selvagens ainda com fome. Vi a consternação em seus rostos quando eles se deram conta da destruição, e seus olhos se arregalaram de assombro. Gemi por dentro. Primeiro a música, e agora aquilo. Se estava tentando mesmo ficar em paz, não estava me saindo muito bem em ser discreto.

As pessoas começaram a se aproximar de mim. Eu me apoiei nos cotovelos e pensei em virar a caneca toda. Eu sabia o que diriam.

– Jovis. – Uma jovem se sentou na cadeira à minha frente, as mãos se retorcendo. Mas ela sustentou meu olhar apesar do medo. – O que eu poderia lhe dar para você salvar meu filho?

21

LIN

Ilha Imperial

A batida regular do martelo na bigorna me acalmou enquanto eu trabalhava. O construto espião era pequeno e exigia mais concentração do que eu achava. Não tinha tentado isto antes daquela noite: enfiar a mão no corpo de um construto para manipular qualquer fragmento dentro dele. Tinha devolvido ao depósito os pedaços do pequeno construto que construí. Aquele construto espião era uma questão mais urgente. E, agora que eu precisava mexer dentro dele, senti a frustração crescendo. Eu me concentrei, prendi a respiração e tentei de novo.

Meus dedos só encontraram pelo e carne, e o construto espião guinchou.

– Pelas barbas de Dione! – Limpei o suor na testa. Pelo menos eu tinha tempo. Não ia correr para chegar antes do meu pai nos aposentos dele. Nada de chaves, só o livro de iniciantes debaixo de um braço. Poderia ficar fora a noite toda antes de ele reparar que eu tinha saído.

Estava virando os dedos do jeito errado, desconcentrada... nem ao menos tinha certeza do que estava fazendo errado. Meu pai e Bayan tinham se trancado em uma sala para treinar comandos de fragmentos de ossos, então eu tinha tempo. Olhei para Numeen. Ele fecharia a loja em breve para voltar para a família e fazer uma merecida refeição. Precisava me apressar. Sacudi as mãos, fechei os olhos e respirei fundo. O que o livro dizia? Para imaginar que estava enfiando os dedos embaixo da superfície de um lago.

Mas nunca estive em um lago, não que pudesse me lembrar. Então pensei em enfiar as mãos no laguinho perto do Salão da Boa Fortuna, tateando cegamente para pegar as carpas na água. Minha respiração se firmou, os batimentos ficaram mais lentos.

Afundei os dedos.

Era mais como uma banheira quente do que o laguinho lá de casa. Ainda dava para sentir o pelo da criatura fazendo cócegas na palma da minha mão, mas a carne embaixo estava líquida sob as pontas dos meus dedos. Toquei em algo pequeno e irregular. Um fragmento de osso. Precisei puxar um pouco para soltar, mas consegui. O martelo parou de bater na bigorna.

Quando abri os olhos, estava com o fragmento entre os dedos, e Numeen estava me olhando com uma mistura de medo e fascínio. O construto espião estava paralisado debaixo da minha mão.

– Você tem um formão? – perguntei.

Depois de um momento de hesitação, ele vasculhou uma gaveta, tirou uma ferramenta fina de metal e a jogou para mim. Eu a peguei com a mão livre e virei o fragmento. Limpei a mancha cinza que havia nele. Apertei os olhos para os comandos gravados no pequeno fragmento e comecei a trabalhar.

Amunet: observar. *Pilona*: criado. Embaixo disso, estava escrito *remal*: roupas; junto com o que parecia ser uma estrela. Ao lado de *pilona* estava escrito *essenlaut*: dentro destes muros; com outra estrela ao lado. Em uma nova linha, *oren asul*: relatar e obedecer; e depois *Ilith*, com mais uma estrela. Enfiei o construto de volta na gaiola de ferro e estudei as palavras por um momento. *Amunet pilona essenlaut. Oren asul Ilith*. A resposta me ocorreu tão rápido quanto um peixinho nadando no raso. O construto tinha que observar os criados dentro dos muros do palácio e relatar e obedecer a Ilith.

Não dava para mudar muita coisa. O fragmento já tinha sido conectado ao palácio, às roupas dos criados e a Ilith. Mas eu tinha um fragmento vazio no bolso do cinto.

Tentando não pensar muito em quem poderia ser seu dono, peguei o fragmento novo e o formão, e criei meu próprio comando. *Oren asul Lin*. Apertei o fragmento contra o peito e, ao fazer isso, fiz uma estrelinha ao lado do meu nome.

O construto dentro da gaiola não tinha se movido. Respirando fundo, fechei os olhos de novo, prendi a respiração e baixei os dedos no corpo. Senti o calor mais uma vez, a sensação estranha de mover os dedos em carne liquefeita. Coloquei o fragmento ali dentro e puxei os dedos.

Assim que minhas mãos saíram do corpo do construto, senti-o ficar em pé em um salto.

– Agora você é meu, pequenino – sussurrei para ele. Dei um tapinha na cabeça dele e puxei uma noz do bolso. – Seu nome é Hao. Quando eu o chamar, você tem que fazer o que eu disser.

A coisinha pegou a noz dos meus dedos e a virou nas patas antes de devorá-la. Quando acabou, limpou os bigodes e pulou nas prateleiras de Numeen. Seguiu pulando de uma para outra e saiu pela janela aberta acima da cabeça do ferreiro.

Eu estava segura.

Ofereci a ferramenta de volta para Numeen, mas ele balançou a cabeça.

– Fica com ela. Parece que você precisa. – Ele voltou a guardar os materiais de trabalho e apagou o fogo na forja. E aí fingindo casualidade, perguntou: – Por acaso já encontrou meu fragmento?

A pergunta era sempre como uma faca sendo retorcida nas minhas costelas. Tinha verificado mais de uma vez, mas Bayan ainda estava com o fragmento de Numeen.

– Ainda não. – Mantive o tom neutro. – Ainda estou procurando o aposento onde meu pai guarda os fragmentos da Ilha Imperial.

Ele assentiu como se aquilo fizesse sentido.

– Vai ser difícil se tornar Imperatriz se você não tiver a chave de todas as salas de fragmentos – comentou ele.

– Tem muitas salas no palácio, e a maioria fica trancada. – Não precisei fingir amargura. – Posso roubar talvez duas chaves de cada vez, mas, se não voltasse a tempo, meu pai notaria. Uma única chave ele poderia considerar um acidente. Queria poder fazer isso mais rápido, de verdade. Mas tem tanta coisa que ele não quer que eu descubra.

Numeen franziu a testa. Eu sabia como era na maioria das ilhas. As crianças costumavam aprender o ofício com um dos pais, ou às vezes com um amigo próximo e de confiança. Mas conhecimento era para ser compartilhado, de uma geração para outra. Em vez disso, meu pai o escondia longe de mim, protegia com mais ciúme do que as pilhas de pedra sagaz no depósito. Eu balancei a cabeça.

– Tenho que ir. Você precisa voltar para a sua família.

Uma casa quente, um prato de comida quente, uma cama quente.

Numeen passou as mãos grandes no rosto e soltou um suspiro.

– Como é sua refeição à noite? – ele perguntou como se não tivesse certeza se queria saber a resposta.

– Às vezes, meu pai solicita minha presença no jantar. Ou eu chamo um criado para levar comida no meu quarto.

Numeen se levantou do banco de trabalho, limpou as mãos no avental e o pendurou em um gancho acima da bigorna.

– Vem. Se não precisa voltar correndo, você pode vir comer com a minha família.

Na cidade, em meio ao povo. A ideia me atraiu, fez meu sangue pulsar como as cordas delicadas de um violino.

– Tem certeza?

– Ou você pode voltar para o palácio e comer, sozinha, uma refeição que vai esfriar rápido – resmungou Numeen. – Eu fiz a proposta. É pegar ou largar.

– Eu vou – respondi antes que ele pudesse mudar de ideia.

Numeen só assentiu e foi até a porta. Corri atrás dele e esperei que ele a trancasse. O ar lá fora estava com o cheiro de petricor, de chuva depois de uma longa estação seca. As calhas das construções próximas ainda pingavam da tempestade da tarde, e a luz dos lampiões se refletia nas pedras da rua. A estação seca tinha acabado de um jeito espetacular.

Meu construto espião não tinha ido longe. Eu sentia a presença dele, um formigamento no fundo da mente. Ele nos seguiu conforme nos deslocamos, como se esperando alguma coisa. Tirei outra noz do bolso e ofereci a ele. A criatura se aproximou, pegou-a e voltou para o telhado para comer.

– Não conte quem você é – disse Numeen quando continuei andando ao lado dele. – E não deixe aquele construto segui-la para dentro de casa.

– Não sou burra.

Ele me olhou de lado por cima do ombro.

– Estou fazendo o melhor que posso com o que eu tenho. Diga que sou uma visitante que frequenta sua loja.

Numeen fez que não.

– Você é filha de um cliente rico, mas o mordomo da sua casa se esqueceu de verificar seu telhado antes das chuvas. Sua sala de jantar está uma bagunça e, como você estava na minha loja para buscar um cadeado e uma chave, eu a convidei para jantar. Lin é um nome bem comum.

– Está bem.

Seguimos pelas ruas da cidade, para longe das muralhas do palácio e na direção do mar abaixo. A lua tinha subido e lançava um brilho prateado sobre as águas. Pensei ter escutado, mesmo dali, os barcos batendo nas docas, o rangido de cordas quando as amarras ficavam esticadas.

Segui andando em silêncio atrás de Numeen, a mente divagando. Andei lendo o diário de capa verde, tentando pescar as informações úteis que pudesse. A maior parte eram as palavras vagas e empolgadas de uma garotinha. Será que fui tão despreocupada assim no passado? A Lin mais jovem adorava os laguinhos de carpas, os bambus da montanha, as cabras que tinha visto em uma tarde ensolarada no campo, subir em árvores. A Lin do presente só pensava nas chaves e em estabelecer seu lugar no palácio.

– O que você sabe sobre a minha mãe? – perguntei.

Numeen levou um momento para responder. Não consegui interpretar muito pelas suas costas. Ele inclinou a cabeça de leve, o que podia significar que estava confuso ou mergulhando em lembranças antigas.

– Só sei histórias, boatos ou fofocas.

– Que tipo de fofoca?

– Que ela era mais inteligente do que bonita, era filha de um governador e seu casamento tinha vantagens políticas. Mas disseram que seu pai podia ter se dado melhor se quisesse. Ele vivia imerso demais nos livros e nos construtos. Tão belo que chegava a doer, mas desperdiçando o próprio tempo se isolando em uma biblioteca. E nos mantendo seguros, diziam, então era admirado.

– Quem "diziam"?

– A maioria das pessoas – respondeu Numeen.

Mas não ele.

– E você?

Numeen enfiou as mãos sujas de fuligem nos bolsos.

– O quão sincero espera que eu seja? Você quer tomar o trono do Imperador e assumir a Dinastia Sukai. Pode se tornar a mulher mais poderosa de todas as ilhas, e quer que eu fale mal da sua família?

– Por favor. – Eu sabia tão pouco. E me agarrava aos sussurros dos criados da mesma forma que alguém agarrava teias de aranhas com as mãos. Não daria para tecer uma tapeçaria com esses fios. – Não vou me zangar.

– Você está atrás do quê? – perguntou ele, revirando os ombros de uma maneira que parecia meio desanimada.

De tudo. De conhecimento. De um passado. De uma conexão com um pai que me tratava mais como bicho de estimação do que como filha. Não poderia contar a ele a verdade sobre a minha memória.

– Quero saber o que o povo diz sobre a minha mãe e o meu pai. O que todo mundo diz.

– Não é bonito nem romântico. Se está procurando histórias bonitas, não tenho nenhuma. Pelo que eu ouvi, seu pai não gostou muito da sua mãe no começo. E aí alguma coisa mudou, talvez depois de um ano de casamento. Não sei o que foi, ninguém sabe. Mas, depois disso, o Imperador passou a enchê-la de afeto e elogios. Ele a trouxe para a cidade e desfilou com ela. Então acho que foi romântico no fim das contas.

Eles podiam ter se apaixonado; acontecia muito com esses casamentos políticos. No começo, os dois lados eram indiferentes, mas a familiaridade trazia conforto, o conforto trazia proximidade, e o resultado de tudo aquilo era amor. Mas coisas assim pareciam simples demais para o meu pai. Havia algo nele, no jeito como desaparecia em salas trancadas, no jeito como lidava com Bayan e comigo, que indicava segredos ainda mais sombrios e profundos do que a toca de Ilith.

– Estamos quase lá – disse Numeen. Suas costas eram largas feito uma montanha na minha frente.

Entramos em uma viela estreita, e ele parou para abrir a porta de uma casa bem grande. Um sopro de ar quente bateu no meu rosto assim que ela se abriu. O cheiro de peixe cozido e vegetais no vapor invadiu minhas narinas, me fazendo lembrar que não tinha comido desde de manhã. Eu o segui para dentro da casa e deixei os sapatos e o construto na porta.

Passando por um corredor curto e estreito, a casa se abria em uma sala grande, a cozinha e a sala de jantar em um só cômodo. Havia várias pessoas na cozinha, fofocando enquanto cortavam legumes ou fritavam peixe em uma panela. O óleo chiou na hora que o homem no fogão virou um peixe. Ele parecia uma bigorna: era baixo e largo, como Numeen. Se eu olhasse para eles com o canto do olho, teria dificuldades de identificar quem era quem. Avaliei o resto. Duas famílias em uma casa, com uma avó querida entre todos. Era por isso que a casa era maior do que eu esperava.

Havia quatro crianças à mesa, descascando alho e nozes. Elas olharam quando eu me aproximei e ficaram me encarando, mas não disseram nada, embora desse para vê-las explodindo de curiosidade.

Numeen entrou na cozinha.

– Trouxe uma convidada. Ela é filha de um cliente meu, e os criados não se prepararam para a chuva. A área de jantar está alagada. Eu ofereci a ela um lugar seco para comer.

– Daqui a pouco você vai mandar os pássaros fazerem ninho no seu quarto com você e sua esposa – disse o irmão de Numeen. – Sem querer ofender.

Um sorriso ameaçou repuxar o canto dos meus lábios.

– Não me ofendi. Meu nome é Lin.

O irmão de Numeen só grunhiu e inclinou a panela. Os dois eram mais parecidos do que provavelmente queriam admitir.

Eu entrei na cozinha.

– Posso ajudar?

– Ah, claro que não.

Uma mulher se virou dos legumes que estava cortando. Ela era magra e mais alta do que Numeen, parecendo um bambu, toda estreita, achatada e graciosa. Pela pele mais clara e o cabelo cacheado, achei que devia ser meio *poyer*. A linha do tempo batia. Os padrões migratórios das Ilhas Poyer só as traziam para perto do arquipélago curvo do

Império uma vez a cada trinta anos, mais ou menos. Ela lançou um olhar carinhoso para Numeen. Devia ser a esposa de quem ele falava.

– Por favor – pedi. – Prefiro me ocupar. – Não era uma lembrança, não exatamente, mas senti que sabia muito bem como dançar aquela dança.

– Você é convidada – disse a esposa de Numeen, agora cortando cebola. Ela limpou os olhos lacrimejantes com o cotovelo. – Deveria só se sentar.

Fui para o lado dela, peguei outra cebola e comecei a descascá-la. O aroma pungente fez meus olhos e nariz arderem.

Ela lançou um olhar de aprovação para mim, mas não disse nada.

Quando a refeição ficou pronta, nos sentamos juntos à mesa. Era tão diferente de jantar no palácio, com os construtos enfileirados de um lado da mesa comprida, os criados calados, o vento sussurrando pelas janelas e a reprovação onipresente do meu pai. Ali, eu não conseguia ouvir o vento. Talvez fosse porque a casa estivesse aninhada entre duas outras. Ou talvez porque, mesmo que houvesse vento, acabasse sendo difícil de ouvir com todo aquele barulho.

Havia duas crianças à minha esquerda, e Numeen estava à direita. O irmão dele estava sentado com outro homem, que julguei que fosse seu marido. Todo mundo falava. Havia várias conversas acontecendo ao mesmo tempo. A garotinha à esquerda bateu no meu braço. Ela não podia ter mais de 5 anos.

– Essa é Thrana – apresentou Numeen. – Minha caçula.

– Olha. – Thrana mostrou um pássaro de dobradura de papel. – Fiz isso hoje.

Eu o peguei das mãos dela, o papel macio sob as pontas dos meus dedos, dobrado e amassado de cem maneiras diferentes. Marcas de tinta preta atravessavam as asas de fora a fora. Algo sobre ervilhas e pimentões. Um pedaço de rascunho, entregue a ela para se tornar algo novo. Dava para ver a esperança nos olhos da menina enquanto ela me olhava.

– É lindo.

Um sorriso surgiu no rosto dela.

– Lin disse que é lindo – disse ela para o irmão. – Pode ficar com ele – falou para mim.

– Ah, eu não poderia aceitar. – Devolvi-lhe o pássaro. – Coisas assim precisam ser valorizadas por quem as faz.

Thrana deu um sorriso tímido ao pegar o pássaro de volta.

Numeen deu de ombros.

– Ela está tentando fazer um há alguns dias – comentou ele, colocando arroz no prato. Depois passou a tigela para mim. – Ela é uma garota teimosa, igual ao pai.

– Eu não me gabaria disso – disse a esposa dele.

Peguei uma colherada de arroz, o vapor acariciando minha mão.

– Há quanto tempo vocês estão casados?

– Quinze anos – respondeu Numeen.

Ao mesmo tempo, ela falou:

– Tempo demais.

Os dois riram, e ele beijou a bochecha da esposa.

Fiquei me perguntando que tipo de casamento eu poderia esperar. Um cercado de poder e segredos e talvez amor, como entre minha mãe e meu pai? O único homem que eu conhecia próximo da minha idade era Bayan, e nós dois éramos como gato e rato desde que me recuperei. Não conseguia imaginar – ou achava que não conseguia – como seria segurar a mão de alguém como ele, me deitar ao seu lado, senti-lo beijar minha bochecha. O calor de um rubor subiu pelo meu pescoço quando pensei na mão dele na minha cintura, nos lábios carnudos na minha pele.

Reprimi o pensamento e me concentrei na refeição à minha frente.

– Lin – chamou do outro lado da mesa a mulher idosa que parecia ser a mãe de Numeen. – Nós não somos pobres. Pegue mais arroz. Você está muito magra.

Mais uma vez, senti que conhecia aquela cena. Peguei outra colherada e coloquei no prato antes de passar a tigela adiante. Eu *estava* com fome.

– Obrigada, tia – falei para ela.

Era como se minhas antigas lembranças estivessem se forçando contra um véu fino, e embora eu conseguisse identificar seus formatos, não conseguia vê-las completamente. Mas eu não tinha crescido em uma casa como aquela. Sabia que minha mãe tinha morrido quando eu era pequena e que meu pai tinha poucos parentes. Devo ter conhecido a família da minha mãe em algum momento. Agora, não conseguia nem me lembrar o suficiente para escrever para eles, e meu pai recebia poucos convidados.

– Você mora perto? – perguntou a esposa de Numeen.

– Não muito longe – falei. – Perto do palácio.

Ela assentiu. A maioria dos homens e das mulheres mais abastados da Cidade Imperial morava perto do palácio. Isso devia ter alguma função anos atrás, sob o governo dos antigos Imperadores, quando o portão do palácio ficava aberto e as pessoas podiam pedir audiências.

– Sua casa é muito bonita – falei para ela. Era modesta, mas grande, e alguém tinha pintado as vigas.

– Muito cheia, você quer dizer. – Um brilho de diversão surgiu nos olhos dela. A mulher olhou diretamente para a bagunça na cozinha e para os dois brinquedos de madeira no meio do caminho, onde alguém poderia tropeçar. – Somos nove aqui, e nós todos dividimos um quarto, menos a vovó.

Não tive medo de ofendê-la se deixasse a suposição no ar, mas a corrigi mesmo assim.

– Não. Eu fui sincera. – Tentei pensar em como botar em palavras o sentimento de ter Numeen de um lado e a filha dele do outro, me dando cotoveladas sem querer cada vez que comia. Havia algo reconfortante naquela proximidade, nos sorrisos em volta da mesa, no cuidado que eles tinham uns pelos outros. – São as pessoas que a ocupam que a tornam bonita.

As bochechas da mulher ficaram vermelhas, mas ela pareceu satisfeita.

– Bem, viu? – disse ela para Numeen. – Não é bagunçada. É bonita.

– Não tão bonita quanto você. – Ele passou os dedos no queixo dela.

Era estranho vê-lo naquele ambiente. Na loja, ele era rabugento e calado, e eu nunca o tinha visto sorrir. Ali, ele relaxou, e até as reprimendas aos filhos eram suaves. Era como uma cobra que tinha trocado de pele para uma mais colorida e mais brilhante, novinha.

Levei a comida aos lábios, a cabeça curvada sobre a tigela, quando meu olhar pousou na janela aberta. Havia um construto espião nos observando com olhos pretos e brilhantes.

Não era o meu construto.

O que tinha visto? O que tinha ouvido? Eu me levantei antes de perceber que tinha feito isso, sentindo a presença do construto zumbindo no fundo da minha mente.

– Hao! Capture o espião! – gritei.

Houve o barulho de passinhos e o construto espião enrijeceu, virando as orelhas. E então correu para *dentro* da casa de Numeen. O irmão dele deu um pulo, alarmado, e as quatro crianças gritaram.

Hao apareceu na janela, procurou pelo outro construto e foi atrás dele. Eles pularam por cima das panelas na cozinha, jogando uma no chão. A esposa de Numeen pegou uma espátula e começou a perseguir as criaturas para tentar bater nelas.

– Não bata na de trás! – pedi, mas ninguém pareceu me ouvir.

Finalmente, Hao encurralou o outro espião perto da mesa. Hao pulou, lutou com ele e o prendeu no chão. Antes que a esposa de Numeen pudesse matar qualquer um dos dois de pancadas, eu fui até lá, peguei o outro espião e enfiei a mão dentro do corpo dele. O fragmento se soltou com facilidade desta vez. Peguei o espião nas mãos, fui até a janela e coloquei o fragmento de volta em seu corpo. Ele ficou deitado por um momento e aí voltou à vida, ficou em pé com um salto e saiu correndo, a missão esquecida.

A sala atrás de mim estava em silêncio.

– Lin é um nome comum – disse a esposa de Numeen. – Mas também é o nome da filha do Imperador.

Eu me virei e vi todos me olhando. A casa, que antes parecera tão calorosa, agora estava gelada feito neve derretida. A esposa de Numeen deu um passo na direção das crianças, envolveu os ombros delas com os braços, e as puxou um pouco para perto. Foi um movimento sutil, mas que eu entendi. E o irmão de Numeen levou a mão ao ponto frágil no crânio, o lugar onde a cicatriz ficava.

Eu era Lin. Era a filha do Imperador.

E tinha feito magia do fragmento de ossos na casa deles. Um lugar onde eles podiam pelo menos fingir por um tempo que estavam em segurança.

– Desculpem – falei subitamente.

E fugi dali.

22

JOVIS

Ilha Nephilanu

Já estávamos atrasados. Eu me esgueirei por uma viela na direção do mercado da cidade, onde o Festival do Dízimo estava acontecendo. De acordo com os moradores, tiravam as barracas do mercado para o Festival todos os anos.

Mephi, agora na altura do meu joelho, encostou o corpo na minha perna.

– A gente faz um muito bom – disse ele sussurrando alto.

Pelo que pareceu ser a milésima vez, fiz um gesto de falar mais baixo com a mão.

– Um muito bom – repetiu Mephi, só um pouco mais baixo.

Isso estava se tornando um hábito, e as pessoas sempre falavam sobre hábitos como se fossem uma coisa que um dia mataria você. "Jovis tem o hábito de apostar dinheiro" ou "Jovis tem o hábito de beber vinho de melão demais" ou "Jovis tem o hábito de levar o barco para tempestades". Parecia que Jovis tinha desenvolvido o hábito de resgatar crianças do Festival do Dízimo, e por isso sua cara estava sendo pintada em mais cartazes idiotas. Devia ser o jeito mais estúpido de ter retratos feitos de graça.

Mas como poderia recusar todas aquelas pessoas? Elas não me procuraram de mãos vazias. Eu precisava do dinheiro. No bar, em meio à bagunça que fiz com os Ioph Carn e aos rostos impressionados, eu me senti maior do que efetivamente era. Um pardal que se achava uma águia.

E tinham escrito uma maldita canção sobre mim. Uma canção.

Quantas justificativas. Quantas mentirinhas eu ficava me contando. Uma vez, até disse para mim mesmo que Mephi ficaria decepcionado se eu não aceitasse as súplicas daquelas pessoas. Então, hábito era uma palavra melhor. Hábitos eram coisas feitas com pouca razão e repetidamente, até que o impulso tornava mais difícil parar do que continuar. *Clique clique clique*. Olhei em volta em busca da fonte daquele barulho. Ah. Era a ponta do meu cajado de aço, batendo nas pedras enquanto eu andava. Que discreto da minha parte. Eu o tinha encomendado na última ilha porque mãos não eram boas em parar lâminas. E agora, tinha criado outro hábito: bater com ele no chão quando ficava nervoso. Parei, me apoiei nele e respirei fundo.

Resgatar crianças antes de elas chegarem ao Festival era uma coisa. Resgatá-las *no* Festival era bem diferente. Mas os pais estavam desesperados. E foram generosos.

– Fique longe de confusão – falei para Mephi. – Você ainda é muito pequeno.

Ele só balançou a cabeça e bateu os dentes para mim, como um cachorro comendo algo amargo, mas não tive tempo de repreendê-lo. Eu olhei na esquina.

A praça estava cheia de bandeiras multicoloridas, e alguém tocava uma flauta suave em um canto. Distrações para as crianças. Várias tinham começado a chorar, mesmo com o efeito calmante do ópio. O som me deu um arrepio e me lembrou do meu irmão chorando no dia anterior ao ritual. Vi cinco soldados, dois na minha frente no início da viela, três outros na praça. Um organizava as crianças na fila. Outro estava consultando as anotações do censor. O último estava no centro da praça, o cinzel já na mão.

Nessa hora, avistei a criança de frente para a multidão, ajoelhada na frente daquele soldado. Minha boca ficou seca. O garoto parecia meu irmão naquela idade. Ainda me lembro da mão da minha mãe apertando a minha no Festival, o cheiro de suor pesado no ar. Ela estava apertando meus dedos com mais força do que pretendia, eu acho. Não entendi na época. Não conseguia entender.

Onyu tinha me encarado na hora que o soldado anestesiou o local atrás da orelha dele e puxou a pele. Sangue escorreu pelo pescoço de meu irmão e se acumulou um pouco na sua clavícula. Olhei para a cara suada do soldado, ele apertando os lábios na hora em que colocou o cinzel no crânio de Onyu, e eu me perguntando por que estava demorando tanto.

– Irmãozinho, você se preocupa demais. Meus amigos disseram que só um em vinte e cinco morrem no Festival – disse ele. Onyu sempre fora mais corajoso do que eu.

Quando o soldado bateu com o cinzel, Onyu estava me olhando, a boca curvada em um sorrisinho. Acho que ele pretendia me acalmar. Mas vi a vida sumir dos olhos dele quando o cinzel foi fundo demais, quando penetrou no cérebro. Em um momento ele estava ali. No seguinte, não mais. Como uma chama apagada pelo vento.

Eu não *acreditei*. Não até minha mãe segurar o corpo inerte do meu irmão no colo e começar a chorar aos berros.

Um em vinte e cinco. E eu não tinha feito nada para impedir que aquilo acontecesse.

Só tinha 6 anos, era pequeno demais para fazer alguma diferença. Agora, ali, eu tinha o poder de reagir. Devia ter esperado antes de atacar e pegado mais informações. Mas vi meus pés se movendo antes que pudesse impedi-los. Um hábito.

Acertei os dois corpos na minha frente ao mesmo tempo, mirando no mesmo ponto na parte de trás da cabeça. Os dois caíram. Minhas mãos doeram, mas só por um instante. Os ferimentos que sofri na luta no bar com os Ioph Carn sumiram rápido. Não tinha certeza do que Mephi era e não sabia o que o vínculo entre nós tinha feito comigo, mas caí naquela armadilha no dia em que deixei Mephi voltar para o meu barco. Eu tinha me jogado de cabeça e agora tudo que poderia fazer era ver aonde isso ia levar.

Naquele momento, estava me fazendo puxar os corpos inconscientes dos soldados para a viela. As crianças e os pais na praça estavam tão absortos nos próprios medos que ninguém pareceu notar a ausência deles. Quando reparassem, eu duvidava que fossem fazer alarde. Esse era o problema de governar uma população que não amava você: poucas pessoas se importavam quando você se feria.

Cinco crianças, as cinco amigas e vizinhas. Os pais tinham se reunido para me pagar.

Eu me inclinei e sussurrei no ouvido de uma mulher.

– Meu nome é Jovis. Vim ajudar as crianças. Quando eu disser "parem", tire todo mundo da frente. Conte para os seus amigos.

A mulher ficou um pouco tensa ao ouvir minha voz, mas assentiu e bateu no ombro de um homem.

Senti alguma coisa encostar no meu joelho. Mephi, andando ao meu lado como se fosse um cachorro esquisito. As pessoas começaram a notar. Quando ele era do tamanho de um gatinho, era fácil passar despercebido. Agora, as características estranhas não escapavam à atenção. As patas com membranas andavam tranquilamente em ruas irregulares. As pernas tinham crescido um pouco, mas o pescoço tinha ficado mais comprido. Os cotocos na cabeça estavam proeminentes, o pelo desgastado, embora os chifres ainda não tivessem rompido a pele. E ele tinha começado a mudar. Não a perder pelo, mas uma caspa macia e pálida que se soltava feito farinha quando ele estava seco.

Um dos soldados perto do grupo de crianças seguiu o olhar de um aldeão. Ele arregalou os olhos.

– Parem! – gritei.

A praça explodiu em caos. As pessoas correram na direção das vielas. Os soldados se viraram para encontrar quem tinha gritado. Crianças correram na minha direção e para trás de mim, se movendo feito melaço, completamente dopadas. Mephi, desobediente como sempre, correu para ajudar a reuni-las.

– Mephi!

Aquilo foi inútil, como sempre.

Os soldados pegaram as espadas. Eu levantei o cajado e o segurei com as duas mãos, preparado para encará-los.

Nessa hora, ouvi um rangido de madeira vindo de cima. Quatro arqueiros foram para os topos dos telhados e se agacharam, pegando flechas. O vínculo com Mephi me deu agilidade e força; o que não tinha me dado era uma audição melhor. Nem um cérebro maior. Eu devia saber que isso aconteceria. Um dos pais tinha contado ao Império, e o Império tinha armado uma emboscada para mim. Fiquei estranhamente lisonjeado; nunca tinham tentado fazer isso quando eu era contrabandista, e devia ser por esse motivo que consegui escapar com aquele carregamento de pedra sagaz.

Mais dois soldados sugiram de uma viela. Nove contra um.

Respirei fundo, e a vibração começou nos meus ossos, como a respiração pesada de um animal enorme. Eu apertei mais o cajado.

– Jovis! – gritou a líder dos soldados que estava se consultando com o censor. Ela parecia que tinha acabado de sair de uma briga, com a armadura marcada em algumas partes, o rosto cansado. A praça estava quase vazia, embora algumas crianças sem os pais estivessem em volta, atordoadas pelo ópio. – Por ordem do Imperador Shiyen Sukai, tenho autorização de levá-lo para interrogatório.

– E para as mãos do executor, não tenho dúvida – falei.

– Então você não vem por vontade própria? – Ela deu um passo à frente e os soldados a acompanharam.

– Se sabe quem eu sou, você sabe que lutei com quinze Ioph Carn e venci. O que a faz pensar que vai ter mais sorte? – Ergui o queixo para dar credibilidade à mentira. A verdade era que aquela era a pior situação que poderia me acontecer. Notei alguns soldados trocando olhares de lado.

A líder abriu a boca para falar, mas eu não permiti.

Bati com o pé direito nas pedras e a vibração dentro de mim passou para a terra. As pedras sob meus pés tremeram, as construções sacudiram. Meu pequeno tremor só tinha um raio de uns 9 metros, mas os soldados não sabiam disso. Nem as pessoas da cidade. Alguém gritou, e os arqueiros largaram os arcos para se segurarem nos telhados. Todo o resto ficou em segundo plano.

Comecei a trabalhar.

Fui para cima da líder antes que qualquer um tivesse se recuperado, tirando a espada da mão dela com o cajado e chutando a arma para o lado. Movi a outra ponta do cajado para acertá-la nos ombros. Ela caiu.

Os outros dois soldados tiveram o sangue frio de me atacar, e os derrubei antes mesmo que pudessem dar um golpe.

Houve o *clinc* de uma flecha ricocheteando nas pedras. Os arqueiros tinham se recuperado. Respirei fundo e bati o pé de novo. O que tinha disparado a flecha não teve tempo de se segurar. Ouvi um grito quando ele caiu do telhado e atingiu o chão com um baque. Os últimos três soldados em pé tentaram me dar espaço, tentaram andar em volta para poder me cercar. Mas meu cajado era comprido e eu conseguia movê-lo com força mesmo segurando na ponta. Levei a ponta até o ombro, o metal frio junto à minha orelha, e golpeei. Dois soldados pularam para trás. A última tropeçou em uma pedra e meu cajado a acertou no peito.

Ouvi o impacto da flecha antes de senti-la. Um som de rasgo e torção. Cambaleei e mal consegui me segurar antes de cair. Em seguida, senti uma explosão de dor no ombro. Fiz uma careta e bati o pé de novo, mas, desta vez, o arqueiro estava preparado. Não ouvi mais nenhum deles caindo do telhado. Eu tinha que acabar logo com aquilo, antes que virasse uma almofada de alfinetes. Dei dois passos rápidos na direção dos dois soldados restantes no chão, esmurrei a barriga de um com a ponta do cajado e o girei para acertar o outro na cabeça. Movimentos cruéis, mas deram certo.

Quando me virei, vi uma figura familiar correndo pelos telhados.

– Mephi, seu idiota!

Não tive tempo de dizer mais nada.

Ele afundou os dentes afiados no tornozelo de uma arqueira. Estava um pouco maior do que quando atacou Philine, e não fiquei surpreso quando ela deu um grito e largou o arco para tentar soltar a criatura da perna. Mais dois arqueiros apareceram, e um deles estava mirando em Mephi.

Eu nem pensei. Arremessei o cajado com o máximo de força que pude na direção da cabeça do arqueiro.

Ele tentou levantar as mãos para proteger o rosto, mas estavam segurando o arco e a flecha. O cajado o acertou, e ele rolou do telhado. Caiu no chão com um ruído e não se levantou.

O último arqueiro saiu correndo.

– Merda.

Meu cajado bateu nas pedras com um som metálico e fui pegá-lo. A outra arqueira ainda estava lutando contra Mephi. Eu precisava aprender a arremessar facas ou algo assim. Só tinha o cajado, e não podia ajudar Mephi nem impedir o outro soldado de dar o alarme. Algo na vibração mudou. Fiquei ciente de como a praça estava *molhada*. A água fazia poça nas pedras, se acumulava na sarjeta e em jarras de cerâmica na construção à direita. Até no balde que tinham deixado em uma viela na extremidade da praça. Pareciam quase... partes de mim. E aí com a mesma rapidez, a sensação sumiu.

Não tive escolha, não de verdade. Joguei o cajado na arqueira tentando se soltar de Mephi. Errei o alvo por pouco, e ele bateu nas telhas, mas a mão da mulher se soltou dele com o barulho, e Mephi abriu a boca. As telhas escorregadias não serviram de apoio quando ela perdeu o equilíbrio. A arqueira rolou do telhado e caiu com um grito. Ficou parada no chão, imóvel.

Eu estava cercado de sangue e corpos, alguns ainda grogues, tossindo mais sangue.

Houve um gritinho atrás de mim. Ah, é. As crianças. O motivo de eu ter me metido naquela confusão. Algumas tinham fugido com os pais, mas outras eram de ilhas vizinhas menores e estavam contando com os soldados para voltarem para casa.

– Vamos embora – falei para elas. – Agora!

A flecha ainda estava enfiada no meu ombro e doía cada vez que eu me mexia. Levantei a mão, me preparei e quebrei a parte de trás. Uma dor irradiou da ferida em uma pontada, me fazendo bater os dentes e travando minha respiração. Teria que cuidar disso depois. Agora, tinha que seguir em frente.

Uma das mães ou pais tinha me traído, tinha traído todos. Mas o dinheiro ainda estava na minha bolsa e, além disso, não era culpa das crianças. Eu as levaria para longe do ritual, para mãos seguras, o que era mais fácil de se fazer naquela ilha, onde os Raros Desfragmentados tinham estabelecido uma base no campo, longe das cidades.

Levei as crianças por uma viela, e elas seguiram junto, dóceis feito ovelhinhas. Mephi desceu do telhado agarrado em uma calha, que fez um ruído pelo peso dele. E então ele veio para o meu lado, feliz da vida consigo mesmo.

– Fiz um muito bom – disse ele.

– Não. Tem que dizer: "Fiz muito bem".

– Fiz bem?

– Fiz bem. – E aí suspirei. Eu estava mesmo ensinando o básico de gramática para aquela criatura? – Mas não fez. Pedi pra você ficar de fora.

Mephi soltou uma risada debochada que me dizia exatamente o que ele achava daquela ordem.

– Bichinhos não deveriam fazer o que os donos mandam?

Ele me olhou por um bom tempo, e, apesar da dor no ombro, eu ri. Então Mephi não era bem um bichinho de estimação. Um amigo, talvez. Eu não tinha amigos desde que saí de casa para procurar Emahla, anos atrás. Mesmo agora, me preocupava com minha falta de foco. Tínhamos perdido o navio de velas azuis, por mais que eu tentasse me convencer do contrário. Mentia para mim mesmo cada vez que acordava: *Hoje, vou encontrá-lo de novo.* Já fazia semanas.

Cada vez que eu confrontava a verdade, meus sentimentos se chocavam dolorosamente. Eu não me importava com Emahla? Não queria ajudá-la? Mas Mephi não suportava o cheiro de pedra sagaz e não sabia explicar o porquê. Tentei queimar um pouco perto dele uma vez e ele vomitou até só conseguir botar bile para fora. Eu tinha roubado coisas que não devia ter roubado, feito negociações cruéis, ignorado as súplicas dos que pediam ajuda. Mas não conseguia passar daquele limite. Eu me odiava por isso.

Mas não conseguia odiá-lo.

Nas docas, o construto tentou me impedir, com as cinco crianças encolhidas atrás de mim.

– Por favor, declare suas mercadorias.

Eu o joguei na água com um movimento do cajado. Já tinha deixado a elegância e as mentiras para trás.

Levamos metade de um dia para velejar até a outra ponta da ilha, e o efeito do ópio começou a passar quase assim que saímos do porto. As crianças choraram e se amontoaram feito um grupo de cachorrinhos perdidos. Mephi fez o possível para acalmá-las, mas elas queriam a mãe e o pai de qualquer jeito. Eu sabia que nem devia tentar. Nunca soube o que dizer para crianças. Então, me sentei longe delas, soltei a cabeça da flecha do ombro e costurei a pele e a camisa rasgada.

Tive que jogar a âncora no raso, depois levei as crianças para a água. Parecia que iria chover, e o resto delas logo ficaria molhada. Fui até o litoral com elas, com a calça pesada de água do mar. A ferida no ombro estava dolorida, mas já começando a cicatrizar.

Havia uma mulher sentada na areia, me olhando. Estava vestida de forma simples, com uma túnica áspera e uma saia de amarrar. Se não fosse por Emahla, talvez eu dissesse que ela era bonita. O cabelo preto comprido estava trançado nas costas, adornando um rosto de olhos largos e expressivos e de queixo pontudo. Ela se levantou quando me aproximei.

– Jovis, eu suponho? – perguntou ela. – Me disseram que era quem traria as crianças.

Esfreguei o queixo.

– Ué? Meu rosto não é familiar? Mais de cem retratos meus já foram espalhados pelo Império. Eu pago aos órfãos de rua pra arrancá-los para mim.

Ela me olhou de lado.

– Quase tão vaidoso quanto o Imperador. Daqui a pouco você vai pleitear que seu rosto seja estampado em moedas?

– Com o tanto que minha cabeça está ficando grande, não caberia.

Ela colocou a mão sobre o coração para me cumprimentar, e eu retribuí o gesto.

– Meu nome é Ranami. Ouvi falar de você.

– Coisas boas, espero.

– Depende de para quem você perguntar. – Ela se curvou para cumprimentar uma das crianças. Elas andavam pela praia feito fantasmas. – Um amigo virá para levar vocês para um lugar quentinho, onde vão poder se lavar e vestir roupas secas. Vamos avisar seus pais que estão bem. E temos comida também. Você quer?

A menina assentiu.

Um homem saiu do meio das árvores, grisalho, uma cicatriz sobre o olho esquerdo leitoso. Senti minhas sobrancelhas subirem. Eu o conhecia. Mas, na verdade, praticamente todo mundo no Império o conhecia, porque havia mais cartazes dele espalhados do que meus. Gio, o líder dos Desfragmentados. As histórias diziam que tinha matado o governador de Khalute com as próprias mãos. Ele colocou a mão sobre o coração para me cumprimentar e chamou as crianças.

Elas foram atrás dele, me deixando sozinho na praia com Ranami, meu barco ancorado atrás de mim.

– Então é aqui que o líder dos Raros Desfragmentados está escondido?

Ranami curvou a boca.

– E para quem você contaria?

Levantei as mãos com as palmas para cima em um gesto de impotência. Ninguém acreditaria em mim. Eu tinha providenciado isso.

– Justo.

Mephi tinha aproveitado a oportunidade para ir nadar. Ele rolou nas ondas, chilreando sozinho. Eu me senti atraído pelo Mar Infinito atrás de mim. Em algum lugar dele estavam as respostas que eu procurava sobre o desaparecimento de Emahla. Eu me virei para ir embora.

– Tenho uma proposta para você – falou Ranami.

Eu sabia o que diria antes de me virar para encará-la. Todo mundo agora achava que poderia me comprar, até o Ioph Carn. Eles não ligavam muito quando eu era contrabandista de mercadoria, quando *podiam* ter me comprado. Primeiro, as pessoas ficavam com medo quando viam o que eu era capaz de fazer. E aí quando o medo passava, começavam a me fazer propostas. As únicas que aceitei até então eram para salvar crianças.

– Entre para os Raros Desfragmentados – disse Ranami. – Nos ajude a derrubar o Imperador.

Fiz que não.

– Não. E você não é a primeira a me oferecer algum tipo de emprego sem amarras. Ah. Só que vocês não me pagariam, não é?

Ela torceu os lábios.

– Eu não sou herói. Nunca pretendi ser herói, para começo de conversa. Sabe aquelas crianças? Os pais delas me pagaram para salvá-las.

– Mas você consegue fazer coisas que os outros não conseguem. A não ser que as pessoas estejam exagerando, você tem a força de dez homens e pode até fazer o chão tremer. Pense em quantas coisas boas poderia fazer com isso. Poderia devolver a voz do povo.

Olhei para o céu e suspirei.

– O Império foi estabelecido para salvar essas pessoas dos Alangas. Os Raros Desfragmentados estão tentando salvar essas pessoas do Império. Quem, depois disso, vai salvar as pessoas dos Desfragmentados?

– Os Alangas não vão voltar, não importa o que o Imperador diga. Os construtos dele são mais brinquedos do que um exército. Ele é um funileiro, não um protetor benevolente. E é com as nossas vidas que ele está mexendo.

Eu era novo, mas ela me parecia que era um pouco mais jovem. Ainda tinha vigor para acreditar em ideais.

– O que a rebelião planeja fazer com o povo depois que o tiver salvado? Se não houver Imperador, quem vai nos governar?

Ela ergueu o queixo.

– Nós vamos nos governar. Através de um Conselho, formado por representantes das ilhas.

Não fiz mais nenhuma pergunta. Eu reconhecia um convite para ser doutrinado quando ouvia. Passei a mão no rosto. Pelo Mar Infinito, eu estava cansado! As roupas secas e a comida quente prometidas às crianças me pareciam o paraíso agora. Meus pés estavam fazendo um ruído úmido nos sapatos cada vez que eu mudava de posição, minha calça molhada grudava nas coxas, meu ombro doía e latejava.

– Parece um processo confuso. – Andei na direção da água. – Eu não sou o que você está procurando.

– Espera! – gritou ela para mim. – Sei o que *você* está procurando.

Eu parei.

– Um barco de madeira escura e velas azuis, indo na direção das ilhas maiores. Sei para onde ele vai.

Não fazia mais a menor ideia de onde o barco estava e nunca tinha sabido seu destino.

– O que você sabe sobre ele?

Ranami não iria me contar só porque eu tinha perguntado. Claro que não.

– Vou lhe contar o que quer saber, mas você precisa nos ajudar primeiro.

Eu me virei para ela, impotente como uma marionete sendo puxada pelas cordinhas. Emahla, sempre por ela.

– O que querem que eu faça?

23

Jovis

Ilha Nephilanu

– E isso é tudo que vocês querem de mim, imagino?

Quando um tubarão oferecer a você uma pérola, tome cuidado com os dentes dele. Meu pai gostava de me dizer isso quando estávamos no mar, embora eu achasse que essa lição se aplicava mais à terra.

Ranami descruzou os braços.

– Dez dias não é pedir muito do seu tempo.

– E acredito que posso ficar aqui esperando dez dias, e você vai me dar a informação que quero. – Internamente, eu estava gritando. Dez dias. Dez dias deixando aquele barco ir para mais longe, tentando agarrar respostas que estavam escorrendo por entre meus dedos.

– Não – admitiu Ranami.

– Me diga exatamente o que vocês querem que eu faça e aí nós conversamos.

– Venha comigo. Deixe que Gio e os outros expliquem.

– Os outros – falei, meu tom seco.

Quantos Raros Desfragmentados estavam reunidos naquela ilha? Se o Imperador tinha espalhado os espiões por aí, eles descobririam logo. E quem precisava confiar em pessoas quando se tinha construtos pequenos como esquilos que podiam fazer seu trabalho? Mas a promessa que Ranami jogou na minha cara, a de saber aonde o barco estava indo, reluzia feito uma isca de peixe em um dia de sol. Eu já estava supondo àquelas alturas, seguindo uma trilha que tinha esfriado. Se soubesse o destino do barco, poderia encontrar a rota mais rápida até lá e pegá-lo ainda ancorado. Pensei nos olhos escuros feito vinho de Emahla, em como seria vê-los de novo, e senti que minha garganta estava sendo esmagada pelo peso de todas as ilhas, umas em cima das outras.

– Você sabe se ela ainda está viva? – perguntei em voz baixa.

Os cílios de Ranami tremeram, e o olhar se desviou para a areia.

– Sinto muito – respondeu, parecendo lamentar de verdade. – Só sei que você estava procurando o barco de velas azuis. Não sabia que...

Eu passei por ela e ouvi Mephi saindo do mar para vir atrás de mim. Claro que Ranami não sabia. Ninguém parecia saber o que acontecia com aqueles jovens, por que eles eram levados. Mas Ranami sabia para onde estavam indo, e isso já era alguma coisa.

– Não importa. – Eu tinha que aproveitar aquela chance. Tinha que parar de mentir para mim mesmo, de acreditar que, sozinho, o encontraria de novo. Eu não era uma criança com a expectativa de vislumbrar serpentes marinhas da praia.

Ranami se apressou para me acompanhar, e eu não esperei.

– Você não sabe aonde vai – disse ela, com a voz firme, antes de entrar na minha frente. E ela estava certa: eu não sabia. Onde se escondia o líder da rebelião do Império?

O chão da floresta estava úmido debaixo dos meus pés. A maioria das pessoas ficava feliz de ver as chuvas chegando depois de sete anos de estação seca. Sim, os ventos aumentavam e ajudavam a velejar mais rápido. Mas a chuva tornava a navegação mais desagradável, e a umidade onipresente no ar me deixava com a sensação de que as pontas dos meus dedos estavam permanentemente enrugadas. Mephi corria na frente e em volta de nós dois, pulando em orvalho, tentando abocanhar uma borboleta, subindo até a metade de uma árvore antes de descer de novo. Ele não disse nada, e fiquei grato por isso. A última coisa de que eu precisava era explicar para aquela mulher por que meu bichinho *falava*.

Ranami me levou para um penhasco coberto de hera e vegetação. Aves e macacos gritavam das árvores acima, as vozes se sobrepondo. O céu estava limpo, mas eu sabia que isso não duraria. Não havia estradas ali, nem vilarejos nem sinal de telhados ao longe. *Isso ajudaria com os espiões*, pensei. E aí Ranami puxou umas heras e revelou uma fenda na superfície do penhasco. Uma fenda pela qual uma pessoa mal conseguiria se espremer. Ela me olhou, a expressão tranquila.

Fiquei boquiaberto.

– Você não pode...

Ela levantou os braços, inspirou fundo e desapareceu na pedra. Mephi chilreou com empolgação. Eu levei um dedo aos lábios.

– Não – falei.

Ele fez silêncio e só bateu com a cabeça no meu joelho. Cocei as orelhas dele e me aproximei da fenda. Ergui a hera feito uma cortina e espiei a escuridão. Quando olhei, achei que vi um brilho suave lá dentro.

– Você vem? – A voz de Ranami emanou da escuridão como se ela tivesse virado uma sombra.

Mephi se sentou com os olhos pretos me encarando.

– Você não precisa vir – falei para ele. – Pode me esperar no barco.

Ele fez que não, chilreou e deslizou pela fenda como se tivesse ossos feitos de água.

Contraí e relaxei os dedos, e senti o suor nas palmas das mãos. Nunca gostei de espaços apertados, e esse devia ser mais um motivo para odiar a estação chuvosa. Precisar passar tanto tempo esperando em lugares fechados até que as tempestades passassem. Não consegui ver até onde aquela fenda ia, por quanto tempo teria que me espremer. E se houvesse aranhas?

Emahla iria em frente se estivesse no meu lugar.

Com uma inspiração rápida, entrei de lado na fenda, a cabeça virada para a luz do dia. Um passo. Dois passos. As pedras de ambos os lados pressionavam meu peito e minhas costas. Eu me senti preso entre duas montanhas, com mais outra em cima. Era assim que um inseto se sentia antes de ser esmagado por um pé? Três passos. Quatro. Minha camisa prendeu na ponta de uma pedra. Não se soltou quando a puxei. Eu estava preso.

Parei, tentando reprimir o pânico. Um passo para trás e outro para a frente. A camisa se soltou.

Mais um passo e senti a fenda alargar. Um corpo quente roçou nas minhas pernas. Mephi. Relaxei só de senti-lo, por saber que estava ali e não tinha medo. Ele era bem menor do que eu. Se não estava com medo, eu também não devia ficar.

Finalmente, consegui virar a cabeça. Mais alguns passos e não senti mais paredes encostando em mim. Um lampião apareceu na frente do meu rosto. Quando foi abaixado e meus olhos se ajustaram, vi o rosto de Ranami, sério, mas satisfeito.

– Estamos mais lá para dentro.

A caverna quase não tinha largura para acomodar meus ombros, mas agora era só um corredor desconfortável e pequeno, e não algo que parecia uma armadilha mortal. Se era ali que os Raros Desfragmentados estavam escondidos, dava para entender por que ainda não tinham sido encontrados. Tive que cuidar onde pisava. O chão da caverna era irregular, embora alguém tivesse tentado cortar as pedras afiadas.

Ranami e o lampião desapareceram em um canto, e me apressei para seguir a luz. Quase tropecei quando dobrei a curva.

O chão ali era liso, e as paredes se alargavam em um corredor de verdade. Havia lampiões pendurados em intervalos regulares em ganchos nas paredes, iluminando símbolos entalhados na pedra. Tive que olhar para a esquerda e para a direita para encontrar Ranami, que estava andando pelo corredor.

– Que lugar é este? – perguntei quando a alcancei.

– Não sabemos ao certo – disse ela –, mas temos quase certeza de que eles fizeram. De que devem ter vivido aqui.

Eles. Um dos Alangas. Eu sabia que Nephilanu tinha sido o lugar onde Dione, o último dos Alangas, tinha resistido ao Império. Fazia sentido que houvesse um esconderijo ali.

– Eles deviam ter muito óleo – falei.

– Sim – respondeu ela, a voz seca. – É bem escuro. Estou vendo que você reparou.

Que beleza. Eu estava feliz de estarmos nos dando tão bem. Desde que o que os Desfragmentados quisessem de mim não envolvesse trabalhar com aquela mulher.

– Ou talvez iluminassem o local com magia.

Os ombros de Ranami enrijeceram. A ideia não lhe tinha ocorrido. Era estranho para mim: havia evidência de magia ao nosso redor na forma dos construtos do Imperador, mas ninguém parecia pensar que algum outro tipo de magia existia. Claramente, tinha existido, na forma dos Alangas.

E, se fosse possível acreditar nas lendas, os zimbros nuviosos também tinham magia, embora fossem guardados com zelo pelos mosteiros.

Enquanto me concentrava, senti a vibração nos ossos, o poder esperando para ser liberado. O chão abaixo de mim pareceu prender a respiração, esperando que eu enviasse a vibração pelas solas dos pés para a pedra. Havia algum tipo de magia vivendo em mim também, colocada ali ou despertada por Mephi. Onde ele tinha conseguido, eu não sabia.

Eu me vi batendo com a ponta do cajado na parede. Quando apertei a mão, o suor fez meus dedos escorregarem. Às vezes, eu me perguntava se a magia era como um parasita, uma coisa que vivia em mim, mas não era parte de mim. A ideia me manteve acordado por mais de uma noite. Mas eu confiava em Mephi, e o vínculo que tínhamos formado não tinha me feito mal. Quando estava usando a magia, quando sentia a força nos membros e a vibração nos ouvidos, não sentia medo. Só sentia uma alegria feroz. Era bom ou não era? Eu não sabia.

O corredor terminava em uma sala ampla o suficiente para ser o salão de jantar de um palácio. Lampiões ocupavam as paredes, e embora deixassem o lugar quase claro, eu sentia que já tinha me esquecido de como era o céu. Havia um grupo de pessoas na extremidade do cômodo, a uma mesa de pedra. Uma das mulheres mais altas que eu já tinha visto estava encostada na parede, embora houvesse lugar à mesa. Ela estava vestindo um gibão de couro, com uma espada na cintura. Não tinha postura de soldado, sem uniforme e sem broche, mas estava com a mão no cabo da arma, e eu não duvidava que ela soubesse usá-la. Seu cabelo preto caía até os ombros em ondas, emoldurando um queixo que era mais forte do que o meu.

Ranami pendurou o lampião perto da porta e foi até a mulher. Elas se abraçaram, mas o gesto foi meio constrangido, como se nenhuma das duas estivesse animada.

– Voltei – disse Ranami. – E trouxe a outra parte do nosso plano, como prometi.

A mulher alta me olhou como se eu fosse um cachorro de rua que foi tirado de uma tempestade.

– Ele – falou ela, a voz seca.

Era eu que não queria estar ali.

– Por que não me contam o que querem que eu faça e eu digo se consigo fazer antes de irem julgando minhas habilidades?

Ouvi as vozes das crianças no aposento ao lado e senti o cheiro denso de um ensopado de *curry* temperado. Meu estômago roncou.

Gio se levantou da cadeira onde estava sentado.

– Jovis – disse ele. – Fico feliz de você ter decidido se juntar a nós. Veja bem, trazer você aqui, contar-lhe nossos planos... nos coloca em risco.

Mephi se encostou no meu joelho. Fiz carinho nas orelhas dele, me reconfortando com sua presença.

– Como Ranami concluiu de maneira tão solícita para mim: para quem eu contaria? Todo mundo me quer morto, ao que parece, inclusive o Império.

– Você poderia negociar pela sua vida – respondeu Gio.

– Nós dois sabemos que o Império não cumpriria a parte dele do negócio. Vocês vão me contar o plano ou não?

Gio trocou um olhar com Ranami. Eu não era burro. Essa conversa fiada não fazia o menor sentido. Se Gio me contasse e eu não concordasse com o plano, ele me mataria. Se eu concordasse e tivesse sucesso, era provável que ainda tentasse me matar. Ranami era uma seguidora fiel, ela nunca seria uma ameaça para Gio. Ele conseguia identificá-la, como um lobo procurando um cachorro no meio das ovelhas. Eu? Era um sobrevivente. Tinha negociado com o Ioph Carn e depois roubado dele. Eu faria o que precisasse fazer. Tinha certeza de que Gio também conseguia ver aquilo em mim. Então, ficamos um circulando o outro, cautelosos e hostis, sabendo que aquilo podia muito bem terminar em sangue derramado.

– O governador daqui é um forte apoiador do Imperador – disse Gio. – Boa parte das trocas comerciais dele vem de enviar nozes polpudas para o Império. Isso o deixou rico. Vamos derrubá-lo. Cortaremos o fornecimento de nozes polpudas e enfraqueceremos o apoio do Imperador no começo da estação chuvosa. Quando a tosse do brejo atingir as ilhas principais, os governadores estarão suplicando por óleo de nozes polpudas que o Imperador não tem. Se controlarmos o fornecimento, vamos poder usar isso para ganhar novos aliados e virar alguns dos governadores contra o Império.

Desviei o olhar para Ranami. Ela estava encostada na parede com a mulher alta, os dedos delas entrelaçados. Embora não estivesse olhando para mim, ela também não olhou para a companheira. Rebeliões podiam romper laços entre pessoas da mesma maneira que podiam formá-los.

– E o meu papel nisso?

– Se as histórias forem parcialmente verdadeiras, você é um lutador poderoso. Precisamos de alguém para assassinar a guarda pessoal do governador. Alguém que possa eliminar todos se necessário. Isso vai ser coordenado com um ataque frontal.

Ainda sentia a vibração de poder dentro de mim, agora tremendo junto à batida ruidosa do meu coração.

– Eu sou contrabandista. Não um assassino.

– Soube que matou seis dos melhores lutadores do Ioph Carn e quase arrancou um bar do chão no meio disso.

– Não arranquei nada do chão. Só sacudi um pouco, mas foi mais para deixá-los desequilibrados e amedrontados do que para destruir qualquer coisa. E eu não matei os Ioph Carn.

Mas não pude negar que foram seis.

Gio só ficou me observando falar, o olhar calmo.

– Seis lutadores treinados contra um contrabandista – disse ele, como se aquilo resolvesse tudo. Talvez resolvesse. Ele se sentou na cadeira de novo, mas a tinha virado para mim. – Não tenho dúvidas sobre suas habilidades em uma luta. Mas temos outras peças encaixando, e você vai trabalhar comigo. Vamos precisar dos dez dias.

Eu tinha ouvido falar de Khalute, do assassinato do governador de lá pelas mãos de Gio, de como ele tomou a ilha para os Raros Desfragmentados. Algumas histórias diziam que tinha feito aquilo sozinho. Outras diziam que foi lá que ele perdeu o olho. Bem, eu conhecia um bocado de histórias e de canções, e sabia que podiam ser feitas mais de fantasias do que de verdade. Olhei ao redor, para os pilares entalhados, para as arandelas vazias.

– Vou trabalhar com você de que forma? Quer saber como eu faço aquilo?

A expressão sombria do rosto dele mudou, os lábios se apertando feito dois penhascos em um terremoto.

– Sim. Mas você não vai me contar. – Ele balançou a cabeça. – Não. Eu vou com você.

24

RANAMI

Ilha Nephilanu

O roubo das nozes polpudas fora bem-sucedido. Já o passo seguinte – contar para Phalue o que os rebeldes tinham planejado de verdade – não tinha ido tão bem assim. Ranami ficou sentada perto do mar, com um livro na mão, esperando a namorada chegar. Ela molhou um dedo do pé na água e viu os peixes se afastarem das ondulações.

Podia ter sido pior, embora Ranami não soubesse bem como. Quando Phalue entendeu de verdade como era para os fazendeiros, ela fez a parte dela com gosto. Tinha corrido até os guardas, alegando que fora atacada na floresta. Ela os levou em uma caçada frenética, deixando Ranami para pegar quantas caixas de nozes polpudas conseguisse carregar.

Mas a filha do governador nunca fazia nada no meio-termo. Quando tomava uma decisão, ela se jogava na tarefa a cumprir.

Quando tomava uma decisão.

Ranami achava que era um grande salto de raciocínio pedir a uma pessoa para roubar nozes polpudas e depois pedir para ficar quieta enquanto derrubava o pai dela. Ela inspirou o ar do oceano, carregado do cheiro de chuva, e tentou voltar ao livro. Depois de se ver lendo o mesmo parágrafo três vezes, ela o fechou. História não se comparava ao presente, não com a tormenta que estava por vir.

– Você queria me ver? – A voz de Phalue veio de cima.

Ranami deixou o livro de lado, se levantou e passou os braços pelo pescoço de Phalue. Ela estava com um cheiro leve de sabonete floral e suor. Devia ter se apressado para estar ali.

Os braços de Phalue se fecharam de forma delicada em volta da cintura de Ranami, e ela recuou. Ultimamente os abraços delas eram assim: como a breve visita de uma abelha a uma flor, e mais nada.

– Tenho uma coisa para lhe pedir – disse Ranami.

Phalue cruzou os braços.

– Você não acha que já pediu muito?

Ranami conhecia aquele tom. Elas estavam prestes a brigar. Phalue estava indo em velocidade máxima nessa direção, e, quando começava, não havia quase nada que pudesse fazê-la desacelerar.

Ranami tentou mesmo assim.

– Eu fiz alguma coisa que a tenha deixado com raiva?

– Não é tão simples assim. Não tem a ver com o que fez ou deixou de fazer. Sim, estou com raiva, mas tente ver pelo meu ponto de vista. Eu a amo. E moveria montanhas por você. E, ao que parece, trairia o Império por você.

– Você fez a coisa certa.

– É lindo que lhe pareça tão simples. Você me leva às fazendas, me mostra como aquelas pessoas viviam mal e quão pouco pediam... e eu tento compensar. E aí você me leva para o coração do forte dos Raros Desfragmentados. Lembra-se de que eu falei que iria mandar uma carta para o Imperador contando que eles estavam aqui? Gio me disse que a interceptaram. Sabia que não seria tão simples: uma missão e partiriam. Acredita que ele vai deixar eu me afastar disso de bom grado? Agora eu sei de coisas demais. Você me levou para o covil dos tigres famintos.

Ranami estava sem palavras. Ela não tinha pensado nisso, só tinha pensado no quanto queria levar Phalue para o grupo e mostrar a confiança que a amada tinha em si.

– Você não vai contar para o seu pai?

Phalue repuxou os lábios.

– Não vou. Mas você me deixou dividida. Está me pedindo para escolher entre meu pai e os Desfragmentados. E ainda tem você, claramente do lado deles. Conhece todos os seus segredos. Eu a amo, Ranami, mas você nunca me contou que estava tão inserida nisso.

A dor na voz de Phalue foi pior do que todos os chutes que Ranami tinha recebido quando era órfã de rua. Ela não estava tão inserida no começo, mas, quando procurou os Desfragmentados pedindo ajuda, eles responderam. Era mais do que ela podia dizer da maioria das pessoas. E, quanto mais eles davam, mais ela devia em troca.

– Poderia ter havido outros meios. Eu poderia ter convencido meu pai a abdicar. Agora, se escolhê-lo, perco você. Se a escolher, perco todo o resto. Nunca gostei muito do governo do meu pai e não concordo com ele, mas não é um homem cruel. É indulgente e preguiçoso, e provavelmente precisa do tipo de surra que minha mãe me dava de vez em quando. Eu li alguns dos livros que você me pediu pra ler. Sei que revoluções não acontecem de maneira calma, sem sangue. E não quero vê-lo machucado.

– Nos ajude, então. Nos ajude a fazer um golpe pacífico.

Phalue fechou os olhos como se estivesse invocando a paciência para lidar com uma criança desobediente. Ela passou os braços em torno de Ranami de novo e, desta vez, pareceu um abraço de verdade.

– Me conte o que acontece depois. – A respiração dela moveu o cabelo de Ranami.

Ranami tentou se afastar, mas Phalue a segurou com força.

– Depois?

– Sim. Depois que meu pai for deposto. Idealize um sonho para mim, Ranami. Eu serei governadora? Você vai morar no palácio comigo? Vai ser a esposa da governadora sob esse tipo de circunstâncias? Os rebeldes permitiriam que fizesse isso? Permitiriam que *eu* fizesse?

– Eu acho que não seria assim.

Phalue a soltou.

– Então para que estamos fazendo isso?

Elas ficarem juntas... nunca tinha sido o objetivo de Ranami, não como era para Phalue. Ranami a amava, sentia aquilo nos próprios ossos, mas havia outras coisas a se considerar. E isso não era algo que pudesse explicar sem magoar Phalue. Ranami soube, quando olhou para ela, que não era a mesma coisa para Phalue.

– Preciso pensar em todo mundo – disse Ranami.

– Eu confio em você – disse Phalue –, mas não confio nos Desfragmentados.

– Sua ajuda seria útil para nós – disse Ranami subitamente –, para nos infiltrarmos no palácio. Separamos pessoas para descobrirem essas informações, mas informantes nem sempre são confiáveis. Saber quando os guardas mudam de turno, as fraquezas nas muralhas...

Phalue levantou as mãos.

– Pense no que você está me pedindo. Só quero isso.

Ranami inspirou fundo para firmar a voz e as mãos. Aquilo era como a fenda que levava aos túneis antigos. Se ela hesitasse por tempo demais no meio, ficaria presa. Tinha que recuar ou seguir em frente. Ela seguiu em frente.

– Por favor, só confie em mim.

Phalue segurou as bochechas dela com as duas mãos, e Ranami sentiu os calos nas palmas das mãos da namorada quando ela beijou sua testa.

– Eu sabia que você seria um problema desde o primeiro momento em que a vi – disse Phalue. Mas falou com carinho, não escárnio. Seus dedos desceram pelo pescoço de Ranami, acariciando os ombros. Ranami se inclinou para mais perto do toque dela, pensando em todas as noites que passaram juntas, uma nos braços da outra. – Mas você vai ter que fazer isso sozinha. Não posso lhe ajudar. Eu a amo o bastante para não a impedir. Vejo como é importante para você. Só não machuque meu pai. Prometa para mim que não vai machucá-lo.

Eles podiam agir sem Phalue, mas seria bem mais difícil. Ranami fixou o olhar atrás dela, na estrada. Cinco dos soldados do governador marchavam na direção deles. Ranami segurou o gibão de Phalue. Ela tinha roubado quatro caixas de nozes polpudas para os fazendeiros.

– Eles vieram me buscar – disse Ranami, ofegante. – Estão vindo.

Phalue levou a mão à espada no cinto.

– Sai – disse um dos soldados.

Uma cela fria, úmida feito a sarjeta onde Ranami dormia quando criança. Sem luz, sem ar fresco, revirando restos de comida.

– Por favor, não deixe que me coloquem em uma cela. Não posso ir para um lugar assim. – Ela fechou os dedos na camisa de Phalue; não conseguiria soltar nem se tentasse. O pânico que se contorcia dentro dela era como um animal selvagem, de olhos arregalados e chutando, um rato nas garras de um gato. – Não deixe que me levem.

Phalue usou a mão livre para soltar com gentileza os dedos de Ranami.

– Não se preocupe. – A voz dela estava calma. – Você não vai para lugar nenhum, só para casa.

Ela se virou para os homens que se aproximavam.

– Tythus – disse Phalue para o guarda na dianteira quando eles pararam na frente dela. – Meu pai está precisando de alguma coisa?

Ranami tinha uma vaga lembrança de ter conhecido aquele jovem em algum momento. Mas na época ele estava sorrindo para elas.

– Infelizmente, sim – respondeu Tythus. Ele parecia pouco à vontade, como se estivesse prestes a dizer a um condutor de carro de bois passando por dificuldades que seu último boi tinha morrido. – Ele soube da sua ida a uma das fazendas de nozes polpudas. Quatro caixas de nozes sumiram.

Ranami não conseguiu falar. Não conseguiu respirar. Phalue a defenderia, mas a que custo?

– Seu pai me enviou para levar você até ele.

Você. Ele estava procurando Phalue.

Por um momento, Ranami não conseguiu processar aquelas palavras. Deveria se sentir aliviada por não ser ela. Mas Phalue? Ranami não ousava se agarrar nela outra vez, mas precisava de algo para se firmar.

Phalue contraiu os ombros.

– Ele acha que eu roubei caixas de nozes polpudas? Não seja ridículo, Tythus.

Tythus engoliu em seco. Ele hesitou antes de segurar o cabo da espada.

– É ordem do seu pai. Ele não estava de bom humor.

Por um momento, eles só se olharam. E, então, Phalue soltou a espada.

– Eu vou em paz. Não precisa se preocupar. Resolverei seja lá o que ele botou na cabeça.

Tythus assentiu e soltou o ar. Ele deu um passo para o lado.

– Depois de você.

Phalue olhou para Ranami, que viu o brilho de medo nos olhos dela. Phalue virou a cabeça e deixou que a escoltassem.

25

LIN

Ilha Imperial

O tampo da mesa estava liso e frio sob meus dedos. Tentei não suar. Meu pai tinha me chamado para mais um interrogatório, mas desta vez eu achava que sabia as respostas.

– Aonde você foi no seu décimo quinto aniversário?

Eu tinha quase terminado de ler o diário de capa verde. Queria ter escrito mais especificamente sobre minhas experiências diretas, o cheiro e o gosto das coisas. Em geral, escrevera sobre como me sentia em relação às coisas. Tinha escrito um pouco sobre o meu pai e, estranhamente, até sobre a minha mãe, que até onde sabia morrera quando eu ainda era pequena. O pai sobre quem escrevi era firme, porém gentil, e isso foi tudo que consegui descobrir. Tinha escrito como se soubesse quem eu era e nunca fosse ter motivo para duvidar.

Meu pai me observava. Minha mente estava distante, embora o olhar permanecesse grudado no dele. Estava tão cansada. Tinha tanta coisa a estudar.

Meu décimo quinto aniversário.

Pensei no diário e tentei organizar os pensamentos confusos. Ah, sim. Eu tinha escrito sobre aquele dia com bastante empolgação.

– Para um lago nas montanhas. Nós passamos o dia lá. – Sorri, como se estivesse me lembrando de algo agradável. E, se pensasse nisso o bastante, quase conseguia ver o lago sobre o qual tinha escrito. A luz do sol refletida na superfície, o vento agitando as árvores. – Fizemos um piquenique na margem e jogamos migalhas de pão para os pássaros.

Meu pai assentiu. Ele soltou o ar longamente; tinha prendido a respiração.

– Você disse que foi um dos dias mais felizes da sua vida.

Como eu poderia saber disso? Só tinha 15 anos. Isso tinha sido oito anos atrás. Mas segurei a língua, e o vi deslizar uma chave pela mesa na minha direção. Eu esperei, sem ousar tocá-la.

– É da biblioteca – disse ele. – Fica no final do corredor a partir daqui se for para a esquerda, quatro portas à esquerda, perto dos meus aposentos. Está na hora de começar a aprender a criar construtos e escrever comandos. – Ele tirou uma folha de papel dobrada do bolso no cinto e a passou para mim por cima da mesa. – Aqui está uma lista de títulos para você começar a ler. Termine-os e venha até mim, para que eu possa testar seu conhecimento.

Olhei para os títulos e os reconheci como livros que já tinha roubado e depois devolvido ao lugar, tendo devorado o conteúdo como se as palavras fossem peixes e eu fosse um gato faminto.

– Pode ir.

Eu me levantei, mas fiquei presa no lugar pela pergunta que subia pela minha garganta. Era importante ter acesso irrestrito à biblioteca, mas ainda sentia a falta das minhas lembranças como se fosse um vazio no peito.

– Se o lago foi um dos dias mais felizes da minha vida – falei, hesitante, sem saber se devia continuar –, por que nós não voltamos lá?

Meu pai estreitou os olhos.

– Quem disse que não voltamos?

Meu coração deu um pulo. Claro. Era possível que tivéssemos voltado. Mas não deixei que isso transparecesse no meu rosto. Eu me mantive firme, torcendo para ele estar blefando, torcendo para estar certa sobre o blefe.

Meu pai mexeu distraidamente na veste, no local onde costumava deixar a longa corrente de chaves. Seu olhar se voltou para a janela, para as luzes da cidade abaixo e as estrelas cima.

– Não tenho certeza. Tínhamos outras coisas para fazer. Sempre outras coisas.

– Ainda podemos ir.

O olhar que ele lançou para mim carregava junto um maremoto de dor e remorso.

– Não acha que já pensei nisso? – perguntou meu pai, em voz baixa. E aí ele balançou a cabeça e a mão. Depois limpou a garganta. – Vá. Leia os livros. E me avise quando acabar.

Saí da sala de interrogatório mais perplexa do que em todas as vezes que não consegui responder às perguntas dele. A chave da biblioteca, a de verdade, pesava no meu bolso. Podia ter recebido uma nova chave, para uma nova sala, mas pelo menos assim eu poderia estudar dia ou noite na biblioteca sem ser espionada.

Mas a biblioteca não estava vazia quando eu cheguei, e espiões nem sempre eram construtos.

Bayan estava sentado no tapete, com as costas na parede e um livro nas mãos. Ele ergueu o olhar quando entrei. A luz dos lampiões parecia fazê-lo brilhar, deixando a pele dourada. Ele ficou ainda mais bonito sob aquela iluminação, um ser etéreo de luz e sombras.

– Você ganhou outra chave – disse ele, a voz seca.

Eu a exibi e tive um certo prazer no fato de que agora era oficialmente dona de mais chaves do que ele.

– Ganhei. E foi merecida.

Ele só assentiu para mim, o rosto solene. E aí enfiou a mão no bolso do cinto e pegou outra chave, essa com a cabeça dourada.

– Eu também ganhei. – A expressão no rosto dele se abriu de forma tão limpa quanto um ovo quebrado e revelou o sorriso por baixo. – Pobre Lin, sempre tentando não ficar pra trás. – As palavras não incomodaram como de costume. Não soube dizer se foi o tom ou se foi porque eu tinha algumas chaves a mais das quais Bayan não sabia.

Dei de ombros.

– O que você está lendo? – Andei na direção dele e me curvei sobre seu ombro para olhar.

Bayan se contorceu para longe de mim e aninhou o livro como se fosse um bebê, e eu tivesse acabado de fazer pouco dele.

– Não é da sua conta.

– Tem alguma importância? Agora eu também tenho permissão para ler.

– Você não entenderia – disse ele com desprezo.

Ah, bem mais defensivo do que devia. Fiz que ia me virar e, assim que Bayan relaxou, dei meia-volta e inclinei a cabeça para o lado.

– *Era dos Alangas*? – li em voz alta. – Você não devia estar estudando?

Bayan me olhou de cara amarrada.

– Você também não?

Bem, ele tinha razão. Mas não dava para procurar os livros de que precisava para alterar Mauga, o Construto da Burocracia. Não com Bayan ainda ali. Então, insisti.

– É interessante?

Ele pareceu ponderar se as minhas palavras eram de deboche ou não. Como não conseguiu encontrar nem um grão de desdém e escárnio, Bayan suspirou.

– Sim, é interessante. É sobre a época antes do Império Sukai não ser sequer um pensamento na mente de alguém. Antes dos Alangas começarem a lutar uns com os outros.

– Como o livro diz que era? – Eu deveria estar provocando Bayan, tentando fazer com que ele fosse embora, mas não consegui evitar a curiosidade. Toda a justificativa do meu pai para a coleção de fragmentos de ossos, para os construtos, era para impedir que os Alangas ascendessem de novo.

– Eles conseguiam fazer o vento soprar quando o chamavam, viveram por milhares de anos e ninguém ousava desafiá-los. Cada um governava uma ilha. Podia ser um sonho ou um pesadelo, dependendo de para quem você perguntasse. Mesmo se não concordasse com a forma como faziam as coisas, não dava para discordar. Mas as coisas só ficaram ruins mesmo quando entraram em guerra uns com os outros. A capacidade de destruição deles era imensa.

Pensei na Ilha da Cabeça de Cervo, na forma como foi apagada do mapa. Meu pai tinha feito uma declaração dizendo que o afundamento tinha sido causado por um acidente de mineração, o que, se desse para acreditar nas fofocas dos criados, não tinha sido tranquilizador.

– Os Alangas afundavam ilhas?

– Aqui não diz nada sobre isso.

– Mas os Sukais encontraram um jeito de matá-los.

– Sim, bem, nós sabemos de tudo isso. – Bayan fechou o livro. – A não ser que você não se lembre das aulas.

Eu não era estúpida; ainda sabia das coisas.

– Não é assim. Sabe que não é assim. Foi você que me *transmitiu* essa doença.

Ele passou a mão na lombada do livro.

– Pode ser que você tenha se esquecido por meios comuns.

– Tipo o que, velhice?

Ele me olhou com espanto, e nós dois caímos na gargalhada de novo. Deveria mesmo odiá-lo. Tinha nutrido um intenso desgosto por ele nos últimos cinco anos. Mas parecia que aquilo estava passando. As atitudes ferinas de Bayan tinham outro significado agora que eu entendia por que ele não gostava de mim. Nossas risadas foram diminuindo até voltarmos ao silêncio.

– Diz aí como os Sukais mataram os Alangas? Eu sei que *Ascensão da Fênix* gosta de fingir que foi uma espada especial. Meu pai diz que isso não é verdade: só dá uma boa impressão para a plebe.

– Uma espada especial que é passada de um Sukai para outro para que eles possam matar os Alangas? Por que os Alangas não a roubaram a espada deles? Eram poderosos o suficiente.

– Não falei que *eu* acreditava.

Nossas palavras eram antagônicas, mas não eram mordazes como antes.

– Claro que não diz – disse Bayan. – Esse conhecimento é passado de Imperador para Imperador. Não deixaram registros.

Ele se levantou e colocou o livro na prateleira, e sua manga caiu até o cotovelo, expondo os hematomas no braço.

Quatro hematomas, quatro linhas escuras e retas. Toda a alegria em mim sumiu. A bengala do meu pai, marcada na pele de Bayan.

– Com que frequência ele bate em você? – As palavras jorraram da minha boca. Levantei a mão para segurá-las, mas era tarde demais.

Bayan enrijeceu. Ele tinha voltado a ser o de sempre, frio e distante, debochado e cruel.

– Só quando cometo erros. Não com muita frequência.

– Ele nunca deveria bater em você.

Bayan empurrou o livro na prateleira até ele bater no fundo da estante.

– Eu menti – continuou ele, sustentando meu olhar. – O Imperador me bate mais agora. Desde que você começou a recuperar a memória. Você anda por aí e alimenta construtos espiões... sim, eu a vi fazendo isso... e age como se não fosse a favorita. Como se pudesse ser jogada nas ruas a qualquer momento.

– Ele me expulsou quatro anos atrás...

– E você nem saiu das muralhas do palácio antes de ele chamá-la de volta. Sabe como ele é. Fez aquilo para assustá-la, para lhe dar uma sacudida. Olhou no seu rosto pra ver como a tinha afetado e soube que deu certo. Mas ele já *te* bateu? – O olhar de Bayan examinou o meu, o queixo projetado, a cabeça inclinada, esperando por uma resposta.

Não soube o que responder. Todas as pequenas cordialidades que eu tinha aprendido desmoronaram. Não poderia dar a Bayan uma resposta que o satisfizesse, que o tornasse meu amigo, que o acalmasse.

– Sinto muito.

Bayan pegou as pontas de vários livros e os puxou para o chão.

– Não quero sua pena! Ele não bate em você porque é a favorita. É você que ele quer que vença. Acha que ele não liga, mas, se não ligasse, ele bateria em você com o dobro de força. Não precisa de todas as lembranças de volta para ver o que ele está fazendo.

Bayan ficou ali parado um momento, o peito subindo e descendo. E aí foi para a porta, a barra azul-marinho da calça esvoaçante parecendo uma onda recuando.

Ele bateu a porta e subiu poeira de algumas prateleiras ali perto.

Era o que eu queria que acontecesse, acho.

Inspecionei as prateleiras com calma e finalmente peguei alguns livros mais complexos sobre a linguagem dos fragmentos de ossos. Um sobre fazer construtos que obedecessem a alguém que não fosse quem o fez, outro sobre formas eficientes de escrever por cima de comandos existentes e um apenas sobre comandos de nível mais alto.

Eu teria que reescrever os comandos de Mauga à noite, quando meu pai estivesse dormindo. Mauga passava boa parte do tempo no palácio, em uma sala que tinha transformado em toca. Eu teria que estudar rápido.

As palavras de Bayan penetraram no fundo da minha mente. Será que era verdade? Eu era a favorita? Estava agindo feito um brinquedinho nas mãos do meu pai? Não consegui imaginar por que ele iria querer que eu alterasse os construtos e o destituísse. E o que *faria* com Bayan quando fosse Imperatriz? Um filete de culpa escorreu pelo meu peito. Eu me perguntei se havia um jeito de o manter no palácio vivo ou de obrigá-lo a ser leal a mim. Eu não queria matá-lo.

Bom, um dia de cada vez.

Primeiro havia a questão de reescrever os comandos de Mauga de um jeito que meu pai não soubesse.

E eu não tinha garantia de que sobreviveria a isso.

26

Areia

Ilha Maila, na extremidade do Império

Um barco com velas azuis. Cada vez que a memória de Areia ameaçava ficar enevoada, ela pensava nas velas azuis. Eles não estavam ali em Maila desde sempre; talvez nenhum deles. Um barco os tinha levado ali. Um barco poderia levá-los embora.

Areia se ocupou da questão como uma criança mexia em um dente mole com a língua. Coral tinha chegado depois, e houve alguém antes de Coral de quem Areia não conseguia se lembrar. Na noite seguinte, quando todos estavam em fila para receber a tigela de comida, Areia foi até uma palmeira próxima e fez uma marca. Duzentos e dezessete. Essa era a quantidade de pessoas ali, naquele momento. Se tivesse tempo, ela teria escrito todos os nomes de que conseguia se lembrar, mas uma sensação de urgência a fazia seguir em frente. E se o que aconteceu com ela durante a queda da mangueira simplesmente desaparecesse? E se ficasse como o resto deles de novo?

Ela procurou outra pessoa que não conseguia se lembrar de estar ali desde sempre. Foi um pouco mais fácil lembrar-se desta vez, como se estivesse exercitando um músculo que não sabia que existia.

– Folha – disse ela, se aproximando de um jovem de aparência frágil. Ele estava sentado perto de uma das fogueiras no centro da cidade, comendo ensopado, os olhos vidrados refletindo o fogo. Não estava vestindo uma camisa, e as costelas pressionavam a pele feito dedos em um pedaço de couro esticado. Ele quase deixou a colher cair quando ela lhe dirigiu a palavra.

– Sim? – perguntou Folha.

Areia não se deu ao trabalho de tentar reconstituir as lembranças dele da forma que tinha feito com Coral. Ela precisava ir mais longe.

– Você veio para cá em um barco escuro de velas azuis. Foi colocado no compartimento de carga. Mas, quando subiu para o convés, quando chegou a esta ilha, em que parte desembarcou?

– Eu estou aqui desde sempre – respondeu Folha. Ele segurou a tigela junto do peito como se ela pudesse protegê-lo.

– Não – disse Areia, e ele tremeu. Ela chegou mais perto. – Estava em outro lugar antes de vir para cá. Conta para mim onde você desembarcou.

Ele arregalou os olhos.

– Não me lembro.

Mas Areia percebeu que as palavras dela estavam começando a fazer sentido para ele.

– Você viu algum ponto de referência? Onde estava o sol?

– Uma enseada. – Folha pareceu assustado de ouvir as palavras saindo da própria boca, como se de repente tivesse percebido que estava cuspindo borboletas. – O sol estava atrás de nós.

Uma enseada no lado leste ou oeste da ilha. Maila não era pequena, mas também não era muito grande. Quem dera Areia tivesse passado o tempo dela explorando o lugar em vez de indo para as mesmas mangueiras constantemente.

– Mais alguma coisa?

Ele balançou a cabeça.

– Não. – Depois Folha franziu a testa. – Espera! Tinha alguém a bordo que não era como nós. Ele usava um manto cinza.

Não era algo que fosse ajudar com a localização, mas Areia guardou a informação. Folha voltou para a tigela de sopa, embora agora estivesse com a expressão perturbada. Mas Areia não tinha tempo a perder consolando-o. Se Coral servisse como parâmetro, ele se esqueceria logo. Areia olhou para os companheiros até encontrar outro que tinha chegado mais recentemente.

Quando a noite acabou, ela tinha interrogado cinco pessoas e tinha mais detalhes: a enseada para onde foram levados era do lado leste ou oeste da ilha, era pequena – grande o suficiente para caber o barco e mais nenhuma outra embarcação – e a praia era rochosa, cheia de pedaços de coral. Havia uma bananeira alta logo depois da praia. Areia passou a mão pela ferida que tinha costurado no braço, sentindo a aspereza dos fios na mão. Eles poderiam encontrar aquele lugar se procurassem. Ela passaria todos os dias procurando, e tinha certeza de que ninguém notaria se não houvesse mais manga.

Uma mão a cutucou no ombro. Areia se virou. Era Coral, os olhos grandes e marrons feito cocos descascados. Ela entregou uma tigela de ensopado para Areia.

– Você se esqueceu do jantar – disse ela. – Toma.

Areia pegou a tigela, um pouco intrigada. Ninguém nunca levava comida para os outros. Ou você ia até a panela ou ficava com fome.

– Obrigada.

– Eu ouvi o que você perguntou aos outros – continuou Coral. – Está tentando descobrir de onde nós viemos.

Areia olhou para as fogueiras enquanto aquecia as mãos nas laterais da tigela.

– Não. Estou tentando descobrir como sair daqui. – Ela achou que Coral talvez reagisse com alarme ou consternação, da forma como tinha feito quando Areia a questionou na noite anterior.

Mas Coral assentiu.

– Se nós viemos para cá, deve haver um jeito de sair da ilha. Mesmo com os recifes.

Parecia que Coral tinha sumido na noite anterior; agora, ela falava como se os planos de Areia fossem dela.

Coral notou que Areia a encarava.

– Eu me lembrei quando sentei para comer, e de mais coisas depois que ouvi você fazendo as perguntas e ficando fora da fila. Antes disso, parecia que eu estava andando em meio à névoa de novo. Mas está tudo claro agora.

As mãos de Areia tremeram. Ela não precisava procurar sozinha se conseguisse tirar o resto da névoa. Começou a colocar a tigela de lado, mas Coral a impediu.

– Coma. Vou começar a perguntar aos outros como eles vieram parar aqui. Você precisa comer.

– E se sumir?

– Não vai.

Ainda assim, Areia devorou o ensopado e queimou o céu da boca. Ela estava fazendo progresso e isso significava que eles poderiam sair da ilha.

Mesmo com as duas, foi preciso mais de duas noites para que outros começassem a sair da névoa. Grama foi o primeiro a se dirigir até Areia e perguntar a ela por que estavam ali. Folha foi logo depois, junto com Fronde e Concha. Quando eles começaram a esclarecer os pensamentos, Areia começou a planejar.

– Precisamos vasculhar a ilha atrás da enseada por onde nós chegamos – disse ela no jantar. – Estamos chegando em ondas, mas parece que não nos lembramos quando aconteceu. O barco não parece grande o suficiente para todos nós. Se nos trouxe aqui em grupos, é possível que regresse. Se nos prepararmos, se tirarmos os outros dessa confusão mental, quando o barco vier de novo, podemos tomá-lo. – As palavras pareciam erradas em sua boca, mas ela não sabia o motivo. – Podemos encontrar o homem no barco que não é um de nós e nós o m…

Nós o matamos. Areia mal conseguia pensar nas palavras. Era como tentar ver através de água turva. Não dava para enxergar o fundo. Ela olhou para Coral.

– O que você faria com a pessoa que estivesse pilotando o barco?

– Eu… – Coral parou e franziu a testa. Ela tentou de novo. – Obviamente, nós temos que…

Areia levantou a mão para impedir que ela fizesse mais esforço.

– Tem alguma coisa impedindo que usemos a violência. – Era como se ela estivesse com uma coleira e, cada vez que seus pensamentos iam naquela direção, alguém puxasse a guia.

– Violência direta – comentou Coral, os olhos pretos e grandes concentrados na linha de árvores.

Areia ficou com uma certa vergonha de ter achado Coral mole e fraca.

– Um acidente talvez tenha que bastar. – Ela conseguia dizer “acidente”. E conseguia pensar nisso também.

– Posso começar a procurar a enseada no lado leste de Maila – sugeriu Folha.

– O lado oeste de Maila é maior – ponderou Fronde. – Concha e eu podemos olhar naquele lado.

Areia olhou para Coral.

– Fale com mais pessoas. Veja quem conseguimos tirar da névoa. Quanto mais de nós houver, mais fácil vai ser.

Ela se levantou, a tigela ainda nas mãos. Algo no movimento incitou uma lembrança. Areia não estava ali perto das fogueiras; estava se levantando na sala de jantar de um palácio. As vigas no teto estavam pintadas de vermelho e dourado; os painéis das paredes eram murais de zimbros nuviosos e cervos saltitantes. O ar tinha um cheiro fraco de molho de peixe e chá verde.

À frente dela, à mesa, um homem a observava. De costas eretas e bonito, olhos escuros a observando com cautela. A veste azul de seda caía nele como uma cascata.

– O que exatamente você quer saber?

Areia percebeu que estava abrindo a boca, e uma voz que não era dela emanou da sua garganta.

– Tudo.

Em um piscar de olhos Areia estava de volta a Maila, a tigela vazia na mão, a mão de Coral no cotovelo dela.

– Você está bem?

Aquelas lembranças que não eram dela... de quem eram? Areia soube instintivamente que não encontraria as respostas ali.

– Estou – respondeu. – Mas quanto antes encontrarmos a enseada, melhor.

27

Lin

Ilha Imperial

Esperei junto à janela, vendo o sol se pôr sobre a cidade. Passei as mãos pelo diário de capa verde, tentando acalmar meu coração disparado. Naquela noite, eu alteraria Mauga. O formão de Numeen estava em um lado do meu cinto, seu peso era um lembrete constante. Tinha que fazer isso naquele momento, antes que fosse pega.

Reescrevi os comandos do espião que protegia o zimbro nuvioso da mesma forma que tinha feito com o primeiro. Havia duas das frutas da árvore junto à ferramenta na minha cintura. Se as comesse, elas me dariam força e velocidade, mas eu não era um monge de árvore nuviosa. Não sabia quanto tempo duraria. Ainda assim, talvez precisasse daquela vantagem.

Os textos do diário não foram tão esclarecedores quanto esperava. Parecia uma versão mais jovem e bem mais livre de mim mesma, empolgada com coisas pequenas, como ver golfinhos no Mar Infinito.

O sol estava descendo no horizonte, lento e constante como um homem idoso entrando em uma banheira com água quente demais.

Abri o diário outra vez e encontrei um trecho aleatório: "Hoje fui à Cidade Imperial. É linda: todos os telhados são de telhas e as ruas são estreitas. Tem tantos vendedores de rua!".

Franzi a testa. Eu tinha escrito como se nunca tivesse ido à Cidade Imperial.

As partes anteriores tinham sido pequenos relatos animados. Experiências menores sobre as quais qualquer mulher escreveria, mas com poucos detalhes que identificassem lugares específicos e até as pessoas com quem estive.

"É bem maior do que lá em casa."

Lá em casa? O palácio? Virei as páginas, passando os olhos, tentando encontrar algo de útil. Só havia as atividades mundanas de uma garota.

A luz da janela ficou mais fraca. Olhei para fora e vi a cidade banhada na luz pálida do sol poente. A julgar pelas nuvens no horizonte, choveria à noite ou no dia seguinte.

Fechei o diário. Era hora. Se eu não fosse agora, não iria, ficaria paralisada pela indecisão.

Tinha lido os livros sobre comandos avançados e como continuar reescrevendo comandos, além de ter tirado vários outros das estantes, só por garantia. Tive que voltar duas vezes ao depósito para buscar mais óleo para os lampiões. Minha cabeça parecia cheia dos tons estranhos e suaves da linguagem de comando; não conseguia colocar mais nada nos cantos cansados da mente. Eu não sabia se era o suficiente.

Queria ter tido anos para estudar.

Mauga estaria na sala de jantar, se reportando ao meu pai. Eles não eram a mesma pessoa. Ele não tinha nenhum motivo para trancar o quarto quando saía.

Meu construto espião apareceu no parapeito da janela do meu quarto, pronto para me repassar informações.

– Mais tarde – ordenei, erguendo a mão. – Verifique os corredores a caminho do quarto de Mauga. E me diga se tem alguém lá.

O construto guinchou. Suspirando, remexi nas gavetas em busca de uma noz, que lhe entreguei.

– Você também pedia nozes para Ilith?

Ele só fez um ruído e saiu saltitando.

– Aposto que não – falei para o quarto vazio. – Aposto meus próprios ossos.

Fui até a porta e abri uma fresta. Não havia ninguém, nem mesmo um criado.

Observei o final do corredor até meu construto aparecer lá, correndo na minha direção. Cheguei para trás para deixar que passasse.

O peitinho dele estava subindo e descendo.

– Nada – disse ele com uma voz baixa e aguda.

Ouvi-lo falar me deixava nervosa. Era parecido demais com uma pessoa, apesar de eu saber que não era. De alguma forma, os construtos superiores eram diferentes, por se comportarem mais como criados do que como animais.

– Relate para mim o que vir amanhã.

Saí do quarto e segui pelo corredor. Ninguém tinha acendido os lampiões. A luz do sol ainda não tinha sumido por completo.

Pela primeira vez, agradeci por meu pai não ter muitos criados.

Senti o cheiro do quarto de Mauga antes de vê-lo: um odor almiscarado e terroso. Passei pelo quarto de Bayan. Talvez ele estivesse certo sobre eu ser a favorita. Franzi o nariz. Certamente meu quarto era melhor.

Parei por um momento, tomada de curiosidade. O que Bayan fazia quando tinha tempo só para si? Tinha trazido a doença com ele; eu, pelo menos, sempre teria certeza de não ter lembranças perdidas com Bayan. Nosso relacionamento era o que sempre tínhamos tido. No silêncio do corredor, eu o ouvi se movendo dentro do quarto. O piso rangia quando ele andava. Se botasse o ouvido na porta, talvez até conseguisse ouvi-lo respirar.

Balancei a cabeça e saí andando. Que importância tinha o que Bayan estava fazendo? Por que eu me interessava? Ele ter sido gentil comigo uma ou duas vezes não significava que éramos amigos.

Os aposentos de Mauga ficavam três portas depois. Levei a manga à boca e ao nariz e me concentrei no meu objetivo.

As dobradiças rangeram quando entrei no quarto. A escuridão me envolveu. Apenas uma fresta de luz entrava pelas cortinas pesadas.

Mauga não precisava de cama nem de mesa. Havia palha espalhada no chão, provavelmente em uma tentativa de conter o cheiro. Uma pilha de cobertores tinha sido enfiada em um canto, ao lado de uma tigela de água e de uma tigela vazia com cheiro de carne crua que ficou tempo demais sob o sol. Senti que estava explorando a toca de um animal, não um quarto.

Quando Mauga tivesse terminado de passar os informes e meu pai o dispensasse, ele voltaria. Não fazia ideia do que Mauga fazia à noite.

Dormia? Meditava? A ideia de Mauga sentado em pose de meditação me deu vontade de rir. A exaustão podia tornar boba até a mais solene das ocasiões. Fechei os olhos e respirei. Precisava me concentrar.

Tinha que haver um lugar para me esconder. Precisava pegá-lo distraído.

O que eu poderia fazer, entrar embaixo das cobertas?

Demorei mais um momento para perceber que, sim, era exatamente isso que tinha que fazer. Sentindo um certo enjoo, fui até os cobertores e peguei um entre o polegar e o indicador, a outra mão ainda segurando a manga no nariz.

Estava coberto do pelo áspero e escuro de Mauga. Nunca me achei fresca, mas não tinha tido oportunidade de testar meu estômago. Sangue e carne dos construtos era uma coisa; sujeira era bem diferente.

Um som de algo sendo arrastado veio da porta. Meu pai devia ter dispensado Mauga cedo. Respirei fundo e entrei embaixo do cobertor, deixando um canto levantado para poder enxergar. Seria possível um cheiro sufocar uma pessoa até ela não conseguir mais respirar? Imaginei que ia descobrir logo. Mauga entrou no quarto e deu um suspiro ao fechar a porta com as garras grandes. Ele andou pelo ambiente, o caminho incerto, o nariz de preguiça perto do chão.

Ele parou. Lentamente, ergueu a cabeça e farejou o ar.

Deixei a ponta do cobertor cair, as palmas das mãos suadas. Seria possível que pudesse sentir meu cheiro mesmo com todo aquele fedor? Não achei que fosse possível, mas eu era humana, com um nariz bem menos sensível que o dele. Esperei no escuro, a respiração esquentando o ar embaixo do cobertor. Dava para ver a umidade se acumulando no pano, deixando-o molhado. Vomitar me entregaria, então inspirei e prendi o ar, prestando atenção aos sons.

Mauga devia ter considerado o quarto seguro, porque ouvi as garras dele no chão. Ele grunhiu um pouco ao se acomodar nos cobertores, e um pouco de seu peso me pressionou contra a parede. Uma pequena parte do corpo de urso de Mauga ainda era bastante pesada. A respiração que eu estava prendendo saiu pelos meus lábios. Seria um ótimo jeito de morrer: esmagada pelo Construto da Burocracia de meu pai, o rosto congelado em uma expressão de repulsa.

Se eu movesse o braço, Mauga sentiria. Mas tinha que movê-lo se queria enfiar a mão no corpo dele e encontrar um dos fragmentos. Comecei a me fortalecer mentalmente. Nem sempre eu conseguia enfiar a mão nos construtos de imediato. Duas a cada dez tentativas davam errado. Eu era esperta, mas não tinha treinado minhas habilidades tanto quanto meu pai ou Bayan. E estava cansada, tão cansada que meus ossos doíam. Só teria uma chance. Inspirei em silêncio e pensei no quanto meu pai ficaria satisfeito quando finalmente mostrasse que eu era filha dele. Que era a única que poderia ser sua herdeira. Que não devia ser subestimada. Eu ergui o braço.

Mauga se mexeu ao sentir o movimento embaixo dele. Antes que pudesse se afastar, me concentrei e enfiei a mão em seu corpo.

Ou pelo menos tentei.

Meus dedos encontraram só pelo preto áspero. Não agora. Não. Não desta vez.

Mauga se levantou.

– O quê? Quem está aí? – perguntou. Mauga sempre falava como uma pessoa prestes a cair no sono, mas conseguia se mover rápido quando queria, e as garras dele eram longas e afiadas. Talvez acabasse me matando antes de reconhecer quem eu era.

Com o coração disparado, tirei o cobertor de cima de mim. O ar que respirei parecia frio e fresco.

– Sou eu, a Lin! – gritei antes que ele pudesse erguer as garras.

Mauga me observou com os suaves olhos castanhos.

– Você não devia estar aqui.

Ele ergueu as garras mesmo assim.

O horror me agarrou pela garganta. Poderia correr, mas para onde? Eu tinha me comprometido com aquilo assim que entrei naquele quarto. Sabia que poderia morrer. Deixei o medo de lado, permiti que se desvencilhasse de mim.

Prendi o ar, me inclinei para a frente e enfiei a mão no corpo de Mauga.

Desta vez, entrou. Observei, fascinada, meus dedos desaparecerem. As garras de Mauga pararam enquanto desciam. Seus olhos ficaram vidrados. Procurei um fragmento e encontrei mais deles do que conseguia contar. Era como enfiar a mão no mar procurando uma das estacas do ancoradouro e encontrar só cracas com as pontas dos dedos, não madeira. Não soube por onde começar.

O livro sobre construtos complexos com mais de um fragmento tinha indicado três fragmentos, talvez até dez. Mauga continha pelo menos cem. Eram muitas vidas a serem gastas em um único construto. Cem homens podiam facilmente fazer o trabalho que Mauga fazia, embora eu soubesse que meu pai não confiaria nesses cem homens. O livro tinha dito que comandos de obediência tinham que ser colocados mais ao alto, mais perto do cérebro do construto. Comandos menos urgentes podiam ser colocados mais embaixo, onde cederiam lugar a comandos superiores caso se contradissessem.

Peguei um fragmento mais alto e o soltei. Precisei apertar os olhos para ver o que estava escrito nele.

Esun Shiyen lao: obedecer a Shiyen sempre. O identificador de estrela estava entalhado ao lado do nome do meu pai.

"Sempre" não era uma palavra que desse para modificar com facilidade. "Até" e "quando" eram substitutos óbvios, mas nenhuma palavra continha "lao", nem tinha um formato no qual pudesse acrescentar alguns traços e mudar o significado. Eu devia ter pegado outro fragmento da sala de fragmentos de ossos e lidado com as consequências depois. Assim, poderia ter substituído um comando em vez de tentar alterá-lo. O que mais meu pai tinha escrito? Coloquei aquele fragmento de volta e peguei outro, mais embaixo.

Não era um comando, só uma referência com as fórmulas dos impostos de pedra sagaz.

Outro fragmento lidava com os construtos que obedeciam a Mauga. Havia fragmentos gerais sobre comportamento e temperamento. Mauga devia ser "difícil de se enraivecer", mas "estar pronto para usar as garras em defesa do Império".

Outros fragmentos tinham a ver com o sistema de governadores de ilhas e o gerenciamento das minas. Um, perto do fundo, era um comando para nunca reabrir a mina na Ilha Imperial. Pensei um tempo sobre esse antes de colocá-lo no lugar. Eu nem sabia que existiu uma mina de pedra sagaz na Imperial.

A luz estava indo embora. Ousei abrir um pouco a cortina. Precisava pensar em um comando que me permitisse assumir controle de Mauga quando a hora chegasse.

Obedecer a Shiyen sempre. "Sempre" era a questão.

O tempo passou até eu achar que tinha ouvido a batida do relógio de água no saguão de entrada. Suor escorreu pelos meus ombros até a lombar. Desejei ter levado pergaminho e tinta para poder rascunhar possíveis soluções. Mas só fiquei revirando as palavras na cabeça, tentando encontrar uma fraqueza nelas.

Eu o recoloquei várias vezes, peguei outros fragmentos e pensei nos significados. Mas sempre voltava para o primeiro. Ele tinha precedência e, se eu mexesse demais, Mauga não funcionaria direito e meu pai me descobriria. Precisava ser sutil.

A lua subiu e uma dor começou atrás dos meus olhos.

Eu era Lin. Era a filha do Imperador. Era meu dever sucedê-lo e lhe dar orgulho. Era a minha identidade.

Identidade.

A marca de identificação. Com dedos trêmulos, enfiei a mão em Mauga e peguei o comando superior outra vez.

A estrela ao lado de Shiyen. Mauga não tinha um conceito independente de quem ou o que Shiyen era. Meu pai tinha segurado o fragmento junto ao peito e entalhado a marca.

Eu poderia fazer o mesmo. Poderia ser a Shiyen de Mauga.

Puxei a gola da túnica para o lado, segurei o fragmento junto ao peito e peguei o formão. Entalhei com cuidado por cima da estrela e senti a mudança acontecer no comando.

Coloquei aquele fragmento dentro de Mauga e comecei a tirar outros.

Se eu deixasse Mauga em paz, meu Shiyen seria contraditório ao Shiyen do meu pai. Mauga não funcionaria direito, isso se funcionasse.

Então remexi nos outros fragmentos em busca de menções ao nome do meu pai. Quando os encontrei, acrescentei uma marca, mudando Shiyen para Shiyun.

Era parecido com o nome do meu pai, e os construtos raramente usavam o nome verdadeiro dele, só o chamavam de "Vossa Eminência" ou "Imperador". Poderia dar certo, ao menos até eu terminar de alterar os quatro construtos mais altos do meu pai.

Enquanto remexia nos fragmentos, procurei um que pudesse modificar para substituir o comando superior. Mauga ainda precisaria obedecer ao meu pai, ao menos até eu estar pronta.

Finalmente, perto do fundo, encontrei um que poderia usar. *Ey Shiyen ome nelone vasa*: contar a Shiyen sobre coisas incomuns. Um comando geral.

Pensei por um momento e botei o formão no osso para modificar o comando para *Esun Shiyun ome nelone bosa*: obedecer a Shiyun acima da maioria das coisas.

Desleixado, mas poderia dar certo. Coloquei-o de volta no corpo de Mauga, logo abaixo do comando para me obedecer sempre.

E aí me afastei do construto quando ele começou a voltar à vida. Fui embora rapidamente, antes que pudesse reparar que estive lá. Eu me assustei com a luz no corredor. Os criados tinham acendido os lampiões enquanto estive ocupada.

Fiz o que pude. Se desse certo, tinha dado. Se não desse, eu teria que enfrentar as consequências.

Corri para o meu quarto, tentando tirar o cheiro de Mauga de mim. Quando voltei, a porta estava entreaberta.

Meu coração martelava nos ouvidos. Minha boca ficou seca.

Abri a porta e a empurrei aos poucos. Havia alguém sentado na minha cama, protegido pela escuridão do cômodo. Quem quer que fosse, estava imóvel, tão imóvel quanto Mauga quando tirei os fragmentos do corpo dele.

Tive vontade de fugir, de ir para qualquer lugar exceto meu quarto, onde aquela figura escura esperava. Mas era o meu quarto, e o diário estava lá, escondido embaixo da cama. Se eu fugisse, estaria deixando o lugar para ser revirado.

Peguei um lampião no gancho no corredor e o coloquei à frente do corpo, tentando não tremer.

– Olá?

Não houve resposta. E aí suave e áspera feito a língua de um gato, a voz disse:

– Preciso da sua ajuda.

Bayan. O medo sumiu de repente, como uma onda desgastando a areia embaixo dos meus pés. Deixou meus joelhos bambos e meu passo incerto.

– O que você está fazendo aqui? Estamos no meio da noite.

– Não soube mais para onde ir. – Ele inclinou a cabeça para o lado.

Havia algo de errado com Bayan. Deu para perceber pela forma como ele se movia e até pela forma como ele não se movia. Prendi o ar e entrei no quarto, um pouco irritada.

– Meu pai deve estar mais bem preparado para ajudá-lo, seja qual for seu problema.

– Não! – gritou ele.

Parei na mesma hora, o lampião erguido bem alto. De perto assim, dava para vê-lo tremendo, como se tivesse pegado um resfriado.

– Bayan?

Ele virou o rosto para mim.

Abri a boca, mas não consegui falar. O medo despencou na minha barriga. As bochechas de maçãs altas de Bayan tinham perdido a firmeza. As pálpebras inferiores caíam para longe dos olhos, deixando bolsões vermelhos de carne parecendo duas bocas a mais. Era como se Bayan fosse feito de cera e alguém tivesse encostado uma chama na pele dele.

– Você sabe o que ele faz? Seu pai está criando coisas lá embaixo, Lin. Está criando… gente. Os experimentos dele.

– Você não está falando coisa com coisa. O que eu faço? – Estiquei a mão, mas ela parou acima do ombro de Bayan. Não sabia se tocar nele pioraria as coisas. Não sabia o que estava acontecendo.

Bayan segurou minha blusa com os dedos fracos.

– Por favor, me esconda.

Por que ele tinha me procurado? Será que eu era mesmo a única pessoa em quem Bayan achava que poderia confiar? Passei o olhar pelo quarto. Havia o guarda-roupa no canto e a parte embaixo da cama, embora eu tivesse escondido o diário lá.

– O guarda-roupa – falei. Teria que desvendar tudo quando Bayan estivesse se sentindo seguro.

Ele relaxou de alívio, a mão ainda segurando minha blusa.

– Obrigado. Peço desculpas por todas as vezes em que fui cruel com você, de verdade.

– Não peça.

Cada palavra parecia ser um esforço para ele. Passei um braço em volta de Bayan e o deixei se apoiar em mim quando se levantou. Embaixo da minha mão, senti suas costelas. Ele ofegou um pouco quando se levantou, e as costelas cederam embaixo dos meus dedos como se fossem esponjas, e não ossos. Bayan estava se desintegrando diante dos meus olhos e debaixo das minhas mãos. Será que estava doente de novo? E por que não quis que meu pai o ajudasse?

– Bayan, talvez a gente devesse...

– Aí está você.

Meu pai estava na porta aberta, as mangas dobradas até os cotovelos, os dedos segurando a bengala. Os braços eram ásperos e finos, feito cascas secas de galhos mortos. Havia um construto atrás dele, uma criatura enorme de pele de couro com cara e dedos de primata.

– Bayan está doente – disse meu pai. – Vou levá-lo comigo.

Bayan oscilou em meus braços e não disse nada. Senti o olhar do meu pai em mim, esperando que eu soltasse Bayan, que me afastasse. Devia ter feito isso. Mas só limpei a garganta.

– Ele disse que não quer ir com o senhor.

– Ele não sabe o que está dizendo. Está com febre e por isso está delirando. Ipo, pegue o garoto.

Embora a pele dele parecesse macia feito massa crua, Bayan não estava quente ao toque. A criatura de pele de couro entrou no meu quarto de braços esticados. O que eu poderia fazer? Se me recusasse a fazer o que meu pai queria, não teria como lutar contra ele.

– Por favor, não – disse Bayan, com a voz rouca. – A máquina da memória.

A máquina da memória? Mas eu não poderia fazer perguntas com meu pai ali.

– Desculpa – sussurrei.

Deixei Ipo tirá-lo dos meus braços, de coração apertado.

– Não o machuque – falei para o meu pai.

Ele me olhou como se tivesse nascido um olho na minha testa.

– Bayan é meu filho de criação. Por que eu o machucaria?

Mas a incredulidade em seu rosto era fria. Havia algo no jeito como olhava para Bayan, no jeito como me olhava... que não consegui identificar. Não era carinho nem ódio, nem qualquer emoção que eu conhecesse.

– Só seja gentil com ele.

Meu pai mancou até mim e, antes que pudesse me afastar, ele segurou meu queixo com a mão livre.

– Quem é você para me dizer o que fazer? – Ele parecia zangado, e também esperançoso. O calor da mão dele inundou minhas bochechas. Seu olhar percorreu meu rosto, da testa até os olhos e a boca.

Abri os lábios para falar e o senti se inclinar para mais perto.

– Eu sou Lin.

Ele me soltou abruptamente. Depois se virou e saiu andando, Ipo logo atrás dele com Bayan nos braços.

– Contarei a Bayan que você está preocupada quando ele acordar.

A porta se fechou quando saíram, e eu fechei os dedos em punhos. Não soube o que na minha resposta o tinha desagradado. Mas, desta vez, não sabia se me importava. Fui para a cama e peguei as chaves que tinha roubado e duplicado, enfiadas entre o colchão e o estrado. Peguei a da sala de fragmentos de ossos.

Eu tinha reestruturado um dos construtos mais altos do meu pai. Agora, faltavam os outros três.

28

JOVIS

Ilha Nephilanu

Bati com a ponta do cajado no chão da caverna, perguntando a mim mesmo se aguentaria. O poder vibrava nos meus ossos, esperando ser liberado. Será que as paredes desmoronariam, e as pedras e a terra cairiam nas nossas cabeças? Será que eu deveria correr esse risco?

E Gio, aquele filho da mãe arrogante, só esperou. Segurou a espada em riste, e eu tinha sentido a parte achatada da lâmina mais de uma vez. O homem era velho, mas surpreendentemente ágil. Ele sorriu.

– O objetivo deste exercício é não machucar a mim ou a mais ninguém por acidente. Derrube-me no chão, mas não me machuque.

Bufei.

– Se não posso machucá-lo, o que devo fazer? Dançar com você?

Gio chegou para o lado e me deu a vista lateral do corpo.

– De certa forma, sim. Não faça alarde. Mantenha seus atos silenciosos.

Virei a ponta do cajado para as pernas do homem, e Gio bloqueou o golpe. Ele me olhou com reprovação.

– Agora todo mundo ouviu o som de metal batendo em metal. Sei que você é uma ameaça, então grito pedindo ajuda. Você fracassou.

Não sabia bem o que ele esperava que eu fizesse. No canto do salão, Mephi estava sentado perto da lareira, olhando, o queixo apoiado no chão. Ele me encarou quando o olhei, mas só ofereceu um bocejo. Tinha pedido que não falasse na frente dos Desfragmentados, uma ordem que ele obviamente achou cansativa.

– Tente de novo. – Gio virou de costas para mim. – Eu sou um guarda nos corredores do palácio do governador. Como você passaria por mim?

Bati com o cajado no chão.

Ele olhou por cima do ombro.

– Chamando minha atenção?

– Subornando você – respondi.

Gio abriu um sorriso.

– Subornar um guarda no meio do palácio do governador? Uma atitude ousada.

– Gosto de atitudes ousadas.

– Ousadia leva à morte. – O canto da boca dele se retorceu e, de repente, o rosto ficou sombrio como se tivesse sido acometido por uma lembrança que o deixou amargurado. – Os guardas no palácio são leais. Todo mundo tem um preço, mas você não conseguiria pagar. Seja mais esperto. – Gio se virou de novo.

Pisei de leve na direção dele, os passos suaves no chão da caverna. E aí Mephi correu até mim e se chocou nos meus joelhos. Apoiou-se na minha panturrilha e me olhou com olhos pretos arregalados. Eu me inclinei para coçar os cotocos atrás das orelhas dele.

– Você comeu o suficiente?

Gio, ainda de costas, deu um suspiro pesado.

– Sei ser silencioso quando quero – falei. – E por que a gente precisa desse tipo de exercício? Você disse que vai comigo. Não vou fazer isso sozinho.

– Talvez porque eu ainda não esteja pronto para morrer – disse Gio, secamente.

Bati com o cajado no chão. Os lampiões fizeram minha sombra tremeluzir.

– Mostre para mim, então. Pare de me dar instruções vagas. Nunca aprendi direito assim.

Eu me virei e encarei a parede.

Mal tinha me posicionado quando uma brisa moveu os pelos da minha nuca. Um braço envolveu meu pescoço, uma mão cobriu a boca. Larguei o cajado, sobressaltado. O cotovelo musculoso do homem me apertou com força. Minha visão foi ficando escura em um piscar de olhos.

Algo gritou, e Gio falou um palavrão. Ele me soltou.

Mephi tinha enfiado os dentes na bota dele e estava fazendo o possível para desequilibrá-lo. Achei que Gio fosse chutá-lo ou empurrá-lo, mas ele se ajoelhou e encarou Mephi, a postura passando de surpresa para calma.

– Não quero fazer mal a ele. – Gio ergueu as duas mãos com as palmas para fora. – Não vou machucá-lo, prometo.

Parecia que eu não era o único que tinha caído na armadilha de falar com Mephi como se ele fosse uma pessoa.

Mephi, por sua vez, abriu a boca e soltou a bota, mas ficou agachado no chão, todos os pelos das costas eriçados.

– Seu bichinho não gosta muito de mim – comentou Gio.

– Ele é seletivo. – Eu massageei o pescoço. Não tinha visto Gio se mover quando me atacou. E, contrariamente às aparências, ele era forte. Parecia que o líder dos Raros Desfragmentados merecia a fama que tinha. – Mas é só dar um peixe que ele o perdoaria por me matar. Bichinho volúvel.

Mephi virou os olhos estreitados para mim. Agora ele também entendia a palavra "volúvel"? Esperava que não.

Olhei ao redor da caverna onde estávamos treinando. Aquele esconderijo que os Desfragmentados tinham obtido era amplo, maior por dentro do que achava possível. Em alguns lugares, a luz entrava pela hera, tingida de verde. Peguei o cajado no chão.

– Como você sabia que este lugar estava aqui?

– Tivemos sorte. Quando chegamos a Nephilanu, uma das minhas sentinelas o encontrou.

Mentira.

Eu insisti.

– Uma das suas sentinelas viu a fenda na superfície do penhasco e decidiu dar um passeio dentro dela? Seja quem for, é alguém com vontade de morrer.

Ele sorriu.

– Não é assim para todos os Raros Desfragmentados? Aqueles de nós que escaparam do Festival do Dízimo vivem sob constante medo de sermos descobertos.

Deixei a mudança de assunto passar.

– E o resto de vocês?

O sorriso de Gio sumiu, e sua expressão voltou a ficar sombria como sempre. Ele pegou um lampião, fez sinal para mim e saiu da sala. Eu o segui, com Mephi logo atrás.

Murais desbotados adornavam as paredes do corredor, vestígios de tinta prateada refletindo a luz do lampião. Consegui identificar algumas das cenas, embora as paredes tivessem sido danificadas e pedaços das pinturas tivessem sumido. Homens e mulheres com vestes esvoaçantes de gola alta e mãos erguidas. Ondas batendo em um penhasco. Vento curvando as árvores. E uma série de pinturas que levei um momento para assimilar. Quatro ilhas, cada uma mais baixa na água.

Não eram quatro. Era uma. Afundando.

Botei a mão na parede, sentindo uma tontura súbita, sentindo o chão abaixo de mim tremendo e a poeira entupindo meu nariz. Homens, mulheres e crianças gritando. Animais nadando, tentando fugir. Mãos agarrando sapê e telhas quando a água entrou nas casas, quando o Mar Infinito tomou uma cidade atrás da outra, uma vida atrás da outra.

Senti vontade de vomitar. Tinha acontecido antes, em algum ponto da longa história das ilhas. Na época dos Alangas ou antes.

O brilho de um lampião incomodou meus olhos. Gio tinha parado e se virado.

– Você está bem?

Mephi se levantou nas patas traseiras e tocou na minha perna, fazendo sonzinhos preocupados no fundo da garganta.

– Estou.

O que mais eu poderia dizer? Nunca mais ficaria bem.

Gio não acreditou em mim, mas não insistiu.

Ele me levou para outra caverna, com um buraco no teto que deixava um pouco de luz entrar. Havia leitos improvisados perto da luz.

– Eu queria lhe mostrar... – disse Gio, colocando o lampião no chão. – Que nem todos nós escapamos. O resto vive com medo do dia em que nossos fragmentos serão inseridos em carne morta.

Havia vários homens e mulheres deitados nos leitos, os membros finos presos junto ao corpo, encolhidos feito pernas de aranha. Três inclinaram o pescoço ao ouvirem a voz de Gio. O último ficou imóvel, talvez não conseguindo ouvir mais nada.

– Os fragmentos deles devem estar em uso há algum tempo – explicou Gio. – Mas a doença e a fraqueza só costumam bater no final. É tão gradual que a maioria de nós não percebe. Um espasmo aqui, uma exaustão ali. Quando fica perceptível, o declínio é rápido. – Ele se aproximou dos leitos e se ajoelhou, checando uma mulher que estava ao lado deles com uma jarra de água e um pano úmido.

– Lenau se foi ontem à noite – contou ela à Gio. – Nós a enterramos na selva.

Fiquei longe, mas Mephi não compartilhou da minha hesitação. Ele se adiantou e enfiou a cabeça embaixo da mão do homem mais perto da luz. O homem riu e aceitou, esticou os dedos retorcidos e fez carinho nas orelhas de Mephi.

– Está acontecendo com mais de nós – disse Gio. A voz dele ecoou pela caverna. – Este é o destino que aguarda muitos dos cidadãos do Império: não a morte nas mãos dos Alangas, mas nas mãos do homem que jurou nos proteger.

Eu já tinha visto as pessoas que sofriam do mal do fragmento isoladas nos cantos das casas, abandonadas em vielas. Às vezes, era uma pessoa conhecida. Fiquei imóvel, sem saber o que ele queria que eu dissesse, sem saber o que *eu* queria dizer. Mas sabia o que Gio diria em seguida.

– Você pode nos ajudar.

Todos... sempre ávidos, sempre querendo mais, sempre precisando de mais. Eu não tinha nada para dar. Meus dedos escorregaram no cajado, a mão molhada de suor. Era um mentiroso, mas cumpria minhas promessas. E tinha prometido a Emahla que a encontraria.

– O barco de velas azuis – disse, enfim.

Gio assentiu.

– Sim, sei que você está procurando esse barco.

– Você botou espiões atrás de mim?

– Não precisei de espiões. Só de ouvidos. Você não fez da sua busca um segredo.

Um dos homens tossiu. Os olhos dele estavam afundados, a pele esticada nas maçãs do rosto feito couro curtido. Tentei não encarar. O homem estava murchando. Meus dedos coçaram. Quis tocar na cicatriz atrás da minha orelha, a cicatriz onde o soldado tinha me atingido com o cinzel. Tinha contado para a minha mãe e para o meu pai, e para mais ninguém.

– Não tirei o osso – sussurrara o soldado, a respiração quente na minha orelha. – Sei o que aconteceu com o seu irmão e sinto muito. – Ele exibiu um fragmento de osso na mão, que não era meu. – Vão descobrir um dia, mas não vai ser hoje. – E aí ele me empurrou na direção das outras crianças, chorando e sangrando, esperando que as mães ou os pais fizessem curativos nelas.

Ninguém tinha salvado meu irmão. Mesmo que não tivesse morrido, talvez ele pudesse ter sido um daqueles corpos nos leitos, definhando com o uso do seu fragmento.

– Quer me contar no que está pensando? – A voz de Gio interrompeu a lembrança.

– Não, obrigado.

Ele suspirou.

– Então você não quer se juntar à causa. Mas me conte uma coisa: o que acontecerá depois que encontrar o barco de velas azuis?

Eu encontraria Emahla. E iria para casa.

– Não importa.

– Uma pessoa que não consegue ver um futuro não tem futuro – disse Gio.

– Isso é um provérbio? Um de Ningsu? – Virei-me de costas para os homens e mulheres doentes e sinalizei para Mephi vir atrás. Mas Gio também me seguiu.

– Não – respondeu ele. – Uma pessoa que eu conheci disse isso uma vez. E ela estava certa.

Olhei para ele de lado, observando seu rosto. Havia uma cicatriz por cima do olho esquerdo leitoso, interrompendo a sobrancelha. Apesar do cabelo grisalho e das rugas no rosto, Gio não me pareceu velho. Não tão velho quanto parecia, pelo menos.

– Qual é a sua história? Ao que tudo indica, você sabe a minha.

Ele esticou a mão para fazer carinho na cabeça de Mephi, distraído. Mephi chilreou e encostou o rosto no joelho dele. Ah, então eram amigos agora?

– É longa – disse Gio –, e a maior parte é entediante. Basta dizer que eu achava que sabia meu destino. Achava que sabia o que era certo. Mas cometi erros. Muitos. Só estou tentando consertar as coisas e encontrar pessoas que me ajudem a fazer isso.

Estiquei as mãos, como se para mostrar a um pedinte que eu não tinha dinheiro.

– Está pedindo para pessoa errada.

Gio assentiu.

– Talvez esteja mesmo. Mas o que vai fazer, Jovis, quando os fragmentos da sua família forem postos em uso? Os fragmentos das pessoas que você ama?

Meu coração parecia uma pedra afundando nas profundezas do Mar Infinito.

– Quem disse que amo alguém? – Eu mentia bem, mas aquela mentira pareceu vazia até para mim.

– Gio – chamou uma das mulheres no leito.

Ele se virou para cuidar dela e erguer sua cabeça para ajudá-la a beber. Quem ajudaria meus pais se os dois ficassem doentes? Talvez os Raros Desfragmentados fizessem esse trabalho por eu estar ausente, procurando Emahla pelo Mar Infinito. Eles seriam uma família melhor do que eu. Afastei os pensamentos amargurados e saí dali. Mephi andou em silêncio ao meu lado. Ele não disse nada quando peguei um lampião da parede e segui pela passagem pela qual tínhamos ido até ali. Sabia que estava cheio de perguntas, assim como eu, mas não dava para confiar no quarto que tinham me dado como um lugar para conversar. Então segui por corredores escuros, as vozes ecoantes ficando para trás.

As luzes de lampiões desapareceram nos finais de corredores, que foram ficando escuros e silenciosos. A pergunta de Gio sumiu da minha mente e foi substituída por uma minha.

– Não consigo ver nenhuma porta. Até onde você acha que vai isso aqui? Quão fundo?

Mephi andou em volta das minhas pernas e me fez parar.

– Não sei.

Claro que não sabia.

– Eu só estava pensando em voz alta – falei. – Os sentinelas dele não escolheram este lugar simplesmente. Ele sabia de alguma outra forma.

Movi o lampião pelo corredor. Ouvi vozes distantes falando, mas não consegui distinguir o que estavam dizendo. O ar estava com cheiro de terra e gelo.

– Gosto dele – disse Mephi.

– Claro que gosta. Ele fala sobre salvar todo mundo, sobre deixar tudo melhor. Mas sabe com que frequência isso funciona? Montar um Conselho com representantes de cada ilha? As pessoas querem soluções simples. Quando isso tudo começou, as pessoas achavam que os Sukais nos salvariam. Mas eles nos escravizaram. Eu preciso cuidar de mim e dos meus. E isso significa encontrar minha esposa. Se estabelecer uma nova ordem mundial é tão importante para você, por que não fica aqui com ele?

Era uma coisa idiota e mesquinha de se dizer, só de ouvir aquelas palavras em voz alta, senti meu coração se partindo ao meio. Não soube como voltar atrás.

– Nunca deixar você. – Mephi andou entre as minhas pernas de novo, quase me fazendo tropeçar e me obrigando a parar. Odiava admitir o quanto a presença dele tinha aliviado o aperto no meu peito. Mephi se sentou na minha frente. – Mas, Jovis – disse ele, e o som do meu nome na sua voz rouca me deu um arrepio na espinha –, as pessoas aqui... também seu povo.

Pensei nas longas horas que passei na Academia na Ilha Imperial, os olhares de canto para a minha pele e as minhas feições, a forma como sempre tinha que me esforçar mais e por mais tempo só para provar meu valor. Quem dentre aquelas pessoas tinha se importado comigo? Passei dois anos solitários lá, sempre alerta e conquistando um respeito ressentido... até poder reivindicar minha tatuagem de Navegador. Eles queriam que eu falhasse e ficaram decepcionados quando isso não aconteceu.

– Eles *não* são meu povo!

Bati com a mão na parede e senti quase tarde demais a vibração nos ossos. Puxei de volta o golpe e o tremor antes que pudesse sacudir os túneis à nossa volta.

Mephi tinha se agachado e achatado as orelhas na cabeça, os olhos no teto acima de nós.

Soltei o ar devagar, com medo de que soltar rápido demais pudesse sacudir a base daquele lugar.

– Desculpa. Preciso tomar cuidado.

Com o olhar no teto, Mephi se aproximou e deu batidinhas com a pata no meu pé.

– Nós fica juntos. Nós vai embora juntos.

O alívio tomou conta de mim feito uma maré. Estiquei a mão para me apoiar na parede... e cambaleei. O lampião balançou na minha mão, ameaçando escorregar. Apertei os dedos em volta dele, me concentrando em firmar os pés no chão. A parede em que eu tinha batido não estava mais lá.

– O que é isso? – Levantei o lampião quando me reequilibrei, meu coração retumbando nos ouvidos.

Mephi passou por mim antes que eu pudesse impedi-lo.

– Espera, não... – Parei de falar e balancei a cabeça. A cauda de Mephi desapareceu no aposento sombrio. Não adiantava. Ele não era um bicho de estimação, ainda que os Desfragmentados achassem que fosse. Ele era um amigo. Um amigo bem tolo.

Fui atrás dele, segurando o lampião bem alto. Não precisava ter me preocupado. O aposento era bem pequeno, sem monstros escondidos nos cantos. Olhei atrás de mim e encontrei uma placa de pedra no lugar de uma porta. Passei os dedos pela borda. Lá fora, no corredor, eu podia jurar que as paredes eram lisas, sem portas ou passagens. De onde tinha vindo aquela? Será que a luz só estava fraca demais para que eu visse o contorno?

Mephi tinha aberto um baú e estava remexendo-o, a poeira se espalhando no ar em volta.

– Pare – falei para ele. – Você não sabe o que tem aí dentro.

Mas foi como se não tivesse dito nada. Ele apertou um bracelete de pedra com os dentes e o jogou de lado quando viu que não era comestível. Seu corpinho peludo estava coberto de pedaços de tecido com um bordado elaborado, metade jogado no chão.

Suspirei e olhei o resto do aposento.

Havia uma cama afundada no meio do cômodo e, em um canto, uma banheira funda tinha sido entalhada no chão. Devia ter sido um lugar delicioso para relaxar muito tempo atrás. Prateleiras de pedra cobriam as paredes. Estavam quase todas vazias, mas quando ergui o lampião até elas, vi marcas na poeira onde antes havia coisas. Minhas costas se arrepiaram. Alguém tinha estado ali, e, a julgar pela poeira, talvez tivesse até sido no ano anterior.

– Mephi – sussurrei para ele. Até aquilo pareceu alto demais. – Sai daí.

Havia dois pedaços de madeira nas prateleiras, mas, no canto, vi outra coisa: um livro.

Mephi se afastou do baú e correu até mim na hora que eu o peguei.

– Comida? – perguntou ele. Não dava para saber que horas eram, mas devia estar perto do pôr do sol. Hora de jantar. Mephi estava comendo ainda mais do que o habitual e ficava mais lento de manhã.

– Não – respondi. Um breve desejo me acometeu: de estar livre daquele lugar, daquela escuridão, de estar na água de novo. – Vamos comer daqui a pouco.

A capa do livro não tinha nada, a lombada decorada só com algumas linhas de tinta dourada descascando. Quando abri as páginas, elas estalaram. Um cheiro de terra veio do papel. Levei o lampião para perto para poder ler.

Não reconheci a escrita.

Eu sabia imperial, até mesmo um pouco de *poyer*. Mas aquilo não era uma coisa nem outra. As letras eram pequenas e espremidas, as palavras quase se encontrando umas com as outras. Folheei o livro, procurando algo que eu reconhecesse.

E aí parei. Voltei algumas páginas.

Aquela palavra. Eu conhecia aquela palavra. Estava escrita de um jeito diferente do que eu estava acostumado, mas era a mesma palavra.

Alanga.

29

LIN

Ilha Imperial

Uphilia se movia como um fantasma pelo palácio. Não sabia onde morava, então tive que enviar meu pequeno construto espião para encontrar a toca dela. Ele demorou três dias para descobrir aquela informação. Três dias que passei lendo livros, tentando estudar enquanto minha mente se enchia de imagens de Bayan *derretendo*. Não conseguia entender o que tinha acontecido com ele. Cada vez que via meu pai nos corredores, ele não me olhava. Só uma vez ousei perguntar onde Bayan estava, e ele só me respondeu "descansando", com um aviso na voz. Sabia que não deveria insistir na questão. Ainda assim, fui ao quarto de Bayan na noite seguinte e o encontrei trancado. Quando coloquei o ouvido na porta, não ouvi nada, nem o som de sua respiração.

Por que não queria ver meu pai? Por que queria se esconder dele? A única conclusão que fazia sentido era que meu pai tinha feito aquilo com ele.

O ar da noite desceu pela minha nuca, carregando junto algumas gotas de chuva. Claro que Uphilia não morava em um lugar de fácil acesso. Raposas gostavam de tocas pequenas e aconchegantes, e corvos voavam. Eu me agarrei às telhas do telhado do palácio, escorregadias da chuva. Meu formão estava no bolso da cintura junto com dois fragmentos de ossos tirados da sala de fragmentos. Teria que tomar cuidado com os comandos que acrescentasse em Uphilia para não alterar o equilíbrio dos que já existiam, mas isso me daria mais espaço para trabalhar do que tive com Mauga. E eu sabia que meu pai se importava mais com o comércio do que com a burocracia. Suspeitava que Uphilia seria um construto mais sofisticado do que Mauga.

Andei pelo telhado curvo, indo devagar e me esforçando para manter o equilíbrio. A chuva e o vento ameaçavam me derrubar das telhas. O palácio tinha vários andares de altura; eu quebraria mais do que uma costela se caísse. Meu pé escorregou um pouco. Meu coração pulou para a garganta. Eu girei os braços para tentar manter o equilíbrio.

Não queria morrer daquele jeito.

Minhas mãos interromperam a queda, e deslizei só um pouco pelo telhado. As palmas das minhas mãos estavam raladas, e, pela sensação de ardência, achei que uma das unhas estava sangrando. Odiava Uphilia e sua toca idiota. Ela se aninhava perto do pico do telhado, em uma abertura que meu pai tinha feito só para ela embaixo do frontão. Seria tolice da minha parte tentar andar de novo. Então, engatinhei pelo telhado, xingando a chuva que caía mais rápido e nos meus olhos.

A beirada do telhado apareceu. Fui até lá, me deitei de barriga e espiei.

Havia palha solta saindo de um buraco feito na parede embaixo do frontão. Consegui ver penas pretas e a ponta branca de uma cauda vermelha. Uphilia tinha voltado para o ninho. A julgar pela forma como estava imóvel, era provável que estivesse dormindo. Mesmo assim, como chegaria de fininho até uma raposa alada? Eu não era tão rápida quanto ela, não conseguia voar, e entrar na toca seria difícil. Precisava encontrar um jeito de agir rápido e impedir a fuga dela ao mesmo tempo. Poderia descer da beirada do telhado, mas as telhas estavam escorregadias e eu precisaria cair na toca imediatamente.

Havia uma peça decorativa no frontão, de ferro retorcido, presa nas vigas. Cheguei perto e a empurrei. Estava bem presa nas vigas, e havia uma parte horizontal onde eu poderia colocar as duas mãos. Não seria fácil, mas, se me deitasse de costas, botasse as mãos lá e desse impulso do telhado com os pés, conseguiria ser ágil o suficiente para me balançar e entrar na toca de Uphilia.

Eu não era acrobata, mas era baixa e leve. No entanto, a peça talvez não aguentasse meu peso. Só que não havia muita alternativa.

As frutinhas do zimbro nuvioso ainda estavam no meu bolso. Peguei uma e coloquei na boca. O sabor era forte e azedo, e um pouco de sumo escapou entre meus dentes. Ignorei o gosto, mastiguei e engoli. Eu não era um monge de árvore nuviosa, mas conhecia as histórias. Ninguém nunca tinha atacado um mosteiro com sucesso, nem mesmo meu pai.

Só senti os efeitos depois de alguns batimentos do meu coração. Eles aceleraram, injetando força nos meus braços e nas pontas dos dedos. Se estivesse no meu quarto, teria testado as mãos em algo inofensivo. Mas eu não tinha esse luxo. A chuva nas telhas encharcava a parte de trás da minha blusa. Acima de mim, as nuvens obscureciam a lua, uma aura clara aparecendo através delas. Quando olhei, vi as gotas caindo pouco antes de acertarem meus olhos. Foi uma sensação vertiginosa e desorientadora.

Estiquei a mão e a movi de um lado para outro em busca da barra horizontal. Tive que esticar os dedos, mas encontrei.

Era isso ou ser deserdada. Era isso ou decepcionar meu pai. Era isso ou talvez acabar como Bayan, minha carne derretendo dos ossos. *A máquina da memória*. Teria meu pai tirado as minhas lembranças? Ou será que era algo que ele estava construindo para devolvê-las? Será que foi isso o que aconteceu com Bayan? Tinha quebrado? Quanto tempo até experimentar a máquina em mim? Mais tarde. Poderia pensar naquilo mais tarde. Engoli o medo e me forcei a erguer o corpo até estar apoiada apenas nas mãos e nos pés.

Respirei fundo, dei impulso do telhado e senti o mundo girar.

O ferro da peça do frontão estava escorregadio sob meus dedos e rangeu quando meu peso ficou todo nela. Eu estava olhando para o chão quando um lado se soltou das vigas. Tudo pareceu se mover mais devagar, cada batida do meu coração parecendo que seria a última. Empurrei as pernas para o peito e vi a abertura da toca de Uphilia na minha frente.

Talvez não conseguisse. Mas, com uma explosão de força, dei um impulso forte com as pernas. E me soltei.

Por um momento, só havia eu e o ar e o branco dos olhos de Uphilia. Ela havia acordado e me viu voando na direção dela no escuro, em um lugar que achava que só ela alcançava.

Caí em cima de seu corpo macio, com os braços esticados, e a segurei. Ela me mordeu, e seus dentes afundaram na carne da lateral do meu corpo, embaixo das costelas. Apesar de já saber que os construtos mais altos do meu pai me atacariam, a dor me surpreendeu. Tentei duas vezes enfiar as mãos no corpo dela e só consegui enfiar os dedos no pelo. Uphilia sacudiu a cabeça, os dentes ainda enfiados em mim. Sangue quente encharcou minha blusa. Meu torso todo queimava.

Se não me recompusesse, se não acabasse com aquilo, eu falharia.

Eu era Lin. Era filha do Imperador. Eu não falharia. As palavras arderam em mim, ferro derretido forjado em uma lâmina. Respirei fundo e tentei de novo, movendo a mão devagar, com determinação.

O corpo de Uphilia cedeu debaixo dos meus dedos. Ela ficou paralisada quando comecei a procurar fragmentos dentro de seu corpo, os dentes ainda enfiados na minha pele. Encontrei os fragmentos empilhados uns em cima dos outros, e parecia que havia ainda mais do que em Mauga. No topo da pilha, soltei um fragmento. Precisei puxá-lo feito um dente mole.

Quando ele estava na palma da minha mão e fora do corpo de Uphilia, parei um momento para abrir a mandíbula dela. Foi como abrir uma ostra. Sangue encharcou minha blusa e as feridas arderam, mas ajustei o cinto em cima da mordida para estancar o ferimento. Eu teria que cuidar disso depois.

O brilho de lampiões passava pelas frestas no piso da toca de Uphilia, e eu segurei o fragmento na luz. Esperava o mesmo comando que tinha visto no fragmento de Mauga: obedecer a Shiyen sempre. Mas meu pai tinha ideias diferentes para seu Construto do Comércio.

Esun Shiyen uvarn: nelusun 1, 2, 3.

Obedecer a Shiyen, exceto: condições 1, 2, 3. Demorei um tempo para decifrar as palavras. Aquilo era mais complexo do que o que encontrei dentro de Mauga. Uphilia tinha a opção de desobedecer ao meu pai sob certas condições. Os números corresponderiam a fragmentos de referência no corpo de Uphilia, embora eu não soubesse onde os encontraria. Deviam estar marcados com os mesmos números.

Sangrei enquanto trabalhava, cada movimento gerando uma pontada de dor nas costelas e no quadril. As penas de Uphilia faziam cócegas nas minhas bochechas cada vez que eu me inclinava para perto. Ela não fedia como Mauga. O cheiro dela era leve e adocicado, quase almiscarado; tinha menos cheiro de cachorro e mais de palha. Verifiquei cada fragmento em busca de um número no canto. Comandos apareciam na luz fraca vinda de baixo:

– Comprar caixas de nozes polpudas quando: condição 9.
– Quando os impostos de atum caírem abaixo de vinte peixes por ano, reportar a Shiyen.
– Reunir informações sobre mercadorias roubadas de construtos Nível Dois todos os dias.

Finalmente, encontrei um fragmento gravado com um "1" no canto superior esquerdo. As palavras entalhadas eram bem pequenas; precisei apertar os olhos e segurá-lo acima do piso para conseguir ler:

– Se Shiyen não tiver todas as informações que Uphilia tem e se a experiência de Uphilia ditar uma decisão diferente pelo bem do Império.

Então meu pai confiava em Uphilia, ou pelo menos confiava o suficiente nos comandos sofisticados para deixar que assumisse mais autoridade quando a ocasião assim exigisse. Coloquei o fragmento de volta no lugar, reparei na sua posição e procurei os outros dois.

Estavam localizados logo abaixo do primeiro e não precisei procurar muito.

No "2" dizia: se a decisão de Shiyen resultar em colapso total ou parcial da economia do Império. E no "3": se Shiyen estiver pedindo algo que não puder ser obtido de forma sensata.

Eu me sentei nos calcanhares, o último fragmento de referência aninhado na palma da mão. Não poderia reescrever os fragmentos da mesma forma que fiz com os de Mauga. Não tinha feito um trabalho muito bom, e, embora parecesse estar se comportando de forma normal, Uphilia era mais complexa. Não dava para contar que a mesma solução funcionaria com ela. Tinha que encontrar outra forma.

Mas, desta vez, eu tinha levado mais recursos comigo. Enfiei a mão no bolso e tirei um dos fragmentos do depósito. Poderia até ser uma solução mais fácil e elegante do que foi com Mauga. Poderia acrescentar outra condição ao comando principal. "Se Lin pedir a Uphilia para obedecê-la, Uphilia vai passar a obedecer a Lin." Não podia substituir meu pai por mim em todos os comandos, mas aquilo ofereceria uma medida paliativa até eu poder reescrever totalmente os fragmentos dela.

Encontrei o comando superior de novo e usei o formão para gravar um "4" no canto. Depois segurei a ferramenta sobre o canto do meu fragmento em branco. Tomei cuidado, quando fui ao depósito, de escolher uma ilha bem longe do Império interno, uma da qual não conhecesse os habitantes e nunca poderia tê-los encontrado. Da qual talvez nunca os conhecesse.

Tinha evitado olhar a gaveta onde costumava ficar o fragmento do ferreiro.

Mas, assim que encostasse a ferramenta naquele osso, eu estaria escrevendo na vida de alguém, mesmo a pessoa estando a meio mundo de distância. Quando colocasse o fragmento no corpo de Uphilia, a pessoa que era sua dona original um dia poderia se sentir indisposta. A ideia poderia passar pela mente dela, mas não saberia que seu fragmento estava em uso. Só quando a pessoa ficasse mais velha é que sua vida pareceria fugir dos próprios ossos. Envelheceria mais rápido, se sentiria fraca. Acabaria morrendo muito antes da hora, e meu pai teria que substituir o osso velho e morto dentro de Uphilia por um novo.

Era isso que eu faria se entalhasse a referência nova. Encurtaria a vida de alguém.

Vários dias atrás, talvez fizesse aquilo sem pensar duas vezes. Mas, depois de conhecer a família de Numeen, de conhecer a filha dele, Thrana... eu sabia que, por mais longe que estivesse a pessoa de cujo crânio aquele fragmento tinha sido retirado, ela *era* uma pessoa. Uma pessoa com esperanças, sonhos e gente que a amava.

Será que não havia outro jeito?

Olhei o resto dos fragmentos, verificando os comandos, procurando uma pérola no Mar Infinito. Só encontrei grãos de areia. Olhei tudo de novo, desesperada. A chuva batia no telhado acima, um acompanhamento ritmado para as batidas desenfreadas do meu coração.

O céu lá fora ficou azul e depois cinza. Não dava mais para adiar aquilo. Tinha ido longe demais para fazer outra escolha. Eu me preparei e entalhei o comando no osso. Parecia que estava enfiando a ponta do formão na minha alma, rabiscando palavras irreversíveis na superfície dela.

Mas estava feito.

Movi o corpo de Uphilia para baixo de mim, para poder ter mais fácil acesso aos fragmentos de referência. Precisaria mexer um pouco neles para encaixar aquele novo no meio. Mas, quando enfiei as mãos debaixo das costelas dela, senti uma coisa nas costas das minhas mãos. Não o piso nem a palha. Uphilia estava deitada em uma coisa dura e quadrada. Um livro?

Eu a empurrei para o lado. O livro no qual ela estava dormindo era largo e estava envolto em couro marrom, a capa sem nada escrito. Eu o abri e virei as páginas. Demorei só um momento para entender o conteúdo. Havia nomes escritos ali dentro, ao lado de datas. O alto de cada página exibia o texto "Ilha Imperial".

Registros de nascimento. E de mortes, pelas datas ao lado de alguns nomes. Por que Uphilia estava com aquilo, e não Mauga? Mauga cuidava dessas questões burocráticas. Não era responsabilidade dela.

Por curiosidade, olhei as datas de nascimento, procurando a minha. Encontrei-a perto do fim, escrita com caligrafia caprichada.

Lin Sukai, 1522-1525.

Meu estômago se contraiu, uma massa fria de serpentes se contorcendo. *1525*. Passei os olhos pela página de novo, depois pela seguinte e pela anterior. Era a única Lin Sukai listada no ano em que eu nasci. Nasci no ano de 1522, mas ainda estava viva. Agora estávamos em 1545 e eu ainda estava viva.

Passei as mãos pelo peito e pela barriga, me sentindo menos sólida do que antes. Por que estava escrito naquele livro que eu estava morta? Com as mãos trêmulas, coloquei o livro de volta no chão e o cobri de palha. Não poderia perguntar ao meu pai. Não poderia perguntar a Bayan. Os números escritos na página se agitaram na minha mente, feito as asas de um pássaro batendo em uma gaiola.

O sol estava nascendo, e eu não tinha mais tempo.

Empurrei o fragmento para dentro de Uphilia, logo abaixo dos três outros fragmentos de referência. Desci para um nível de telhado abaixo antes que ela pudesse despertar. Precisava soltar para cair o resto do caminho, mas a força do zimbro nuvioso ainda estava em mim. Meus joelhos se dobraram só um pouco com o impacto. Poderia pular dali para uma janela, mas teria que correr antes que os criados começassem a trabalhar.

Eu estava morta. De acordo com os registros de nascimento, tinha morrido aos 3 anos. Talvez isso estivesse conectado com a minha memória, com o porquê de eu não conseguir me lembrar de nada além de três anos atrás. Mas então o que eram as lembranças no diário, escritas com a minha caligrafia?

E por que meu pai achava que essas lembranças deveriam ser minhas?

30

Jovis

Ilha Nephilanu

Na manhã seguinte, encontrei Gio no salão principal com os outros, andando na frente do fogo. Parecia que tinha tido uma noite mais inquieta do que a minha. Eu tinha folheado todo o livro até de madrugada, tentando achar mais palavras que reconhecesse. Quem escreveu tinha parado um tempo para treinar imperial. Eram réplicas rudimentares, mas o autor estava aprendendo. Eu me dei conta de que poderia trabalhar de trás para a frente a partir desses escritos e descobrir algumas palavras naquela língua.

Alanga. Eu tinha visto os monumentos e alguns dos artefatos deles, mas nunca tinha visto um dos livros. Deveria tentar vendê-lo. Poderia usar o dinheiro para pagar mais dívidas e comprar mais suprimentos. Que importância tinham esses mistérios para mim? Mas não podia negar que a descoberta tinha despertado alguma coisa em mim, me lembrando das noites de estudo na Academia e da satisfação de resolver um problema.

Eu era um contrabandista. Não um navegador.

Será que Gio sabia sobre a sala secreta?

Ele parou abruptamente na frente do fogo, de costas para mim. Mephi se adiantou para pedir restos de peixe para o cozinheiro. Ele já tinha tomado um farto café da manhã, mas não o impedi. Gio se virou quando viu Mephi, e nossos olhares se encontraram.

– Você acordou. Que bom.

Abri os braços.

– É o que parece. Se bem que isso pode ser um sonho.

– Não um sonho. Um pesadelo.

– Seu ou meu?

Gio massageou o cotovelo e apertou o olho bom para o fogo.

– Mandei uma das minhas sentinelas ontem à noite obter informações sobre o palácio e as melhores rotas até os aposentos do governador. Ela ainda não voltou. Precisamos dessa informação se queremos alcançar nosso objetivo sem sermos pegos.

Antes que eu pudesse formular outro pensamento, Mephi estava aos meus pés, mastigando uma cabeça de peixe. Ele me observou com olhos pretos e brilhosos.

– Manda alguém atrás dela – sugeri.

– Você viu os doentes com mal do fragmento. Nós não temos um suprimento ilimitado de espiões.

Mephi virou a cabeça de peixe nas patas.

– Ajudar.

Lancei um olhar mordaz para ele. Justo agora?

– O quê? – Gio se virou, o olho estreitado. Ele olhou para mim, para Mephi e para mim outra vez.

A última coisa de que eu precisava era que alguém descobrisse que Mephi falava. Seríamos expulsos da ilha. As únicas criaturas falantes nas histórias eram do tipo ruim.

– Falei que vou ajudar.

Gio me olhou de cima a baixo.

– Você vai ajudar?

Por dentro, suspirei. Era assim que começava: aceitando ajudar a consertar o telhado de alguém, e em seguida estar construindo uma casa nova para a pessoa.

– Diga para onde você a mandou e o que queria que ela descobrisse. Vou procurá-la e reunir as informações. Isso não quer dizer que eu vá entrar para os Desfragmentados. Só quero seguir meu caminho o mais rápido possível.

Ele pensou por um momento e suspirou.

– Não tenho muita escolha. Ela tinha um contato na cidade. Um soldado que está do nosso lado. Ele sai do turno no fim da tarde.

Talvez consiga encontrá-lo no bar perto das docas. Diga que os peixes estavam saltando muito hoje, use essas exatas palavras. Servem lula frita nesse bar, dá pra sentir o cheiro antes de ver.

– E como vou saber quem é esse homem?

– Ele se senta na mesa do canto. Sujeito de meia-idade.

Ergui as sobrancelhas.

– Ele tem nome?

– Nenhum que tenha se sentido seguro para nos dar.

Roubar coisas era mais direto. Entrar sem nada, sair com uma coisa. Eu assenti.

– Estou indo.

Eu me virei para sair, mas a voz de Gio me fez parar.

– Não pode levá-lo com você.

Demorei um momento para entender o que quis dizer. Mephi. Tinha me acostumado tanto a tê-lo ao meu lado que nunca me ocorreu que ele nem sempre estaria lá. Que nem sempre poderia estar lá.

– As pessoas vão reparar – disse Gio quando me virei para ele. – Você tem uma fama. E seu bichinho é incomum. Talvez não falem dele nas canções, mas fofoca é diferente. Eu o encontro na entrada. Cortar o cabelo depois que o Império pintou seus retratos foi sensato, mas podemos esconder um pouco mais caso alguém tenha visto os cartazes. Tem menos deles aqui.

Gio estava certo, apesar de eu não gostar muito daquilo.

Os rebeldes tinham me colocado em um quarto perto da caverna principal. Tinha um corte tão perfeito que parecia ter sido feita a partir de um molde. Havia um relevo entalhado no teto, de uma mulher de veste esvoaçante, uma bola giratória pairando acima da mão esquerda dela e água pingando da direita em um fluxo pesado feito uma cachoeira. Havia uma montanha atrás dela. O artista tinha feito a montanha quase tão imponente quanto a mulher, alta e irregular, com uma coisa no topo que parecia ser um zimbro nuvioso. O lampião pequeno no canto lançava sombras furiosas no rosto da mulher.

Era horroroso ter alguém o encarando quando se estava tentando dormir.

Mephi cutucou minha mão com a cabeça. A cabeça dele agora estava quase na minha cintura, o que fazia sentido quando eu via o quanto comia todos os dias. Se continuasse assim, ficaria do tamanho de um pônei pequeno alguns meses depois do começo da estação chuvosa. O pelo nos cotocos de chifres tinha caído completamente, deixando bolotas escuras e brilhosas de pele.

– Eu deveria ir com você – disse ele.

Olhei para Mephi, atônito.

– Você está falando frases completas agora?

– Às vezes? – Ele se encostou na minha perna e me encarou, os olhos pretos parecendo pedras polidas por um rio. – Eu deveria ficar com você.

– Mais uns nove dias e vamos embora. – Cocei as bochechas dele. – Vamos estar no Mar Infinito e você vai poder pular do barco para pescar.

Mephi soltou um suspiro profundo, do tipo que um marido poderia soltar se a esposa dissesse que não queria mais saber de velejar em tempestades depois de já ter começado a viagem atual. Ele balançou a cabeça e começou a remexer nos cobertores.

– Você está indo bem, mas está sozinho. Sozinho é ruim. Sozinho não tá bom. – Ele fez um vão nos cobertores e se acomodou no meio, a cauda enrolada até o nariz. A gente tinha acabado de acordar. Mephi já estava cansado de novo? – Eu estou sozinho.

A criatura pareceu tão desolada que não consegui deixar de sentir pena. Eu me ajoelhei e aninhei o rosto de Mephi nas mãos. A cabeça dele estava agora do tamanho da de um cachorro, a mandíbula maior e cheia de músculos. A mordida que deu naquele soldado imperial deve ter doído. Meu peito se encheu de orgulho. Ele tinha crescido muito desde a época em que resgatei do mar aquela coisinha maltrapilha que se parecia com um gatinho.

– Não incomode o cozinheiro, e eu volto esta noite.

Fiz um último carinho na cabeça de Mephi e fui embora antes que ele tentasse me convencer a ficar mais uma vez. Ranami estava do lado de fora da porta, com uma folha de pergaminho nas mãos. Será que tinha me ouvido conversando com Mephi? As portas ali eram todas de pedra, e ela não me olhou como se tivesse o escutado falar.

– Aqui – disse ela, oferecendo o pedaço de pergaminho para mim. – É um mapa. Você vai precisar saber como ir daqui até a cidade. Pegue o caminho mais longo, não atraia ninguém até nós. Gio está lhe esperando. – Ela parecia agitada, as mãos esticando a frente do vestido assim que peguei o mapa.

Eu hesitei.

– Tem alguma coisa errada?

Não devia ter perguntado. Perguntar significava que talvez eu fosse sentir pena dela e talvez oferecesse ajuda. Já tinha ajudado demais. Emahla estava por aí já havia sete anos.

Ranami fechou os olhos por um momento e balançou a cabeça.

– Está tudo bem. Vou *ficar* bem desde que faça o que prometeu fazer. Homens e mulheres melhores do que você já caíram nas mãos de espiões ou construtos. Se cuide.

– Espere – falei antes de ela ir embora. – Meu bichinho, Mephi. Pode ficar de olho nele enquanto eu estiver fora? Cuidar para que coma o suficiente? Ele anda com mais fome do que o normal.

A expressão dela se suavizou. Podia não gostar de mim, mas pouca gente não gostava de Mephi.

– Ele parece bem apegado a você. Darei o meu melhor.

Gio estava me esperando perto da entrada, o manto nos ombros, a barba quase escondida ali dentro, uma bolsa de couro ao lado. Parecia ser só um olho escuro e uma cicatriz.

– Boa sorte – desejou ele.

– Não preciso de sorte – respondi, com um gesto de desdém. – Preciso de destreza.

– Boa destreza não soa tão bem – disse Gio. – E não é algo que se possa desejar.

Parei e esperei enquanto ele aplicava massa no meu rosto para esconder a forma do meu nariz.

– Essa rebelião. Estão apostando num jogo perigoso – falei. – Você planeja vencer ou só fazer seu oponente sofrer antes de chegar ao fim?

– Eu só jogo para vencer. – O olhar de Gio se concentrou na parte mais alta do meu nariz, o polegar apertando perto do meu olho. – E nós vamos vencer. O Imperador se isola. Está morrendo e ninguém conhece a filha dele. O que acha que vai acontecer quando morrer? O que vai acontecer com todos os construtos espalhados pelas ilhas? Eles não terão mais instruções a seguir. E a rebelião vai estar lá para tomar as rédeas.

– Mas vão remendar o que está quebrado?

– Vamos construir algo novo. Sem Festival do Dízimo, sem Imperador. Comércio e circulação livres entre as ilhas – disse Gio. – Sem governadores, mas com um Conselho feito de representantes de todas as ilhas conhecidas. – Ele pegou dois potes, olhou para o meu rosto, misturou algumas cores e passou aquilo no meu nariz.

– E o que acontece com você quando isso tudo acabar?

– Construo uma fazenda em algum lugar e vivo o resto dos meus dias. Não quero ser Imperador, se é isso que quer saber. Sou apenas a parteira de uma vida nova.

As palavras dele pareciam ensaiadas, como se as tivesse dito mil vezes. Eu reconhecia um mentiroso quando o via. Via um cada vez que olhava meu reflexo. E agora, ao encarar o olho bom de Gio, senti como se estivesse olhando a superfície espelhada de um lago em um dia sem vento.

Ele devolveu o olhar.

– Que importância tem para você? É um contrabandista. Não está interessado nesta sociedade. Você vive à margem dela.

Ele estava redirecionando minha pergunta, tentando me botar na defensiva. Eu conhecia aqueles truques.

– E como vamos escolher esse Conselho, Gio? Todas as pessoas que odeiam o Império, que odeiam todo mundo envolvido nele... como a gente faz com que todos se juntem a um propósito em comum? Vai ser você quem vai curar essas feridas? Como vai fazer isso da sua fazenda tranquila? Os Sukais acharam que curariam as feridas deixadas pelos Alangas.

Ele ajeitou meu gibão de couro e verificou o trabalho dele. Depois assentiu, evidentemente satisfeito.

– Aqui. – Gio tirou um chapéu de palha da bolsa ao lado do corpo e o entregou para mim. Ao que parecia, tinha pensado mais longe do que eu. – Faça o que disse que faria. Posso lhe contar o que eu vou fazer, posso proferir discursos bonitos, mas é o que se faz que conta. Vá.

A melhor das intenções pode ser subvertida pela ganância. E, por baixo dos discursos ensaiados, Gio era igual à maioria dos homens que eu já tinha conhecido. Tinha um coração ganancioso. Todos tinham. Só não sabia o que ele queria. Mas eu fui. Aquela não era a minha luta. Eu não era um deles, não engolia as mentiras como um marinheiro se afogando engolia água do mar.

Emahla, por você eu beberia mil mentiras só para ver seu rosto de novo.

Usei o mapa para traçar o caminho pelas árvores e na direção da estrada, procurando as referências geográficas que tinha visto quando cheguei. Mesmo assim, tudo parecia diferente de alguns dias atrás. Uma onça rugiu em algum lugar da floresta e me fez pular. Quando cocei a testa, minha mão ficou molhada de suor. Por mais que odiasse admitir, Mephi estava certo.

Sozinho era ruim.

Mas cheguei à estrada e à cidade antes do meio-dia. Crianças corriam pelas ruas, procurando comida no lixo que tinha sido jogado fora na noite anterior. Estavam maltrapilhas e desesperadas feito ratos famintos. Algumas me olharam, como se achassem que poderiam encontrar algo que valesse a pena roubar de mim se me atacassem juntas. Na nossa ilhota, não tínhamos cidades grandes o suficiente para ter crianças de rua. Qualquer bebê indesejado logo era adotado por famílias que queriam filhos.

Eu já as tinha visto reunidas em vielas, mas não achava que fosse me acostumar com aquela imagem. Gio ajudava os que sofriam com o mal do fragmento. Será que também faria alguma coisa pelos órfãos? Deixei algumas moedas na rua para eles e acelerei o passo. Eu tinha mais medo de machucá-los do que o contrário.

Ouvi um movimento atrás de mim – um órfão se curvando para pegar moedas? – e me lembrei das palavras de Ranami. Quando olhei para trás, só vi os paralelepípedos da rua. Se alguém tinha estado lá, já tinha saído correndo. Apertei mais o cajado e senti a vibração nos ossos. Não precisava ter medo, mesmo sem Mephi comigo. A mulher que Gio tinha enviado percorreu o mesmo caminho, mas ela não tinha a mesma força que eu.

Ainda assim, não vivi tanto tempo como contrabandista por negar meus instintos. Entrei em uma rua lateral, encontrei um grupo de pescadores indo das docas para o mercado e entrei no meio.

– Pelo menos nós temos barcos – disse uma mulher para o homem ao lado dela. – Se acontecer aqui, teremos chance de escapar.

Demorei um momento para perceber que estavam falando da Cabeça de Cervo.

– Acha que isso importa? – perguntou o homem. – Você pode ser esmagada na cama ou não conseguir soltar o barco a tempo. Queria saber por que aquilo aconteceu. Como um acidente de mineração pôde afundar uma ilha inteira?

O cheiro deles me lembrou do meu pai, e o que estava ao meu lado até parecia ter algum sangue *poyer*. Era mais baixo e mais corado do que os companheiros, e só o fato de ele estar ali me lembrou meu pai. Quase esperei que o homem começasse a murmurar fatos aleatórios sobre peixes ou velas ou água do mar. Meu pai tinha nascido fora do território do Império, nas montanhas das Ilhas Poyer. Não tinham tirado fragmento dele. Mas o Mar Infinito o chamou quando as Ilhas Poyer chegaram perto do Império, e ele gostava de dizer que, quando conheceu a minha mãe, soube que nunca voltaria para as montanhas. O homem se afastou de mim e acabou com a ilusão.

Eu teria que voltar para o bar.

Devia ter me apressado, mas fui devagar, apreciando estar a céu aberto de novo, longe dos corredores escuros do esconderijo dos Desfragmentados. Uma brisa do mar fez cócegas na minha cabeça; os gritos das aves marinhas soaram ao longe. Se estivesse ali, Mephi estaria andando entre meus pés, implorando para eu comprar algum petisco cujo cheiro ele sentia no vento. Parei em alguns lugares para dar uma olhada para trás. Se alguém estava me seguindo, tinha sumido.

Finalmente, voltei para o bar. Ficava aninhado nos paralelepípedos, com degraus que levavam a uma porta estreita. Pingava água do andar de cima. Como Gio tinha dito, o ar vindo dali tinha um cheiro forte de sal, óleo e o odor pungente de lula cozida. Coloquei a mão na porta e algo me fez olhar para a esquerda.

Havia um construto na rua me olhando.

Já tinha visto construtos espiões antes: coisas pequenas com olhos alertas e habilidade de escalar. Aquele parecia ser feito de pedaços de rato e pássaro, com pequenas garras que arranharam a pedra quando ele saiu em disparada.

A massa disfarçando meu nariz ainda estava no lugar, mas isso não me impediu de checar de novo. Entrei no bar antes de ficar cheio de dúvidas. O homem no balcão mal me olhou quando pedi um prato de lula frita. Observei as mesas. Havia três cantos com mesas. Duas tinham ocupantes únicos. Os dois eram homens de meia-idade uniformizados.

Não consegui pensar em palavrões suficientes para xingar Gio.

Enquanto esperava, avaliei cada um dos deles. Ambos eram imperiais de origem, o cabelo preto e liso com fios brancos. Vi os dois levarem as canecas aos lábios, quase ao mesmo tempo. Aquilo não ajudou. Procurei outros detalhes. O uniforme do da esquerda estava meio amassado e as botas estavam gastas. O da direita parecia ter pegado mais sol.

– Aqui está. – O homem do balcão me entregou um prato cheio de lula empanada frita. Verifiquei o preço e entreguei algumas moedas.

Tinha que escolher um lugar para me sentar se não quisesse chamar atenção.

Ajeitei o chapéu que Gio tinha me dado, a aba arranhando minha testa. Isso me deu só um pouco de tempo. Como eu ia saber? Nosso informante conhecia o melhor caminho para os aposentos do governador. Era solidário à causa. Se o homem da direita tinha pegado mais sol, ele devia ter passado mais tempo ao ar livre. Um guarda de muralha? Ou de entrada? O uniforme amassado e as botas gastas do da esquerda falavam de menos dinheiro e mais dificuldade.

Se eu me enganasse, poderia estar cometendo um erro fatal. Não por mim, já que conseguiria lutar para sair daquilo, mas por todos os Desfragmentados na caverna. Respirei fundo, andei até o canto e me sentei à mesa do homem da esquerda. Ele me olhou por cima da caneca e franziu a testa.

– Os peixes estavam saltando muito hoje – falei, como se isso explicasse qualquer coisa.

As linhas de expressão na testa dele eram profundas; não aparentava ser do tipo simpático. O prato de lula já não parecia mais tão apetitoso.

Mas ele esticou a mão e pegou um pedaço de lula.

– Já lhe falei, você anda usando lixo de isca. Como está sua irmã?

Sei por que você está aqui, dizia a familiaridade fingida.

O alívio enfraqueceu minha coluna, e eu relaxei um pouco a postura na cadeira. Conhecia aquele tipo de atuação. E segui conforme o roteiro.

– Ela quase não fala comigo – respondi. – Como iria saber? Você a viu ultimamente?

– Mulher volúvel – comentou o guarda. – Você sabe o que eu sinto em relação a ela. Convidei-a para tomar uma bebida comigo nesse bar. Ela disse que viria, mas não apareceu.

Meu peito apertou, mas peguei alguns pedaços de lula para esconder qualquer coisa que pudesse estar transparecendo no meu rosto. A espiã que Gio enviara nem tinha chegado. Não ousei olhar para o resto do salão para ver se o outro guarda estava nos observando, embora tenha verificado se havia construtos espiões nas vigas quando coloquei a lula na boca. Nada.

Conversamos sobre trivialidades por mais tempo do que eu gostaria, mas achei que tínhamos que manter as aparências. Finalmente, ele tirou um pedaço de pergaminho dobrado do bolso.

– Achei que você iria precisar disso depois da última vez em que conversamos. Como prometido: a receita de isca da minha mãe. Não falha. Os peixes vão pular para dentro do seu barco amanhã de manhã.

– Minha gratidão – falei, pegando o pergaminho e enfiando na bolsa. Não era idiota de olhar agora.

– Se você voltar a vê-la, diga pra sua irmã que eu ainda quero beber com ela.

Eu me levantei.

– Pode deixar.

Fui para a porta. Enchi os pulmões com o ar fresco do lado de fora. Dava para ser contrabandista quando era só a minha vida em jogo. Sempre me importei mais do que devia.

Tinha dado dois passos quando algo me segurou pelo braço. Antes que eu pudesse reagir, fui puxado para fora da escada e levado para a viela ao lado do bar. Meus joelhos bateram na pedra; minha cabeça foi virada para o lado. Levei um momento para perceber: não era uma mão humana.

Garras afundaram no meu braço e a dor me disse que tinham perfurado a pele.

Detalhes passaram pela minha mente perplexa: dentes amarelados, olhos amarelados e pelo escuro ralo. Um odor de animal molhado. Um rosnado grave e gutural. Um construto.

Procurei a vibração nos ossos, a força para jogar a criatura longe. A determinação de fazer o chão tremer. Meu coração rugia nos meus ouvidos, mas os ossos permaneceram em silêncio.

Nada.

Eu estava sozinho.

31

LIN

Ilha Imperial

Eu me equilibrei no telhado do palácio, olhando para o pátio e desejando conseguir enxergar através das pedras do pavimento. A toca de Ilith ficava em algum lugar embaixo das entranhas do palácio. Tinha levado muito tempo para entender. Primeiro fui ao pátio e observei os construtos espiões pequeninos, um após o outro, pularem no buraquinho embaixo da rocha. Fui até ela, olhei no buraco e tentei ouvir algo. Até levei um lampião lá de noite para olhar dentro quando tive certeza de que não havia ninguém me seguindo. Cada uma dessas tentativas foi infrutífera. Não conseguia encolher de tamanho para ir atrás dos construtos espiões até a mestra deles. E meu pai não deixaria Ilith completamente inacessível. Havia ocasiões em que ele desaparecia e nem Bayan parecia saber onde estava. Tinha certeza de que, se eu descobrisse aonde ele ia, encontraria a toca de Ilith.

Então, mandei meu pequeno espião.

Levou cinco dias para descobrir em que porta ele entrou e mais alguns para descobrir que chave usou nela. Alguns dias mais tarde, eu estava com a chave na mão, e depois com ela pesando no bolso da cintura. Era uma coisa feia de ferro. Eu nunca a teria colocado na porta do zimbro nuvioso.

Mas meu construto não mentia.

Segui pelo pátio na direção do portão do palácio. Em algum lugar abaixo de mim ficava o quarto de Bayan. Ainda não sabia se ele estava morto ou vivo, e meu pai não tinha dito nada. Cada vez que o encontrava no corredor, eu me perguntava se a minha vez chegaria, se me arrastaria para longe e derreteria minha carne. Quanto antes eu terminasse de reescrever os construtos, melhor. Mordi o lábio enquanto seguia em frente. Os telhados estavam escorregadios, como sempre pareciam ficar na estação chuvosa. O caminho de volta, quando estivesse cansada, seria traiçoeiro.

Mas desci para a rua da cidade sem incidentes. O movimento estava diminuindo, e as pessoas nas ruas corriam, ansiosas para chegarem em casa. Ninguém deu atenção a mim. Segui para a oficina de Numeen o mais rápido que pude.

A loja ainda estava aberta quando cheguei lá, e ele estava atendendo uma cliente, anotando o pedido. A educação me mandou esperar, mas eu estava com a chave da toca de Ilith e tinha pouco tempo.

– Preciso de uma chave – falei subitamente.

A mulher na minha frente me olhou, mas continuou a recitar o que precisava.

– Sinto muito, mas você pode voltar amanhã? Preciso atender a esse pedido – disse Numeen para ela.

A mulher franziu a testa e saiu irritada da loja.

– Esta chave – falei, tirando-a do bolso. – Pode fazer uma cópia agora, enquanto eu espero? Quanto tempo demora?

Ele observou meu rosto por um bom tempo, até me sentir tão presa pelo olhar dele quanto me sentia pelo do meu pai. Quando o calor me subiu ao rosto, ele cedeu e pegou a chave da minha mão.

– Posso, mas quanto tempo você tem? Isso não deve demorar. A chave é bem simples.

– Não muito. Talvez um pouco mais do que o habitual.

– Posso fazer. – Ele se virou e pegou as ferramentas.

Na última vez em que o vi, tinha saído correndo da casa dele. Não soube o que dizer sobre aquilo. Não podia pedir desculpas por ser quem era nem pelo que tive que fazer. Eles tinham me visto executando magia do fragmento de ossos. Tinham percebido quem eu era. Mas meu pai não tinha dito nada para mim. Nem tinha me olhado diferente. O que quer que tivessem conversado depois que eu saí, eles guardaram meus segredos. Então, tentei outra coisa.

– Obrigada – falei quando Numeen tirou um molde das gavetas. – Pelo jantar e pelo tempo que passei com a sua família. Não costuma ser assim para mim. – Não soube como explicar. Jantar com a minha família era como me fechar na geladeira do palácio. Jantar na casa de Numeen foi como acender uma lareira em um dia chuvoso.

Ele me lançou um olhar longo e inescrutável.

– Você os assustou.

Senti vontade de derreter, de escorrer pelo chão.

– Não tive muita escolha.

Numeen virou as costas largas para mim. Sua nuca fez dobras quando ele apertava a chave no molde, feito massa sendo sovada.

– Eu sei. Era o que tinha que ser feito.

Ele trabalhou em silêncio e eu esperei, pensando no mural dos Alangas em silêncio no saguão de entrada do palácio, um lembrete do que os Sukais tinham feito aos inimigos. Não conseguia mais imaginar o que meu pai faria se me pegasse. Antes, achava que ele me expulsaria... e agora, depois de ter me misturado com os cidadãos, depois de ter ido à casa de Numeen para jantar, essa ideia não parecia tão assustadora. Mas, depois de ver o que aconteceu com Bayan, não sabia se essa seria minha única punição.

Fossem quais fossem os experimentos sombrios que meu pai fazia nas profundezas do palácio, talvez eu acabasse sendo cobaia de algum deles. *A máquina da memória*. Eu me perguntei se já tinha sido vítima dela.

Numeen trabalhou no fole, com fagulhas voando feito partículas brilhantes. Ele derramou o metal quente no molde. Esperou esfriar e tirou a chave nova de lá com uma pinça. O chiado da chave ao encostar na água do balde quase encobriu as palavras seguintes dele. Subiu vapor dos pés de Numeen, fazendo-o parecer um demônio invocado para obedecer às ordens de alguém.

– Encontrou meu fragmento de osso?

Eu sabia que aquilo estava vindo, mas uma parte de mim sempre teve esperança de ele ter se esquecido.

– Não. – A palavra pesou na minha língua. Eu a engoli com o vazio no peito.

Numeen pegou a chave entre os dedos, examinou-a, comparou-a com a original.

– Tente não se chatear com o medo da minha família. Seu pai diz que nos protege, e talvez seja preciso ser uma pessoa cruel para proteger todo mundo. Mas a minha mãe morreu quando eu era garoto, esgotada por um construto sob o comando do seu pai. Meu primo também morreu quando ainda era jovem. Alguns construtos queimam combustível mais rápido do que outros. Todos nós... – Ele colocou a chave original no balcão e tocou na cicatriz na cabeça – ...nos perguntamos quando vai acontecer conosco. Se vai acontecer conosco. Se vamos deixar para trás família, cônjuges e filhos. Seja melhor do que ele, por favor, quando for Imperatriz.

Numeen empurrou a chave nova para o lado da antiga.

– Pode prender um pouco, mas, se você sacudir enquanto gira, os mecanismos devem encaixar. É o melhor que posso fazer em tão pouco tempo.

Peguei as duas chaves e as enfiei no bolso. Tinha que ir embora, tinha que retornar ao palácio antes que meu pai voltasse para o quarto. Mas meus pés estavam grudados no chão de pedra da oficina de Numeen. Meu pai costumava falar do que era necessário, do que era indispensável. Tudo que fazia ele chamava de indispensável.

Eu também estava fazendo isso. Tinha usado um fragmento para alimentar o comando que coloquei em Uphilia. Deixei o fragmento de Numeen com Bayan. Fracassei em fazer qualquer coisa para ajudar Bayan quando ele mais precisava. Não tive escolha... ou achei que não tive. Numeen estava arriscando tudo para me ajudar, até a própria família. E eu não estava disposta a pegar o fragmento dele e correr o risco de ser descoberta.

Talvez não fosse Bayan o parecido com meu pai. Talvez fosse eu.

– Fiquei com medo – falei antes que pudesse me segurar. – Seu fragmento. Está com o filho de criação do meu pai. Se descobrisse que eu o peguei, poderia contar a ele.

Numeen me olhou do jeito que olharia para uma criança que o decepcionou.

– Mas você sabe onde está.

– Sei.

Baixei o olhar para o chão e senti meu coração ir junto. O que ele faria comigo agora?

Numeen não me repreendeu nem gritou. Seus pés calçados se mexeram no chão da oficina.

– Você deveria ir antes de seu pai perceber que a chave sumiu.

Meu pai, a quem todos temiam. Aquilo me mantinha na linha. Mantinha Bayan na linha. Mantinha todos os cidadãos do Império na linha.

Eu me lembrei do medo que via nos olhos dele cada vez que nos sentávamos a sós na sala de jantar e ele me interrogava. Do tempo todo que passava com seus experimentos, isolado das outras ilhas. Dos criados que observava constantemente.

Ele governava pelo medo, e era governado por ele.

Por mais que eu desejasse sua aprovação, por mais que desejasse uma palavra gentil, eu não queria ser como ele. Não seria governada pelo medo.

– A mentira que contei para você... é algo que meu pai faria. – Balancei a cabeça como se pudesse me desprender da culpa. Mas ela estava lá para me lembrar de quando eu dava um passo errado. A única coisa que poderia fazer agora era tentar consertar as coisas. – Não vou ser como ele. Na próxima vez que vier aqui, vou trazer seu fragmento e os fragmentos de toda a sua família, seja qual for o risco que tiver que correr. Vou encontrar outras formas de proteger o povo do Império. Juro pelo céu, pelas estrelas e pelo próprio Mar Infinito.

Atrás dele, o fogo crepitou, como se selando minha promessa com calor. Numeen só colocou uma das mãos no peito e se curvou.

– Que o vento sopre nas suas velas, Imperatriz.

Corri de volta até os muros do palácio, de pés tão leves quanto meu coração.

Tinha chegado a tempo. Bing Tai só me olhou de relance do lugar que ocupava no tapete do meu pai, e pude sair pela porta sem ninguém notar. Peguei o caminho mais longo para o meu quarto e passei pelo de Bayan, como tinha feito várias vezes nos dias anteriores.

Meu pai não respondia perguntas sobre ele, só dizia que estava descansando. Mas não havia sinal de Bayan no palácio, e a porta do quarto permanecia trancada.

Ouvi Mauga no próprio quarto, grunhindo ao se acomodar para dormir. Algumas portas depois, parei em frente ao quarto de Bayan. Cheguei em silêncio até a porta e encostei a orelha nela para verificar mais uma vez.

Nada.

– Você está me espionando?

Meu coração pulou para a garganta. Eu me virei e vi Bayan... inteiro e bem, parado do lado de fora do quarto com os braços cruzados.

Ele não estava morto, e isso me surpreendeu. Passei os braços em volta de seu pescoço, o alívio me deixando descuidada.

– Você se recuperou!

Bayan enrijeceu. Ficou com os braços esticados nas laterais do corpo, como se sem saber o que fazer com eles.

– Tive uma febre – respondeu. – Nem ao menos foi tosse do brejo. Qual é o seu problema?

Recuei, todos os pelos do meu braço eriçados.

– Achei que estivesse morto. Bayan... – Parei de falar, sem saber se devia continuar chamando-o assim. Aquele ainda era Bayan?

Ele revirou os olhos.

– Meio dramático isso, você não acha?

Bom, ele ainda tinha aquela atitude.

– Não foi só uma febre e não pode me convencer de que foi. Você estava praticamente derretendo. Bayan, sua pele estava se soltando dos olhos!

Ele me encarou, de olhos estreitados.

– Isso é algum tipo de truque? Você está tentando me espionar ou não?

Eu o encarei. Era como ver um fantasma... porque aquele não era o Bayan que eu conhecia de uns dias atrás. O antigo tinha aberto o coração comigo, tinha me procurado pedindo ajuda. O que estava ali era o Bayan que não tinha mudado nada.

– Você não se lembra.

Ele fez um ruído de deboche.

– Não sou eu que não consigo me recordar de nada, lembra? Eu recuperei a memória. É você que ainda está esquecida.

– Eu me lembrei de algumas coisas. Ganhei outra chave. Você se lembra disso?

Bayan só revirou os olhos. Parte de mim se lembrou de por que eu o odiava há tanto tempo, mas a outra parte sabia que aquilo era só uma camada superficial, uma casca frágil que cobria suas inseguranças profundas.

– Mais uma chave, que façanha! Quer sair da frente? Você está no caminho.

– O que ele fez com você? – Eu não sabia o que mais dizer. – Foi... foi a máquina da memória?

Pela primeira vez desde que voltei a vê-lo, a expressão de desdém de Bayan sumiu.

– O que você quer dizer?

Não tinha certeza do quanto contar nem o que dizer. Se esse fosse o Bayan de antes... não poderia confiar nele. Contaria ao meu pai tudo que eu lhe dissesse, só para conseguir mais favores. Mas não podia ser tão diferente do Bayan que me mostrou o zimbro nuvioso. Eu me arrisquei.

– Você foi ao meu quarto algumas noites atrás. Você estava... doente. Muito doente. Queria que eu o escondesse, mas meu pai apareceu e o levou. Não vi você depois disso.

Ele franziu a testa, como se procurando uma árvore no meio de uma neblina densa. Seus lábios estavam apertados; o cabelo preto deixava sombras no rosto. Mas Bayan rapidamente desfez aquela expressão. Podia não se lembrar, e eu poderia ser mais esperta, mas Bayan não era burro. Ele grudou o olhar no meu.

– Que dia é hoje?

– A estação chuvosa começou há três semanas. É Dia de Sing.

Uma expressão de medo deixou o rosto dele pálido. Bayan sempre tinha andado pelo palácio exibindo sua arrogância. Ele não sabia de verdade o que eu sabia: como era não confiar na própria mente.

– Acho que meu pai fez alguma coisa com você. Não sei o que, nem por quê.

A lembrança mais antiga que eu tinha, da qual tinha certeza de ter, era do teto de crisântemos. Uma névoa de quando acordara. Mais tarde, acordei de novo na cama, e meu pai me explicou o que tinha acontecido, e eu achei que talvez tivesse sonhado com aquele teto. Só que, com o passar do tempo, em vez de o sonho sumir, tive cada vez mais certeza de que havia sido real.

Eu hesitei, mas segui em frente.

– Você viu um teto? Pintado com flores douradas de crisântemo?

O rosto dele, já pálido, ficou vazio. Foi o tipo de imobilidade que eu tinha visto em coelhos quando havia predadores por perto, torcendo para não serem vistos. E aí ele se moveu de novo, passou por mim e entrou no quarto.

A porta foi fechada na minha cara.

Não precisava perguntar de novo para saber: Bayan tinha visto os crisântemos.

32

Jovis

Ilha Nephilanu

As garras no meu braço se soltaram e foram substituídas por dentes. Eu me esforcei para continuar lúcido. Não levava a pior desde que fiquei com a cara no chão na rua, com Philine e os capangas dela parados ao meu redor. Procurei desesperadamente o poder nos ossos. Mais uma vez, nenhuma força surgiu nos meus membros, nenhum tremor irradiou do chão. Tinha me esquecido de como era ficar sem aquilo, temendo pouca coisa. Agora, o medo subia pela minha garganta e me sufocava.

Fiquei com o braço na frente do rosto, impedindo que o construto atacasse meu pescoço. Atrás do corpo enorme, tive um vislumbre de roupas rasgadas e pedaços de ossos na parede. Podia ser lixo, mas eu sabia a verdade. Eu tinha encontrado a espiã desaparecida dos Raros Desfragmentados.

E, se não fizesse algo logo, eu me juntaria a ela.

Não estava com meu cajado nem tinha minha força, mas costumava me virar sem nenhum dos dois. Fechei a mão até os nós dos dedos ficarem sobressaltados e dei um soco no olho do construto. Ele rugiu e soltou meu braço. Pulei para trás. Minha manga estava manchada de sangue, e ver a carne viva embaixo embrulhou meu estômago.

O construto estava entre mim e a entrada da viela. Não dava para pedir ajuda: se fosse resgatado, seria obrigado a explicar por que um construto tinha me atacado. Fui na direção dos restos da espiã, na esperança de ela ter uma arma. O construto se moveu quase na mesma hora.

Meus dedos tocaram em sangue grudento e escuro, em pedaços de carne morta, em ossos rachados em que o tutano tinha sido sugado. O pavor deixou minhas mãos trêmulas.

Meus dedos se fecharam em um cabo de couro.

Eu me virei antes mesmo de ver o que estava segurando. O construto parou um pouco antes de chegar a mim, com um rosnado na garganta. Era uma besta sinuosa com mandíbulas enormes e pelo preto e ralo. Não tinha sido feito com cuidado: os ossos pressionavam a pele feito as vigas de uma tenda. Lembrou-me dos peixes que vi serem levados para a praia uma vez, resquícios das profundezas, achatados e escuros e cheios de dentes.

Os olhos amarelados da criatura viram a faca que eu tinha encontrado. Não era uma arma muito boa, na verdade. Era mais o tipo de coisa com que se come ou que se leva para pescar. E ali estava eu, brandindo-a como uma espada. A confiança tinha me feito vencer em mais de uma ocasião, por mais que eu não tivesse merecido.

O construto, no entanto, ficou convencido por bem pouco tempo.

Ele partiu para cima de mim com os dentes à mostra. Saltei para trás e ataquei a cara dele com a faca. A julgar pelas cicatrizes no focinho dele, eu não era o primeiro a tentar aquela tática. E a besta tinha aprendido. Desviou do meu ataque desajeitado e tentou morder meu tronco. Minha camisa rasgou. Não olhei para ver se os dentes tinham acertado a pele. Eu ainda estava vivo e ficando sem tempo.

Usa o cérebro, *Jovis!* Eu tinha sido o melhor contrabandista em todo o Império antes de conhecer Mephi. Será que o gostinho da força física tinha diminuído minha inteligência? Sobrevivi ao Ioph Carn sem Mephi. Poderia sobreviver àquilo, mas não venceria aquela criatura com uma faca. Tinha que encontrar alguma outra arma ou correr, e o construto estava parado, rosnando, entre mim e a entrada da viela. Não havia mais nada nos paralelepípedos que eu pudesse usar. Balancei a faca de novo, tentando enrijecer os ombros e parecer o maior possível. Os ombros ossudos do construto se remexeram quando ele se aproximou.

Meu pé escorregou quando recuei para a pilha que antes era a espiã dos Desfragmentados.

Estava mentindo para mim mesmo. Ainda havia algo que eu poderia usar. Fechei os dedos no cabo de couro da faca, a palma da mão úmida de suor. Dei um passo para trás e a arremessei na cara do construto.

A faca bateu na cabeça dele, mas eu não pretendia matá-lo. Usei a distração para me abaixar e pegar a veste rasgada da espiã morta. E aí quando o construto pulou atrás de mim, joguei o manto na cabeça dele e o enrolei no pescoço musculoso.

Havia histórias no Império que diziam que os *poyer* lutavam com ursos. Quem dera fossem verdade e que eu tivesse algum talento nesse esporte... Segurei com força o pelo dos ombros do construto, o pano enrolado nos dedos, tentando ir para trás e ganhar algum controle. O construto saltou e se debateu, o cheiro de carne podre dele entrando nas minhas narinas. A faca estava no chão, fora de alcance. Meu braço machucado estava queimando. O sangue escorria até os dedos. Minha mão escorregou. Como se sentindo minha fraqueza, o construto ficou imóvel como um gato antes de atacar.

Não. Não assim. Não tão longe de casa.

Trinquei os dentes e empurrei o ombro para a esquerda, puxando o construto junto. Ele tropeçou, e eu afrouxei a mão o suficiente para pegar a faca. Antes que ele pudesse me morder de novo, enfiei a faca onde achei que ficava seu olho.

O construto estremeceu e os músculos relaxaram quando a lâmina entrou em seu cérebro. Eu o soltei, querendo cair no chão também. Estava péssimo. Meu cabelo estava desgrenhado, a roupa imunda, o braço estava sangrando feito um peixe estripado. Em algum momento, perdi a prótese de nariz que Gio tinha colocado.

Algo tinha acontecido com Mephi. O pensamento latejou dentro do meu crânio, tal qual meu coração disparado. Eu tinha que voltar. Agora. Arranquei a manga rasgada da camisa e usei o pano para estancar a ferida. Minha bolsa ainda estava pendurada no ombro, a informação que Gio tinha pedido guardada lá dentro. Mas me lembrei do interesse dele em Mephi. Será que tinha sido um plano, um jeito de me fazer sair? Mephi não queria ficar sozinho. Não queria que eu saísse. Será que fizeram alguma coisa com ele?

Saí da viela para a luz do sol com a sensação de que acordara de um pesadelo e dera de cara com um dia normal. Algumas pessoas na rua me olharam e se apressaram para se afastar. Pelo menos dava para contar que poucos encarariam o meu rosto e achariam que me reconheciam de algum lugar. Corri quase o caminho todo até a extremidade da cidade, desviando de pescadores e transeuntes irritados. O dia estava claro, mas eu me sentia atordoado, com rostos girando ao meu redor feito estrelas no céu da noite. Meu braço estava latejando.

Se Mephi estivesse machucado, se estivesse ferido, eu mataria todos. Arrumaria um jeito de matá-los.

Dei dinheiro para um carroceiro indo para outra cidade e fui com ele, ignorando o jeito como me olhou quando pulei da carroça no meio do trajeto. Entrei na floresta e segui de volta de acordo com o que me lembrava. De vez em quando, parava para fechar os olhos e procurar a vibração nos ossos. A cada vez eu torcia para que a encontrasse. Quando o silêncio respondia, eu respirava com dificuldade. Minha garganta estava apertada demais até para engolir a saliva.

O penhasco apareceu na minha frente. A fresta... onde estava a fresta? Cambaleei de um lado para o outro, mexendo na hera para procurar. Ali. Sem hesitar, eu me virei de lado, inspirei e entrei. Meu nariz raspou na pedra, minha respiração aqueceu o rosto. A única luz que eu via tinha o tom verde da hera.

O espaço se abriu, mas não consegui ver nada. Deviam ter saído, pegado Mephi e ido embora. Eu não sabia o que queriam com ele. Não tinha passado pela minha cabeça que alguém pudesse tirá-lo de mim. Coloquei a mão na parede para tentar me firmar.

Quem eu procuraria agora: Emahla ou Mephi? Meu coração ameaçou se soltar das costelas. Era uma escolha cruel demais. Eu morreria se tivesse que fazê-la.

Senti uma mão no braço.

– Apagamos o lampião da entrada. – A voz de Ranami emanou do escuro. – Vimos os espiões do Imperador por perto e precisamos tomar cuidado.

Não consegui colocar meu alívio em palavras. Inspirei o ar frio e úmido, a cabeça girando. Não percebi que estava prendendo o ar.

– E o Mephi?

Por um momento, ela não disse nada. O pânico subiu pela minha garganta.

– Ele está doente – disse Ranami por fim. Mil possibilidades dolorosas surgiram na minha cabeça antes de ela falar de novo. – Você deveria ir vê-lo. – Ela pegou minha mão e me guiou pela passagem.

Ranami me soltou quando chegamos ao salão principal, com o fogo ardendo no meio. Mephi estava encolhido junto ao fogo.

Joguei a bolsa de lado e fui até lá. Ele não reagiu quando o toquei. Suas bochechas estavam quentes, e não era só do fogo. Suspirou um pouco quando fiz carinho nos cotocos dos chifres, a pele despelada ali. Mephi andava faminto e cansado ultimamente... será que eu que não tinha notado sinais de doença?

– Você está ferido – disse Gio atrás de mim. Não tinha ouvido ele se aproximar.

Meu braço começou a latejar de novo, como se o lembrete tivesse feito a ferida se abrir. Não parecia estar cicatrizando da forma como acontecia normalmente. Trinquei os dentes e balancei a cabeça.

– O que aconteceu com ele?

– Desmaiou – disse Ranami, atrás de Gio. – Estava bem de manhã, depois começou a parecer indisposto e só desmaiou perto do fogo. Consegui dar um pouco de caldo a ele, mas só isso. Parece que está com febre.

Gio se ajoelhou ao meu lado.

– Não foi nada que a gente tenha feito – comentou ele, como se soubesse os pensamentos que tinham ocupado minha cabeça. – Pode só ter ficado doente. Acontece com os animais às vezes. – A voz dele estava calma, firme. – Agora, me conte o que aconteceu com você.

– Ele precisa de um médico.

– Vou pedir a um dos médicos dos Desfragmentados para dar uma olhada nele. Agora, me conte o que aconteceu com você.

Eu contei: o pedaço de pergaminho enrolado que eu tinha obtido, o construto, os restos da espiã na viela.

– Matei o construto e voltei o mais rápido possível.

Gio se levantou.

– Nós temos que entrar no palácio. Hoje.

Não conseguia nem pensar direito o suficiente para firmar as pernas debaixo do corpo e Gio queria que eu entrasse em um palácio? "Tolo" e "rebelde" às vezes significavam a mesma coisa.

– Com o que você quer que eu lute? – Levantei os braços feridos. – Isto?

– Vou mandar um médico cuidar de você e vai descansar antes de escurecer, mas não podemos perder mais tempo. Os espiões do Imperador descobriram nossa informante, o que significa que, quando o construto não se apresentar de volta, o mestre dele vai descobrir. Isso vai acabar chegando a Ilith ou Tirang... e ao próprio Imperador. Independentemente disso, o construto de segundo nível encarregado desta região vai saber de nossos planos. Temos que agir enquanto a informação que recebemos ainda é válida.

Os fanáticos eram todos iguais, farinha do mesmo saco, embora com grãos de tamanhos diferentes.

– Não posso. Não esta noite. Não enquanto Mephi não estiver melhor.

Gio repuxou os lábios, a testa encobrindo os olhos. O olhar se focou em algum lugar por cima do meu ombro. Ele se recobrou e assentiu. Por um momento, achei que tivesse concordado comigo. Mas, aí, ele falou:

– Vamos hoje ou não receberá nada de nós.

Quis quebrar os ossos dele.

– Não vou deixar Mephi para trás.

Não de novo.

– De que vai adiantar estar aqui? Ele está com febre, Jovis, mas ainda está comendo. Até onde sei, não está correndo risco de morrer. Mas todo mundo aqui, inclusive ele, vai ficar em perigo se não usarmos essa informação agora e destituirmos o governador.

– Não se eu o levar de volta para o barco. Ou você me impediria?

Enfrentei o olhar de Gio e fiquei surpreso de ver que ele era mais alto do que eu, de ombros largos apesar da idade. A tensão vibrava no ar entre nós. Ele era velho e não tinha um olho, e meu braço estava ferido, mas havia perigo no que estávamos fazendo. Parecia que ambos estávamos diante de um precipício. Mas eu não seria intimidado a ponto de abandonar meu amigo.

Houve uma inspiração súbita atrás de mim, o som de pés se movendo contra o chão de pedra.

– Pega aquela coisa! – gritou Ranami. Ela passou por mim, a mão esticada. Eu segui o braço dela com os olhos e vi um pedaço de pelo marrom correndo para o canto.

Todos os Desfragmentados pareceram se mover ao mesmo tempo, feito formigas depois que um pé esmagou o formigueiro. O grito de Ranami ecoou pelo salão e vibrou nas paredes. Enquanto corri atrás da criatura, ouvi outros atendendo ao chamado.

Um construto espião, ali no esconderijo dos Desfragmentados. Eu não tinha esperado até a carroça ter sumido de vista, não tinha olhado por cima do ombro. Não dava para ter certeza, mas uma parte de mim, lá no fundo, sabia: eu que tinha levado aquela ruína para eles. Não estava com a velocidade ou a força que meu vínculo com Mephi me dava, mas o desespero me deixou veloz. Passei por Ranami e segui o construto para o corredor mal iluminado. Ele correu para longe de mim na hora que fui pegá-lo.

Pulei para cima dele com a mão esticada. Ela não agarrou nada.

E aí o construto se enfiou na abertura nas pedras, saiu pela parede do penhasco e entrou na floresta.

Gio e Ranami apareceram ao meu lado, ambos sem fôlego.

Gio me perfurou com o olhar.

– Você tinha que ter vindo pelo caminho mais longo. Você os trouxe até nós.

Não fiz de propósito, mas dizer isso não seria consolo em uma hora dessas.

– Não podemos mais esperar até de noite – disse Gio. – Temos que ir agora.

Ranami ofereceu a mão para ajudar a me levantar.

– Eu fico de olho no Mephi. Cuido para que coma e descanse. Não vou deixar que nada lhe aconteça. Por favor, vá. Vamos lhe dar o que prometemos – falou ela. E engoliu em seco. – Nós todos temos pessoas de quem gostamos e que estão em perigo.

Procurei de novo a vibração nos meus ossos. Nada. Havia a questão das minhas habilidades, as que fizeram com que os Desfragmentados me quisessem naquilo, que agora tinham sumido. Mas pensei em Emahla e na minha mãe, e nos cantos desses pensamentos surgiram os rostos dos que sofriam do mal do fragmento. *Não ligo para eles. Não são nada para mim.* Abri uma frestinha do coração para Mephi e agora parecia que o mundo todo tinha entrado ali em turbilhão. E era culpa minha. Aquilo pesava no meu coração.

Respirei fundo, depois soltei o ar.

– Eu vou – falei. E o peso das palavras pareceu outra âncora no Mar Infinito.

– Façam um curativo nele – pediu Gio para Ranami. – Vou pegar os suprimentos e reunir todo mundo.

A médica limpou minha ferida. Será que parecia menos intensa do que um momento atrás? Ela enfaixou bem apertado.

– Eu diria para descansar – disse ela –, mas não fará isso. Se você voltar... *quando* voltar, vou trocar o curativo.

Agora que eu tinha tomado a decisão, a calma me cercou feito uma névoa matinal.

Gio chegou de novo à entrada um momento depois, com meu cajado de aço nas mãos, uma mochila nas costas e facas na cintura.

– Os Desfragmentados vão criar uma distração no portão – informou ele quando entramos na floresta. A chuva batia nas folhas, meus pés afundando a cada passo. – Vamos ter que escalar, mas tem uma entrada escondida para o palácio, construída pelos Alangas. O governador a manteve para o caso de precisar escapar rápido. Tem guardas, mas temos a localização deles e quando é feita a troca de turnos. Nós pegamos o governador enquanto os Desfragmentados estiverem trabalhando no portão principal.

– Como planejam tomar aquele lugar? – Eu não tinha visto tantos Desfragmentados no esconderijo. Não o suficiente para invadir um palácio.

Gio apertou a boca em uma linha séria.

– Começando outra arruaça. As condições das fazendas daqui têm piorado. Até as pessoas que moram nas cidades têm familiares trabalhando nas fazendas.

– Então não tem nenhuma arma especial?

Ele parou, se virou e me encarou.

– O que o faz perguntar isso?

– O esconderijo de vocês fica em uma fortaleza dos Alangas.

Gio fez um ruído de desdém e entrou no meio das árvores.

– Esses boatos de armas antigas dos Alangas são ridículos. O local estava vazio quando chegamos, exceto por morcegos, animais que fizeram ninhos na caverna e uma teia de aranha aqui e outra ali.

Pensei no livro, ainda no meio das minhas coisas.

– Vocês não encontraram nada? Difícil de acreditar.

– Tem centenas de anos. As únicas coisas que restaram da época deles são ruínas.

– E histórias – completei.

Gio balançou a cabeça e empurrou um galho para longe.

– Quem sabe o que é verdade e o que não é? O Imperador propaga a maioria das histórias, e os antepassados dele também. Essas são as palavras dele e de seus antepassados. Você devia saber que a maioria das histórias aumenta a verdade. Cada vez que se sente inseguro no governo, espalha as trupes idiotas para encenar a derrota dos Alangas.

Há verdade nas mentiras.

– Então a história de Arrimus, que amava o povo dela e os defendeu contra a serpente marinha Mephisolou, é ficção do Império? Parece uma história rica demais em detalhes para ser contada por um Imperador que alega que os Alangas são perigosos. E Dione, o maior dos Alangas, que chorou e suplicou pela morte quando o primeiro Imperador o encontrou?

Os ombros de Gio enrijeceram.

– Só tolos acreditam em tudo que ouvem.

Interessante. Eu tinha causado algum tipo de irritação. Continuei cutucando.

– E só tolos descartam tudo que ouvem.

– Que peixe tem nessa rede, Jovis? – perguntou Gio, com um suspiro. – Você é um desses que idolatra a memória dos Alangas, que torce pelo retorno deles? Ou é só um idiota?

Apesar da inquietação, não pude deixar de sorrir.

– Já me disseram a segunda coisa mais vezes do que gostaria de admitir. – Seguimos em silêncio por um tempo antes de eu limpar a garganta. – Não o conheço, Gio. Só ouvi falar de você. Mas, se vamos entrar nisso lado a lado, quero saber um pouco mais sobre quem você é.
– O que eu queria saber era como encontraram a fortaleza dos Alangas e o que o livro significava. Havia mais portas escondidas? Como abri a que eu tinha encontrado? Mas não podia perguntar aquilo.

– Nem *eu* sei quem sou. Como você pode saber?

Ele pareceu tão cansado quando falou aquilo que minhas respostas espertas de sempre morreram nos meus lábios. Segurei o braço ferido perto do peito, abaixei a cabeça e me concentrei em segui-lo pela floresta. A chuva bateu na minha nuca e grudou o cabelo na cabeça. Nós dois éramos tema de histórias e ambos sabíamos que elas continham só traços de verdade.

Chegamos à colina que levava ao palácio perto do pôr do sol. Gio leu o pergaminho de novo.

– A entrada fica escondida, no lado sul. – Ele tirou dois mantos verdes e leves da mochila. – Vamos subir e nos esconder entre os arbustos. Tinha planejado fazer a subida à noite, mas a chuva dará cobertura e vai estar escuro quando chegarmos lá em cima. É nessa hora que a confusão começará.

Se ainda tivesse a vibração nos ossos, teria chegado ao topo com luz do dia sobrando. Mas não falei nada, só coloquei o manto nos ombros e o segui encosta acima. Nós passávamos embaixo dos galhos cada vez que a guarda da muralha olhava na nossa direção, e nos agarrávamos a pedras. Foi uma subida lenta.

– O que acontece depois que você derrubar esse governador? – perguntei quando estávamos na metade do caminho. Já tinha feito aquela pergunta antes, eu sabia, mas nunca tinha sido bom em ficar em silêncio.

Por um tempo, ele não disse nada, e achei que tinha preferido me ignorar.

– Não sou idiota, se é isso que pensa. Com as nozes polpudas, podemos forçar uma parte da nobreza a ficar do nosso lado. Nós vamos ter Khalute e Nephilanu até lá, e tem mais gente entrando para os Raros Desfragmentados todos os dias. Vai ser o começo de uma verdadeira rebelião. Fortaleceremos nossa base aqui e depois atacaremos nas outras ilhas.

– E o novo governador vai aceitar esse plano? – perguntei. Eu sabia aonde aquilo ia dar. Um golpe não terminava com a linha de sucessão habitual.

– Você não confia em mim – respondeu Gio –, e tudo bem. Eu também não confiaria em mim. Mas me importo com o povo do Império e acredito que a Dinastia Sukai precisa acabar. Não precisa me ver como um líder. Não precisa acreditar nas histórias. Mas, se liga para todas as crianças que salvou, se *em algum momento* foi por mais do que dinheiro, então você ficaria. Não sei por que está procurando o barco, nem porque ele o assombra. Mas, se ainda não o pegou... não vai pegar nunca. Melhor ficar com os Raros Desfragmentados. O tempo está se esgotando, Jovis. Sempre está. Você pode passar o resto dos seus dias caçando e fugindo, vivendo uma vida pela metade.

Esperei, uma sensação sombria e doentia se remexendo no meu peito... porque sabia que não era dele que eu estava com raiva. Mas Gio não disse mais nada.

– Ou o quê? – Falei aquelas palavras como se as estivesse cuspindo, com a chuva pingando nos meus olhos.

– Isso – respondeu ele, se apoiando em outra pedra e subindo – depende totalmente de você.

A penumbra do dia virou penumbra da noite quando chegamos ao topo, e a chuva tinha diminuído para um chuvisco.

– Aqui – disse Gio. Ele puxou a folhagem para o lado para expor uma porta pintada das mesmas cores do muro. Depois tirou uma chave da bolsa. – Estivemos trabalhando nesse plano há muito tempo.

Segurei melhor o cajado. Precisava contar a ele que não tinha minhas habilidades. Agora, antes que fosse tarde demais. Não confiava nele, mas não tinha escolha.

Mas aí Gio abriu a porta e *era* tarde demais. Além dela havia dois guardas em uma salinha, um de frente para nós e um de costas, ambos parecendo entediados. Olhei para o que estava virado para a porta por um momento.

Ele reagiu primeiro e puxou a espada. O outro guarda se virou.

Meu braço ferido latejou e ardeu. Era agora, o momento que eu não podia evitar.

– Jovis...

A voz de Gio.

Entrei correndo na sala, com o cajado erguido. Procurei de novo a vibração nos ossos.

Nada.

Ah, bom. Essa parecia ser minha sorte ultimamente. Mirei o primeiro soldado com o cajado. Acertei antes que ele pudesse mover a espada. Mas aí aconteceu alguma coisa com as pernas dele. O rosto ficou arregalado de choque e os pés sumiram de debaixo do corpo. Ele caiu pela colina. Parecia que estava sendo *carregado*.

Gio apareceu ao meu lado, empunhando a adaga. Ele lutou com o segundo guarda, depois desviou de um golpe. A lâmina do homem acertou o manto de Gio, que usou o impulso para enrolar o pano na arma. Ele puxou e arrancou a lâmina do guarda. Antes que o homem pudesse fazer qualquer outra coisa, Gio bateu na cara dele com o cabo da adaga.

O homem caiu no chão.

– Parece que as histórias sobre você eram verdade – comentou Gio, com a respiração pesada.

Eu abri a boca. Fechei-a. Procurei a vibração, como se pudesse ter feito magia sem perceber. Meus ossos estavam em silêncio. Todos os pelos dos meus braços ficaram arrepiados.

O que quer que tivesse acontecido, não tinha sido eu.

33

Lin

Ilha Imperial

— Estou doente – falei para o construto espião. – Diga isso para mim com a minha voz.

O pequeno construto se ergueu nas patas traseiras, o nariz tremendo.

– Estou doente – repetiu Hao. A voz soou um pouco mais aguda do que a minha apesar dos esforços dele, mas chegou perto o suficiente.

– Bom. – Afofei os travesseiros sob a coberta e coloquei o construto embaixo do cobertor. – Fique aqui até eu voltar. Se alguém bater na porta, diga "Estou doente" com a minha voz. – A cauda de Hao tremeu, como se tivesse entendido. E apesar de saber que não precisava dar nada para ele e que seguiria as ordens de qualquer jeito, peguei uma noz na bolsinha e a dei para o animalzinho.

Ele a devorou em instantes, deixando para trás migalhas no lençol, que ele farejou para encontrar e devorar. Abaixei a coberta.

Tinha alterado Mauga e Uphilia. Ilith, o Construto da Espionagem, era o próximo. A entrada de sua toca ficava dentro do depósito de fragmentos, na portinha nos fundos. Eu me perguntei se Ilith passava por ali ou se, como os construtos espiões, tinha algum buraco pelo qual entrava e saía, com terra grudando na parte de baixo da carapaça. Estremeci.

A noite já tinha caído havia tempo, mas não dava para saber quanto tempo aquela jornada levaria. Sabia exatamente onde ficavam as tocas de Mauga e Uphilia. A de Ilith era um mistério maior. Sabia que ficava além daquela portinha. A que distância depois dela, eu não fazia ideia. Enfiei o formão no bolso da cintura. Desta vez, não tinha levado nenhum fragmento adicional. Resolveria aquilo da forma certa, sem fazer mal a ninguém.

Fui para o corredor silencioso. O palácio parecia um templo à noite, iluminado por um lampião aqui, outro ali, o piso de madeira rangendo um pouco com meu peso. Quando todo mundo estava dormindo, eu me sentia sozinha no mundo. Havia um consolo nessa solidão, no toque suave da seda preta em volta do meu corpo me escondendo. Meu pai podia governar o Império, mas, quando estava dormindo, quando Bayan e todos os criados estavam dormindo, aquele lugar era o meu reino. Eu tinha as chaves das portas e arrancava segredos dos aposentos.

O depósito de fragmentos de ossos não tinha mudado desde que estive lá pela última vez. Acendi o lampião junto à porta e iluminei as fileiras de prateleiras e gavetas, todas fechadas. Tantas vidas contidas naquelas gavetas, tanto poder para o meu pai.

Não demorei para encontrar os fragmentos da família de Numeen, procurando por idade e nome. A sensação deles nas minhas mãos era estranha agora que conhecia os donos. Aqueles pedacinhos deles, aqueles ossos, fizeram cliques uns junto aos outros feito cartas enceradas nas minhas mãos. Não tinha o de Numeen, mas tinha os da família dele. Isso já era alguma coisa.

Depois de enfiar todos os fragmentos no bolso, passei pela porta no fundo da sala e fui até a porta do zimbro nuvioso. Respirei fundo, peguei a chave que Numeen tinha feito para mim e a inseri na fechadura. Ele tinha subestimado o próprio trabalho. A chave girou tranquilamente, sem engatar nenhuma vez. A porta se abriu sem ruído, revelando só escuridão. O ar dentro estava mais fresco, carregado de umidade. O cheiro era de chuva e decomposição.

Não havia lampiões ali dentro. Tive que pegar o que estava junto à primeira porta e levar comigo. O corredor que iluminei seguia por uma distância curta antes de um conjunto de degraus descer para dentro da terra. Meu estômago se contraiu quando me aproximei dos degraus. De todos os lugares em que estive no palácio, aquele parecia o mais escuro, como as entranhas de uma besta enorme, morta havia tempos. As paredes ao meu redor viraram de terra e pedra. Eu me lembrei do que tinha lido: que já houve uma mina de pedra sagaz na Ilha Imperial e que meu pai a tinha fechado. Será que aquilo eram seus vestígios? Parecia o tipo de lugar que Ilith faria de lar.

Cheguei a uma bifurcação no caminho.

Não estava esperando por isso. As duas passagens pareciam iguais quando levei o lampião até as entradas. E se eu me perdesse? Só conseguia me imaginar ficando presa ali, com o peso da terra sobre mim. Teria ido por vontade própria para a minha tumba.

Engoli o medo. Aquilo não era um labirinto. Ainda não. Encontraria a saída facilmente se refizesse o mesmo caminho. Se entrasse em pânico ali, quão pior me sentiria quando enfrentasse Ilith com seus oito membros e oito mãos? Respirei fundo e escolhi a passagem da esquerda. A escuridão pareceu engolir o som dos meus passos.

Senti um cheiro depois de andar um pouco. Era parecido com o de Mauga: de mofo, urina velha seca, palha e esterco. Levei o lampião à frente do corpo, com a mão tremendo. Um rosnado. O brilho de olhos amarelos. Uma coisa se chocou em mim, uma parede de pelo áspero, o calor quente de uma boca babando.

Mas é claro que Ilith teria sentinelas. O pensamento pareceu existir no olho de uma tempestade, um ponto calmo na tormenta da minha mente.

A criatura me empurrou, a mandíbula tentando alcançar meu ombro. O lampião caiu da minha mão e bateu no piso de pedra, mas, por sorte, a chama ficou acesa. A luz me mostrou um animal parecido com um urso, os olhos faiscando. Movi as mãos, empurrando e apertando, para tentar impedir que me mordesse, meus braços mal resistindo à força da criatura. Não conseguiria mantê-la longe por muito tempo. Ela me faria em pedacinhos naquela passagem. Minha lombar ficou coberta de suor enquanto eu me esforçava para me libertar.

Calma. Era um construto.

Os dentes dele alcançaram meu ombro. Só havia uma chance. Parei de resistir, respirei fundo e enfiei a mão direita no corpo dele.

Senti o pelo áspero, e depois meus dedos estavam dentro da criatura. Ela ficou paralisada, os dentes ainda na minha carne. Fiz uma careta enquanto procurava os fragmentos de osso dentro dela, cada movimento doendo. Encontrei a sequência de fragmentos perto da coluna e puxei o de cima. Tive que soltar a boca da criatura do meu ombro antes de poder me mover. Mal tinha rasgado a pele, mas eu sabia que meu ombro todo ficaria com um hematoma na manhã seguinte. Levantei o lampião até o fragmento.

– Atacar qualquer um exceto Ilith, Shiyen e construtos espiões.

Esse era fácil de resolver. Com minha ferramenta, acrescentei "e Lin" e segurei o fragmento junto ao seio enquanto entalhava a estrela de identificação. Enfiei-o de volta no construto e continuei em frente antes que ele acordasse. A passagem pareceu ficar mais escura depois disso, o caminho sempre indo para baixo.

Topei com o construto seguinte antes de dobrar no canto onde ele habitava e enfiei a mão nele antes que pudesse reagir à minha presença. Mais uma vez, reescrevi o comando de ataque. As paredes lá embaixo brilhavam com um veio de pedra sagaz branca e pálida. Quase ocupava toda a parede esquerda. Uma fortuna em pedra sagaz bem embaixo do palácio. Por que meu pai tinha fechado aquela mina? Era por medo de que as passagens no meio das rochas fossem desestabilizar o palácio? Ele não era um homem ganancioso, mas era prático. Se a mina ainda produzisse, ele não a teria fechado sem um bom motivo.

Um pouco depois do construto seguinte, encontrei outra porta.

Era uma coisa estranha na passagem rudimentar, uma portinha marrom com maçaneta de metal. Ficava em uma alcova redonda, e as laterais tinham massa e tijolo. Testei a maçaneta, apesar de já saber que estaria trancada. Balançou, mas não girou. Meu pai não gostava de deixar muitas portas abertas. Era sorte que ao menos os banheiros fossem uma exceção à regra. Encostei o ouvido na madeira envernizada. Estava fria ao toque da minha bochecha. Não consegui ouvir nada além da minha própria respiração.

O que quer que estivesse atrás daquela porta, teria que esperar até eu conseguir a chave e percorrer aqueles túneis de novo. A toca de Ilith ficava à frente, se eu tivesse escolhido a bifurcação certa.

A passagem se inclinou para baixo de novo, tão íngreme em alguns trechos que precisei usar as mãos para descer e não escorregar. Fiquei desorientada no escuro, certa, mas nem tanto, de que tinha andado em círculos, de que agora, além do palácio, havia túneis acima de mim. Dava para sentir o peso de muitas camadas me pressionando e dificultando a respiração.

Quando vi o brilho à frente, achei que era alguma ilusão de ótica. Mas quando botei o lampião embaixo do braço e continuei vendo o brilho delineando a passagem à frente, eu soube: estava perto da toca de Ilith. Eu me ajoelhei e, em silêncio, coloquei o lampião no chão da passagem, tomando o cuidado de não deixar que batesse na pedra. Tirei o formão do bolso e o segurei na frente do corpo, apesar de não poder causar muitos danos com ele. Mas sentir o peso dele na minha mão era melhor do que nada.

Dobrei a curva.

Algo passou correndo pelos meus pés. Minha alma quase saiu do corpo. Um vislumbre de pelo vermelho desapareceu em um canto.

Meu coração pulsou na garganta; a boca ficou seca. Fiquei paralisada, como Bayan na noite anterior, feito um coelho vendo um predador. Tinha sido um construto espião. Estava lá para se apresentar a Ilith e tinha acabado de passar por mim a caminho da toca dela. Senti vontade de correr. Minhas pernas estavam prontas para me levar para longe de lá, subir o túnel até meu quarto, onde passei a maior parte dos últimos cinco anos, debaixo das cobertas, a respiração esquentando o espaço entre os lençóis.

Mas, se eu fosse embora, Ilith ainda saberia. Aquela verdade incontestável fez minhas entranhas se contraírem. Não havia escolha. Se ficasse ali paralisada, perderia qualquer chance que tivesse. E minhas chances já estavam diminuindo.

Tomei coragem. Segui até o brilho da toca de Ilith.

Havia três lampiões nas paredes, a luz fraca feito a de pequenas luas. Ilith não tinha forrado o lugar com palha fresca, como Mauga e Uphilia. Fios grossos de teias cobriam duas das paredes. Havia linhas brancas delas espalhadas no chão, cintilando à luz dos lampiões. Passei por cima delas, sem querer descobrir se grudavam. Ilith estava no centro do quarto, de costas para mim. As mãos estavam ocupadas trabalhando. Ela estava escrevendo relatórios com duas delas. Duas outras se moviam pelo cabelo e pelo corpo, como se pudessem melhorar a própria aparência. O espião que tinha passado por mim estava sentado na frente do Construto da Espionagem e repassava seus informes.

– Enquanto lavavam a roupa, dois dos criados fofocaram sobre Jovis, o contrabandista que anda roubando crianças. Um deles se perguntou se ele era bonito...

Soltei o ar devagar. Esses construtos espiões rudimentares não eram pessoas. Não davam as informações mais interessantes primeiro. Aquele estava recontando o dia em ordem cronológica. Levaria um tempo até relatar ter me visto no corredor.

Ilith estava de costas. Eu poderia chegar até lá e começar a trabalhar com os fragmentos dela antes de ser flagrada. Dei alguns passos rápidos à frente enquanto o construto espião falava. Só mais um pouco.

– Outro criado falou sobre a rebelião e se perguntou quanto tempo demoraria para tomarem a Ilha Imperial...

Mais alguns passos. Prendi o pé em uma teia grudenta e precisei me curvar para soltá-lo. Apesar do frio da caverna, o suor escorria pela minha cabeça e por trás das orelhas. Não ousei limpar. Estava perto dela agora, tão perto que poderia tocá-la. Ilith tinha cheiro de terra e de mofo. A carapaça era grossa e brilhante. Fiquei com a mão pairando acima dela. Será que cederia como a carne dos outros construtos? Ou meus dedos só bateriam nela?

– E, vindo para cá, vi Lin Sukai nas passagens.

Ilith parou de escrever. Ela colocou as canetas de lado e se levantou, o corpo subindo do chão.

– Lin Sukai? A que altura das passagens?

Não esperei a resposta do construto espião. Enfiei a mão no corpo de Ilith. A carapaça escorregadia se chocou contra meus dedos. Forcei sobre ela, mas não cedeu.

Ilith berrou, um som meio humano e meio animalesco. Ela se virou e seu abdome me derrubou no chão, as unhas das oito mãos batendo no piso de pedra. Tentei me levantar, mas não consegui: tinha caído em um pedaço de teia que agarrou na minha túnica. Ilith veio para cima de mim em um piscar de olhos, a cara de mulher velha junto à minha, seu corpo bloqueando a luz.

– Lin Sukai – disse ela. Sua respiração tinha cheiro de sangue velho. – Você achou que ia se aproximar sorrateiramente da mestre da espionagem em seu próprio lar?

– Quase consegui – respondi.

Ilith me segurou pela frente da túnica com dois dos braços. Mais dois seguraram meus tornozelos.

– Eu poderia arrancar cada um dos seus membros.

– Foi isso que meu pai mandou você fazer?

Ela riu.

– Você não faz ideia do tipo de comando que tenho dentro do meu corpo. Acha que pode andar por esse palácio e talvez até usar magia do fragmento de ossos, mas há assuntos mais complexos do que você poderia entender.

Em resposta, eu me soltei de uma das mãos dela e enfiei os dedos em seu rosto. Ela enrijeceu. A carapaça não tinha cedido quando a testei, mas carne era carne. A visão da minha mão enfiada na cara dela me deixou meio enjoada, mas precisava reescrever os comandos de Ilith. Eu procurei pelos fragmentos.

Estava com o braço enfiado até o cotovelo na cara de Ilith quando os encontrei. Não estavam em uma sequência fina como Mauga e até Uphilia. Estavam amontoados em grupinhos. Pareciam pinhas. Peguei um aleatório, tentando guardar na memória de onde eu o tinha tirado.

Quando o puxei para fora e o segurei na direção da luz, minha coragem enfraqueceu. Ilith estava certa. Eu não entendia o que estava escrito ali. Havia algumas fórmulas, algumas palavras que não conhecia. Com medo, enfiei o fragmento de volta e peguei outro. Esse tinha algumas coisas que eu sabia: "quando", "nunca" e "cuidado". Pisquei, torcendo para só não estar vendo as palavras direito. Li tantos livros da biblioteca... será que tinha pensado que seriam suficientes? Devia ter tido sorte com Mauga e Uphilia. Ilith era uma criatura estranha e solitária, e meu pai confiava nos conselhos dela. Tinha feito um construto que era quase tão complexo quanto ele.

Tirei fragmento atrás de fragmento de Ilith, examinei cada um, tentei discernir um padrão de comandos. Dos que consegui decifrar, vi que meu pai tinha dado a ela livre arbítrio, marcado por parâmetros que não entendi.

Finalmente, encontrei um fragmento que falava de obediência a Shiyen.

– Obedecer a Shiyen a não ser que isso vá contra a própria sabedoria e inteligência de Ilith. – Tanto "sabedoria" quanto "inteligência" tinham números escritos em cima. Procurei os fragmentos de referência e só encontrei alguns com pelo menos mais cinco referências.

Fiquei com vontade de arrancar meu próprio cabelo. Como reescreveria algo que não entendia? Seria um trabalho mais confuso do que eu tinha feito em Mauga e Uphilia. Embora os dois tivessem sido desleixados, pareciam ter funcionado. Meu pai tinha chamado os dois para a sala de jantar desde que eu tinha reescrito os comandos e não pareceu notar nenhuma diferença.

Refleti sobre os comandos de obediência de novo. Mordi o lábio. Ainda poderia mudar isso de um jeito que funcionasse a meu favor. O número "11" estava escrito ao lado de sabedoria. Dava para modificar aquilo. Segurei o fragmento junto ao peito e passei pelo "11" com o formão para moldá-lo em uma estrela de identificação. Ilith agora obedeceria ao meu pai a não ser que fosse contra mim e a inteligência dela. E eu poderia lhe dar outro comando. Enfiei a mão dentro dela e retirei os fragmentos originais de referência de inteligência. Daria certo. Teria que dar.

O último construto que precisava reestruturar era o Construto da Guerra. A toca dele não era difícil de encontrar. Era uma suíte em frente à do meu pai.

Guardei os fragmentos de referência e me afastei de Ilith. Ela acordaria logo e eu precisava me afastar. Como os outros construtos, não se lembraria de nada de antes de eu tê-la alterado.

Pisei com cuidado no chão para evitar as teias. A luz era fraca, e elas eram difíceis de ver. Meu pé acabou prendendo em uma delas apesar dos meus esforços. Puxei e sacudi o pé, tentando soltá-lo. Houve um som atrás de mim, e olhei por cima do ombro para ver se Ilith já tinha acordado.

Ela estava se contorcendo no chão, os oito membros chutando para o lado, como se tivesse caído em uma poça de gelo e não conseguisse se levantar. Saiu um gemido de sua boca.

– O que houve? – perguntou ela. Eu me encolhi, desejando poder me esconder atrás de algo. Ilith conseguiu apoiar dois pés no chão. Ela se virou na minha direção e arrastou o abdome pelo chão. – Você. Você fez alguma coisa comigo.

Não consegui me mexer, a garganta apertada demais para eu respirar, o coração martelando contra minhas costelas. Soltei o pé da teia e cambaleei, meu olhar ainda no rosto de Ilith. A carne tinha começado a pender e se enrugar. Dei dois passos na direção da saída.

Não dava para fugir daquele problema. Ele me seguiria para os corredores do palácio, para a minha cama e me assombraria na sala de jantar, quando eu me sentasse em frente ao meu pai. Ele repararia se algo estivesse errado com Ilith. Quis que as coisas pudessem ser diferentes, mas querer isso era como jogar moedas no Mar Infinito e torcer para receber algo em troca. Virar-me pareceu a coisa mais difícil que já tinha feito na vida. Mas me virei para enfrentar Ilith.

E corri para cima dela.

Sempre fui veloz, e correr em telhados e escalar os muros tinha refinado minha força. Ilith lutou comigo com as muitas mãos, e eu as afastei. Era como empurrar os galhos de um abeto para procurar o tronco. O rosto dela surgiu no meio da movimentação das mãos. Enfiei os dedos na carne dela. Ilith ficou imóvel, todas as suas frágeis mãos erguidas ao redor do rosto. O calor do corpo dela envolveu meu braço. Procurei os amontoados de fragmentos, as bordas ásperas feito casca de ovo. Puxei um fragmento, depois outro, examinando meu trabalho, tentando descobrir onde tinha errado. O comando que reescrevi devia estar bom, mas estava deixando alguma coisa passar nos fragmentos de referência.

Uma sensação ruim agarrou minha garganta e se espalhou até eu sentir um amargor no fundo da língua. Não conseguia parar de me mexer, tirando e botando fragmentos no lugar, procurando o erro que cometi, meus dedos tremendo.

Não consegui encontrar.

Caí no chão de pedra e senti as teias dela grudarem nas minhas canelas. Tinha lidado com Mauga e Uphilia. Devia ter tentado Tirang antes de Ilith, treinado mais primeiro. Pois ali estava eu, de frente para o construto mais poderoso do meu pai... sem saber o que fazer. Trinquei os dentes até sentir que a mandíbula quebraria. Tinha que continuar insistindo. Eu me levantei, preparada para tentar de novo.

Uma risada baixa ecoou das paredes da caverna. As laterais de Ilith oscilaram.

– Sua idiotinha. Acha que é assim que vai mostrar ao seu pai que é digna? Que é assim que vai conquistar o amor dele?

Inspirei, o peito doendo.

– Não quero o amor dele. – Mas uma pequena parte minha queria. Por que a gente não podia voltar para o começo, quando tinha as minhas lembranças? Eu era diferente na época. Talvez ele fosse também.

– Você acha que ele não sabe?

– Que eu não quero o amor dele?

A dor virou uma inquietação crescente. Não era isso. Havia outra coisa. Algo que deixei passar.

O rosto derretido de Ilith sorriu e meu estômago se contraiu.

– Suas chaves, suas idas para a cidade. Seu amigo ferreiro. A família do seu amigo ferreiro. Ele sabe, Lin. E ele nunca amou uma pessoa tola.

34

Jovis

Ilha Nephilanu

Examinei o chão, procurando o local em que o homem tinha tropeçado. Ele pareceu tão surpreso, como se algo invisível tivesse se chocado nos joelhos dele. O piso continuava sem nada.

Gio puxou o pergaminho de novo.

– Se pegarmos os corredores certos, podemos evitar quase todos os guardas. As arruaças devem estar começando a qualquer momento. Falei para ser ao anoitecer. Isso vai reduzir mais os recursos deles. Só precisamos planejar bem o momento.

Empurrei o capuz do meu manto para trás e senti o gosto da chuva nos lábios. Não achava que pudesse empurrar pessoas com a mente. Pelo menos, nunca tinha feito isso. Não teria sido algo que eu pensaria em fazer.

– Gio – falei, a voz baixa –, aquilo não fui eu.

Ele me olhou e depois se voltou para o pergaminho.

– Do que você está falando?

– O que derrubou o guarda. Não fui eu. – Era mentiroso até o fim, mas às vezes a verdade era o melhor caminho. – Não estou com minhas habilidades no momento. Não sei por que... – *mentira* –, mas não estou. Eu tentei. Tentei quando aquele construto na cidade me atacou.

– Bom, eu com certeza não fiz nada – disse Gio, a testa franzida. – Pode ter sido você, algo que nunca tenha feito. Talvez a sensação esteja diferente. Ou talvez o homem tenha tropeçado nos próprios pés. – Ele balançou a cabeça. – Não temos tempo para isso.

Ele foi para o corredor sem esperar por uma resposta.

E se for outra pessoa? Nunca tinha considerado que mais alguém poderia ter habilidades estranhas como as minhas. Será que a pessoa teria um amigo feito Mephi ou seria igual aos monges, que tomavam chá de zimbro nuvioso e comiam frutas para terem forças sobrenaturais? O Império era enorme e havia ilhas até fora do alcance dele. Contraí a mandíbula para meus dentes não baterem.

Eu poderia ir embora. Deixar Gio com a missão maluca dele. Encontrar um jeito de pegar Mephi pela fresta e voltar para o barco.

Gio estava me esperando. Ouvi a respiração dele no corredor.

"Você é um bom homem", dissera minha mãe, dias antes de eu ir embora sem deixar nem um bilhete. "Seu irmão nunca teria lamentado o fato de que ele morreu e você não. Mesmo que você lamente." Se eu fosse um bom homem, teria morrido muito tempo atrás.

– Tudo bem – rosnei para ninguém em específico.

Fui para o corredor e fechei a porta. Gio já estava erguendo uma cadeira de uma mesa próxima. Ele a enfiou embaixo da maçaneta.

– Para o nosso amiguinho lá dentro – sussurrou ele. – Se bem que acho que terminaremos antes de ele acordar. Vamos lá.

Em algum lugar acima de nós, ouvi alguém gritar. Passos rangeram no piso acima da minha cabeça. Os Desfragmentados de Gio e os cúmplices involuntários no portão.

– Esses eram os únicos guardas nesta seção – disse Gio quando eu o alcancei. Havia lampiões pendurados nas paredes de pedra, colocados em intervalos longos, deixando os espaços entre eles no escuro. – Haverá mais deles quando chegarmos ao andar principal. Quando subirmos a escada, vamos pegar a direita, a segunda à esquerda, passamos direto pela sala de jantar e as suítes do governador estarão logo ali.

O som do portão aumentou para um rugido abafado.

– Que algazarra seus Desfragmentados estão fazendo – comentei.

– Está fervilhando há algum tempo. Vai entender quando chegarmos ao andar principal. Agora, silêncio.

Segurei a língua quando dobramos uma curva e subimos um lance de escadas. Gio verificou o patamar antes de gesticular para eu segui-lo. Obedeci e dei de cara com algo saído dos sonhos opulentos do Ioph

Carn. Bordas e tinta dourada acentuavam os murais nas paredes. Os ladrilhos no teto tinham estampas em padrões sinuosos e um brilho azul-cerúleo. Cintilavam na luz dos lampiões, e por um momento tive a impressão de que tinha encontrado uma caverna submarina, repleta de tesouros coletados de navios naufragados.

Tinha visto os órfãos nas ruas da cidade, famintos por qualquer resto de comida. Tinha visto os que sofriam do mal do fragmento definhando. E ali havia o suficiente para alimentar cem órfãos e cuidar de todos os doentes.

– É coisa demais – sussurrei. Gio me olhou de cara feia, e calei a boca. Mas *era* coisa demais. Desejei não ter visto nada.

Viramos na segunda à esquerda e encontramos mais guardas. Paramos na curva. Mais dois, um homem e uma mulher. Os olhares de ambos estavam fixados na direção do portão de entrada, ouvindo os sons da rebelião.

– Será que alguém deveria contar ao governador? – perguntou o homem.

– Ele está ciente – falou a mulher. – Vão levá-lo pelos fundos se os rebeldes passarem pelo muro. Você ouviu nossas ordens. Ainda não precisam de nós lá.

Gio deu um tapinha no meu braço para chamar a minha atenção. Ele fez um gesto: *você vai pela direita, eu vou pela esquerda*. Em seguida, uma contagem regressiva com os dedos.

Quando ele assentiu, nós dois entramos no corredor seguinte. Percebi que devia haver alguma verdade nas histórias. Gio se movia com passos leves e silenciosos, as adagas feito extensões de seus braços. Apesar do cabelo grisalho, havia força nos membros dele. Eu era mais barulhento, mas pegamos os dois guardas de surpresa mesmo assim. Não houve tropeço inexplicável desta vez, só dois guardas caídos aos nossos pés. Demorei mais tempo do que Gio e recebi um leve corte nas costelas. A dor no braço tinha diminuído, mas ainda não tinha cicatrizado. Eu teria uma verdadeira coleção de ferimentos quando saísse dali. Se saísse dali.

– A guarda pessoal vai estar com ele. São seis, todos bem treinados – disse Gio, a respiração pesada. Ele me olhou de canto de olho, depois observou o guarda no chão.

Tinha aprendido uma ou duas coisas quando salvei as crianças do Festival do Dízimo, mas sem Mephi eu estava fraco. Não tinha percebido o quanto aquele poder tinha compensado minha falta de habilidade. Sempre fui mais de falar do que lutar.

– Meu braço – falei. – Estou mais lento do que o habitual.

Será que eu parecia nervoso? Parecia estar mentindo? Não devia ter dito nada. Nunca consegui ficar em silêncio por muito tempo.

– Haverá mais dificuldades à frente. Descanse se precisar.

Vi a dúvida nos olhos dele. E me perguntei quanto tempo levaria até Gio perceber que a força tinha me abandonado quando Mephi ficou doente. Se alguém fizesse essa conexão, tentariam tirá-lo de mim. E eu o deixara no meio dos Raros Desfragmentados, pedindo que se passasse por um bichinho de estimação inofensivo. Maldito seja o construto por ter me encontrado, maldito seja o plano desgraçado, maldito seja meu envolvimento naquilo.

– Estou bem – respondi. Era melhor acabar logo com aquilo, descobrir qual seria meu destino. Precisava de mais descanso do que poderia ter.

– Um pouco daquela magia que você usou mais cedo poderia nos ajudar na próxima luta – disse Gio. Antes que eu pudesse dizer (de novo!) que não tinha feito nada para jogar o soldado lá fora, ele abriu a porta da sala de jantar e entrou. Eu fui atrás.

A sala de jantar era um suntuoso cômodo em tons de turquesa e dourado, com pavões pintados com olhos amarelos adornando as paredes. Até os cálices eram esculpidos, as bordas em ouro. Fiquei surpreso de o Ioph Carn ainda não ter arrumado um jeito de pilhar o palácio, roubando aos pouquinhos. Era o tipo de tarefa que Kaphra poderia me mandar executar.

Acima de nós, ouvi um sino tocar.

– Os rebeldes passaram pelo muro. Os guardas vão tentar levar o governador pela passagem secreta. – Gio abriu a porta do outro lado da sala de jantar e espiou ali dentro. – Estão desorganizados. Podemos pegá-los de surpresa. Eu vou pela esquerda. Você vai pela direita. – E aí sem esperar resposta, Gio se foi.

Ele não queria me ouvir? Eu não tinha meus poderes. Apertei as mãos molhadas de suor no cajado. Os músculos do meu braço machucado protestaram: a pele estava ardendo e repuxando. Mas tinha me encurralado por conta própria. Eu, Mephi, Gio. Emahla.

A porta da suíte do governador estava aberta, um guarda meio para dentro e meio para fora, gritando para o cômodo.

– Temos que ir agora. Esqueça a armadura. Ele não vai precisar se a gente correr.

Gio se abaixou e correu pelo corredor, rápido e silencioso como uma cobra na água. Ele enfiou uma das adagas nas costas do guarda. O homem soltou um ofego baixo antes de cair. Disparei pelo corredor, barulhento feito um elefante em comparação ao silêncio de rato de Gio. Mas o elemento surpresa tinha acabado, e ser sorrateiro não importava mais.

Gio já estava lutando com a guarda seguinte. Parei ao lado dele e bati com o cajado na cabeça da mulher. Seu elmo amorteceu o impacto, mas vi os dentes dela trincarem de dor. Isso a distraiu o suficiente para Gio empurrar a espada dela para o lado. Movi a outra ponta do cajado e acertei o pescoço. Ela caiu, sufocada.

Batalhas nunca eram bonitas.

Restavam quatro guardas. Eles formaram uma barreira entre nós e o governador. Vi o brilho dos olhos assustados dele na luz dos lampiões, a veste frouxa nos ombros largos. Ele tinha uma cabeleira grisalha desgrenhada e uma barba rala. Algo no rosto dele me lembrou os bodes que via nas encostas de montanha perto de casa. Ele não era jovem, mas não era velho. Sem dúvida, esperava governar por muitos anos ainda.

E talvez governasse. A barreira de guardas avançou, as espadas erguidas. Procurei o poder nos ossos de novo e não senti nada além de cansaço. Certa vez eu disse a Emahla que lutaria com mil exércitos só para estar ao lado dela. Ela riu e beijou minha bochecha.

– Jovis, você não é guerreiro.

– Eu seria por você.

Na época, achava que esperança e força de vontade podiam fazer alguma coisa acontecer. Agora, eu sabia os limites do corpo, da mente e do coração.

Acima de nós, ouvi gritos, alguns ruídos de metal batendo em metal. Outro passo na nossa direção. Eu me perguntei se me reconheciam dos cartazes ou se reconheciam Gio. Talvez hesitassem, mas aquilo não seria bom para mim. Sem a força de Mephi, eu só tinha uma compreensão rudimentar de armas. Os guardas me cortariam como se eu fosse um gramado alto. Não podia culpá-los por só fazerem o trabalho deles.

Levantei o cajado para bloquear um ataque quando um dos guardas avançou. O som foi alto e reverberou pelo corredor da mesma forma que o impacto reverberou no meu braço. Meus ossos vibraram. Antes que pudesse reagir, o homem deu outro passo para frente, me pegando desprevenido, e apanhou o cajado. Ele o arrancou da minha mão e o jogou pelo piso. Ele me segurou pela gola da camisa. Eu me remexi para me soltar, mas as mãos dele eram firmes.

Os outros três guardas partiram para cima de Gio. Ele lutou como um furacão, a lâmina reluzindo, bloqueando um golpe aqui, acertando um braço ali. Mas os três guardas foram implacáveis. Eles o cansaram até sua testa estar suando.

O que será que os Desfragmentados estavam fazendo agora? Estavam indo ajudar?

Nunca tinha contado com ninguém quando era contrabandista. Não sei por que agora eu esperava por ajuda. Contraí a mandíbula e chutei o homem me segurando, com o máximo de força que consegui. Ele grunhiu quando o golpe o acertou. Mas, em vez de me soltar, passou um braço no meu pescoço e apertou até minha visão começar a escurecer.

Foi através dessa névoa que vi Gio matar uma guarda, a faca deslizando pela garganta dela. E também vi, impotente, minhas mãos tentando agarrar alguma coisa enquanto uma das guardas que restava batia com o cabo da faca na bochecha de Gio. Ele cambaleou, mas não caiu. Só quando o outro guarda enfiou o pé na barriga dele.

O aposento ficou em silêncio. O governador se empertigou, puxou os dois lados da veste para apertá-la e amarrou o cinto. O fracasso, apesar de ter parecido inevitável, ainda era um choque. *Mephi...* Nenhum poder surgiu no meu corpo em resposta.

O homem me segurando limpou a garganta.

– Devemos interrogá-los?

O governador fez que não.

– Não há tempo. Precisamos sair antes que os rebeldes cheguem. Matem-nos.

35

LIN

Ilha Imperial

Ele sabe.

Mordi o lábio até sangrar, segurando as laterais do corpo com os dedos em garra. Algo que eu tinha feito, algo que tinha dito, um construto espião que eu não tinha visto. Algo tinha dado a dica e agora tudo estava *dando errado*. Eu queria chorar. Queria gritar.

O corpo de Ilith murchou na minha frente, o rosto flácido, as pernas dobradas. Ela não disse mais nada desde então. Não sabia se ainda conseguia falar. O corpo dela estava ficando mole, maleável, enquanto o exoesqueleto perdia coesão. Havia algo ao mesmo tempo terrível e familiar no modo como estava se desfazendo.

Aquela noite em que Bayan me procurou. Eu me lembrei de como as costelas dele cederam debaixo dos meus dedos quando me pediu ajuda, como a pele caía dos olhos.

Teria meu pai feito com Ilith a mesma coisa que fez com Bayan? Não, meu pai fez nada para que Ilith estivesse desmoronando. Eu tinha feito aquilo. Tinha fracassado na hora de reescrever os comandos dela. Enfiei as unhas nas palmas das mãos, sem conseguir respirar. Da mesma forma que meu pai tinha fracassado em reescrever os de Bayan.

Bayan era um construto.

Mal consegui assimilar aquele pensamento. Ele era real, não uma coisa montada a partir de partes de animais. Mas deve ter sido feito a partir de partes humanas, as costuras escondidas com magia, os comandos escritos nos ossos.

Eu não morava em um palácio. Morava em uma casa de bonecas que meu pai tinha criado, um cemitério vivo. Apesar de a toca de Ilith ser do tamanho da sala de jantar, senti como se estivesse sendo esmagada pelo peso das pedras em volta. Se ele sabia, por que me deixou continuar? Era algum tipo de teste? E se a doença não tinha vindo de Bayan, de onde eu a peguei? Lágrimas surgiram nos meus olhos, embora eu não soubesse o porquê. Eram por Bayan ou por mim?

Ilith não se mexeu. Não sabia como trazê-la de volta à vida e não tinha certeza se conseguiria descobrir antes do amanhecer.

Pensar, eu tinha que pensar. Afastar o horror, aceitar a verdade, passar para a etapa seguinte. Roubar as chaves não tinha sentido. Levá-las para Numeen copiá-las não fazia sentido.

Numeen.

Mesmo que fosse um teste e eu tivesse passado, minhas ações tinham revelado um traidor dentre os cidadãos. Talvez Bayan estivesse certo e meu pai não fosse me bater pela insolência, pelo exagero dos meus atos. Mas Numeen não se safaria tão fácil. Nem a família dele. Eu inspirei.

Estiquei a mão para o rosto de Ilith. Se descobrisse como consertá-la antes do amanhecer, poderia seguir com meu plano, ainda poderia fingir...

A carne do rosto dela estava gelada nas pontas dos meus dedos. Eu parei. O que estava fazendo? Se fracassasse, não seria a única a sofrer consequências. Mesmo que tivesse sucesso, não dava para saber se teria chance de ver Numeen de novo. Sabia disso agora, e meu pai talvez visse aquilo no meu rosto. Estive seguindo em frente com apenas um objetivo: provar para o meu pai que era uma herdeira adequada. Provar que poderia ser Imperatriz, assim como ele era Imperador. Uma dor oca começou no meu peito. Mesmo com tudo que tinha feito, não consegui ganhar o amor e a aprovação dele. Que importância tinham minhas lembranças? Ainda era filha dele. Tinha quase obrigado Numeen a me ajudar, nunca tinha cumprido meu lado do acordo, e ele me levou até a família dele. Tinham sido gentis comigo.

Eu devia ter entrado no quarto de Bayan, dado a Numeen os fragmentos de sua família quando tive a chance, e que o Mar Infinito engolisse os riscos. Eles poderiam estar longe dali, poderiam ter fugido para uma ilha nos limites do Império ou encontrado abrigo com os Raros Desfragmentados. Eu tinha feito promessas vazias demais e tinha contado mentiras demais.

Não sabia como consertar as coisas, mas precisava tentar. Como poderia ser a Imperatriz de que precisavam se estava sempre tentando ser uma versão passada de mim mesma?

Meu pai ainda estaria dormindo. Havia tempo. Deixei o corpo de Ilith no chão e corri para a porta. Meu coração disparou a cada passo: para cima, para cima, para fora da antiga mina e de volta ao depósito de fragmentos. O palácio estava calmo e silencioso. Meu mundo tinha se estilhaçado, mas o mundo ao meu redor permanecia imutável. Tentei manter a respiração firme quando fechei e tranquei as duas portas depois de passar.

Mais uma tarefa antes de eu sair. Coloquei um pé na frente do outro, percorrendo os corredores até chegar ao quarto de Bayan. Bati na porta com força o bastante para acordar os mortos.

Ele a abriu, com os olhos embaçados, e minhas costelas pareciam uma mordaça em volta do meu coração. Ainda não conseguia acreditar. Mas não tinha tempo a perder. Passei por ele.

– Por que você...

O quarto estava arrumado e organizado; teria meu pai escrito isso nos ossos de Bayan? Foi fácil encontrar os fragmentos sem uso espalhados em fileira na mesa. Eu remexi neles.

– Ei – disse Bayan atrás de mim. – Eu estou usando isso aí. O que está fazendo?

– Nada – falei na hora que peguei o fragmento de Numeen e enfiei no bolso da cintura. – Volte a dormir.

Bayan segurou meu braço.

– Você me acorda, remexe no meu quarto e me manda voltar a dormir?

Ele não se lembrava. Para Bayan, ainda éramos rivais. Eu o encarei e pensei no que dizer.

– Sinto muito que meu pai bata em você. Ele não devia. Sinto muito.

Bayan arregalou os olhos e ficou com os dedos frouxos.

– Como você...?

Mas eu já tinha saído pela porta e a fechado delicadamente ao passar. Só poderia torcer para que não contasse ao meu pai. Fui até a entrada principal do palácio... Afinal, que importância tinha agora que os construtos espiões não tinham para quem se reportar?

As ruas da cidade estavam silenciosas, banhadas de cinza pelo luar. Não estava chovendo, mas um chuvisco leve deixou meus cílios prateados. Tentei lembrar as direções para a casa de Numeen, meu coração pulando na garganta. Talvez, se tivesse sorte, eu pudesse ir até lá, voltar e consertar Ilith.

Encontrei a loja do ferreiro primeiro. A porta e as janelas estavam fechadas e trancadas, as luzes apagadas. Lutei para me orientar. Não era tão tarde quando Numeen me levou para a casa dele. As ruas ainda estavam iluminadas, os sons e os cheiros de comida do jantar saindo das construções ao redor. Tínhamos virado à direita na rua, disso eu me lembrava. Cada passo era hesitante, a escuridão uma mortalha pela qual eu tinha que passar.

Mas reconheci a esquina de uma casa com calhas decoradas, outra rua com paralelepípedos irregulares, uma construção com porta recuada. E o tempo todo meu coração batia como se eu estivesse correndo, a respiração curta. A umidade fria do ar se chocava com a umidade quente do meu suor e formava uma mistura gosmenta na minha nuca.

Ali.

Não sabia que horas eram quando encontrei a casa de Numeen. Sem pensar, segurei a maçaneta e a encontrei trancada. Claro.

Eu bati.

Fui recebida por silêncio. Bati de novo, mais alto, e esperei. Algo rangeu acima de mim, uma luz fraca apareceu nas frestas da janela. Pés se moveram na madeira. Luz apareceu embaixo da porta.

E se fosse um dos construtos do meu pai? Se Bayan não era real, eu não tinha como saber o que era real e o que não era. Apertei bem os olhos e balancei a cabeça, tentando afastar o medo. Eu me arrisquei.

– Numeen, é a Lin.

Um longo suspiro e a maçaneta fez barulho. Numeen abriu a porta, com a expressão angustiada e um lampião erguido na mão esquerda. Ele franziu a testa, parecendo indeciso entre ficar irritado ou confuso. Seus lábios se apertaram e se contorceram. Não estava feliz em me ver. Ainda assim, chegou para o lado para me deixar entrar.

– Você não deveria vir à minha casa. Só à loja.

Eu não entrei. Será que meu rosto estava tão pálido quanto eu achava?

– Aqui. – Enfiei a mão no bolso e tirei o pacote de papel em que tinha guardado os fragmentos. – Seu fragmento e os da sua família. Vocês precisam ir embora da Ilha Imperial agora. Precisam ir o mais longe possível. Para fora do alcance do Império.

Numeen não precisava saber ler rostos para ler o meu.

– Aconteceu alguma coisa – disse ele.

Eu assenti.

– Meu pai. Ele sabe.

E, nesse momento, a expressão de Numeen ficou sombria. Seu olhar se desviou para a lateral da porta. Ele esticou a mão e pegou uma coisa pesada. Um martelo, não do tipo que se usava para o trabalho de ferreiro. Ele me entregou o pacote de fragmentos.

– Acorde a minha família – pediu. – Mande pegarem só o essencial. – Ele fechou a porta, trancou-a e enfiou uma cadeira embaixo da maçaneta.

Será que era possível morrer de culpa?

– Me desculpe – falei. Parecia que só ia à casa dele para levar perigo e pedir desculpas.

Numeen não me respondeu.

Contraí a mandíbula. Era egoísmo meu procurar perdão. Palavras não os ajudariam naquele momento. Corri escada acima, bati em portas e paredes e chamei baixinho os ocupantes.

– Vocês precisam se levantar. Agora. Peguem suas coisas.

Os adultos acordaram primeiro, depois as crianças, e a mãe de Numeen por último. Eu me senti um cachorro, mordiscando os calcanhares das ovelhas, avisando-as dos lobos. Tinha levado aquele lobo para a porta deles. Lin, a tola que achava que poderiam existir segredos no palácio do pai. A família de Numeen se moveu devagar no começo, depois mais rápido, arrumando bolsas, silenciando as crianças. A filha dele, Thrana, segurou a garça de papel nas mãos, os olhos arregalados, uma bolsinha pendurada no ombro.

– Desçam a escada – falei para eles. – Numeen está na porta.

Eu tinha dado o primeiro passo quando a casa tremeu.

Madeira estalou alto feito trovão. Parei perto da escada, os músculos tão contraídos que doíam. Numeen gritou, mas não entendi o que disse. E aí eu me virei, tonta, esticando os braços como se pudesse proteger aquelas pessoas. Elas me olharam.

– A janela – falei, as palavras quase perdidas na minha garganta. Tentei de novo. – Vocês precisam sair pela janela.

Elas se viraram para ela.

Não fui rápida o suficiente. Sempre lenta demais, sempre um passo atrás.

Não. Não desta vez. Antes que pudesse duvidar das minhas ações, eu corri escada abaixo, dois degraus de cada vez. Quando me virei, já lá embaixo, precisei lembrar a mim mesma de respirar.

Tirang estava na porta destruída, as garras molhadas de sangue.

O lampião tinha sido derrubado durante a luta. As chamas estavam lambendo a parede, e a luz brilhava na careca de Numeen. Ele estava ensanguentado, mas estava em pé com o martelo empunhado e os pés firmes. Não era guerreiro, embora tivesse a força de um. Apesar do tamanho, Tirang tinha pelo menos o dobro do peso dele.

O Construto da Guerra ergueu um braço.

– Não! – Eu podia ser uma ave canora, gritando inutilmente noite adentro.

As garras de Tirang desceram. Numeen chegou para o lado, golpeou com o martelo e acertou o construto nas costelas. Tirang grunhiu, mas segurou a cabeça do martelo com a mão livre. Ele empurrou a arma para longe e enfiou os dentes no ombro do ferreiro.

O homem soltou um grito gorgolejado de dor.

Era gente demais na família de Numeen. Eles tinham quatro filhos e uma mulher idosa. Ainda deviam estar saindo pela janela, descendo pelas telhas, encontrando um jeito de descer pela calha até o chão.

– Ei! – Peguei um pedaço de madeira no chão e o arremessei com toda a força que pude na cabeça de Tirang. Ela quicou no crânio dele. Tirang rosnou e soltou Numeen. Só precisava ganhar tempo para eles.

– Lin – disse Tirang.

Nunca tinha sido o foco de atenção dele, nem mesmo nas ocasiões em que decepcionei meu pai. Precisei de toda a minha força para me manter firme quando ele andou na minha direção, tirando a espada do cinto. Eu ainda poderia reescrever os comandos de Tirang se me movesse rápido o suficiente.

– Você não devia estar aqui.

Assim que ele chegou perto, eu me movi, passei por baixo da espada dele e enfiei a mão em seu tronco. Tirang largou a espada e segurou meus pulsos. Garras furaram minha pele quando tentei me soltar.

– Você está na minha frente. – O olhar dele observou o teto enquanto os comandos se organizavam para determinar a sequência de ações.

Numeen se levantou e deu alguns passos trêmulos em direção à rua. Jorrava sangue do ombro dele.

Fiquei sem ar quando Tirang me jogou de lado com força o bastante para doer. Com força o bastante para machucar.

Mas parecia que a ira dele não era para mim.

– Pare! – Minha voz não era do meu pai. Tirang não a obedeceu. Ele pegou a espada de novo.

Numeen o ouviu se aproximando. Ele golpeou com o martelo. Passou longe.

Tirang enfiou a espada no corpo do ferreiro, rápido e eficiente. Puxou a lâmina de volta sem nem dar uma segunda olhada em Numeen e já saiu pela porta para executar a segunda tarefa.

É culpa minha. Minha língua estava dormente e formigando. Senti gosto de sangue.

– Espere. – Precisei tentar duas vezes para me levantar. Tudo doía.

Cambaleei até a porta, mas Tirang já tinha desaparecido.

– Por favor! – Não sabia para quem estava suplicando. Tropecei em um paralelepípedo e me apoiei na parede da casa. Cuspi sangue no chão. Meus ouvidos latejavam. Alguém gritou.

Tinha que haver um jeito. Ainda tinha que haver um jeito. Dobrei a esquina da casa.

Eu acreditei até ver sangue. Até ver os corpos feridos.

A esposa de Numeen. O irmão e o marido do irmão dele. A mãe. O sobrinho. Os filhos. Eu me ajoelhei ao lado do corpinho de Thrana. Ela ainda estava com a garça de papel na mão, o sangue da garganta cortada salpicando as asas de vermelho. Eu a peguei nos braços. Minhas necessidades sempre pareceram tão desesperadas. Sempre pareceram maior do que as deles. Senti bile na garganta, um gosto amargo no fundo da língua.

Estive mentindo para mim mesma.

– Você não teria conseguido salvá-los.

Meu pai. O gosto ruim na garganta virou uma sensação gelada.

Eu ousaria me virar? Ousaria encará-lo? De alguma forma, reuni os resquícios de minha coragem. Ele não parecia zangado, nem mesmo decepcionado.

– Seu trabalho com Mauga e Uphilia foi bom. Quase conseguiu com Ilith. Mas os comandos dela são complicados, e, apesar de você ter estudado muito, eu estudei a vida toda. Ilith é uma das minhas melhores criações.

Lágrimas quentes desciam pelas minhas bochechas, e eu não conseguia encontrar forças para secá-las.

– Você não precisava matá-los.

– Precisava. Eles eram traidores do Império.

Era simples assim para ele.

– Mas Ilith não é a melhor criação. – Ele observou meu rosto como se procurasse alguma coisa. Como não encontrou, assentiu brevemente e esticou as mãos. – Se você reescreve os comandos de um construto, eles precisam continuar em harmonia entre si. Ainda precisam fazer sentido juntos. Um comando desequilibrado é um tijolo que desapareceu da base de uma torre. A torre começa a se inclinar e, às vezes, a cair. Da mesma forma, um construto vai desmoronar se os comandos estiverem desequilibrados.

– Bayan. – Peguei a garça de papel e me levantei para encarar meu pai. Eu o destruiria com as minhas próprias mãos se precisasse. Ele teria que fazer Tirang me matar.

– Sim – disse meu pai. Ele deu um passo à frente com a bengala, o andar manco bem visível. Um, dois, *três*, o padrão ecoou nas paredes da casa de Numeen. Meu pai ficou na minha frente e, mesmo apoiado na bengala, era maior do que eu. Devia ter sido assustador na juventude. – Mas nem mesmo Bayan foi minha melhor criação.

A doença. Ninguém tinha trazido doença nenhuma, porque não tinha sido real. Minhas lembranças. As que eu não tinha.

Ele está criando coisas lá embaixo, Lin. Ele está criando... gente.

Lutei contra o horror agarrando minha barriga. O medo borbulhou na minha garganta feito um grito, mas eu não gritei. Eu era Lin. Era a filha do Imperador. Não queria que aquilo fosse verdade.

– Você ainda não está perfeita.

E aí alguma coisa me acertou na nuca.

36

Phalue

Ilha Nephilanu

A cela estava fria e úmida, embora não tão ruim quanto Ranami chegou a pensar que seria. Phalue se mexeu na maca e batucou com os dedos na madeira. Ela não tinha "resolvido as coisas" com o pai como achou que poderia. Seu pai, que sempre pareceu caloroso e preguiçoso feito uma tarde da estação seca, foi frio quando os guardas a levaram até ele.

– O que é isso que eu ouvi sobre você aparecer numa das minhas fazendas de nozes polpudas? Não me disse que queria fazer uma visita. – Ele estava sentado na ponta da mesa de jantar, as mãos unidas na frente do corpo, sem comida nem bebida à vista. – Você disse que ia sair para passar a tarde com Ranami. Ela foi com você?

Phalue fez que não. Ela não a implicaria naquilo também, por mais zangada que pudesse estar. Apesar dos protestos de Ranami de que Phalue não a entendia, ela entendia que Ranami sofreria consequências bem piores.

– Era só eu.

Seu pai só franziu a testa.

– Quatro caixas de nozes foram roubadas da fazenda no dia em que apareceu lá. Mais nada mudou. E, embora o capataz tenha ficado relutante em me contar, ele disse que você os levou numa caçada infrutífera pela floresta, atrás de bandidos inexistentes. O que devo pensar?

– Está me acusando de ter roubado de você? – Não era difícil parecer incrédula. – Por que eu faria isso?

– Não sei – disse ele em um tom que deixou claro para Phalue que estava mesmo sendo acusada daquilo. – Não consigo entender. Deixei você livre por aí tempo demais, indo para a cidade ver sua mãe, aprendendo a lutar e agora indo para as fazendas de nozes polpudas. Você ainda não é governadora, Phalue.

Phalue não conseguiu se segurar. Ela riu. Talvez, se tivesse ficado de boca fechada, se só tivesse continuado agindo perplexa, não estivesse naquela situação. Mas ela riu.

– Pai, você não faz nada disso e é governador.

Ele assentiu para os guardas.

– Pense bem nas coisas, minha querida. Só não aqui.

E, agora, ela estava nas entranhas do palácio, a um corredor à esquerda da adega, entediada e com raiva de si mesma. Nem sabia por que estava com raiva: se era por se meter com os rebeldes e os esquemas de Ranami ou se por ter sido pega, ou se era só por ser quem ela era. Nunca tinha pedido para ser herdeira. Phalue se perguntava se sua mãe tinha ouvido falar do que aconteceu. Ficaria furiosa com o pai dela, mas, depois do divórcio, ela era só uma plebeia. Não havia muito que pudesse fazer.

Passos soaram do lado de fora da cela. Não havia nenhuma janela lá embaixo, só a luz fraca de um lampião pendurado perto da porta, então Phalue não tinha como saber a hora. Já era hora do café da manhã? Ou era do almoço? *Não importava*, pensou ela.

Tythus abriu a porta, carregando uma tigela grande e fumegante.

Phalue se sentou.

– Café da manhã? – arriscou.

– Almoço – respondeu Tythus. Ele olhou o vão pequeno embaixo da porta da cela, suspirou e tirou o chaveiro do cinto. Destrancou a cela e entregou a tigela para Phalue.

Macarrão nadando em um caldo de frutos do mar com legumes no vapor em cima. O cheiro trouxe de volta lembranças dolorosas de ser criança e tomar sopa com a mãe enquanto a chuva batia no telhado. Phalue tinha se esquecido de como era a estação chuvosa.

– Ué, sem gengibre? – perguntou, com uma expressão irônica.

Tythus soltou uma gargalhada curta, mas seu rosto logo ficou sério. O ar lá embaixo era opressivo. Phalue observou o rosto de Tythus quando ele saiu da cela e trancou a porta. Não. Não era a umidade e o frio. Havia sulcos marcando a pedra embaixo da porta da cela, como se tivessem enfiado comida por ali várias vezes.

– Não sou a primeira prisioneira de quem você cuida, sou?

– É a mais bem tratada – respondeu Tythus. Ele balançou a cabeça. – Esqueça que falei isso. Você é a herdeira. É direito seu.

A sopa não estava mais com um cheiro apetitoso. Claro que a cela não era tão ruim quanto Ranami temera: era porque aquela cela não era para ela. Phalue olhou ao redor e notou coisas que não tinha visto antes. A palha no chão tinha sido colocada recentemente. O lençol no catre era macio sob seus dedos. Até o catre em si parecia ter uma camada extra de acolchoamento. Ela teve a sensação estranha e vertiginosa de estar de volta àquele armazém de pessoas, as camas empilhadas umas em cima das outras, o cheiro de corpos humanos espremidos no mesmo lugar. Comparado àquilo, a cela era espaçosa. As coisas sempre, sempre eram melhores para ela. Mesmo quando tinha nascido. Sua mãe era plebeia, mas, por mais que tivesse se agarrado àquela parte de suas origens, Phalue nasceu na nobreza. Suas lutas, seu relacionamento com Ranami, suas aventuras na cidade a tinham iludido para pensar que era uma pessoa comum, que não era como seu pai.

Mas lá estava ela, acusada de roubo, sobre lençóis finos e com uma tigela de sopa da cozinha do palácio. Era como se estivesse fingindo ser prisioneira. E não estava? O que o pai faria com ela, sua única herdeira? Aquilo era só uma coisa com intenção de assustá-la, colocá-la na linha. Quando achasse que a filha tinha passado tempo o suficiente ali, ele a levaria de volta para a luz com uma bronca para nunca mais fazer a mesma coisa.

Tythus tinha se virado para a porta.

– Espera – pediu Phalue. Ela colocou a tigela no chão.

Até aquela ordem, de uma prisioneira, foi obedecida.

– Conte para mim sobre os outros de quem você cuidou. Quem eram? – Não, essa não era a pergunta certa. Eles não tinham entrado nas celas por vontade própria. Ela tentou de novo antes de Tythus poder responder: – O que meu pai fez com eles?

– Em geral, tentaram roubar dele. Como você. – Tythus se encostou na parede e apoiou uma bochecha na grade. Depois soltou um suspiro. – Tem certeza de que quer saber?

– Por favor.

Ele contou sobre os homens e mulheres maltrapilhos levados para lá e mantidos naquelas celas. Pessoas que achavam que as regras do governador sobre posse de terras eram injustas. Pessoas que tinham tentado deixar as coisas um pouco mais justas para si mesmas e suas famílias. Claro que não receberam lençóis nem catres. Dormiam na palha e recebiam travessas pequenas de arroz velho e duro. Não importava o que comiam, porque, se suas famílias não pudessem pagar pela indenização, os prisioneiros seriam enforcados. Tythus tinha ajudado a jogar os corpos em uma vala na floresta à noite, para não importunar os hóspedes do pai dela.

– Com que frequência isso acontece? – perguntou Phalue. Devia estar chovendo lá fora, porque, atrás dela, o teto tinha começado a pingar.

– Com bastante frequência. Bem poucos conseguem pagar. Foi por isso que roubaram.

Phalue se mexeu, sentindo os ossos rangerem. A sopa no chão ainda estava fumegando. Parecia que um século tinha se passado, mas a comida trazida por Tythus ainda estava quente.

– Você não concorda com a forma como meu pai faz as coisas, mas ainda assim executa as ordens dele.

– Não tenho orgulho de mim mesmo – disse Tythus, e Phalue nunca tinha visto a expressão dele tão tensa. – Mas tenho família. Se parasse de fazer meu trabalho, eles sofreriam. Meu pai era fazendeiro de nozes polpudas, e eu falei para mim mesmo que não seguiria esse caminho. Então me esforcei e me tornei guarda do palácio. Não há muita escolha para aqueles de nós que não tiveram a sorte de nascer em outras famílias. Sim, às vezes os mercadores e artesãos não têm filhos e adotam outros para darem continuidade ao ofício. Mas essa chance é muito pequena. A guarda me pareceu uma coisa mais garantida.

Phalue ficou assustada de perceber que nunca soube sobre o pai de Tythus. Na verdade, ela não sabia nada sobre a família dele. Revirou as lembranças. Apesar de todas as vezes em que treinaram luta, Tythus era quem sempre perguntava sobre os relacionamentos dela, quem era a nova mulher de quem andava atrás, os problemas que estava tendo com Ranami. Não tinha pensado em fazer as mesmas perguntas para ele. Seu estômago embrulhou. Aquele era o trabalho dele: treinar com ela, ouvi-la.

– Eu não sabia... – disse Phalue, com a voz baixa. – Sobre o seu pai. Nem a sua família.

Tythus abriu um sorriso torto e triste.

– Não é sua responsabilidade saber.

Ela apertou os olhos, desejando poder voltar no tempo, poder fazer as coisas de maneira diferente.

– Não ligo para o que é minha *responsabilidade*. Eu devia ser sua amiga. Amigos sabem essas coisas uns sobre os outros. Não me importei o suficiente para descobrir. Quer dizer, me importei. Só não *o suficiente.*

– Eu sei que você ajuda os órfãos quando vai à cidade. Você é uma boa mulher. Não seja dura demais consigo mesma.

Phalue dobrou os dedos no lençol macio do catre.

– Se eu não for dura comigo mesma, quem vai ser? Você? Meu pai?

Tythus deu de ombros, os lábios repuxados, o olhar no teto vazando.

– Ranami.

Phalue riu. Sim, Ranami esteve forçando a questão desde que começaram a sair. Pedindo que enxergasse os outros ao redor dela, que abrisse os olhos para o sofrimento dos fazendeiros ali.

– Sim, tem ela, já que não tem mais ninguém.

– Vocês se acertaram? – perguntou Tythus, como se estivessem lutando no pátio.

– Não o bastante. Fui boa para começar a ficar com ela. Não sei se sou boa para continuar com ela. Estou tentando, mas o caminho pelo qual Ranami quer que eu siga é enlameado e cheio de espinhos. Eu não estou acostumada com isso.

Seria mais fácil voltar a ser como era antes, se esquecer do que tinha visto na fazenda, usar todas as mesmas justificativas que seu pai usava. Disse para si mesma que sua vida tinha sido difícil. Que trabalhara pelo que tinha. Que merecera. Mas aquilo seria a coisa mais difícil que ela já tinha feito. Phalue jogou as pernas pela borda da cama para se virar para Tythus. Sufocou a voz no fundo da mente, que gritava para deixar tudo para lá, para continuar como se nada tivesse acontecido. Ela seguiu o caminho mais controverso.

– Se ficasse entre mim e meu pai, qual de nós você escolheria?

– Você. – Ele falou com seriedade, sem hesitação.

– E os outros?

– Não posso dar cem por cento de certeza, mas eu apostaria que escolheriam você também, Phalue.

Ela começaria a acertar as coisas: com Ranami, com o mundo.

– Destranque a porta.

37

Lin

Ilha Imperial

Meu quarto era uma prisão. As portas da varanda estavam trancadas. A porta também. Uma luzinha passava pelos vãos das janelas e das portas, mas, de um modo geral, o quarto estava escuro. Só havia dois lampiões prestes a se apagar. Fiquei deitada na cama, encarando o teto. Alguma coisa tinha acontecido na toca de Ilith. A última coisa de que me lembrava era do rosto dela derretendo, e eu tentando consertá-la. Eu me esforcei para me lembrar, mas era como tentar soltar uma linha de pesca das pedras. Cada puxão só servia para deixar a lembrança mais longe de mim.

Não. Tinha acontecido mais alguma coisa. Olhei para a minha mão, ainda fechada, torcendo para que, de alguma forma, tudo tivesse sido um sonho. Mas, quando abri os dedos, a garça ensanguentada de Thrana estava lá. Não soube o que doeu mais: a culpa ou a perda. Meu pai os tinha matado, mas eu o levei até lá.

E aí a lembrança voltou com tudo: eu era uma coisa que ele tinha *feito*.

Aquilo explicava tanta coisa: como não me lembrava de nada antes de cinco anos atrás, a memória do aposento com crisântemos no teto ao acordar. Levantei as mãos na frente dos olhos, me perguntando como ele tinha conseguido fazer isso. Bayan disse que meu pai estava criando pessoas. Não só uma pessoa. Eu não era a primeira?

Apertei a palma da mão na testa. Bayan era um construto. Meu pai tinha tentado mudar alguma coisa dentro dele, assim como eu tentei mudar em Ilith. Só que tinha dado tudo errado. E então Bayan apareceu no meu quarto, suplicando para que eu o ajudasse e o escondesse.

Nós dois éramos criação do meu pai.

Mas, no ninho de Uphilia, havia um registro do meu nascimento. Por outro lado, também havia registro da minha morte. Se eu não era Lin Sukai, se não era a filha do Imperador, o que eu era? Eu me encolhi nas cobertas, minha barriga um vazio sombrio e podre. Será que eu tinha vontade própria? Meu pai tinha me feito com algum propósito. Fosse o que fosse, eu tinha certeza de uma coisa: não queria saber qual era. Precisava ir embora.

Fiz um esforço para me levantar da cama. Havia um peso no meu peito, como se houvesse pedras ali que me puxassem para baixo. Talvez houvesse. Como poderia ter certeza do que eu era? Uma risada louca surgiu dentro de mim. Eu a sufoquei e respirei fundo algumas vezes. Pense. Meu pai podia ter me feito, mas eu não era uma idiota. Fui até a porta e tentei girar a maçaneta de novo.

Estava trancada.

Pela primeira vez, pelo menos até onde eu me lembrava, quis que Bayan estivesse lá. Éramos mais parecidos do que eu podia imaginar. Poderíamos ter ajudado um ao outro. Talvez eu pudesse ter tirado os fragmentos de dentro dele e o libertado das ordens do meu pai, encontrado um jeito de destravar as memórias que ele tinha apagado.

A máquina da memória. As pessoas sendo criadas. Eu precisava saber o resto.

Fui até a porta da varanda, até as janelas. Fechadas. Todas elas. E, cada vez que eu encostava a mão em uma porta ou janela, sentia o peso do fracasso me pressionando. Eu me sentei de volta na cama, tentada a tirar o casaco, os sapatos, e me deitar outra vez.

Talvez eu já tivesse feito aquilo antes. Não tinha como ter certeza.

Meu calcanhar tocou em alguma coisa. Estiquei a mão e peguei o diário de capa verde embaixo da cama. Eu o tinha escondido de forma descuidada, mas meu pai raramente ia ao meu quarto. Sem saber direito o que fazer e com medo demais para tentar resolver meu problema, eu o folheei mais uma vez.

Desta vez, novos detalhes pareceram saltar aos olhos. A ida ao lago nas montanhas. Estranho que o tempo estivesse tão bom, eu tinha escrito. Mas, se estava com 16 anos, teria sido na estação seca. O tempo era quase sempre bom na estação seca. A serpente marinha que tinha me picado. Eu tinha escrito que estava nadando na baía. Na primeira vez que li aquilo, supus que estivesse falando do porto... mas por que escreveria baía se todo mundo se referia ao Porto Imperial como porto? E eu tinha mencionado o peixe que minha mãe cozinhava. Por que a minha mãe, sendo consorte do Imperador, prepararia peixe se tinha criados para isso? Quando li pela primeira vez, achei que talvez ela gostasse de cozinhar e por isso às vezes fosse à cozinha, para ter esse prazer. Supus tudo isso porque tinha lido o diário querendo que fosse um registro de memórias passadas. Não existiu uma doença. Eu não perdi minhas memórias. Só tinha começado a formá-las cinco anos atrás, que foi quando meu pai deve ter me feito.

Aquele diário, apesar de ter a minha caligrafia, não era meu. Queria que fosse, queria com a mesma obstinação de uma criança frustrada. Sem ele, fazia ainda menos ideia de quem eu era. Mas meu pai ficou satisfeito quando respondi com o que tinha encontrado dentro do diário. Quem o tinha escrito? Quem meu pai queria que eu fosse? Queria descobrir... mas a porta estava trancada.

Abracei o diário junto ao peito, encolhida na beira da cama. De repente, minhas sapatilhas e meu casaco não faziam o menor sentido. Eu não iria a lugar nenhum.

Houve uma batida na porta, e ela foi aberta. Enfiei o diário embaixo da cama. Meu pai entrou mancando com a bengala em uma mão e uma tigela de arroz com frango e broto de mostarda na outra. Eu o vi andar até a mesa e colocar a comida nela. Em seguida, ele me olhou e suspirou.

– Sinto muito que tenha que ser assim.

Mantive a expressão cuidadosamente neutra.

– Assim como?

– Você precisa entender, quando descobri o que tinha que fazer, minha esposa... ela já tinha morrido havia muito tempo. Queimei o corpo dela e enviei sua alma para o céu. Então, precisei me virar com o que consegui encontrar. Darei um jeito de consertar a situação – disse ele, como se eu tivesse dito algo. – Minha máquina da memória vai consertar você.

Quis gritar com ele. Do que estava falando? Será que me *criar* era algo que tinha discutido com a falecida esposa? A única coisa que precisava ser consertada era o que ele tinha quebrado dentro de mim nas ruas da Ilha Imperial. Tentei fazer outra pergunta.

– Por que o senhor não me deixa sair?

Alguma coisa passou pelo rosto dele, com as asas escuras de uma mariposa.

– Você não devia ter feito aquilo, de reescrever meus construtos. Fez um bom trabalho. Só reparei depois de Uphilia. Foi nessa hora que soube que iria atrás de Ilith. Mas Ilith é complicada. Mesmo assim, você quase conseguiu. Vou levar um tempo para consertá-la direito. – Ele me encarou e, mesmo naquele momento, não consegui odiá-lo.

Ele tinha quebrado outras coisas em mim antes de matar Numeen e a família dele. Desta vez, não me importei se meu pai visse a dor no meu rosto.

– Eu queria que o senhor sentisse orgulho de mim. Do jeito que um pai teria orgulho da filha. Fiz tudo que o senhor pediu. Fiz mais do que pediu. E, ainda assim, o senhor preferiu Bayan.

Meu pai virou a cadeira da minha mesa e se sentou. A palha trançada do assento estalou com seu peso. Ele balançou a mão com desdém, como se todos os meus anos de dor fossem algo a ser dissipado feito fumaça.

– Sempre se saiu melhor com concorrência. E, sabe, eu estava certo. Você encontrou um jeito de roubar de mim. Encontrou um jeito de aprender as coisas que lhe proibi. Você aprendeu tudo melhor do que Bayan.

Ele sabia. Todas as vezes em que achei que tinha sido esperta, que arrumei um jeito de contornar as regras, ele esteve me observando, aprovando em silêncio. Meu estômago despencou.

Meu pai estava me olhando, assentindo como se soubesse no que eu estava pensando.

– Posso perdoá-la, desde que consertemos suas lembranças e coloquemos as certas aí. Você melhorou, mas ainda não chegou lá. Mas aqueles que a ajudaram tiveram que pagar.

Minha cabeça doía e meus olhos ardiam. Toda a minha determinação em não dar nada a ele, em não demonstrar nenhum sentimento, se afogou na maré da minha raiva.

– E Bayan? O senhor o matou também?

– Por que eu faria isso? Ele não é a versão final, mas é útil.

Meu pai se levantou abruptamente e andou até mim, a bengala batendo no chão.

Apertei as mãos em punhos. Deveria dar um soco nele, deveria fechar as mãos no pescoço dele. Mas não consegui. Fiquei sentada na cama olhando para ele, torcendo para que visse a raiva nos meus olhos.

– Lin – disse meu pai, depois esticou a mão para tocar na minha bochecha.

Eu me odiei por encostar na mão dele. Tudo que eu queria era a aprovação e o amor dele. Tinha desejado me sentir uma filha, parte da família. Mas havia algo estranho no toque de meu pai, no jeito como os dedos percorreram minha bochecha.

– Sinto muito que tenha que ser assim.

– Por que precisou matá-los? Eles nunca lhe fizeram mal. – Pensei na hesitação de Numeen em me ajudar, nas mãos rápidas na forja, nele ter me levado para sua casa e me deixado jantar com as pessoas de quem mais gostava. Tudo isso acabou por minha causa. Por causa do meu pai. – Eu o odeio. – As palavras pareciam fogo na minha língua, jorrando para fora da fornalha que era o meu estômago.

– Não odeia, pequenina. – O carinho na voz dele me confundiu e apagou as outras palavras que eu poderia ter dito, deixando minha língua com gosto de cinzas.

Ele se virou para ir embora. Não consegui conciliar meus sentimentos com minha incapacidade de me mover, de fazer qualquer coisa. Parecia uma boneca lamentando a forma como uma criança moveu os membros dela. E aí a porta se fechou e eu me levantei da cama. Saí correndo até ela, bati com os punhos na madeira. A pele das minhas mãos ficou dormente, e os ossos embaixo doeram. Devia ter batido nele. Devia tê-lo matado.

Finalmente desmoronei e aninhei os punhos no colo. As lembranças certas? O que eram as lembranças certas para o meu pai?

O diário. As lembranças de lá, do que achei que era meu eu mais jovem. Alguém tinha escondido o diário na biblioteca e não foi meu pai. Pouca gente tinha acesso àquele cômodo. Meu pai, Bayan e os construtos. Pensei em uma época antes de eu existir.

Peguei o diário de novo, os dedos tremendo tanto que mal consegui abri-lo. Em algum lugar, tinha que haver outra pista. Eu só não tinha olhado com atenção o suficiente. Examinei cada página. E aí reparei, na capa de trás, a borda de um papel colado nela. O canto estava um pouco enrolado, solto. Eu puxei e olhei embaixo.

Alguém tinha enfiado outro pedaço de papel ali. Eu o puxei e abri.

Eles me olham e só veem uma garota jovem de beleza simplória. Mas estão todos enganados sobre mim. Um dia, eu vou ser mais do que isso. Um dia, o mundo vai me conhecer. Nisong vai ascender.

Larguei o bilhete secreto. Eu conhecia aquele nome, mas conhecia em conjunção com outro. Nisong. Nisong Sukai.

Minha mãe.

A bile se misturou com o gosto das minhas lágrimas. Eu me lembrei das condições tristes do quarto do meu pai, de como ele não deixava os criados tocarem em nada dela. Ele nunca queria falar comigo sobre a minha mãe. Tinha mandado destruir todos os retratos dela. Achei que tinha sido motivado pela dor, mas agora conseguia vislumbrar outros motivos. Explicavam os experimentos dele, a forma como tinha dispensado conselheiros humanos e a maioria dos criados.

Ele não tinha discutido a minha criação com a esposa; estava tentando me *tornar* a esposa dele. Deve ter usado aquela máquina da memória em mim, torcendo para conseguir enfiar as lembranças da minha mãe no meu corpo. Eu não era filha dele. Ela tinha morrido, como os registros diziam. Claro que nunca me amara. Eu era a hospedeira de outra pessoa. Um segredo, um experimento.

Eu me encolhi em posição fetal e chorei.

38

Jovis

Ilha Nephilanu

Nunca achei que este seria meu fim: confinado dos quatro lados por madeira e pedra. Sempre pensei que ele viria a mim no mar aberto, por meio de uma tempestade, das flechas de soldados imperiais ou de uma faca entre as omoplatas, enfiada por algum dos Ioph Carn. Mas acho que a morte, assim como a vida, nem sempre segue as expectativas.

Não conseguia parar de olhar para a cara do governador, sentindo que havia algo de familiar nela. Nas bochechas largas, nos lábios generosos, até nos olhos fundos. Ele parecia confuso e cansado, o queixo coberto de barba por fazer. E aí me perguntei se a cara dele seria a última coisa que eu veria antes de morrer. Gio não estava muito melhor: me olhava de cara feia, como se o tivesse traído. Olhei para o piso. Até a madeira era uma imagem mais agradável. O guarda que me segurava se mexeu para tirar uma adaga do cinto.

E aí eu senti um tremor nos ossos.

Foi como levar um tapa no peito com a força de um vendaval. Meus membros vibraram de energia. Um momento atrás, estava me sentindo fraco e impotente. Agora, sabia que poderia jogar aquele homem longe com a mesma facilidade com que jogaria um manto.

E, mais uma vez, senti uma percepção aguçada de toda a água no aposento, até do suor no rosto dos guardas.

Mephi. Ele devia ter acordado.

Eu me inclinei para a frente, e as mãos que me seguravam se soltaram. Ouvi um ruído quando a adaga caiu e ficou presa na tábua do piso atrás de mim. Em um movimento fluido, dobrei um joelho e peguei o cajado no chão. Não hesitei, virei-o nas mãos e bati com a ponta dele na guarda que estava segurando Gio. Usei mais força do que pretendia. Os pés dela se ergueram do chão, e Gio foi junto.

Não havia tempo para me preocupar com ele.

Senti o ar se mover quando o terceiro guarda correu para me deter. Eu me abaixei, escapando do golpe dele, e ouvi a lâmina penetrar no pilar de madeira atrás de mim. Ele puxou o cabo e tentou soltá-la. Tinha golpeado com força suficiente para separar minha cabeça dos ombros. Minha cabeça era teimosa. Ele estava certo em pensar que soltá-la exigiria muito esforço.

Assim que o guarda que estava me segurando se recuperou, ele puxou a espada. Desviei do golpe dele, me aproximei e tirei a lâmina de sua mão. Só um golpe no pulso com uma das mãos, uma batidinha só, e os dedos dele se abriram. Foi como arrancar uma fruta muito madura do galho.

Chutei o guarda ainda tentando puxar a espada e o mandei pelos ares para o outro lado da sala. Ele caiu e não se levantou.

O governador ainda estava na porta, os dedos segurando a maçaneta com força. O branco dos olhos dele estava destacado em volta da íris. O peito subia e descia, arregaçando a amarra da veste.

– O que você é?

– Um contrabandista – respondi. – O Império fez cartazes de mim.

Aparentemente, a resposta não o tranquilizou, porque ele abriu a porta para fugir.

Hesitei, eu me sentia igual a um cachorro que pegou a carroça para a qual estava latindo. Devo ter parecido um monstro vingativo aos olhos dele, meu cabelo curto ainda cacheando no calor e na umidade, ondulando em volta do rosto.

– Não se mexa – falei para ele. O que Gio queria que eu fizesse com aquele homem? Tinha me dito que mataríamos os guardas do governador. Não tinha dito o que viria depois disso. Gio ainda estava caído no chão, tentando se soltar do abraço inconsciente do guarda. Ele se levantou, e o vi pegar uma das adagas.

O governador ficou paralisado.

Claro. Nenhum golpe acontecia sem derramamento de sangue. No silêncio, ouvi um dos guardas pessoais do governador gemer. Um pelo menos, ainda estava vivo. Em seguida, ouvi passos se aproximando.

Uma mulher apareceu na porta, sozinha. Eu a reconheci pela largura dos ombros. A amante de Ranami. O que estava fazendo ali?

Ela voltou o olhar para o governador. Antes que eu pudesse dizer qualquer coisa, ela saiu correndo. Achei que pretendesse matá-lo, mas se ajoelhou ao lado dele.

– Pai, está ferido?

Pai? A amante de Ranami era filha do governador? Agora ele conseguia entender o que Ranami tinha dito antes, sobre ter ouvido que a herdeira do governador era uma boa mulher. Ela não tinha ouvido aquilo. Sentia. Se os sentimentos dela eram ou não um reflexo da realidade, nós ainda teríamos que ver.

– Aquele homem está tentando me matar, Phalue – disse o governador, com a voz histérica.

Não falei nada, só abaixei o cajado, torcendo para que Phalue entendesse o que quis dizer. Ela olhou para mim e depois para o pai.

– Proteja-me – pediu ele, agarrando a túnica dela.

Phalue tirou o cabelo dele da testa com o mesmo carinho que uma mãe teria com o filho.

– Eu vou protegê-lo. Não se preocupe. Ninguém vai machucar você.

– Então... – O governador olhou de mim para a filha, e para mim de novo. – Por que você não está fazendo nada?

– Estou fazendo. Estou deixando que os Raros Desfragmentados o deponham.

O rosto dele empalideceu.

– Você é minha filha – gaguejou o governador. – Está me traindo?

– Sinto muito. – Ela parecia não saber mais o que dizer.

Ouvimos o som de vários passos se aproximando. Cheguei para o lado, para sair do caminho. Era um mero espectador ali. Mais do que qualquer coisa, eu queria voltar para as cavernas e ver o que tinha acontecido com Mephi.

Uma horda de homens e mulheres apareceu na porta. Alguns usavam armaduras, mas a maioria estava só de roupa comum, com facas e cajados nas mãos. Era um exército maltrapilho. O que lhes faltava em elegância era compensado na quantidade de pessoas.

Ranami passou por eles. Quando viu Phalue, hesitou.

– Estou assumindo o governo – disse Phalue para o pai. – Está na hora.

Enquanto todos estavam concentrados no governador e na filha, observei Gio. Ele tinha enfiado a faca de volta na bainha, mas vi a linha entre as sobrancelhas dele. Não era esse o plano. Não era para Phalue estar ali. Ela devia estar presa. Senti um arrepio na espinha que subiu até a nuca. Eu apostaria que um dos rebeldes de Gio estava na prisão do palácio naquele momento, com uma adaga na mão.

Antes que pudesse me segurar, dei um passo na direção de Phalue e do pai dela, a mão no cajado, e me posicionei entre eles e os rebeldes. Foi só um passo, mas Gio reparou.

– Parece que Nephilanu tem uma nova governadora – falei, porque Ranami e Phalue pareciam distraídas. Alguém tinha que dar a deixa antes que Gio conseguisse encontrar um jeito de manipular a situação. As pessoas atrás dele comemoraram.

– Reúnam os sobreviventes – disse Gio para eles. Ele lançou um olhar para mim antes de se virar para ajudar. Ah, o líder rebelde tentaria de novo, eu tinha certeza, mas, no momento, ele não teve escolha.

– Leve meu pai para a prisão – pediu Phalue para o soldado na porta. – Trate-o tão bem quanto fui tratada.

Arrisquei um palpite de que tivesse sido bem mesmo, mas qualquer prisão faria aquele homem se sentir rebaixado. Até a cama no quarto dele meticulosamente entalhada, as janelas com cortinas bordadas. Ele estava acostumado ao conforto.

Assim que foi levado da sala, Ranami foi até Phalue.

– Achei que você estivesse presa.

Phalue segurou o rosto de Ranami nas mãos e beijou sua bochecha.

– Eu estava. Mas isso me deu tempo para pensar. Tythus me deixou sair.

Ranami escondeu o rosto no peito de Phalue e a abraçou apertado.

– Só estou feliz por você estar livre. De que tudo aconteceu como planejado.

Não tanto quanto planejado, mas ali não era o lugar para contar isso. Lancei um último olhar a Gio e cutuquei o braço de Ranami. Meu trabalho ali estava quase encerrado; eu poderia voltar para o esconderijo dos rebeldes e ver como Mephi estava. Meu barco ainda estava escondido no porto ali perto, pronto para que eu o levasse para o mar. O Ioph Carn ainda estaria me procurando, e a cada dia o barco de velas azuis viajava mais para longe.

– Desculpe interromper, mas eu fiz o que prometi. Acredito que tenha informações para mim.

Ranami deu um aperto tranquilizador no braço de Phalue e se virou para mim.

– Sim, mas preciso avisar que talvez não seja o que você esperava.

– Não me importa. – Não importava mesmo. Fiz tudo o que ela tinha pedido. Fiz o que aqueles homens e mulheres tinham pedido: resgatei os filhos deles. Tinha que haver algo no fim daquela estrada, alguma recompensa.

– O barco atracou em Maila, de acordo com os relatos que nós recebemos.

Minha mente ficou vazia. Maila ficava na extremidade nordeste do Império. Eu levaria semanas para chegar lá. Só estive nesta ilha por três dias e tinha certeza de que estava perto.

– Isso é impossível.

– Não é um barco comum – disse Ranami. – E talvez sejam dois. Não sabemos ao certo. Mas o que temos certeza é de que um deles está atracado em Maila.

Eu tinha ouvido as histórias. Maila era cercada por recifes cortantes. Ninguém ia lá, embora todos os navegadores imperiais soubessem onde ficava, para poder evitar o lugar. Por que um barco atracaria lá? Por que *aquele* barco atracaria lá? Depois, finalmente entendi o que ela tinha dito.

– O que você quer dizer com "não é um barco comum"?

– Há histórias. Não sei o quanto são verdade, mas dizem que o barco é feito da madeira de um zimbro nuvioso.

– Não minta para mim. Você me deve a verdade.

Mas, quando olhei para ela, não detectei falsidade nenhuma. Zimbros ficavam sob cuidado dos monges de árvore nuviosa. Derrubar um seria mais do que mera blasfêmia. Seria incorrer na ira de uma ordem religiosa inteira. Ou o barco era mais antigo do que os monges ou existiu um zimbro nuvioso do qual eles não sabiam.

Ao nosso redor, os rebeldes se moveram, puxando as cortinas das janelas, pegando os vasos dourados no chão. Phalue os instruiu, andando pelo quarto e procurando os luxos desnecessários. Tive dificuldade para pensar.

– Você não tem motivos para confiar em mim – admitiu Ranami. – Mas eu não tenho motivos para mentir.

Maila. Nem sabia se conseguiria passar pelos recifes. Eu tinha que tentar.

– Espera – chamou Ranami quando me virei para sair. – Tenho outra opção para lhe oferecer.

Eu devia ter ido embora, devia ter dito para ela guardar as palavras para si. Mas talvez uma parte de mim estivesse cansada e com medo, e a ideia de velejar até Maila fizesse meus ossos doerem. Não sabia o que encontraria. Eu parei.

– Nos ajude. Esta ilha não é o fim das coisas. Não podemos simplesmente recuperar nossa liberdade aqui. Temos que acabar com o Império se queremos ser todos livres. Sem construtos, sem extração de fragmentos e sem medo de inimigos que nunca vão voltar.

– Não é a minha causa.

– A mulher que você procura... faz quanto tempo que está em busca dela?

Eu apertei os olhos, sentindo a raiva crescer.

– Não importa.

– Tem anos, não tem? Se foi levada por aquele barco, ela não vai voltar. Ninguém volta, Jovis.

– E o que você quer que eu faça? – Ela não ouviu o tom de alerta na minha voz.

– Que vá para o coração do Império. Se infiltre no palácio. Se você tem alguma esperança de descobrir o que aconteceu com ela, é lá que vai encontrar. Aquele barco vai para Maila, sempre termina lá. Mas também vai pra Ilha Imperial.

– Então depois de ajudá-la a derrubar um governador, agora você quer que eu vá para Ilha Imperial passar sabe-se lá quanto tempo para vocês poderem derrubar um império. O que eu ganho com isso? Satisfação de vida? – Ranami começou a falar, mas ergui a voz para falar mais alto.

– Vocês não são diferentes do Império nem do Ioph Carn. Usam pessoas para ter o que querem. Podem até achar que têm motivos nobres. Mas o que eu quero, o que sempre quis, era encontrar Emahla e levá-la para casa. Que importância isso tem para os seus ideais?

Ranami torceu os lábios, a expressão sofrida.

– Eu me importaria mais se fosse uma coisa possível. Mas você não pode trazer os mortos de volta para casa.

– Não fale dela como se estivesse morta!

Bati com o pé no piso. O tremor que eu nem tinha percebido que estava se formando dentro de mim se libertou. Irradiou de mim feito uma ondulação em um lago. E derrubou todo mundo no chão.

Phalue correu para perto de Ranami para ajudá-la a se levantar.

Era fácil fazer esse tipo de plano quando a pessoa amada estava ali. Tinha uma vida para construir ali, um propósito. Ranami não sabia como era existir com um buraco onde antes havia uma pessoa.

Saí da sala e ninguém me impediu.

A cidade tinha mudado desde que saí de manhã. A notícia tinha se espalhado rápido, ao que parecia. Foliões enchiam as ruas iluminadas por lampiões, comerciantes distribuíam bolos de graça, até para os órfãos de rua. Eu me perguntei o quanto festejariam quando se dessem conta de que mudar de governo não significava o fim de todos os problemas. Não que eu pudesse culpá-los por isso.

Estava bem tarde quando voltei para a caverna dos rebeldes. Corri até a abertura e me espremi tão rápido que minha camisa rasgou.

– Mephi!

Achei que ele ainda estaria no salão principal, deitado junto ao fogo. Mas ele veio correndo até mim como se nunca tivesse estado com o pé na cova. Ele enfiou a cabeça embaixo da minha mão, se enrolou nas minhas pernas, a cauda envolveu minha cintura. Fiquei de joelhos e passei os braços pelos ombros dele.

– Pensei que você fosse morrer.

Ele tolerou meu abraço por um momento, depois se soltou de mim.

– Bom? – perguntou.

Dei uma última coçadinha atrás das orelhas dele.

– Nós vamos embora.

39

AREIA

Ilha Maila, na extremidade do Império

Os galhos da mangueira se abriam acima feito a cobertura de um guarda-chuva. Areia observou as folhas, a luz fraca do sol passando por elas, o som da chuva batendo na superfície larga de cada uma. Ela sabia o exato local de onde tinha caído. O resto estava confuso. Em algum momento, tinha cortado o braço em um galho ou na casca. Ela andou em volta da árvore. Algo tinha mudado ali, e não tinha sido só o corte. Areia já tinha se machucado, todos tinham. Havia outra coisa.

Folhagens secas se acumulavam na base. Ela as chutou, e as elas grudaram em seus sapatos. A alguns passos dali, uma manga estava apodrecendo no chão.

Um brilho branco chamou sua atenção. Ali, perto da manga podre. Areia foi até lá e se ajoelhou. Algo estava enfiado em uma pequena poça. Tinha chovido com frequência nos últimos dias. Ela enfiou a mão na água e pegou a coisa na lama. Era do tamanho da sua unha, só que mais longa e mais estreita. Podia ser só um pedaço de pedra, mas, quando Areia a levou para perto dos olhos e limpou a lama na blusa, havia marcas. Riscos?

Não. Escrita.

Com os dedos tremendo um pouco, ela segurou o objeto junto ao corte no braço. Eram do mesmo tamanho.

– Areia. – Concha estava a vários passos de distância dela, com uma lança na mão. – Coral acha que viu velas no horizonte. Está na hora. Folha está reunindo os outros.

Areia se levantou e guardou o fragmento.

– Todo mundo sabe o plano?

– A rede está no lugar. Estamos prontos.

Não que importasse se não estivessem. O barco estava chegando, e eles não sabiam quando iria lá de novo, nem se ainda estariam livres da névoa que sempre ameaçava turvar suas mentes. Areia procurou a faca no cinto. Não era uma lança, mas era o que ela tinha.

– Vamos.

Eles deixaram o bosque de mangueiras para trás. Ao longe, o ribombar baixo de um trovão soou. A chuva estava leve, e Areia sabia que não viraria uma tempestade de verdade por um tempo. Ela viveu uma vida com lembranças e propósitos próprios. Não sabia quanto tempo tinha se passado nem o que tinha acontecido para levá-la a Maila, mas, às vezes, quando estava parada e pensando, uma lembrança abria caminho em sua mente. Aquele salão de jantar com o teto amplo. Os murais. A porta de zimbro nuvioso e o homem alto e bonito de veste de seda. Um calor subiu pelo pescoço dela enquanto seguia Concha pelas árvores. Ela tinha conhecido aquele homem intimamente. E ele não só a tinha amado, como tinha lhe mostrado coisas, coisas secretas.

As lembranças não deixaram claro o que em específico. Mas tinha que acreditar que havia vida para ela longe de Maila. Um homem assim não ia querer uma mulher feia sem importância feito Areia, mas talvez...? Talvez já tivessem sido importantes um para o outro.

– Você está bem? – perguntou Concha.

Ela tinha ficado para trás, perdida nos próprios pensamentos. Teve que correr para alcançar os outros. Aquele não era o momento de ficar presa em sonhos e lembranças. Eles tinham aquela única chance de pegar o barco, e ela estava no mundo da lua.

– Estou.

O som dos passos deles sumiu na chuva que batia na copa da floresta, nos cantos agudos e estridentes dos pássaros. A esperança tinha apertado sua garganta. Ela engoliu em seco.

– Concha, você já teve alguma lembrança de uma vida antes disso aqui?

– Não – disse ele, usando o cabo da lança para empurrar um galho para o lado.

Uma pequena parte de Areia murchou. Talvez estivesse louca.

Mais alguns passos e Concha pigarreou.

– Mas tive sonhos. Talvez sejam lembranças, se forem reais. Mas o que é real aqui?

– Não sei. – Areia enfiou a mão no bolso e fechou-a em torno do fragmento com a escrita estranha.

– Não me lembro de muita coisa. Mas às vezes, quando acordo, tenho uma impressão. É como olhar para o pôr do sol por tempo demais e depois afastar o olhar. Ainda dá para ver nas pálpebras. – Concha respirou fundo e subiu em uma pedra. – Para mim, acho que sinto cheiro de gengibre fresco. E sinto um calor nas mãos, como se estivesse perto do fogo. Sinto um conforto nas mãos e nos ossos. Acho que tem um homem e uma mulher que eu amo e os dois estão comigo. Tem uma criança. – Ele balançou a cabeça. Seu cabelo sem vida estava pingando. – Não sei mais do que isso. Não sei onde estou, com o que trabalho, quais são os nomes deles, qual é o *meu* nome. Como posso pensar nisso como algo além de um sonho?

– Para mim é diferente – comentou Areia. As lembranças de Concha podiam ser um quadro com poucas pinceladas, mas as dela eram como cenas de uma peça. – Não sei meu nome, mas vejo tudo como se fosse pelos meus próprios olhos. – Ela não soube como explicar o resto, então não disse mais nada.

Eles não falaram mais até chegarem à enseada. Folha a tinha encontrado alguns dias depois que começaram a procurar. Maila não era uma ilha grande. O plano tinha sido elaborado depois disso, com uma boa ajuda de Coral. Não poderiam agir feito piratas, que usavam a quantidade de gente para invadir o barco e jogar o capitão ao mar. Teriam que pegar o que queriam através de uma série de passos, como se estivessem se aproximando de um animal ferido.

A primeira etapa: cuidar para que o barco não fosse embora.

Coral, Fronde e Folha já estavam lá, junto com quatro outros. Eles tinham conseguido dissipar a névoa de mais habitantes, mas a maioria acabava voltando ao estado anterior depois de um ou dois dias. Só aqueles nove conseguiram mantê-la afastada.

Foi o suficiente para fazer a rede. Todos ignoraram as tarefas do dia para montar a armadilha. Coral e Fronde já estavam posicionados nas pedras, com as cordas na mão.

– Está muito longe? – gritou Areia.

Coral apontou para o horizonte. Os olhos dela deviam ser melhores do que os de Areia para conseguir ver primeiro, porque Areia só via as velas azuis.

– Vamos ter que ficar escondidos – disse Areia para o resto deles. – Se certifiquem de que não nos vejam até o barco estar dentro da enseada. Ao meu sinal, levantem a rede. O resto vai ser como discutimos.

Os outros assentiram. Areia foi até seu lugar nas árvores com vista para a enseada. Concha foi até as pedras na praia. Coral e Fronde se abaixaram atrás de formações rochosas. Quando estavam todos em posição, a enseada parecia inalterada. Desde que o capitão do barco não prestasse muita atenção, eles só seriam notados quando fosse tarde demais.

Areia se viu enfiando a mão no bolso de novo e fechando os dedos em volta do fragmento.

Era osso. A resposta ocorreu a ela de repente. Talvez tenha sido a sensação na palma da mão, mas ela não estava mais agachada nas árvores, com vegetação escondendo o corpo.

Estava em uma biblioteca, com prateleiras quase até o teto. Uma fileira de janelas altas deixava a luz entrar. O homem estava na frente dela, de costas. Mesmo sem ver o rosto dele, sabia quem era. Seu coração acelerou. Ele olhou para as prateleiras, as mãos unidas nas costas.

– Isso é tudo – falou ele, a voz ecoando nas paredes. – Isso é todo o conhecimento que tenho.

A Areia da lembrança andou até uma prateleira e passou a mão pelas lombadas dos livros. O cheiro de cola velha e papel subiu com o toque.

– Quero que você me ensine.

– Nós passamos esse conhecimento por linhagem – disse o homem, ainda sem olhar para ela. – De pai para filho, para filha, para filho.

– Família – disse a Areia da lembrança. – Eu não sou da sua família agora? – Ela deu um passo lento na direção dele, e depois outro.

Ele se virou para encará-la, e embora a olhasse com uma expressão ameaçadora, ela não teve medo.

– Disseram que eu poderia ter tido um casamento mais vantajoso do que com você.

A Areia da lembrança sentiu os lábios se curvarem em um sorriso.

– Ainda tem tempo, sabe. Você pode dizer para todo mundo que cometeu um erro. Anular o casamento. Se casar com uma daquelas mulheres chatas que seus conselheiros apresentaram.

Ele esticou a mão para tocar na bochecha dela.

– Você é muito inteligente.

– Você também. – Ela beijou a base do pescoço dele, pegou suas mãos nas dela e as beijou. – Você devia saber, assim como eu, que nós acabaríamos assim.

Ele suspirou e beijou a cabeça dela.

– Meu conhecimento é seu conhecimento. E a ajuda é útil.

– Os Alangas estão voltando para assombrar seu reino?

– Não é piada, Nisong. Sei que as pessoas ficam inquietas com o mandato dos Sukais, mas vai chegar um dia em que vão precisar de nós. Você vê rastros dos Alangas ao seu redor e nas nossas cidades. Como pode debochar da existência deles?

– *Shhh* – disse a Areia das lembranças. – Sabe que acredito em você. – Ela enfiou os dedos no cabelo dele.

Ele se curvou para beijá-la e passar os braços em torno dela, o calor dele a inundando. Calor e excitação percorreram as veias dela.

Uma brisa salgada soprou em seu rosto e trouxe a chuva junto. Areia piscou. Ela não estava nos braços do marido. Estava em Maila, na floresta perto da enseada, os joelhos úmidos de ficar ajoelhada na lama.

O barco de velas azuis estava perto. Daquela distância tão curta, dava para ver a madeira escura do convés. Havia uma figura encapuzada perto da popa, as vestes ondulando ao vento. Não parecia notar o borrifo salgado das ondas nem dar atenção ao mar agitado. Movia-se com o barco como se fosse parte dele. Areia tinha falado com todos os ocupantes da ilha sobre o tempo que passaram no mar. Todos tinham lembranças vagas desse capitão do barco e nenhuma outra tripulação.

Ela olhou para a praia. Seus companheiros continuavam escondidos. Eles só teriam uma chance de fazer aquilo.

Areia viu o barco seguir entre os recifes, tentando memorizar o caminho da melhor forma que podia. Se conseguissem tomá-lo, ainda precisariam passar por ali para ir embora. Concha tinha observado o litoral e, para todo o lugar que olhou, ele viu o recife. Não era de se admirar que aquele fosse o único barco que ia até lá. Quando entrou na enseada, Areia aquietou os pensamentos. Precisava se concentrar no que estava acontecendo ali, naquela hora.

A única pessoa visível no convés todo era a figura encapuzada. Quando se movia, era tudo de uma vez. Fluindo da popa até a proa, puxando cordas, desenrolando-as. Areia não conseguia seguir os movimentos. Era como se a pessoa tivesse mais do que dois braços e duas pernas. Finalmente, ela jogou uma âncora no mar e desapareceu debaixo do convés.

Nada aconteceu por um tempo depois disso. Areia se mexeu no meio da vegetação. Seus joelhos e suas costas estavam doendo, mas ela não ousou se mexer demais.

A figura reapareceu. Desta vez, com homens e mulheres enfileirados no convés. Areia sentiu a pulsação latejando no pescoço. Ela já esteve ali, parada naquele convés? Várias pessoas entraram em um barco a remo, e a figura entrou depois, para em seguida usar as roldanas para baixá-lo na água. Quando chegaram à praia remando, os homens e mulheres saíram, e a figura encapuzada remou de volta para o barco.

As pessoas ficaram paradas feito estátuas na praia, encarando o mundo à frente com os olhos vazios.

Mais duas viagens e não havia mais ninguém no convés. Com a respiração curta, Areia esperou até o barco a remo ter chegado à praia. Ela se levantou e gritou com todas as forças:

– Agora!

Coral e Fronde se puseram em pé e puxaram as cordas. Uma rede subiu da água. Os dois correram até as árvores e amarraram as extremidades em troncos firmes, deixando as cordas tão esticadas que a rede bloqueou a saída da enseada. Ao mesmo tempo, dois dos outros correram na direção da figura encapuzada, com uma corda esticada entre eles. A figura puxou uma faca do cinto, pronta para atacar. Mas as duas pessoas de Maila jogaram a corda por cima dela e voltaram correndo pela praia. A corda pegou a pessoa abaixo dos joelhos e a derrubou na areia. Acima, no penhasco, Folha empurrava uma pedra até a beirada. Ele estava de costas e não conseguia ver o que estava acontecendo embaixo.

A pedra caiu.

Areia fez uma careta. Não esmagou o capitão do barco como tinham planejado, mas prendeu um de seus braços na areia. Era o suficiente.

Ela se levantou da vegetação e foi encontrar os outros na praia. As pessoas que a figura tinha levado para Maila ainda estavam lá, usando roupas simples que não combinavam. Era horripilante. Eles não olharam para ela nem entre si. Mas, quando Areia passou por eles, começaram a se mexer. Andaram praia acima, em fila única.

– A gente deveria tentar acordá-los? – perguntou Coral.

Areia fez que não.

– Deixe-os. A gente pode tentar depois. – Sabia aonde eles iriam: para o vilarejo. Era o caminho que todos devem ter feito em algum momento. Ela andou até a rocha, a inquietação crescendo na barriga.

Folha desceu correndo do penhasco, sem fôlego.

– Queria esmagar o capitão – disse ele. – Mas não podia olhar, senão não ia conseguir mover a pedra.

Nenhum deles podia agir com violência direta.

– Pelo menos, estávamos certos sobre haver só uma pessoa – comentou Areia. A rede no fim da enseada teria detido quaisquer outros.

O capuz do manto tinha caído na areia. A figura embaixo dele parecia um homem, mas nenhum que Areia já tivesse visto. Um braço estava preso, mas outros *três* ainda estavam soltos. Eles empurraram a pedra e, enquanto Areia olhava, ela se moveu um pouco.

– Coral! – gritou Areia. – Senta na pedra.

Coral, felizmente, obedeceu sem fazer perguntas.

O homem encapuzado grunhiu e se deitou na praia quando ela se sentou. A chuva tinha diminuído para um chuvisco, e ele piscou por causa da umidade.

– Quem é você? – perguntou Areia.

Ele olhou para ela, os olhos escuros solenes.

– Sou como você.

Ela soltou uma gargalhada.

– Eu não tenho quatro braços, estranho. Você trouxe essas pessoas para cá. Nos trouxe para cá. De onde você veio?

O homem não disse nada.

Areia segurou a pergunta seguinte e só o observou. Queria perguntar de onde ele tinha vindo, de onde todos tinham vindo.

– Concha, podemos usar a corda para...? – A garganta dela travou. O pensamento travou junto. Não, parecia que amarrar aquele homem também estava fora de questão. Nada de violência, nada de amarras. Mas o que era mais cruel? Amarrá-lo ou deixá-lo lá para morrer sem comida e bebida na praia? Ela esticou a mão, suando.

– Me dá a corda, Concha.

Ele a entregou a ela.

Areia precisou de toda a concentração para amarrar as três mãos restantes do estranho. Precisou se concentrar nesse fato, de que amarrar aquelas mãos permitiria que eles removessem a pedra. De vez em quando, precisava parar para secar o suor da testa e acalmar as mãos trêmulas.

– Areia – disse Coral de cima da pedra –, o que a gente faz agora? Temos o barco e prendemos o capitão dele.

Areia se levantou, as pernas fracas. No horizonte, as ondas batiam no recife.

– A gente descobre como faz para fugir. – Ela secou as palmas das mãos na camisa. – E me chame de Nisong.

40

LIN

Ilha Imperial

Algo arranhou a veneziana da janela. Eu me virei na cama, os olhos ainda embaçados. Tinha passado metade da noite no chão perto da porta antes de me arrastar de volta para a cama e entrar embaixo das cobertas. Tudo parecia desesperador. Meu pai tinha me feito. Ele sabia todas as características de quem queria que eu fosse.

Minha mãe morta.

Não, espera. Ela não era a minha mãe. E ele não era o meu pai. Era o Imperador. Eu era Lin, mas não era filha dele. Eu me escondi embaixo das cobertas. Não sabia o que eu era.

Ouvi o som de arranhado na veneziana de novo, seguido de um guincho.

Era Hao, o construto espião que eu tinha alterado. Vi a sombra dele pelas frestas. Por instinto, abri a gaveta onde guardava as nozes e peguei uma. Pareceu mais fácil me arrastar para fora da cama quando estava fazendo aquilo por outra pessoa. O pequeno construto espião parou de arranhar quando me aproximei da veneziana. Eu enfiei a noz por uma fresta. Patinhas fizeram cócegas na ponta do meu dedo quando o construto a pegou.

Meu pai jamais me amaria da forma que eu queria ou precisava que me amasse. A dor disso tomou conta de mim e transbordou. Parecia uma ferida que nunca fecharia. Passei toda a minha vida tentando ganhar a aprovação dele, e a única forma que eu teria conseguido isso era sendo outra pessoa.

Meu construto do lado de fora guinchou de novo.

Obedientemente, peguei outra noz e dei para ele pela fresta da veneziana. Minha liberdade estava tão próxima. A luz do sol entrava por ali, espalhando uma luz listrada na minha pele. Se eu pudesse...

A porta estava trancada.

Uma coisa sacudiu dentro de mim. Mas quando foi que deixei que isso me impedisse? O quarto do meu pai estava trancado. Todas as portas do palácio estavam trancadas. Mas eu tinha conseguido passar por elas. O que eu fazia sofrendo ali? Tinha que haver um jeito de sair.

A única coisa que estava à minha espera era o Imperador "consertar" minhas lembranças e me tornar uma imitação fraca da falecida esposa. Eu me perderia de qualquer modo.

Bati com o ombro na porta. Ela não cedeu nada. Tentei puxar a maçaneta, tentei jogar uma cadeira nela. Só consegui arranhar a madeira. Tentei as venezianas em seguida, puxando e empurrando, tentando quebrá-las. Enfiei os dedos entre as ripas até meus dedos doerem.

Tinha que haver um jeito. Sempre havia um jeito. Eu me sentei na cama, tentando pensar em uma solução. Estava trancada ali dentro sozinha, sem formas de escapar.

Houve outro arranhão na veneziana. O construto espião pedindo outra noz.

Ele ainda estava lá, mesmo depois de eu ficar jogando cadeiras pelo quarto. A esperança cresceu no meu peito.

– Espere aqui – falei para o construto espião.

Peguei mais algumas nozes na gaveta. Hao obedeceria a meus comandos sem elas, mas as nozes tinham o trazido de volta até mim naquele momento crítico. Talvez oferecessem um incentivo a mais.

Segurei a noz para que o construto pudesse farejá-la.

– Hao, me diga como as venezianas estão fechadas.

Hao se sentou com os bigodes tremendo, visivelmente confuso.

Tentei de novo.

– Esta veneziana. O que tem do lado de fora?

– Do lado de fora tem o palácio, o terreno do palácio e a cidade e a ilha...

– Sim, eu sei.

Apertei os olhos. Tinha que haver um jeito melhor de perguntar. Numeen e toda a família dele tinham dado a vida. Eles acreditaram que eu os ajudaria. O mínimo que eu poderia fazer era garantir que não tivessem morrido em vão.

– Diga, fora as cantoneiras e as dobradiças, tem mais alguma coisa presa nas venezianas de madeira à sua frente?

Um longo silêncio.

Por um momento, achei que tivesse confundido o pobre animalzinho de novo, mas Hao falou em seguida:

– Tem uma barra.

Encostei o nariz nas ripas para tentar ver.

– Você consegue levantá-la?

A sombra do construto se moveu quando ele se esticou sobre as patas traseiras. Houve um arranhado e uma pausa.

– Não.

– Você pode trazer outro construto aqui? Eu tenho mais nozes.

Prendi a respiração. Meu pai podia ter mandado que os construtos ficassem longe do meu quarto, podia ter ordenado que não me ajudassem, mas nunca tinha demonstrado consideração por nenhum construto, só lhes dava ordens. Para ele, construtos não tinham livre-arbítrio nenhum.

Mas Hao tinha provado o contrário.

O construto não respondeu. Ele saiu correndo. Eu apoiei a testa na veneziana e coloquei as nozes enfileiradas no parapeito.

Será que meu pai também achava que eu não tinha livre-arbítrio? Ele tinha me feito. Talvez, para ele, eu fosse igual a um construto. Podia me botar em um quarto e esperar que eu ficasse lá.

– Voltei. – Hao passou o focinho na veneziana. Uma sombra maior estava ao lado dele. Tive um vislumbre de pelo marrom e olhos pretos e brilhantes pelas frestas da veneziana.

– Oi – falei para o outro construto. – Quer uma noz? – Estiquei uma fora do alcance dele. As patinhas arranharam a madeira, os bigodes tremendo enquanto ele cheirava. – Você só precisa ajudar o Hao a erguer a barra da janela.

A criatura se sentou.

Mas eu já tinha feito aquilo antes.

– Que mal pode fazer? Você não recebeu a ordem de não tocar na barra. Só essa tarefa e eu lhe dou cinco nozes. É uma boa troca, não acha?

Ele não se moveu na direção da barra, mas também não fugiu.

– Seis nozes?

Bastou mais uma noz para virar o jogo a meu favor. Os dois construtos se esticaram na direção da barra. A madeira gemeu quando a tiraram do lugar e as venezianas foram empurradas para trás por um instante.

E aí a barra se soltou, e eu abri a janela. O ar frio e úmido nunca foi tão gostoso no meu rosto. Meu pequeno construto espião pulou para dentro do quarto. Contei seis nozes para o outro construto e o vi enfiá-las nas bochechas. Havia poder para além dos comandos entalhados. Shiyen podia ter me criado, mas ele não me *conhecia.*

Peguei minhas coisas, com planos incompletos passando pela cabeça. Não podia enfrentar meu pai sozinha. Até para abrir as portas dele, eu precisei de ajuda. Ele tinha construtos demais: observando, protegendo os muros e esperando suas ordens. Meu pai talvez não me conhecesse de verdade, mas eu o conhecia. Não teve dúvida de que poderia me manter presa no quarto. Não teria consertado Mauga e Uphilia imediatamente, afinal, ainda estavam funcionando, e ele tinha Ilith para restaurar. E eu. A esposa quebrada. Se estivesse certa sobre ele, ainda tinha Mauga e Uphilia sob minhas ordens. Tinha meu pequeno espião. Enfiei o formão no bolso da cintura. Eles não seriam suficientes. Mas havia outra pessoa que poderia me ajudar.

Comecei a duvidar do plano quando estava agarrada às telhas, uma chuva leve grudando nos meus cílios. À minha frente, o construto espião pulou para o pico do telhado como se fosse uma mera caminhada à tarde. Tinha enviado Hao pelos salões do palácio, mas havia criados e construtos demais àquela hora do dia para que o trajeto fosse seguro. Não que aquele fosse melhor.

Quando finalmente deslizei do telhado para uma varanda, meus braços estavam prontos para fraquejar. Aquele era o quarto certo. Só tinha que torcer para que estivesse lá.

Bati na porta de leve. Ela se abriu.

O rosto bonito de Bayan me cumprimentou. Se bem que, pela expressão azeda dele, "cumprimentou" era um certo exagero.

– O que está fazendo aqui? Veio remexer nas minhas coisas de novo? – Ele franziu a testa e olhou para cima. – Você veio pelo telhado?

– Não, seu burro, eu voei. – Passei por ele e entrei no quarto. Será que precisava reconstruir aquela base frágil que nós tínhamos começado a formar juntos?

Ele me encarou por um momento, mas fechou a porta.

– De que você se lembra? – perguntei.

– De mais do que você.

Apertei os punhos com frustração.

– Não. Você não vai fazer isso. Não agora. Acabei de passar a manhã toda convencendo construtos a agirem contra a natureza deles e tentando descobrir o que o Imperador fez comigo.

– Você... o quê?

– Se lembra da biblioteca? Do Imperador batendo em você na sala de jantar? Do zimbro nuvioso?

O rosto dele, que estava uma máscara de desprezo, se transformou.

– Sim.

Fechei os olhos, o alívio me deixando fraca. Afundei em uma cadeira próxima.

– E depois disso? – A dor no rosto dele me disse tudo que precisava saber. – Pode me contar – falei, a voz baixa e suave. – Nós não somos inimigos, eu juro.

Ele me olhou com desespero.

– Tem uma lacuna. Não sei o que aconteceu naquela noite. Eu pensei que... talvez a doença estivesse voltando. Talvez não tenha me recuperado dela.

– Não é a doença. Nunca foi. – Não consegui pensar em alguma outra forma de explicar para ele, então me levantei. Coloquei a mão em seu peito e senti seu coração batendo debaixo dela, rápido e forte. – Tente relaxar. Não vou machucá-lo. – Lentamente, eu empurrei os dedos para dentro.

Bayan ficou imóvel, mas, pela expressão dos olhos em pânico voltados para os meus, sabia que ele era capaz de se mexer se tentasse de verdade.

– Como você está fazendo isso? – perguntou, meio engasgado.

Eu me afastei, as mãos levantadas, as palmas voltadas para ele.

– Porque nós não nascemos, Bayan. Fomos criados. Ele nos fez. Sabe essa noite da qual você não se lembra? Eu o encontrei no meu quarto. – Com a pele se soltando dos olhos, a carne frouxa, caroçuda. – Você estava se desfazendo. Ele tinha tentado mudar alguma coisa em você, mas deu errado.

– Qual é o seu problema? Isso é loucura. Uma pessoa não se desfaz. – Apesar das palavras, o rosto dele ainda estava pálido.

– Um construto, sim.

Bayan fez um ruído debochado.

– Não sou um construto. – Mas não pareceu ter certeza quando falou aquilo. Ele esperou que eu dissesse mais alguma coisa. Como não falei nada, Bayan balançou a mão com desdém. – E o que mais? Você também é um construto?

Eu o encarei e sustentei seu olhar.

– Ele disse que me criou. Não sei o que isso quer dizer.

Bayan me observou melhor.

– Você está falando sério.

– Por que mentiria sobre uma coisa assim? Você me falou que ele estava criando pessoas na noite em que foi ao meu quarto pedir ajuda. Acha que quero ser uma coisa que ele fez? O Imperador me fez com o propósito de substituir a esposa morta dele. Se eu quisesse mentir, inventaria uma mentira melhor, uma que eu quisesse que fosse verdade, como meu pai me eleger a única e verdadeira herdeira. Eu subi no telhado e vim até aqui para lhe contar tudo isso.

Talvez tenha sido um pouco mais ríspido do que eu pretendia, mas não havia tempo.

– Se você é tão inteligente, por que ele me fez?

Levantei as mãos.

– Isso é problema seu, não meu. Você não tem nenhuma ideia? Ele não lhe disse nada?

Bayan só me olhou, e vi o pânico surgindo nos olhos arregalados, o tremor no canto dos lábios.

– Só que eu poderia ser o herdeiro se me esforçasse. Que talvez um dia o substituísse.

Mais peças se encaixaram na minha cabeça.

– Não – falei. – Isso é terrível.

Mas eu tinha achado que ele e Bayan eram tão parecidos. E, agora, percebia familiaridades em seus rostos: as maçãs altas, os lábios carnudos, os olhos grandes e escuros. Ah, meu pai tinha sido literal no que disse. Um substituto.

Bayan se irritou.

– Eu como Imperador seria terrível? Para você, talvez.

Ele não se lembrava.

– Bayan, ele tem uma máquina. Ela coloca lembranças na sua cabeça. Deve ter funcionado melhor em você do que em mim. Mas meu pai não deu as lembranças dele para você, ainda não. Ele lhe deu as de outra pessoa. Ele não quer que você governe como Imperador. Quer ser Imperador para sempre, no corpo que ele fez com esse propósito.

Bayan virou de costas para mim, andou pelo quarto e voltou.

– Isso é um truque para me distrair dos meus objetivos.

Engoli o pânico. Eu tinha que convencê-lo.

– Se estivesse tentando enganá-lo, você não acha que eu contaria algo um pouco mais crível? Pense nas lacunas na sua memória. Sabe que estou falando a verdade.

Ele caiu na cama, os ombros murchos, os dedos apertados nas têmporas.

Shiyen teria sido mais insistente, teria exigido que Bayan enfrentasse a verdade. Mas eu não era o Imperador.

– Eu fiquei deitada na cama, inútil, depois que descobri – falei baixinho. – Sei que estou pedindo muito de você, muito mais do que exigi de mim mesma.

Eu o vi inspirar, o resto do corpo imóvel, e fiquei torcendo para Bayan não se virar contra mim. Ele me olhou por baixo do cabelo e abriu um sorriso fraco.

– E desde quando isso seria um padrão alto, no fim das contas? – Felizmente, Bayan ajeitou as costas, absorveu a informação e a enfrentou. – O que vamos fazer para impedi-lo?

Tive vontade de chorar de alívio. Eu não faria aquilo sozinha.

– Tomei dois construtos dele. Acho que podemos tomar os outros dois se trabalharmos juntos.

Meu construto espião estava sentado na cama ao meu lado, alerta, esperando por instruções. Não tinha mandado que ele esperasse ali. Uma coisa feita podia crescer e mudar para ir além do seu propósito original.

Eu mostraria ao Imperador que tinha crescido para além do meu.

41

JOVIS

Ilha Nephilanu

Eu me ajoelhei e guardei as minhas coisas no quarto que os rebeldes tinham designado para mim, alheio aos olhares questionadores. Precisava sair dali. Tinha que ir para Maila. Emahla podia estar lá naquele momento, olhando para o horizonte, esperando que eu fosse até ela. O que lhe diria? Que tinha desistido por um tempo? Que tinha me metido com o Ioph Carn? Não havia nada que eu pudesse fazer para compensar além de resgatá-la.

Mephi enfiou a cabeça embaixo da minha mão.

– Calma, Jovis. Eu tô aqui.

Sem nem pensar, fiz carinho na cabeça dele, movendo os dedos para coçar atrás das orelhas. As palavras dele estavam mais claras do que antes de ficar doente. Meus dedos pararam. Os cotocos brilhantes na cabeça de Mephi tinham sido substituídos por chifres brotando. Só agora reparei que ele tinha mudado depois de se recuperar da doença. Estava mais alto, a cara e as pernas mais compridas. A cauda estava mais peluda, as membranas entre os dedos mais bem definidas.

Eu me virei para ele.

– O que aconteceu com você? O que o deixou doente?

Mephi balançou a cabeça.

– Não doente. Só mudando. Deixa cansado. Muito cansado. – Ele deixou a cabeça pender. – Não pude ajudar você. Desculpa.

Mudando. Fiz carinho na bochecha de Mephi.

– Não peça desculpas. Você já me ajudou demais. – Meus dedos tremeram. Eu puxei a mão de volta.

– Jovis tá bem?

Claro que não estava. Eu nunca ficaria bem. Tinha passado tempo demais não indo atrás de Emahla, correndo de um lado para o outro, bancando o herói. Eu não era herói.

Ela não estava morta. *Não estava.* Ela estava me esperando.

– Não – respondi. Meus olhos arderam. Um calor surgiu atrás deles. – Não estou bem. Temos que ir embora.

Mephi tentou ajudar, pegando roupas com os dentes e entregando para mim, um pouco úmidas e piores pelo tempo passado na sua boca. Mas não podia reclamar. Estava tremendo. Havia um tremor crescendo dentro de mim, e não era a magia de Mephi. Ouvia a voz de Ranami sem parar: "Ela está morta".

Não. Eu saberia se estivesse.

Por fim, botei tudo em uma bolsa. Meu cabelo estava encaracolando no ar úmido. Eu era um contrabandista mestiço e tinha finalmente conseguido as informações de que precisava para salvar a mulher que amava.

Mephi se encostou na minha perna para me firmar.

– Nós podemos ajudar aqui – disse ele.

Pensei em Gio, que queria tomar as ilhas para si, cujos planos eu não conhecia. Pensei em Ranami e Phalue, que não sabiam que já tinham sido traídas, nas crianças sendo levadas para os rituais de extração de fragmentos, nos órfãos de rua que quiseram me roubar. Era verdade: eu poderia ajudar ali.

Não significava que precisávamos ajudar.

– Não. Emahla é minha prioridade.

Mephi fez um ruído baixo e confuso. Ele não a conhecia.

– Você iria gostar dela – falei. – Mas ela está em perigo. Está desaparecida há sete anos e agora sei para onde pode ter sido levada.

– Nós vamos lá? – Ele se enrolou em mim.

Não tinha certeza. Maila era traiçoeira, e eu não sabia se conseguiria passar pelos recifes sem bater.

– Vamos. – Coloquei a mão no chão, pronto para me levantar. Até isso foi um esforço.

Mephi colocou a pata no meu joelho.

– Ela é uma. Essas pessoas são muitas.

Tudo de terrível que eu estava sentindo nos três dias anteriores cresceu dentro de mim e transbordou.

– Eu não ligo para essas pessoas! Elas não ligam para mim, só para o que eu sou capaz de fazer. Elas não me conhecem. Emahla me conhece. Ela me ama, e eu falhei com ela por tempo demais.

A criatura não afastou o olhar nem se encolheu.

– Eu conheço você.

– Conhece? – Eu me desvencilhei do toque dele e me levantei. Mas, que o Mar Infinito me ajudasse, eu parei para ver se Mephi estava vindo atrás de mim. Ele estava, a cabeça tão baixa que meu coração se partiu um pouco quando vi. Mas não podia parar agora; se parasse, talvez nunca mais seguisse em frente.

Os poucos rebeldes que tinham ficado na caverna me viram partir e não disseram nada.

Meu barco estava onde eu o tinha deixado, escondido atrás de algumas pedras no litoral. Mephi entrou no mar, gracioso feito um leão-marinho. Andei pela água enquanto ele subia no barco. O mar tinha esfriado com a migração das ilhas para o noroeste, e o frio penetrou nos meus sapatos. Tirei a roupa molhada quando estava a bordo, vesti peças secas e puxei a âncora.

Mephi se deitou no convés perto da proa, a cabeça entre as patas. Ele ficou observando enquanto eu preparava o barco para partir e testava o vento. Na maioria das vezes, quando eu o repreendia, Mephi me ignorava ou aceitava com o bom humor irrepreensível de um filhote. Desta vez, ele se deitou longe de mim, como se o coração pesado o tivesse prendido à proa.

Eu não podia ficar pensando nas outras pessoas.

O vento estava bom. Levaria muito tempo para chegarmos a Maila, mas, quanto antes zarpássemos, mais cedo chegaríamos. Teria que pensar no que fazer com o recife no caminho.

– Nada de parar agora – murmurei na noite. A lua estava cheia, luminosa o bastante para enxergar no escuro. – Chega de histórias tristes sobre crianças que precisam ser salvas ou regimes que precisam ser derrubados. Nós vamos direto para Maila.

Mephi só soltou um suspiro e olhou para o horizonte.

Eu me lembrei dos sonhos que contamos um para o outro. Eu seria navegador imperial, e ela venderia pérolas. Emahla tinha parado de recolher mariscos na praia e começado a mergulhar atrás de pérolas quando fez 15 anos. Ela conseguia prender a respiração por bem mais tempo do que eu e nunca parecia ter medo das profundezas além do litoral.

– Às vezes – dissera ela quando nos deitamos juntos na praia –, eu acho que cheguei na parte da ilha em que a inclinação acaba e tem a queda para a escuridão. Em algum momento, mais longe ainda, deve subir de novo. As ilhas flutuam no Mar Infinito. Será que algum mergulhador já viu a parte de baixo de uma delas?

– Você seria a primeira – respondi, puxando-a para os meus braços e beijando sua testa.

Emahla riu e me empurrou para longe. Eu ainda me lembrava do cheiro de jasmim dela, do toque do cabelo preto e denso no meu pescoço.

– Eu me afogaria.

– Ninguém é tão inteligente, tão esperta ou tão forte quanto você Eu enfiei os dedos no cabelo dela.

– Você é *tão* mentiroso. – Mas ela sorriu ao me beijar.

A escuridão tinha começado a esconder o céu. Não consegui ver as estrelas. Eu não tinha mentido para ela. Emahla *era* esperta, inteligente e forte. Nunca tinha precisado de mim. Ela tinha me escolhido.

Se houvesse um jeito de escapar do destino que teve, ela teria descoberto. Mas não tinha. Havia sete anos. Mais ninguém que tinha desaparecido havia voltado.

Contei muitas mentiras para os outros, e contei muitas para mim mesmo. Esta talvez fosse a maior mentira de todas: *Emahla está viva. Ela está lhe esperando. Ela precisa que você a salve*. Era a única coisa que me fazia levantar da cama de manhã, que me impedia de desistir e me entregar para o Mar Infinito ou para o Ioph Carn.

Minhas pernas dobraram embaixo do corpo, e meus joelhos bateram no convés.

– Mephi – sussurrei.

Ele estava lá, ao meu lado, antes mesmo de as lágrimas começarem. Agarrei o pelo dele com tanta força que tive certeza de que devia ter machucado. Mas Mephi não se moveu. Ficou firme como um zimbro nuvioso.

Ela estava morta.

Tantos anos de busca e ansiedade. Não importava se a encontrasse, eu não tinha poder de trazer os mortos de volta à vida. Tinha toda a vida pela frente... sem ela. Eu me obriguei a enfrentar a realidade, a afastar a mentira.

– Eu não sei quem sou – falei, meus dedos enfiados na pelagem de Mephi. – Não sei o que fazer.

– Quando eu tava na água – disse Mephi –, não sabia para onde ir. Tinha que encontrar alguém para me ajudar. Nadei até você porque sabia que iria me ajudar. Eu sei quem você é. – Ele passou o focinho no meu ombro. – Você é a pessoa que ajuda.

Era? Eu estava arrumando motivos para salvar as crianças sem nunca ter que me comprometer com a causa. Alguém me salvou, mas ninguém tinha salvado Onyu. Ninguém tinha salvado Emahla. Eu sentia a ausência deles todos os dias. Às vezes, um era o suficiente.

Às vezes não era.

Eu poderia ajudar todas as crianças que eram tão parecidas com meu irmão morto. Poderia ajudar os que sofriam do mal do fragmento e as pessoas que os amavam. Poderia ajudar as pessoas levadas pelos construtos do Império. Eu tinha o poder de salvar mais do que uma aqui, outra ali. Se ao menos tentasse, poderia fazer mais do que caçar boatos de Emahla. Poderia ir até o coração do Império e tomar uma atitude contra ele. Eu poderia acreditar nisso e não seria mentira. Limpei as lágrimas das bochechas, mas a dor no peito ficou. Algumas feridas jamais cicatrizariam.

– Parece uma vida solitária, Mephi. – Ninguém estava contando a verdade para ninguém. Até os Raros Desfragmentados estavam rachados.

– Não. – Mephi apoiou o queixo no meu ombro. – Não solitária. Eu tô aqui com você.

Levantei as mãos e fiz carinho nas bochechas dele. O litoral ainda estava próximo. Não demoraria para voltar. Em algum lugar da escuridão ficava o esconderijo dos Desfragmentados, cheio de pessoas que ansiavam por se libertar. Eu não podia salvar todas. Não podia. Mas poderia salvar mais do que uma boa quantidade. Eu fiquei em pé.

– Então está resolvido. Vamos derrubar um império.

42

LIN

Ilha Imperial

Fomos primeiro buscar Uphilia na toca dela. Bayan subiu no telhado e me seguiu.

– Você já fez isso uma vez? – perguntou.

– Fiz.

– Você é meio doida, sabia? Eu fico pensando... – Ele bufou e se segurou no apoio de mão seguinte. – ...se a sua mãe era assim.

Queria que ela tivesse sido minha mãe, mas não era. Parecia ser uma pessoa bem normal pelo diário, mas tinha envelhecido antes de se casar com meu pai. Alguma coisa devia ter mudado entre aquela época e quando se casaram. Bayan não disse nada depois disso, só abaixou a cabeça e se concentrou na subida.

A peça de ferro quebrada ainda estava nas calhas. Quando espiei pela beirada do telhado, vi Uphilia encolhida na alcova, a cauda sobre o focinho e as asas fechadas nas laterais do corpo.

– Uphilia – sussurrei para ela –, você precisa vir comigo.

Não sabia por que estava sussurrando, mas não tinha certeza se tinha feito um bom trabalho. Se eu não tivesse alterado os comandos corretamente, ela acordaria e me denunciaria. Ou meu pai, o Imperador, podia já ter alterado os comandos dela de volta. As orelhas de Uphilia tremeram, mas só isso. O vento tinha levado minha voz.

Não era hora para deixar o medo tomar conta. Tentei mais uma vez, mais alto e com mais firmeza:

– Uphilia, acorde e venha comigo.

Ela acordou, esticou as asas e saiu da alcova. Com uma rápida lufada de asas, estava no telhado, os olhos âmbar encarando os meus. Ela não fez som algum.

Atrás de mim, o construto espião guinchou de surpresa.

– Não – falei, botando a mão para trás. – Agora nós estamos do mesmo lado.

– Mesmo com Uphilia e Mauga, vamos conseguir pegar Tirang? – perguntou Bayan. – Ele é forte e controla os construtos de guerra.

– Se você tiver uma ideia melhor, me conte quando estivermos em terra firme. – Voltamos para a varanda de Bayan, com Uphilia junto. – Podemos retirar os fragmentos de qualquer construto que nos atacar. Subverter alguns se tivermos a chance. Vou contar para você como reescrevi os comandos dos espiões. Desconfio que os comandos dos construtos de guerra sejam escritos de forma similar. Nós damos conta do recado. Eles são fortes, mas temos mais conhecimento. Podemos controlá-los. Só precisamos chegar ao Imperador através deles.

– Sim, bem fácil – Bayan estava falando assim porque estava com medo. Eu sabia como devia estar se sentindo.

– Nunca falei que seria fácil.

Bayan esfregou os braços, como se estivesse tentando retirar o medo.

– Desculpa. Sei que você tem razão. E, se eu quiser ter uma vida digna, o caminho é esse. Já achava que as coisas eram difíceis quando tinha que competir com você pela aprovação do seu pai. Isso aqui é... derrubar um Imperador. É uma coisa que seus antepassados teriam feito. Ou os Alangas.

– Vou repetir: eu não sou uma Sukai. Sou uma imitação.

– Você é o mais perto de um Sukai que dá para se chegar hoje em dia. – Bayan balançou a cabeça. – Vamos buscar Mauga e fazer isso antes que eu mude de ideia.

Segurei a mão dele. Nossos dedos se entrelaçaram de forma tão natural quanto o ato de respirar.

– Obrigada – falei.

Ele não disse nenhuma besteira desta vez, só olhou para as nossas mãos. Com expressão solene, a semelhança de Bayan com o Imperador ficou ainda mais pronunciada. O Imperador tinha construído uma cópia mais jovem de si, montada sabe-se lá de quantas pessoas. Mas Bayan era diferente. Ele apertou a minha mão.

– Sinto muito que não pudemos ser amigos.

– Ainda há tempo.

O sorriso que ele abriu para mim foi meio pesaroso, meio irônico.

– É o que ela diz antes de entrarmos em guerra contra o nosso próprio criador.

Apertei a mão dele.

– Sempre há tempo.

Fomos para o corredor juntos, depois de enviar o construto espião para verificar o caminho. Uphilia vinha logo atrás de nós. Quando seguimos na direção do quarto de Mauga, fui ficando cada vez mais consciente do cheiro da toca dele e a palma da mão de Bayan escorregou na minha. Não sabia se o suor era meu ou dele. De qualquer modo, apertamos mais as mãos. Se eu tivesse posto o orgulho de lado, se tivesse descoberto as coisas antes, poderíamos ter superado a rivalidade que o Imperador tinha estabelecido entre nós. Ele tinha manipulado a ambos, e eu tinha caído naquela armadilha. Talvez pudesse ter salvado Numeen e a família dele. Mas não podia mudar o que tinha acontecido, por mais que quisesse. E, ah... como eu queria.

Mauga estava acordado quando entramos, sentado com palha espalhada embaixo do corpo.

O apoio de Bayan me deu coragem. Não sussurrei nem me aproximei encolhida feito um ratinho.

– Mauga, você precisa vir comigo.

Ele piscou e ficou de quatro.

– Eu sabia que você viria me buscar.

Uphilia ficou ao meu lado, abriu as asas e as posicionou no lugar.

– Está na hora.

– Preciso encontrar meu pai – falei para os construtos. – Preciso consertar as coisas. – Por mais que protestasse, por mais que ficasse dizendo para Bayan que eu não era uma Sukai, aquela identidade estava entranhada nos meus ossos. Eu encontraria um jeito de deixá-la para trás um dia... se sobrevivesse àquilo.

– Ele está na sala de jantar com Tirang – disse Mauga –, planejando uma guerra contra os Raros Desfragmentados.

– E Ilith? – perguntou Bayan.

Uphilia balançou a cabeça, como se tivesse mordido algo de gosto ruim.

– Ninguém sabe.

Com sorte, ainda estaria incapacitada na toca dela. A ferramenta que Numeen tinha me dado ainda estava no meu bolso.

– Vou precisar que vocês me deem cobertura de vez em quando – falei para eles. – Quanto mais tempo eu tiver pra reescrever os comandos dos construtos de guerra básicos, mais deles teremos ao nosso lado.

– E se vencermos? – Bayan falou como se estivesse começando a acreditar que aquilo poderia acontecer.

– Traremos de volta os criados e os soldados. Abriremos o palácio de novo. Faremos tratados com os governadores e formaremos alianças. Nos fortaleceremos de novo. O resto...

Pensei nos fragmentos dentro de Bayan que naquele momento estavam drenando as vidas de cidadãos do Império. Não sabia como conciliar isso com quem Numeen queria que eu fosse. Ele quis que eu acabasse com os rituais de extração de fragmentos, que oferecesse auxílio ao povo. Fechei os olhos, torcendo para ter uma visão de futuro que fizesse sentido. Só encontrei escuridão por trás das pálpebras e meu coração batendo feito um tambor nos ouvidos. Mas havia cômodos onde ainda não estive, segredos que ainda não conhecia. Talvez eu encontrasse respostas lá.

– O resto vamos ter que descobrir aos poucos.

A marcha até a sala de jantar pareceu uma eternidade. A única criada que vimos empalideceu quando nos avistou e entrou em um quarto, a cabeça abaixada sobre o cesto de lençóis. Tinha soltado a mão de Bayan e agora estava segurando o formão. Ele estava segurando o dele como uma arma. Era bem mais elaborado do que o meu, com desenhos de trepadeiras no cabo. Uphilia andava ao nosso lado, os passos silenciosos, e Mauga vinha atrás, seu corpo volumoso uma presença reconfortante nas nossas costas.

Por Numeen. Pela esposa dele, pelo irmão dele, pelos filhos dele... pela família que ele havia confiado a mim.

Bayan esperou na porta da sala de jantar. O plano era meu e quem tinha que agir era eu. *O truque*, pensei, *é não pensar*. Respirei fundo, abri a porta e entrei.

Shiyen, o Imperador, estava curvado sobre a mesa, apoiado na superfície. Tirang estava logo atrás, o focinho de lobo apontado para o mapa, a mão de primata com garras segurando a ponta. Os dois olharam quando entrei com o formão na mão. Uma expressão de surpresa surgiu no rosto do meu pai, tão rápida que mal a vi. Foi suficiente para saber que eu tinha contrariado as expectativas dele.

Desta vez, era o que eu mais queria.

Quando Bayan, Mauga e Uphilia entraram na sala depois de mim, a compreensão do que estava acontecendo transformou as feições de Shiyen.

– Eu a tranquei. Você... você não devia estar aqui – disse ele devagar.

– Não, não devia. Mas eu não sou quem você pensa que sou.

– Isso é porque preciso consertá-la. Não é culpa sua.

Eu me posicionei à frente, confiante.

– Eu estou bem assim.

Shiyen fez uma expressão de desdém.

– Você não sabe o que é a felicidade. Não sabe o que é a tristeza. Eu a criei numa caverna embaixo deste palácio, a partir de pedaços de carne roubados. Coloquei lembranças na sua cabeça. Você é minha criação. Você é minha.

Não, não era. Mas a única língua que ele entendia era a violência.

– Mauga. Uphilia. Matem Tirang.

Eles se adiantaram. Senti o braço de Bayan encostado no meu, tremendo. Eu podia ter sido ignorada por Shiyen, mas Bayan tinha sofrido a ira dele com mais frequência.

Shiyen bateu com a mão na mesa.

– *Ossen!* – gritou ele. A palavra ecoou nas paredes. Enquanto Mauga e Uphilia corriam para cima de Tirang, eu ouvi o ruído de passos distantes.

Nunca esperei que fosse tão simples quanto só matar Tirang, mas a confirmação daquilo me fez tremer.

Tirang pegou Uphilia com a boca, e Mauga bateu com seu enorme ombro de urso no peito de Tirang. Com um olhar de desprezo para mim, Shiyen enfiou a mão na lateral de Mauga. O construto ficou imóvel.

– E agora? – perguntou Bayan.

– O que mais dá para fazer? – Falei com mais coragem do que sentia. – Nós lutamos.

Fui na direção do meu antigo pai, com o formão em riste. Apesar de ter estudado muito, eu sabia que ele tinha muito mais conhecimento do que eu. Mas era mais fraco e estava doente, e eu tinha a força da juventude.

Tirang largou Uphilia e se virou para mim, um rosnado na garganta. Antes que pudesse me atacar, Uphilia pulou do chão e enfiou os dentes na panturrilha dele.

Segurei a mão de Shiyen e a puxei para fora do corpo de Mauga. Ele já tinha fechado os dedos em um fragmento. Os ossos do pulso de Shiyen se apertaram, frágeis feito as pernas de uma ave canora. Ele grunhiu enquanto eu arrancava o fragmento dos dedos dele, olhava e colocava de volta no lugar, dentro de Mauga, que balançou a cabeça e mostrou os dentes.

– Lin! – gritou Bayan atrás de mim.

Vi Bayan tentando fechar a porta na cara de uma maré de construtos. Ele perdeu a batalha quando vi construtos de guerra inundarem a sala, criaturas de olhos arregalados, dentes e garras.

– Modifique-os! – gritei. – Do jeito que eu lhe mostrei.

Bayan enfiou a mão em um construto próximo, mas havia um limite para quantos podia encarar de cada vez. Joguei meu pai no chão e corri para a porta, a mão livre esticada na frente do corpo. Assim que encontrei o primeiro construto de guerra, enfiei a mão no peito dele. Quando ele parou, eu me agachei em sua sombra, usando seu corpo como cobertura enquanto tirava o fragmento de dentro e reescrevia o conteúdo. Atrás de mim, ouvi a batida da bengala com ponta de metal do meu pai quando ele se levantou.

Algo rosnou perto do meu ouvido. Eu levantei a cabeça. Os olhos dourados de um gato gigante me encararam. A mandíbula pesada e os dentes compridos do construto fizeram minhas veias pulsarem e meu coração saltar no peito. A criatura deu um passo mais para perto, e eu enfiei o fragmento para dentro do construto embaixo do qual estava agachada.

– Proteja-me! – ordenei.

O construto foi para cima da coisa que parecia um gato, com os dentes à mostra, e eu rolei para longe. Peguei a perna peluda de outro construto. Assim que parou para rosnar para mim, enfiei a mão no peito dele e puxei o fragmento correto. Ouvi gritos enquanto outros dois construtos lutavam. Mais dois tinham parado e estavam se aproximando de mim.

Tinha que me manter à frente, alterando construtos o suficiente para que me protegessem enquanto eu trabalhava nos restantes. E havia meu pai com quem me preocupar, e o poder dele para enfrentar.

Dentes afundaram no meu braço quando terminei de entalhar o novo comando no fragmento. Um construto de guerra menor, com cara de algum peixe de dentes afiados. Puxei o braço e senti a carne rasgar. A dor foi intensa, uma sensação de queimação, o calor do sangue escorrendo para a minha mão. Enfiei o fragmento no construto acima de mim.

– Proteja-me! – ordenei.

Ousei olhar para Bayan. Ele ainda estava perto da porta, mas estava se mantendo firme: um construto sob controle e outro em que estava trabalhando. Ele não era tão rápido quanto eu, mas parecia estar se virando.

Havia construtos demais entre nós, pelo menos vinte, de tamanhos variados. Atrás de mim, meu pai tinha se levantado. Se eu continuasse tentando ir até Bayan para ajudar, estaria dando tempo para Shiyen causar mais confusão. Não sabia o que mais ele tinha escondido na manga. Acabar logo com aquilo era o melhor jeito de nos proteger.

Eu me virei na direção do Imperador.

Ele estava com a mão em Mauga de novo. Tirang ainda estava em pé, mas jorrava sangue de uma ferida no ombro dele. Um presente da mandíbula de Mauga. Um dos construtos que eu tinha alterado sumiu sob o ataque de três outros. Eu não poderia chegar lá só com um construto me protegendo. Peguei outro, a respiração entalada na garganta, a dor subindo pelo braço.

Eu o alterei rapidamente.

– Lin, socorro! – gritou Bayan.

Ele estava preso embaixo de um construto. Os dois que tinha alterado estavam caídos no chão, com sangue jorrando da garganta. Bayan estava enfiando a mão no peito do construto que o estava segurando, mas seus dedos não passaram da pele. Estava em pânico, sem conseguir manter o ritmo.

Eu não poderia virar as costas, não sem perder tudo que tínhamos ido fazer ali. E eu não chegaria a tempo.

– Proteja Bayan – falei para o construto que tinha acabado de alterar. Não tive tempo de ver se a ajuda dele bastava. Eu tinha ficado vulnerável. Da direita, um construto de guerra que era quase todo lobo veio na minha direção. O construto restante que eu tinha alterado estava ocupado mantendo dois outros longe de mim pela esquerda.

Estiquei a mão, preparada, torcendo para poder reagir rápido o suficiente para enfiar a mão dentro do lobo antes que ele pudesse me atacar. Eu não tinha o fator surpresa do meu lado. Aquele construto me encarou direto nos olhos.

Ele pulou.

Um guincho soou no ar. Hao caiu das vigas do teto na cabeça do construto. O lobo fechou a boca no ar quando o construto espião enfiou as garras nos olhos dele.

Meu coração pulou na garganta. Não tinha mandado o construto espião me ajudar. Tinha esquecido que ele estava ali. Era pequeno demais. Mas parecia que ninguém era pequeno demais para virar o jogo.

Meu pai estava terminando o entalhe. Uphilia, sangrando, correu para os pés de Tirang. Ela não era páreo para ele. Não duraria muito. E aí Shiyen enfiou o entalhe dele na carne de Mauga.

Mauga foi alterado. Senti a diferença no ar na hora que despertou. Ele segurou Uphilia, e as mãos em garras, que eu tinha achado lentas e preguiçosas, partiram o corpo dela ao meio. Sangue e fragmentos de ossos jorraram das metades do corpo destruído. Minha boca ficou seca. Era o que aconteceria comigo se eu perdesse aquela luta. Pulei para o lado para desviar de uma mordida, segurei o focinho de cachorro do construto me atacando e enfiei a mão no corpo dele.

Pouco tempo devia ter se passado, mas parecia que eu estava lutando havia uma vida. Meu braço machucado alternava entre queimar e ficar dormente. Alterei o construto com focinho de cachorro e depois outro. Só podia me focar nisso. Mas Mauga veio andando na minha direção, e eu sabia que teria que pensar em um jeito de alterá-lo de novo. Não fazia ideia do que meu pai tinha escrito nos comandos dele. Só vi uma sutil expressão de triunfo em seu rosto, o que deixou minhas veias geladas.

– Bayan! – gritei. Não ouvi resposta. Ele podia ter se machucado, podia estar morto ou ocupado demais com a batalha dele para responder. Torci para que tivesse entendido o que quis dizer. Eu precisaria de tempo para entender o que o Imperador tinha feito, porque não podia ter Mauga contra nós.

Por Numeen e pela família dele e por todo o resto.

Corri na direção de Mauga, os dedos apertando a ferramenta. Ele me viu chegando e estreitou os olhos castanhos. Mauga atacou. Eu pulei para o lado e me abaixei para fugir do golpe. As garras seguraram meu cabelo por um momento e senti um arrepio na espinha. Antes que pudesse me posicionar, a outra pata me acertou no quadril. Senti a pele rasgar e o golpe me derrubar. Minha visão ficou embaçada, e o mundo girou ao meu redor. Lambi os lábios e senti gosto de cobre. Um cheiro mofado de esterco encheu minhas narinas.

Levante-se.

O pé de Mauga apareceu diante de mim. Tinha um pedaço de palha preso entre os dedos. Tentei me concentrar naquilo, em focar os olhos. Em algum lugar atrás de mim, Bayan gritou. Não entendi o que ele disse.

Eu era Lin. Não era filha do Imperador, mas era mais forte do que ele pensava. Eu não morreria ali. Não me tornaria esposa dele.

Reunindo toda a força que restava nos meus membros, eu me levantei e enfiei a mão no peito de Mauga. A dor explodiu no meu corpo, irradiando do braço e do quadril. Com uma careta, passei a mão pelos fragmentos. Eram muitos. Demoraria até eu encontrar o que Shiyen tinha alterado. Fechei os olhos.

– Sinto muito, Mauga. – Peguei um punhado de fragmentos e os soltei.

Mauga ficou paralisado.

O segundo construto que eu tinha alterado ainda estava me protegendo, apesar de estar sangrando por múltiplas feridas e parecer perto de desmoronar. Peguei outro construto.

Vi Bayan pelo canto do olho, trabalhando furiosamente para alterar os construtos de guerra para ficarem do nosso lado. Uphilia estava morta. Mas eu sentia a maré virando. Se pudéssemos acabar com Tirang, venceríamos. Eu alterei mais dois construtos.

Um rosnado longo e grave soou na porta.

Bing Tai pulou para dentro do cômodo e pegou Bayan pelo pescoço. O sangue dele jorrou.

Senti como se estivesse assistindo por uma lente bem de longe, com os lábios dormentes. Bayan não gritou quando os dentes de Bing Tai se fecharam em seu pescoço. Quando Bing Tai o soltou, ele caiu no chão, o corpo inerte. Os construtos que tinha alterado correram por aí, sem propósito, atacando os construtos do meu pai e uns aos outros. Bing Tai correu na minha direção. Com o canto do olho, vi a pelagem avermelhada de Tirang.

Bing Tai rosnou.

E, de repente, eu não estava mais na sala de jantar. Estava na biblioteca, com Bing Tai na minha frente. Minhas mãos estavam se movendo por vontade própria. Era eu, mas não era. Estava organizando fragmentos em fileiras, postos sobre um pedaço de seda no chão. Levei um à altura dos olhos e examinei o comando.

– É bem complexo. – Eu conhecia a voz que ecoou das sombras. Uma mão se apoiou no meu ombro. Shiyen.

– Sim, bem, por que fazer algo simples se tenho capacidade para fazer mais do que isso? – Beijei a mão dele. – Isso vai ser para nós dois. Um guardião. Um protetor pessoal. – Comecei a enfiar os fragmentos no corpo de Bing Tai.

A lembrança se foi, e eu estava de volta à sala de jantar, com sangue escorrendo das feridas. Bing Tai estava em cima de mim.

– Mate-a! – gritou Shiyen. – Eu posso criar outra.

Bing Tai hesitou.

O fragmento que eu tinha segurado na frente dos olhos surgiu de novo na minha mente. *Ossen Nisong en ossen Shiyen.* Obedecer a Nisong e depois obedecer a Shiyen. Nisong tinha precedência, e eu me parecia com ela. Tinha algumas de suas lembranças.

– Não.

Eu me levantei, o coração e os ossos doendo. Eu me lembrei de como Bing Tai tinha recuado, deixando de me atacar quando invadi os aposentos do meu pai. Achei que meu pai tinha ordenado que ele protegesse a família, mas agora sabia que a esposa dele tinha criado Bing Tai. E, por mais que quisesse ser eu mesma, uma parte da identidade dela era minha. Enquanto Bing Tai rosnava, eu estiquei a mão. Sufoquei todo o medo, toda a incerteza. Toquei no nariz dele, e a criatura parou.

– Eu conheço você, Bing Tai. Você é meu.

Encarei o olhar do meu pai quando meus construtos de guerra derrubaram Tirang e o atacaram.

– Mate Shiyen.

Bing Tai se virou e atacou meu pai, meu criador, meu antigo marido.

Ele enfiou os dentes no pescoço de Shiyen. A sala explodiu em caos.

Eu caí mais uma vez, os pingos do meu sangue no piso parecendo o resquício de uma tempestade que já tinha passado havia tempos.

43

Jovis

Ilha Nephilanu

Na luz, as mudanças em Mephi pareciam ainda mais pronunciadas. Suas costas estavam agora na altura da minha cintura, o pelo marrom estava mais denso. Um tufo de pelo no queixo tinha começado a ficar mais comprido, dando a ele algo que se parecia com uma barba. Eu cocei ali distraidamente, e ele fechou os olhos.

– Muito bom – murmurou Mephi.

Ranami ficou satisfeita de me ver voltar, Gio mais ainda. Mas agora eu sabia que as motivações deles eram diferentes. Ranami acreditava na causa. Gio tinha os próprios planos, e eu não sabia quais eram. Ranami me puxou para o lado.

– Aqui. – Ela colocou um pacote nas minhas mãos. – Você vai precisar de um jeito de nos mandar uma mensagem. Tem um código aí. Estude-o. Tem também uma coisa bem parecida com o selo imperial. Nas docas tem uma mulher que vende pão assado no vapor. Tem uma bandeira branca na barraca. Entregue as mensagens para ela e mais ninguém. Nos envie o mínimo possível, mas nos mantenha atualizados. Se precisar de ajuda, nos avise. Ela também vai entregar mensagens para você.

Hesitei antes de sussurrar para ela:

– Gio ia matar Phalue. Fique de olhos abertos e se cuide.

Ela não deu sinais de que me ouviu, mas eu não esperava que desse.

A mensagem de despedida de Gio foi bem mais enigmática.

– Mantenha Mephi por perto – disse ele. – Vai precisar dele.

Observei o rosto de Gio. Para eles, Mephi era só um bichinho amado. Gio tinha descoberto mais coisas, mas eu não sabia como.

– Você falou alguma coisa para o Gio? – perguntei a Mephi.

Ele abriu os olhos.

– Você mandou não dizer nada.

– Você disse?

– Não.

Ele se virou de costas para mim, foi até a amurada e mergulhou no mar. Ultimamente andava fazendo muito isso. Na primeira vez que mergulhou depois que se recuperou da doença, entrei em pânico e contei o tempo que ele ficou embaixo das ondas. Quando colocou a cabeça na superfície, com um peixe na boca, quase chorei de alívio. Agora Mephi estava me dando mais comida do que eu lhe dava. Ele comia com avidez, mas era um caçador proficiente. Uma vez, até voltou com uma lula, os tentáculos ainda se contorcendo quando ele a jogou a bordo. Eu a cozinhei e a dividi com ele, e murmurou de prazer.

Eu me preocupava menos com ele agora que estava bem maior. Havia coisas maiores e mais perigosas no Mar Infinito, mas ele era rápido como um golfinho na água. O pelo grudava na pele, formando uma barreira lisa e grossa. Não poderia ficar em cima dele como uma mãe coruja para sempre.

O vento balançou meu cabelo. Os rebeldes tinham sugerido que eu o alisasse antes de ir para o palácio, mas não queria esconder quem era. Tinha entrado na Academia de Navegadores e me formado sem esconder minha origem. Eu não era tolo. Só tinha sido quando o assunto era Emahla, e o amor abalava a mente de todo mundo. Abalou meu coração também, deixando uma dor que achava que nunca passaria. Tinha me agarrado por tanto tempo à memória dela... Não sabia como era a vida sem esperança de encontrá-la, mas teria que descobrir.

A chuva foi aumentando conforme chegávamos mais perto da Ilha Imperial. Tive sorte naquela manhã, pois ainda não havia chovido. Pela aparência do céu, aquilo não continuaria por muito tempo.

Mephi voltou para o convés, com um peixe grande na boca. Ele começou a devorá-lo com as entranhas e tudo. Mas aí parou e virou o focinho ensanguentado para o norte. Segui o olhar dele. Lá, ao longe, vi as montanhas verdes e íngremes da Ilha Imperial. Mephi me olhou com os bigodes tremendo.

– Qual o plano?

Passei a mão pelo cabelo.

– Não sei.

Tinha pensado naquilo várias vezes. Não queria deixar Mephi para trás de novo e, apesar dos meus receios quanto aos motivos de Gio, as palavras dele me soaram verdadeiras. Como eu explicaria isso no palácio? O que poderia oferecer?

Eles saberiam que eu era Jovis. O Imperador ou um dos lacaios dele tinha mandado que fizessem retratos meus. Se queria manter a aparência e ficar com Mephi, o único jeito de me infiltrar no palácio era como prisioneiro. Poderia dar certo. Eles perceberiam que era mais difícil me matar do que esperavam. E eu tinha informações que eles queriam. Sabia onde Kaphra e os chefões do Ioph Carn estavam escondidos.

Era o único plano que eu tinha.

– Vou me entregar – falei para Mephi. – E oferecer meus serviços.

Ele veio até mim e encostou a testa no meu quadril.

– Vamos fazer isso juntos. Eu também fiz coisas que eles não iam gostar.

– Fez mesmo. – Fiz carinho no pelo do alto da cabeça dele. As habilidades de comunicação dele pareciam estar melhorando.

Começou a chover de verdade quando chegamos ao porto da Imperial. Coloquei um casaco impermeável, mas a chuva continuou entrando embaixo do capuz com o vento e descendo pelo meu pescoço. Mephi andou ao meu lado, inclinando a cabeça para trás e abrindo a boca para pegar a chuva. Ele lambeu o nariz e balançou a cabeça, jogando mais água em mim.

– Pelo menos um de nós está gostando do tempo – comentei.

Ele soltou uma coisa que pareceu uma risada.

Paguei ao construto das docas e fui para a cidade. Imperial era luxuosa pelos padrões de qualquer ilha. Os prédios tinham vários andares, todos com telhados de telhas. Depois da reconstrução, esta foi a primeira cidade a ascender. Dava para perceber nas esculturas que adornavam alguns portões e a sarjeta. Mantive Mephi perto de mim. Com aquele tempo, ele podia ser confundido com um cachorro.

E as pessoas ali estavam acostumadas com todos os construtos do Imperador. Mais uma criatura estranha não merecia muita atenção.

Eu me apoiei no cajado enquanto subia as ruas na direção do palácio. Como faria? Bateria nas portas enormes e pediria para ver o Imperador? Podia procurar um dos cartazes e levar comigo caso alguém não soubesse bem quem eu era. Olhei para cima.

E meu coração ficou paralisado. Uma figura estava andando na rua à frente, vestia um manto cinza-escuro. Era alta de uma forma nada natural, como a pessoa que eu tinha visto no barco de velas azuis. Será que no porto? Eu não tinha procurado, e o tempo tinha encoberto os outros barcos. Ao nosso redor, as pessoas estavam cuidando da própria vida, olhando para o capuz da figura e afastando o olhar com a cabeça baixa.

– Ei! – gritei. – Você, na minha frente.

A figura não parou nem hesitou. Subiu a ladeira mais rápido, os ombros largos se movendo com o movimento dos braços.

– Espera! Preciso falar com você.

Mas a figura só se afastou na direção do palácio. Passei por pessoas na rua, a chuva caindo nos olhos. Tantas vezes eu tinha visto aquele maldito barco, só para ele sumir apesar dos meus esforços. Não podia deixar que as coisas continuassem assim.

– Jovis. – Mephi trotou ao meu lado. – Precisa que eu...?

– *Shhh*. – Dei um tapinha na cabeça dele e olhei ao redor, para as pessoas na rua. Ele entendeu e manteve a língua atrás dos dentes. – A gente precisa se apressar. Fica comigo.

Comecei a andar mais rápido para acompanhar o ritmo, as pernas ainda meio bambas do mar. A terra parecia estar ondulando embaixo de mim, me desorientando a cada passo. Assim que comecei a correr, a figura também começou. De todas as coisas no mundo e nas profundezas do Mar Infinito... claro que aquilo não seria fácil nem quando eu estivesse tão perto. Trinquei os dentes. Precisei me esforçar por toda pista que tinha encontrado. Por que aquela seria diferente?

O muro do palácio surgiu à frente, a tinta e o gesso lascados em alguns pontos, revelando a pedra embaixo. O portão vermelho estava fechado e era preciso mais de uma pessoa para abri-lo. Para além dele, eu via telhas verdes. Se conseguisse encurralar aquela pessoa no muro do palácio, se conseguisse enviar Mephi para se aproximar pelo outro lado...

Antes que eu pudesse dar a ordem a Mephi, a figura se agachou na base do muro e pulou. Ela se segurou no topo, e um novo par de mãos se juntou ao primeiro par, dando apoio à figura de manto cinza para passar por cima.

Eu parei, sem ar. Dois pares de mãos. Não era uma pessoa. Era um construto. Ranami estava certa. Minhas respostas estavam ali, no coração do Império. Todos os construtos estavam sob o comando do Imperador. O que quer que tivesse acontecido com Emahla tinha começado com ele.

Eu me ajoelhei na base do muro, o som da minha respiração enchendo o capuz do casaco, áspera e profunda. O que eu poderia fazer contra um Império? Era um esforço em vão desde o começo.

O rosto de Mephi apareceu na minha frente. Ele espiou dentro do meu capuz.

– A gente vai por cima? – perguntou, a voz baixa.

Olhei para ele, depois para o muro. Os locais onde a pedra estava exposta ofereciam alguns apoios. Meus ossos começaram a vibrar. Eu tinha força para passar por cima.

– Suba nas minhas costas e se segure – falei para Mephi. Grunhi quando ele me agarrou, mas aguentava o peso dele. Prendi o cajado nas costas e comecei a escalar.

O baluarte, quando chegamos, estava assustadoramente quieto. Em comparação àquele lugar, o palácio do governador em Nephilanu era uma fortaleza. Passei os olhos pelo terreno do palácio. Estava vazio exceto por uma figura vestida de cinza. Com a magia vibrando nas veias, eu poderia pegá-la. Mas hesitei. Alguma coisa estava errada. O local não parecia apenas velho. Parecia abandonado. O que o Imperador fazia enfurnado atrás daqueles muros? Do lado de fora, os construtos mandavam no mundo. Nem conseguia me lembrar da última vez que tinham falado sobre o Imperador aparecer na Cidade Imperial, que dirá além dela. Nem de alguém ser convidado para o palácio. Quando eu era mais jovem, as coisas eram diferentes.

Enviados iam à Imperial regularmente e saíam impressionados com o que viam: o Imperador e a esposa, ambos no auge do poder. Eu sabia que ele tinha uma herdeira, mas ninguém tinha muito a dizer sobre ela.

Desci metade do muro e me soltei. Um pouco da magia vazou quando bati no chão, espalhando um tremor pela terra e sacudindo o muro. Quando me virei para procurar a figura de manto cinza, ela estava correndo na direção da construção principal do palácio.

Não desta vez.

Mephi desceu dos meus ombros e usei todas as minhas forças para correr. Cada passo que dava era um salto, os paralelepípedos quebrados do pátio passando feito um borrão embaixo do meu corpo. Mephi corria ao meu lado, as orelhas grudadas na cabeça. Passamos por prédios vazios, corredores que não eram usados havia anos. À frente, a figura tentou em vão correr mais do que nós.

Nos degraus do palácio, segurei a barra de seu manto.

O construto se virou e o manto caiu. O tecido cinza áspero se enrolou nos membros e no corpo da criatura. Quatro braços finos apareceram, parecendo as mandíbulas gigantescas de um inseto pronto para atacar. As pernas eram muito longas, assim como o rosto. A pele pálida tinha sido costurada sem cuidado nem preocupação com a aparência. Os olhos escuros ficavam altos demais no rosto do construto; uma boca grande de lábios finos com dentes pontudos parecia ocupar toda a metade inferior.

Mas eu estava com raiva demais para o medo tomar conta do meu coração.

– O que você fez com ela?

– Quem? – A voz do construto era áspera feito uma lixa. Ele recuou mais um passo na direção da porta.

– Você a tirou da única vida que ela queria. Ela fazia planos. Tinha coisas que queria fazer. Você tirou tudo isso dela. Tirou tudo de mim. – As palavras jorraram, palavras que nunca tiveram para onde ir. Eu coloquei todas para fora. – Sete anos atrás. Ilha Anaui. Você deixou dezenove moedas na colcha dela.

– Um preço justo pago – disse o construto. – O Imperador não é injusto. – Ele deu outro passo para trás.

Mephi rosnou e se afastou de mim, subindo a escada e interrompendo a rota de fuga do construto.

Eu puxei o cajado das costas.

– Me diz o que aconteceu com ela.

O construto inclinou a cabeça como se estivesse fazendo contas. Ele olhou para mim.

– Não.

A vibração nos ossos explodiu no meu corpo, espalhando calor e fogo nas minhas veias. Eu pulei para frente. O construto veio de encontro a mim, as quatro mãos se movendo mais rápido do que as de qualquer pessoa. Antes que eu pudesse dar um golpe, ele tinha tirado quatro facas de algum lugar. Elas reluziram feito raios sob o céu nublado. O construto bloqueou meu cajado com duas facas, e as outras duas foram na direção do meu tronco.

Mephi o agarrou pela panturrilha e enfiou os dentes em sua carne. O construto uivou, e usei a breve distração para girar o cajado e bater com força em um pulso. A mão dele se abriu e a faca escorregou escada abaixo. Sobraram três. Três lâminas ainda era demais.

Já tinha lutado com soldados imperiais, mas os que eram enviados para proteger o Festival do Dízimo eram jovens, inexperientes. Raramente encontravam resistência, então para que mandar soldados veteranos? Aquele construto se movia de um jeito com o qual eu não estava familiarizado, os membros compridos fluindo com a elegância de uma garça capturando uma presa. Enquanto a lâmina caía pelos degraus do palácio, os braços do construto já estavam se movendo. Bloqueei dois com o cajado. O terceiro segurou a ponta da minha arma e a quarta cortou meu peito. Senti pano e pele se abrirem, o ardor da chuva entrando na ferida. Mephi deu a volta, procurando uma abertura. Não dava para subestimar aquele adversário. Os construtos de guerra do Imperador eram criaturas simples. Parecia que ele tinha trabalhado mais naquele ali. Não fazia ideia dos comandos escritos dentro daquela criatura, que conhecimento ela havia recebido.

Tentei golpear com a ponta do cajado. O construto o segurou antes de eu conseguir atingir a barriga dele. Como se tivesse lido minha mente, Mephi atacou com os dentes a outra perna. Sem nem olhar para trás, o construto moveu as três lâminas na direção de Mephi, forçando-o para trás. Empurrei a vibração para as solas dos pés e as bati no chão.

Os degraus tremeram. O construto tentou se equilibrar nas pernas finas. A que estava machucada cedeu e o fez cair de joelhos. Eu e Mephi pulamos. Bati em outro pulso. O construto rosnou, os dedos ainda fechados na lâmina. Bati de novo. Desta vez, os dedos dele se abriram.

Senti o impacto antes de sentir a dor. Um murro acertou minha coxa. Olhei para baixo e vi o cabo de uma faca enfiado na minha perna. O construto a puxou de volta. Ali estava a dor agora, uma sinfonia em comparação ao instrumento solitário do corte no meu peito.

Mephi soltou um grito estrangulado. Fui tomado de pânico. Ele estava segurando o construto por um cotovelo, mas o construto tinha conseguido torcer o braço e enfiar a lâmina na carne macia da orelha de Mephi. Ele soltou a faca e deixou uma massa sanguinolenta na orelha. Nós dois recuamos, alertas, avaliando os danos.

Eu não conseguia pôr muito peso na perna ferida. A orelha de Mephi pendia inerte na lateral da cabeça. O construto só tinha duas lâminas agora. E aí ele *sorriu* para mim. Foi uma expressão perturbadora em uma coisa que só deveria estar seguindo comandos escritos em seus fragmentos. Levantei o cajado, preparado para um ataque. Mas o construto se virou. Eu bati nas costas dele, tarde demais.

Ele enfiou as duas lâminas nos ombros de Mephi.

O grito de Mephi partiu meu coração ao meio. A vibração cresceu no meu peito feito o estrondo do trovão de uma tempestade que se aproximava. Fiquei repentinamente consciente da água ao nosso redor. Sem nem pensar, *estiquei a mão*. A chuva à minha volta parou no meio da queda. Juntei as gotas, peguei-as no ar e no chão. Só conseguia pensar que aquela criatura tinha machucado Mephi e que eu precisava acabar com aquilo. Uma onda de água se formou e caiu no construto com a força de um mar contra um penhasco.

O construto caiu para longe de Mephi, levado pelos degraus com a cachoeira. Eu pulei atrás dele.

Quando me ajoelhei em seu peito, o cajado em seu pescoço, ele não tinha mais lâminas nas mãos.

– O que aconteceu com ela? – gritei. – Você a levou. O que faz com aquelas pessoas?

Uma tosse surgiu da garganta do construto. Espuma suja de sangue manchou seus lábios.

– Não faço nada. Eu as trago aqui.

Apertei mais seu pescoço.

– O que acontece com elas depois que você as traz aqui?

O construto trincou os dentes.

– Se eu contar, você jura me soltar?

– Juro – falei.

– Elas servem aos experimentos do Imperador. Essa mulher que você procura... se foi levada sete anos atrás, ela já está morta.

Achei que já tivesse aceitado. Achei que poderia deixar isso para trás. Mas, ao ouvir aquilo, a verdade gerou uma explosão de dor. A chuva ao meu redor pareceu cair com mais força. Nunca mais a veria, e "nunca" era um período maior do que eu era capaz de compreender.

Eu me levantei, os dedos fechados no cajado.

– Você prometeu – disse o construto, tentando se soltar.

Coloquei o calcanhar no peito dele.

– Não sou construto. Posso mentir sempre que quiser.

Bati com o cajado na cabeça da criatura e senti o crânio dela rachar. Eu desabei, o peso da dor esmagando meu peito feito uma mão pesada. Tinha ido até lá, deixado minha família para trás, desistido da minha carreira... e teria feito muito mais, teria feito qualquer coisa. Mas cheguei tarde demais. Era provável que já estivesse atrasado quando encontrei as moedas de prata na colcha de Emahla.

Mephi choramingou.

Meu amigo ainda estava vivo. Eu ainda tinha responsabilidades ali, coisas que precisava fazer. Quando me sentei, vi Mephi parado perto dos degraus do palácio, a cabeça baixa, sangue se misturando com a chuva e pingando de sua boca. As duas facas estavam enfiadas em seus ombros. Ele me olhou e ofegou.

– Não tá bom.

Fui até ele e puxei a túnica por cima da cabeça. Com cuidado, retirei as facas enquanto ele chiava, depois amarrei a túnica em volta das feridas. Fiz carinho embaixo do queixo dele.

– Você consegue andar? Nós precisamos de ajuda.

– Consigo andar. Devagar. – O nariz dele foi até a ferida na minha perna. – E você?

– Devagar – repeti. Observei o terreno vazio do palácio, a falta de guardas na porta. – Tem alguma coisa errada aqui. Não tem pessoas, não tem construtos, exceto aquele ali.

Com o cajado nas mãos, subi os degraus com Mephi e empurrei a porta. Ela se abriu ao meu toque, revelando um saguão vazio, os lampiões apagados. Eu entrei, consciente da chuva e do sangue pingando no chão. Havia cenas de pavões e montanhas pintadas entre os pilares nas paredes. Um mural desbotado decorava a parede acima dos degraus, homens e mulheres de mãos dadas. O olhar deles pareceu estar fixo em mim.

– Fique por perto – falei para Mephi, enfiando os dedos no pelo dele.

Subimos os degraus até o saguão de entrada e adentramos um corredor escuro, nossos passos ecoando.

Uma voz emergiu da escuridão, deixando os pelos dos meus braços arrepiados.

– Quem é você?

44

LIN

Ilha Imperial

Fiquei deitada no chão enquanto os construtos se destruíam ao meu redor. Os do meu pai e os de Bayan tinham atacado uns aos outros, sem distinguir quais eram amigos e quais eram inimigos. Os meus construtos atacaram os do meu pai. Ouvi o som de passos e o nariz frio de Bing Tai tocou na minha bochecha, um bafo quente na minha testa.

Eu tinha vencido.

Bayan estava morto. Numeen e a família dele estavam mortos. E ali estava eu, ainda viva e mais solitária do que já tinha me sentido desde que acordei com os crisântemos pintados no teto acima de mim. Fiquei de bruços e me levantei. Só tinham sobrado os construtos de guerra mais simples, e Bing Tai. Enquanto eu olhava, o último do meu pai foi derrotado. A sala de jantar, uma confusão de cadeiras viradas e móveis quebrados, ficou em silêncio. Lá em cima, a chuva batia nas telhas. Encostei a mão na ferida no ombro, fiz uma careta e arranquei a manga para improvisar uma atadura. O machucado na minha barriga foi superficial. Eu o limparia depois.

– Bayan? – Minha voz tremeu no ar. Nem devia ter tentado, mas a esperança se agarrava aos meus ossos. Ninguém respondeu. Eu manquei até onde ele tinha caído.

Bayan estava deitado de costas, o olhar fixo no teto, a garganta dilacerada. Só percebi que estava me ajoelhando quando agachei ao lado dele, as mãos pairando com desespero acima de seu pescoço. Ele era um construto. Tinha que haver um jeito de consertá-lo, mesmo agora que tinha morrido. Se o consertasse, ele seria um construto novo, sem lembrança de mim e da vida anterior. A magia que meu pai tinha usado para inserir memórias na minha mente e na de Bayan era uma magia imperfeita que eu desconhecia.

Andei até o corpo do meu pai em seguida, ainda cautelosa, ainda não acreditando que ele estava morto. Os construtos de guerra sobreviventes tinham parado onde estavam, sentados ou deitados no chão, me olhando. Bing Tai me seguiu, protegendo minha retaguarda. Shiyen estava caído de cara no chão, com uma poça de sangue se formando embaixo dele e manchando suas vestes. Eu me ajoelhei e toquei em seu pescoço. A pele, fina e cinzenta, já tinha começado a esfriar.

Com certa dor e esforço, eu o virei. Olhos que não mais enxergavam estavam encarando o teto. Teria que enviar cartas comunicando a morte dele. Os governadores esperariam um funeral grandioso, mas eu poderia pedir privacidade. Apesar de Shiyen não ir às outras ilhas desde que era jovem, eles o conheciam. Mas não me conheciam. Eu teria que passar um tempo estabelecendo relações diplomáticas. E havia a questão maior: os construtos. Os mais simples ficariam loucos e espalhariam o caos. Os mais complexos... eu não sabia. O Império que tinha herdado já estava se desfazendo, e isso só desgastaria mais os fios que o uniam.

Um brilho chamou minha atenção. A corrente de chaves no pescoço do meu pai. Soltei o fecho e a puxei. Eu ainda não tinha encontrado o lugar onde ele costumava desaparecer com frequência. Havia aquela porta na mina antiga, a que parecia ter sido usada. Eu me preparei e revistei o corpo do meu pai.

Havia uma coisa pequena e sólida no bolso do cinto dele. Enfiei a mão dentro e tirei uma chave dourada pequena. De alguma forma, eu soube: era a que abriria a porta no túnel.

Eu precisava descansar. Precisava chamar os criados onde quer que tivessem se escondido durante a batalha. E precisava limpar as feridas e trocar de roupa. Mas não conseguia ignorar a forma como as respostas de todos aqueles mistérios me atraíam. Será que a esposa dele também era curiosa assim? A caminhada para os túneis antigos da mina pareceu levar uma vida. Fiquei tocando nas paredes, cada passo um lembrete de que aquele palácio era meu. O chão, as paredes, tudo agora era propriedade minha, e eu poderia fazer o que quisesse com eles. Bing Tai me acompanhou, e me apoiei nele quando achei que não tinha mais forças.

Tirei um lampião da parede e entrei nos túneis embaixo do palácio, puxada como se por uma corda. Meu pai, ocupado com alguma outra tarefa, não tinha parado para consertar os construtos de guarda que eu tinha desativado. Nenhum me abordou quando passei.

A porta no túnel estava onde eu me lembrava, pequena e comum. Tirei a chave do bolso e a enfiei na fechadura. Encaixou com facilidade, como se tivesse sido usada mil vezes. Eu entrei.

O aposento estava escuro, e minha respiração ecoava em paredes distantes. Parei para acender os lampiões junto à porta e só então tive uma visão decente do local. Era mais uma caverna do que um aposento, ampla e rudimentar. Um veio grosso de pedra sagaz corria pelo teto. Um lago ocupava uma parte do aposento, e, enquanto eu olhava, água pingava de cima e gerava ondulações na superfície. No meio do espaço, ao lado do lago, havia várias máquinas, ferramentas e mesas estranhas. O lugar todo tinha um cheiro terroso e abafado, como de castanhas assadas.

Ali. Era ali que ele desaparecia em tantos dias longos.

Passei a mão pelas mesas de metal, pelos instrumentos. Alguns eu reconheci: tesouras, agulhas, facas de vários formatos e tamanhos. Outros, com garras e lâminas serradas, não. Eu me perguntei se ele tinha usado aquelas ferramentas para me construir e construir Bayan. Um brilho dourado chamou minha atenção. Eu me virei e vi uma pequena estante cheia de vários objetos. Em uma das prateleiras de baixo havia um pedaço de seda. Quando o peguei e o desdobrei, meu peito se contraiu ao reconhecê-lo. Era pintado com crisântemos dourados.

Um pouco assombrada e apreensiva, levei o pano para perto do rosto. Os crisântemos não estavam no teto. Por estar atordoada ao acordar, eu confundi o pano preso acima de mim com algo bem mais distante. Quando encostei o nariz, o cheiro floral suave me jogou no tempo, para um momento em que acordei no susto, com crisântemos na minha frente e um arrepio nas costas. Ele tinha me feito ali.

Coloquei o pano de volta na prateleira, os dedos permanecendo lá. Livros com lombadas vazias ocupavam as outras prateleiras, e, quando os peguei para folheá-los, as páginas estavam repletas da caligrafia e dos desenhos do meu pai. Os outros estavam cheios de caligrafia que parecia a minha.

Eu me virei para examinar o resto do laboratório. Um zumbido baixo chamou minha atenção. Entre as mesas, perto do lago, havia um baú de madeira. Havia um dispositivo em cima, uma faixa de metal com fios de prata saindo dela e entrando na máquina. *A máquina da memória dele.*

A tampa era pesada, e levantá-la com o braço bom foi bem difícil. Ali dentro, engrenagens trabalhavam e líquidos estranhos borbulhavam. Um braseiro de pedra sagaz, coberto com um domo de vidro, estava aninhado no canto. A coisa toda tinha cheiro de zimbro nuvioso. Não tinha ideia de o que as partes faziam, de como funcionava. Mas, com os livros que o Imperador tinha escrito, eu poderia aprender a operá-la. Poderia trazer Bayan de volta. Ele acordaria um pouco confuso, bastante irritado. Talvez fizesse expressão de desdém, ou revirasse os olhos, e se perguntaria em voz alta quanto tempo tinha demorado para trazê-lo de volta à vida. "Eu teria feito mais rápido", ele alegaria. Aquele pensamento me fez sorrir, mas meus olhos se encheram de lágrimas.

Tubos de vidro e de borracha saíam das laterais do baú, serpenteavam pelo chão de pedra e entravam no lago.

Fiquei em pé, me perguntando qual era o propósito dos tubos e aonde levavam. A água tinha um tom avermelhado e estava tão escura que mal dava para ver alguma coisa. Mas havia uma forma. Por um momento, achei que podia ser um tronco ou uma formação rochosa. Apertei os olhos.

Era um rosto.

Ele está criando gente. Ouvi a voz de Bayan na cabeça de novo, os olhos arregalados, a carne derretendo. Com cuidado, me aproximei da beirada.

O corpo na água não era o meu, e uma parte de mim ficou aliviada. Não teria que lutar com uma cópia minha. Mas, quando cheguei mais perto, reconheci os lábios carnudos, a mandíbula forte, as maçãs altas. O rosto do Imperador seguia imóvel embaixo da superfície, de olhos fechados.

Eu me lembrei do andar manco do meu pai. A ferida recente em seu pé era uma das minhas primeiras lembranças. E me lembrei das palavras que ele me disse quando me confrontou no quarto: "Você precisa entender, quando descobri o que tinha que fazer, minha esposa... ela já tinha morrido havia muito tempo. Queimei o corpo dela e enviei sua alma para o céu". Ao que parecia, não tinha sido tarde demais para usar uma parte de si mesmo para desenvolver um corpo.

Então Bayan foi um experimento anterior, algo que pôde ser usado para provocar minhas ambições. Eu franzi a testa. Nenhum dos tubos levava ao corpo. Ele flutuava, solto, suspenso no lago.

Outra coisa se moveu na água.

Fiquei paralisada e todos os pelos da minha nuca se arrepiaram.

– Bing Tai.

Ele veio para o meu lado e se sentou, mas não pareceu perturbado. Era provável que já tivesse ido ali com o Imperador ou a esposa. Um pouco confortada pela falta de preocupação dele, fixei o olhar nas ondulações cada vez maiores. Uma forma pálida, como um peixe de caverna, deslizou embaixo da superfície escura e avermelhada da água. Enquanto eu olhava, ela subiu.

Não era um peixe. Um focinho rompeu a superfície, depois uma cabeça, e um queixo largo feito o de um cavalo se apoiou na pedra ao lado do baú. Um olho azul cerúleo rolou de dentro do crânio para me olhar. Uma pálpebra transparente piscou. A criatura tinha algumas áreas de pelo grosso, mas a maior parte parecia ter caído. Tinha o rosto de um gato, mas um focinho mais longo e bigodes que tremiam quando expirava. Dois chifres em espiral saíam da cabeça, acima das orelhas.

A criatura soltou um gemido. Eu pulei para trás. Não conseguia ver tudo embaixo da superfície, mas, a julgar pela cabeça, devia ser da altura da minha cintura.

Mas não parecia ter forças para fazer mais nada além de gemer. Tubos de borracha iam do baú até os ombros e pescoço da criatura. Não consegui ver o conteúdo, se estavam levando ou tirando alguma coisa. A água formou uma poça embaixo da sua cabeça. A respiração áspera da criatura fez água espirrar nos meus sapatos.

Outro gemido, mais baixo agora.

– Meu pai fez isso com você. – Minha voz, baixa assim, ecoou nas paredes da caverna. A máquina da memória do meu pai. Aquela criatura estava presa nela havia pelo menos cinco anos. Algo nela era a chave para fazer a máquina funcionar. Nunca vi um animal daqueles, mas eu não tinha ido a todas as ilhas conhecidas.

O olho revirou para dentro da cabeça da criatura, as duas pálpebras se fecharam. Ela deslizou de volta para a água, e o ar que exalou deixou bolhas para trás.

Eu não era tola. Reconhecia sofrimento quando o via. Meu pai sempre tinha sido obstinado com os próprios objetivos. Todo mundo que ficava no seu caminho era descartável. Todo mundo que o ajudava era descartável.

Aquilo era *diferente*. Eu poderia aprender a usar a máquina, restaurar Bayan e soltar a criatura.

O fragmento de Numeen ainda estava no bolso da minha cintura. Era leve como uma lasquinha de madeira, mas senti seu peso, um peso do qual nunca conseguiria me livrar.

Tinha dito para ele que não seria como meu pai. Tinha dito que melhoraria as coisas. Mesmo que a criatura sofresse embaixo da água, fora do meu campo de visão, eu saberia que ela estava lá.

Eu era Lin. Era a Imperatriz. E não podia deixar que a crueldade motivasse minhas ações.

Eu me ajoelhei e soltei os tubos do baú. Sangue e um líquido branco e leitoso pingaram das pontas. Eu os joguei no chão da caverna e olhei para a água.

Por um tempo, achei que até aquele pequeno ato de gentileza pudesse ter matado a criatura. Estava fraca e em estado doentio. Qualquer mudança nas suas circunstâncias poderia ser um choque para o corpo dela. Mas a superfície borbulhou e uma forma pálida surgiu da escuridão.

Foi até a superfície e tentou subir na pedra. Fui ajudar, esquecendo-me por um momento das feridas no ombro e na barriga. Senti a do ombro se abrir um pouco quando segurei a perna da criatura, quando a puxei para a pedra. Antes que ela pudesse reagir, soltei os tubos de seu corpo. Todos eram um pouco mais grossos do que meu dedo e deixaram buracos na carne do animal.

Meu instinto foi de fugir, recuar, ficar longe e ver o que a criatura faria. Mas ela apoiou a cabeça no meu ombro em um estranho tipo de abraço.

Algo se mexeu dentro de mim, a mesma sensação de surpresa e esperança que senti quando destranquei a primeira das portas do meu pai. Será que estava demonstrando que confiava em mim? Através do simples toque do queixo na minha clavícula? O que quer que fosse, levou embora toda a amargura que eu sentia por nunca ter recebido afeto do meu pai, por nunca ter sido suficiente. Para aquela criatura, eu era mais do que o suficiente. Era tudo. Eu me vi colocando a mão no pescoço dela, sabendo por instinto que era fêmea, e sussurrei em seu ouvido:

– Está tudo bem. Eu estou aqui. Você está segura.

Ela soltou um suspiro trêmulo, como uma ovelha apavorada e exausta que se deita para descansar.

– Vem, você não precisa mais ficar no escuro.

Ela saiu mancando da caverna comigo e Bing Tai seguiu logo atrás.

Quando saímos no palácio, alguns criados tinham começado a sair dos esconderijos, andando nas pontas dos pés pelos corredores como se estivessem esperando encontrar monstros a cada curva. Eles não estavam tão errados.

– Você – chamei a primeira criada que vi. Ela se curvou, a cabeça quase na altura da cintura. Apesar da obediência, eu via a tensão e o medo em cada linha do corpo dela. Sem dúvida, esperava que eu decidisse matar as testemunhas do meu aparente parricídio. Eles que espalhassem a fofoca. Eu precisava de uma reputação temerosa se queria manter o Império. – Pegue pergaminho e caneta e leve ao meu quarto.

Eu tinha comunicados a escrever.

Meu animal, pois eu já tinha começado a pensar nela como minha, se encostou em mim. Eu queria tomar um banho.

– Thrana. – O nome dela. Ela precisava de um nome.

Thrana chilreou e passou o focinho no meu braço. Eu cocei a base dos chifres dela.

– Bing Tai, me siga.

Eu teria que encontrar outro criado e pedir que me acompanhasse à casa de banho, para encher a banheira que ainda funcionava lá. Os comunicados viriam em seguida. Teria que arrumar um jeito de limpar a sala de jantar, de me livrar dos corpos. Por mais cansada que estivesse, por mais arrasada, eu dormiria pouco naquela noite. Segui para o saguão de entrada e parei, o medo subindo pelo peito.

Eu via a beirada do mural desbotado, os Alangas de mãos dadas na parede.

Seus olhos estavam abertos. Estavam fechados da última vez que eu os tinha visto, apenas um dia antes. Ninguém teria tido tempo de pintá-los abertos, e a tinta não estava fresca. O que poderia significar?

Alguém entrou no saguão. Ele não vestia o uniforme de criado. Havia sangue dele pingando no chão. Apertei a mão no pescoço de Thrana. E aí apareceu uma criatura ao lado do homem. Fiquei estarrecida, custando a acreditar no que via. Era menor do que Thrana, com bem mais pelo, mas era o mesmo tipo de animal. Como eu podia nunca ter visto aquela criatura e agora ter encontrado duas em um único dia?

Sem querer, gritei:

– Quem é você?

45

RANAMI

Ilha Nephilanu

Ranami viu Phalue assumir o papel de governadora com a facilidade de uma lontra aprendendo a nadar. Ela parecia ter nascido para o papel, uma líder confiante e honesta, com humildade suficiente para pedir ajuda quando precisava. Ela pedia a ajuda de Ranami com frequência, enviando cartas para o apartamento dela perto das docas, pedindo respeitosamente que caminhasse até o palácio e oferecesse seus conselhos.

A distância entre elas era mais do que física.

Era para isso que Ranami estava trabalhando com a rebelião, mas ela tinha dito a Phalue mais de uma vez que não queria ser a esposa de uma governadora. E ela sabia, cada vez que ia ao palácio e lhe dava conselhos, que Phalue se perguntava como aquilo as deixava.

Ranami amassou a última carta enquanto andava pelo caminho até o palácio. Ela mesma não sabia como estavam as coisas entre as duas. As palavras que Jovis falou antes de ir embora ainda ecoavam em sua cabeça, batucando dentro de seu crânio como a chuva no capuz do manto: não podia confiar em Gio. Ele queria Phalue morta. Por mais que não tivesse se dado conta, Ranami tinha colocado a amada em perigo, tinha até encorajado que aquilo acontecesse. Embora os rebeldes agora parecessem satisfeitos com o governo de Phalue, a culpa ainda alfinetava o coração de Ranami. Tinha forçado Phalue a fazer aquilo, a aprisionar o próprio pai. Não foi fácil para ela, e Ranami via o esforço cada vez que a olhava.

Ranami enfiou a carta no bolso. “Por favor, venha ao palácio. Preciso do seu conselho.” Isso era tudo que dizia. Não havia menção ao assunto. Não havia assinatura brincalhona e amorosa no final. Só aquelas palavras e o selo oficial de governadora do lado de fora. Meio sem acreditar, ela virou a carta, esperando ver mais palavras. Nada. Não que Ranami merecesse mais.

Os guardas do portão do palácio a reconheceram sem que ela precisasse explicar o que estava fazendo lá. Eles fizeram sinal para que entrasse. No pátio, um grupo de trabalhadores e de guardas estava desmontando o chafariz. Um dos guardas sorriu para ela. Tythus, o parceiro de luta de Phalue.

– É bom vê-la aqui – disse ele, deixando de lado o trabalho no chafariz.

Ela olhou para as pedras sendo quebradas e carregadas.

– O que aconteceu com o chafariz?

A expressão dele ficou séria.

– Abriu os olhos de novo. Phalue me pediu pra desmontá-lo e tirá-lo daqui. Ela não é supersticiosa, mas, bem... – Tythus deu de ombros, como se aquilo explicasse as coisas. – O que a traz de volta?

– Ela quer que eu a aconselhe – respondeu Ranami, mostrando a carta amassada. – Mais nada.

As pessoas falariam sobre o chafariz de novo, mas, com sorte, sua destruição acalmaria os boatos. Ainda assim, Ranami não sabia bem como interpretar aquilo.

Tythus foi andando ao lado dela.

– Duvido. Phalue fala muito quando luta. Esfria a cabeça de mais de um jeito, acho.

Ranami sentiu uma pontada de curiosidade.

– Ela fala sobre mim?

Tythus riu.

– O tempo todo. – Ele ficou em silêncio por um momento quando eles entraram no palácio. – Não concordo com ela sempre e até recentemente nem teria dito que era uma amiga. Mas Phalue se esforça muito para fazer a coisa certa.

A chuva pingou do capuz de Ranami para a gola. Ela jogou o capuz para trás e sacudiu o cabelo.

– Eu sei.

– Você sabe o caminho a partir daqui?

– Ela está nos aposentos da governadora?

– Está.

Ranami passou por Tythus e seguiu para a escada. Ela daria o conselho que Phalue queria e não choraria. Essas coisas costumavam seguir seu próprio rumo, não era verdade? As pessoas se afastavam, decidiam que não eram mais feitas uma para a outra. Tinha acontecido com a mãe e o pai de Phalue. Tinha acontecido com a mãe e o pai de Ranami, bem antes de ela nascer. E Phalue sempre ia de uma mulher para a seguinte, até conhecer Ranami. Talvez voltasse a fazer isso. Talvez sentisse falta. Como governadora, ela poderia escolher quem quisesse. Haveria uma fila de mulheres para cortejá-la. Esse pensamento deixou Ranami mais infeliz do que ela achava que seria possível.

Acreditava, no fim das contas, que tinham tido uma boa relação juntas. Tinham derrubado um governador corrupto, e isso era mais do que a maioria poderia dizer que fez.

Ranami bateu na porta de Phalue com o resquício de um sorriso nos lábios.

A voz de Phalue soou lá de dentro.

– Entre.

Ranami ajeitou as costas, respirou fundo e girou a maçaneta. Ela daria sua opinião com toda a imparcialidade que conseguisse ter. Devia pelo menos isso a Phalue. Mas, quando abriu a porta, precisou piscar várias vezes para se ajustar à luz fraca.

Lampiões tinham sido colocados no chão, as chamas baixas e convidativas, deixando tudo dourado. Havia tigelas postas em intervalos, cheias de água, lírios brancos flutuando nelas. Phalue estava sentada junto à janela, seu contorno delineado pela luz fraca de um sol encoberto. Ela estava com um monte de livros no banco ao lado, empilhados em uma torre que ia até seu peito. Vestia uma armadura de couro, o mesmo conjunto que Ranami costumava ficar encantada quando ela vestia.

Não era possível ser algo tranquilo.

Phalue colocou a mão na pilha de livros, a expressão solene.

– Eu os li. Todos eles. Teria a chamado antes, mas demorou um tempo.

A esperança brotou no peito de Ranami, se abrindo gentilmente como uma flor debaixo de uma garoa da estação chuvosa.

– Eu não esperava que você fizesse isso.

– Mas você me pediu. Isso devia ter sido o bastante. Sempre achei que pedia muito de mim, mas estou começando a entender: você nunca pediu o suficiente.

Ranami tentou se situar. As flores, os lampiões... podiam ser para outra pessoa. Phalue a tinha chamado lá para dar conselhos, não para uma reconciliação. Ela teria dito na carta que queria se reconciliar, não teria? Mas as lágrimas já tinham se acumulado nos olhos de Ranami. Constrangida, ela as limpou com a base da mão.

– Não sei bem o que dizer.

Phalue se levantou e andou entre os lampiões até Ranami. Cada passo fez o coração dela saltar. Com hesitação, Phalue levantou uma das mãos e tocou em sua bochecha.

– Não sabia se você viria se eu pedisse mais. – O hálito de Phalue estava quente na bochecha de Ranami. – É difícil mudar a visão de mundo que se tem, admitir que é ignorante. Achei que mudar por você seria difícil, mas fazer isso era algo que eu queria. Não quis perceber o quanto eu machuquei as pessoas ao meu redor, e confrontar minhas crenças me levaria a isso. Nós todos contamos a nós mesmos histórias de quem somos, e, na minha cabeça, eu sempre fui uma heroína. Mas não era. Não da forma que devia ter sido. Você pode me perdoar?

Ranami riu em meio às lágrimas.

– *Você* pode *me* perdoar? Não devia ter forçado.

Phalue levantou a outra mão e aninhou as bochechas de Ranami. Ranami sentiu a pulsação disparada no pescoço, como na primeira vez que se beijaram. Na época, soube que haveria coisas que se colocariam entre elas, mas não poderia tê-las impedido nem se tentasse. Ela fechou os olhos, o peito doendo. Ouviu o ranger da armadura de Phalue quando se curvou, uma doçura subindo pela garganta para explodir como mel na língua. Quando seus lábios tocaram nos de Ranami, foi como o selo de uma carta, uma promessa que não poderia ser desfeita. Ranami passou os braços em volta dos ombros largos de

Phalue e enfiou os dedos no cabelo dela. Afundou em seus braços, com as pernas bambas. Ali era seu *lar*.

Phalue recuou um pouco e limpou as mechas de cabelo molhadas das bochechas de Ranami.

– Você tinha prometido que moraria aqui no palácio comigo se eu a ajudasse. Não vou cobrar essa promessa.

– Eu vou – disse Ranami, sem fôlego. Ela se agarrou a Phalue como uma mulher se afogando.

– Não – respondeu Phalue, balançando a cabeça.

Por um momento, o coração de Ranami quase parou de bater. Ela não conseguiu ter forças para falar.

– Eu quero mais do que isso – continuou Phalue. Ela segurou as mãos de Ranami. – Você disse que não queria ser a esposa de uma governadora, e eu entendo isso agora. Não queria ser parte da forma como a ilha era governada. Não queria contribuir para a dor que via e vivenciava. Mas eu vou fazer melhor. E quero fazer melhor com você ao meu lado. Ranami, aceita ser minha esposa? Por favor?

Ranami encostou a testa na de Phalue, sorrindo tanto que suas bochechas doeram.

– Este é o décimo pedido? Décimo primeiro?

– Pediria mil vezes se soubesse que você ia dizer sim no final.

– Agora você é governadora. Eu não devia deixá-la se rebaixar assim.

Phalue apertou as mãos de Ranami. Sua voz saiu baixa, sem fôlego:

– Isso é um sim?

Ranami achava que o amor delas terminaria em desastre. Talvez ainda terminasse. Mas ela estava disposta a correr o risco.

– Sim.

46

Jovis

Ilha Imperial

A mulher saiu do corredor pouco iluminado, parecendo mais desconfortável com sua situação do que eu. Ela tinha enrolado uma atadura improvisada em uma ferida no ombro que vertia sangue, e a túnica estava cortada no meio e ensanguentada. Parecia exausta, com olheiras profundas, o cabelo preto caindo sem vida em volta de um rosto comum. Apesar das feridas, havia força por trás daqueles olhos. Meu olhar desceu para os pés dela e vi mais gotas de sangue na barra da calça. De alguma forma, eu duvidava que o sangue fosse dela. Eu me apoiei no cajado como uma bengala. *Mate-a!*, minha mente gritou. A sensação estranha que tinha sentido no palácio parecia segui-la feito uma nuvem.

Talvez eu a tivesse atacado se não fosse a criatura ao lado dela.

Era pelo menos uma cabeça mais alta do que Mephi, mas as costas estavam curvadas de dor e o queixo estava abaixado. Vários dos curativos nos ombros dela estavam manchados de sangue. Apesar de os chifres serem mais compridos do que os de Mephi, ela era quase completamente careca, com tufos esparsos de pelos densos na barriga, nas costas e nas bochechas. Pela forma possessiva como a mulher passava o braço em seu pescoço, a criatura era dela assim como Mephi era meu. Eu não sabia o que isso significava.

– Quem é você? – perguntou ela de novo. – E o que está fazendo aqui? – Sua voz chegou até mim como se por um pedaço de pergaminho enrolado.

Mil mentiras surgiram na minha cabeça. Soldado imperial. Guarda. Amigo? Não, isso era idiota demais. Eu não sabia quem ela era, nem que posição tinha na hierarquia do palácio. Não sabia que caos tinha acontecido ali nem se ela tinha os mesmos poderes que eu.

Experimentei dizer a verdade.

– Meu nome é Jovis. Sou contrabandista.

Ela franziu a testa e olhou para baixo.

– Conheço esse nome. – Ela me encarou. – As canções populares. Você é o homem que está roubando as crianças do Festival do Dízimo.

– Eu mesmo. Jovis das canções.

Podíamos ser estranhos nos conhecendo na rua, não duas pessoas que acabaram de vencer o que claramente tinham sido lutas difíceis. Olhei-a de cima a baixo de novo, tentando ter uma ideia de quem ela poderia ser. A túnica dela, antes de ter sido rasgada, parecia pintada à mão. Ela não era criada. Era a única pista que eu tinha.

– Vou repetir: o que você está fazendo aqui? Os portões...

– Não tinha guarda nenhuma – terminei gentilmente a frase por ela.

A mulher repuxou os lábios.

– Ah. Claro. Não teria mesmo.

Eu me remexi, a respiração curta. Parecia que não conseguia respirar o suficiente.

– Eu estava aqui para me entregar.

A expressão que ela lançou para mim foi incrédula e clara: "Você está desnorteado?". Um construto apareceu atrás dela, um rosnado grave na garganta.

– Silêncio, Bing Tai – ordenou ela.

Uma sensação ruim surgiu no meu peito. Mephi me olhou como se pudesse sentir.

– Muito ruim?

– O seu fala – comentou a mulher. Foi mais uma declaração empolgada do que uma pergunta.

– Com licença – falei, porque tive a sensação de que agora talvez soubesse quem ela era –, mas você se importa se eu perguntar quem você é?

Minha boca parecia cheia de algodão. Os lampiões estavam mais fracos?

Seu corpo ficou firme, o queixo erguido alto.

– Eu sou Lin Sukai e sou sua Imperatriz.

O corredor começou a girar.

– Isso… isso não é o que eu esperava.

Meus joelhos cederam, e o mundo escureceu.

47

LIN

Ilha Imperial

Comecei com as coisas pequenas. Tomar um banho, chamar um médico para costurar minhas feridas e as de Thrana, escrever uma declaração simples à Imperial e todas as ilhas conhecidas para informar que meu pai estava morto e eu agora era Imperatriz. Contrataria guardas para cuidar dos muros imediatamente. Eu tinha dinheiro. O que não tinha era construtos. Senti um pouco da paranoia que meu pai devia ter sentido: como poderia confiar em homens e mulheres que não conhecia?

Mas não tive muita escolha.

Eu me remexi na cadeira, a pena pairando sobre o papel enquanto deliberava sobre o que deveria dizer. Não tinha mais a vantagem da rede de comunicação de Ilith. Não tinha ideia do que estava acontecendo fora da Imperial, e essa ignorância poderia me matar. Precisava perguntar aos governadores como as ilhas deles estavam enquanto parecesse que eu já sabia.

E, depois do mural, eu precisava perguntar: que outros artefatos Alangas tinham despertado? Houve algum outro sinal? Precisava estudar os livros na biblioteca, reunir defesas. Não conhecia o segredo dos Sukais para derrotar os Alangas. Isso morreu com o Imperador. Mas, em algum lugar da biblioteca, em meio aos experimentos de Shiyen, tinha que haver pistas. Ao meu lado, Jovis estava deitado no sofá, o companheiro encolhido aos pés dele, alerta e observando.

Tinha pedido aos criados e ao médico para cuidarem do contrabandista e do animal dele. Vi, fascinada, as feridas dele e do companheiro cicatrizando mais rápido do que eu achava possível. E aí reparei nas minhas e nas de Thrana fazendo o mesmo. Tinha tantas perguntas, perguntas que pareciam que talvez ele pudesse responder.

– É isso que você faz com todos os criminosos que se entregam? Eu já teria vindo bem mais cedo se soubesse.

Larguei a pena e me virei na cadeira.

Jovis tinha aberto os olhos e estava me observando. Ele levantou a mão fraca.

– Você devia trabalhar nos seus cartazes. Tem alguma coisa em "Qualquer pessoa que dê cobertura a esse indivíduo será enforcada" que parece bem ameaçadora. – O companheiro foi até o rosto dele e farejou suas bochechas. Jovis apertou os olhos e o afastou. – Você está vendo se já pode me comer, Mephi? Infelizmente, ainda não estou morto.

Eu o observei coçar as bochechas do animal. Achei que Jovis sabia que eu estava olhando, mas ele manteve o olhar baixo, me deixou observar. Apesar das canções, ele parecia comum. Um pouco mais alto do que a média, com corpo esguio e pele escura de sol. Uma leve camada de sardas cobria o nariz e desaparecia nos pelos densos e encaracolados nas bochechas. Poderia jurar que havia sangue *poyer* nele. Quando ele fez carinho na orelha ilesa do companheiro, vi a tatuagem em seu pulso, a marca de um navegador imperial. Esperava alguém grandioso, com ombros feito montanhas e braços grossos feito pilares. Jovis parecia magro demais, simples demais, *cansado* demais para ser um herói. Mas tinha derrotado soldados aos montes, se desse para acreditar nas canções.

Eu não sabia em que acreditar.

Mas, quando tinha saído pela porta do palácio, vi um dos construtos do meu pai morto na base dos degraus. Eu nunca tinha visto aquele tipo. A altura nada natural, os quatro braços e as lâminas espalhadas me fizeram hesitar. Jovis devia tê-lo matado. Achei que eu devia ficar feliz com isso, pois, se a criatura tinha atendido ao chamado do meu pai e se tivesse entrado... não sei se teria tido forças para derrotá-lo, mesmo com Bing Tai ao meu lado.

– O que você planeja fazer comigo? – perguntou Jovis, ainda sem me olhar. Ele fez carinho na cabeça de Mephi. – Seu pai teria mandado me enforcar. Publicamente, claro. Não adianta chamar tanta atenção para um contrabandista se não vai seguir em frente e mostrar para todo mundo que vai puni-lo.

– Não planejo enforcar você. – Eu devia ter segurado aquela informação, devia tê-lo deixado em dúvida, mas estava cansada demais para fazer joguinhos. – Quero saber tudo que você sabe sobre o seu companheiro, Mephi.

– Mephisolou é o nome completo dele – respondeu Jovis. – Mephi é o apelido.

– Um nome grandioso – falei. Mephi trinou uma resposta feliz. – Acredito que Thrana seja o mesmo tipo de criatura. Onde você o encontrou?

– Ele estava na água perto da Ilha da Cabeça de Cervo quando ela afundou.

Algo pareceu se abrir quando ele falou, como se Jovis tivesse puxado uma cortina que eu não tinha percebido que estava lá. Ele me contou que tinha tirado Mephi da água, que não o quis no começo, que o soltara. E, por um milagre, Mephi tinha voltado. Aos poucos, ele foi se tornando mais do que um animal, um companheiro do qual Jovis não queria se separar.

Thrana, deitada no chão, apoiou a cabeça no meu colo.

– Encontrei Thrana no laboratório do meu pai. Acho que ele fazia experimentos com ela.

Não mencionei o outro corpo que tinha achado sendo desenvolvido lá. Eu o tinha deixado em paz, sem saber se removê-lo do lago o acordaria. Era uma questão para ser resolvida em outro momento. Fiz carinho na pele exposta do pescoço de Thrana e passei delicadamente os dedos pelas feridas que o médico tinha costurado.

– Ela vai precisar da sua ajuda para melhorar – disse Jovis.

Nossos olhares se encontraram. Senti uma estranha afinidade com aquele homem que tinha aparecido no meu palácio.

– Fique aqui – falei por impulso. – Meu governo acabou de começar. Preciso de ajuda. Quero acabar com o Festival do Dízimo e preciso encontrar um jeito de mudar as coisas, de melhorá-las. Perdoar você seria um começo simbólico.

Ele arqueou uma sobrancelha.

– Seu pai me queria morto, e você quer que eu trabalhe para você?

Por mais que tivéssemos contado coisas um ao outro, nunca poderia confessar que não era filha do meu pai. Eu era uma coisa tão, tão diferente. Observei o rosto de Jovis enquanto falei:

– Meu pai vivia com medo dos Alangas, dos governadores, do povo que ele alegava proteger. E se escondeu para conduzir experimentos e deixou tudo ruir ao redor dele. Eu o amava, mas ele não conseguiu me amar. O que quer que pense de mim, da minha posição social, eu não sou meu pai. Não tenho medo do povo. Eu sou Lin Sukai e vou refazer este Império.

Jovis tinha um rosto parecido com o do meu pai: imutável feito uma muralha quando queria. Eu não sabia quais pensamentos se esgueiravam atrás daquela expressão. Mephi chilreou e encostou o queixo no ombro de Jovis.

– Um muito bom.

O rosto de Jovis se suavizou quando encostou a testa na de Mephi. Ele respirou fundo, com os olhos fechados. Depois se virou para me olhar de novo.

– Sim. Eu vou ajudá-la.

As palavras dele tinham o peso de um acordo com séculos de idade, como se fôssemos mais do que só um homem e uma mulher, maltratados e machucados, tentando encontrar o melhor caminho para seguir em frente.

– Bom – disse Thrana.

48

Jovis

Ilha Imperial

As coisas podiam ter sido bem, bem piores. A Imperatriz podia ter decidido mandar me enforcar. Ela podia ter mandado que os construtos dela me destruíssem. Ou podia ter me mandado embora, o que, considerando meu estado mental atual, teria sido pior. Emahla estava morta. Fossem quais fossem os experimentos que o Imperador tinha conduzido nela, minha esposa não existia mais. Partia meu coração pensar nela ali naquele palácio, sozinha, vivendo seus últimos dias com dor e sofrimento. Queria ter estado lá com ela, assim como Emahla sempre estará ao meu lado.

Mas eu poderia manter a cabeça acima daquele mar de sofrimento.

Puxei a gola da jaqueta que Lin tinha me dado. Se eu tinha achado a do soldado ruim de vestir na Cabeça de Cervo, aquela era bem pior, apesar das medidas perfeitas. Era azul-marinho com brocado dourado e botões dourados em forma de crisântemo. A gola alta tinha espaço suficiente só para permitir que meu pescoço respirasse, e a roupa ia até o meio das coxas. Lin tinha me dado um cinto dourado combinando, com um aro cheio de chaves pendurado nela. Capitão da Guarda Imperial era um título estranho para um contrabandista, um navegador imperial de uma ocasião só. No anúncio oficial, a imperatriz tinha exagerado na parte do navegador imperial e minimizado a do contrabandista. De qualquer modo, se eu queria uma placa enorme indicando ao Ioph Carn onde eu residia, tinha conseguido. Pelo menos eles hesitariam em me atacar ali, no centro do poder do Império.

Tinha enviado uma carta para a minha mãe e para o meu pai no dia anterior, avisando sobre minha localização, o que estava fazendo e que eu estava em segurança. Pensava com frequência em como seria quando eles a abrissem, os olhos da minha mãe se enchendo de lágrimas, meu pai segurando a carta no peito. Já sabia qual seria a resposta: quando eu poderia visitá-los, quando poderiam vir me ver, isso era o que tinha acontecido na nossa pequena ilha, quem foi embora ou morreu, quem se casou, quem nasceu. A vida continuara enquanto eu caçava um fantasma.

– Senhor, está pronto? – Havia um criado na porta, de mãos unidas. Lin tinha começado a contratar mais pessoas e mandado que as construções no terreno do palácio fossem consertadas. Trabalhadores ocupavam o espaço, passando gesso, pintando os muros e cortando madeira. O cheiro suave de lama e serragem parecia encher o ar, com partículas de poeira flutuando em todos os raios de sol. Tanto ela fazer aquilo quanto me contratar como capitão pareciam um símbolo de renascimento.

– Estou pronto – falei. – Você vai na frente.

Segui o criado, com Mephi andando ao meu lado. E esse era o maior problema. Tinha chegado ao palácio esperando hostilidade. Estava contra o Imperador desde o começo. Aquela Lin Sukai, a filha que poucos tinham visto desde que era pequena, dizia que queria que as coisas fossem diferentes. Era a mesma coisa que os Raros Desfragmentados alegavam. Uma vida melhor para todo mundo nas ilhas. Gio tinha outros motivos. Será que Lin também tinha? Eu não sabia.

Andei pelos corredores, tentando não olhar, boquiaberto, para os murais, os entalhes, os contornos de ouro. O palácio do governador em Nephilanu era extravagante a ponto de parecer brega. Aquele palácio carregava o peso da história, a arte cuidadosamente cultivada, cada peça complementando a seguinte.

Seguimos para o saguão de entrada.

As portas tinham sido abertas. O tempo estava auspicioso para a estação chuvosa: um pouco nublado, com uma brisa, mas sem cheiro de chuva. Lin estava no alto dos degraus, radiante com a veste suntuosa de fênix de Imperatriz, o adereço de cabeça quase fazendo seu corpo pequeno e magro sumir. Guardas a cercavam, a maioria recém-contratada, mas ela não parecia preocupada. Thrana estava ao seu lado. Nas semanas anteriores, o pelo tinha começado a crescer de volta nas partes carecas. Ela ainda parecia maltratada e ainda estava magra demais, mas começava a parecer intimidante.

Quando me aproximei, vi a multidão além de Lin, reunida dentro dos muros do palácio. O povo não tinha permissão para entrar ali havia vinte anos. Mesmo de longe, eu via esperança em seus rostos. Parei ao lado da Imperatriz, e a multidão vibrou. Alguém no meio da plateia começou a cantar a música sobre mim. Várias outras pessoas se juntaram.

Era possível alguém morrer de vergonha?

Todos os meus membros pareciam compridos e finos, a pele marcada demais, as mãos ásperas e rachadas. Canções não eram compostas sobre pessoas como eu. Pessoas como eu não eram homenageadas em cerimônias e não recebiam posições importantes por decreto imperial. Eu devia ter sido navegador, com Emahla me esperando em casa, um ou dois filhos correndo em volta dela. Fechei os olhos brevemente, esperando que a onda passasse. Aquela não era a minha vida.

Esta era.

– Ajoelhe-se – disse Lin. A voz dela ressoou pelo pátio e preencheu o espaço. Ela estava com um medalhão nas mãos.

Eu me ajoelhei. Mephi se sentou ao meu lado.

– Jovis de Anaui, antigo navegador imperial, eu lhe ofereço a posição de capitão da Guarda Imperial. Saiba que essa posição carrega consigo uma grande responsabilidade. Precisa jurar lealdade a mim, ao Império e a todas as ilhas conhecidas, pois você não é líder dos homens, mas servo deles.

Eu me concentrei nos meus pés, pisquei e reuni coragem de olhar nos olhos dela.

Os olhos dela, pesados, mas envoltos em cílios grossos e longos, me encararam. Havia algo de familiar neles, algo que reconheci. Eram como uma palavra que eu sabia, mas da qual não conseguia me lembrar.

– Eu juro – falei. As palavras não pareceram sair da minha boca, mas de um lugar mais profundo dentro de mim. Ressoaram na multidão silenciosa. Quando falei, eu sabia que estava mentindo. Tinha prometido a Ranami que me infiltraria no palácio, que enviaria informações. Não poderia ser leal aos Raros Desfragmentados e ao Império ao mesmo tempo.

Quando Lin assentiu, quando colocou o medalhão no meu pescoço, percebi o que estava me incomodando.

Os olhos dela eram idênticos aos de Emahla.

49

AREIA

Ilha Maila, na extremidade do Império

Nisong enviou Concha e Folha para saírem remando nos dias seguintes. Eles examinaram os recifes, tentando encontrar a passagem pela qual o barco de velas azuis tinha passado. Ele tinha chegado e partido várias vezes sem bater. Havia um caminho para entrar e sair.

Folha desenhou os recifes em um pedaço de casca de árvore usando carvão. Eles tinham montado acampamento na praia em que tomaram o barco. Ali, a mente deles parecia ficar menos enevoada. Havia algo na rotina no vilarejo que os levava de volta ao estupor. Com o barco na enseada e a brisa salgada acertando suas bochechas, eles sabiam a verdade. Nenhum deles estava ali desde sempre.

– A passagem é estreita – disse Folha. – Mas, se tomarmos cuidado e trabalharmos juntos, podemos sair em segurança de Maila.

– E ir para onde? – perguntou Coral. Ela não falou como reprimenda. Parecia genuinamente curiosa.

– Para o sul – disse Nisong. – Sul e oeste. – Ela tinha visto um mapa em uma das lembranças. Foi um breve vislumbre, mas tinha reparado onde Maila ficava. Se fossem para sudoeste, acabariam vendo outra ilha.

Folha assentiu e anotou alguma coisa no pedaço de casca. Nisong não sabia como se tornou a líder do grupo, mas acabou assumindo o papel. Parecia encaixar nela da mesma forma que o novo nome, de forma confortável, como um manto velho. Uma convicção veio ao mesmo tempo: havia um lugar para ela fora daquela ilha. Um lugar onde ela vivia em um palácio e suas palavras tinham importância. Ela fechou os dedos no fragmento no bolso, sabendo agora o que era.

Ela era um construto. Todos eram construtos, feitos pelas mãos do Imperador. Não conseguia explicar as memórias, mas entendia sua incapacidade de pensar e agir com violência. Eles tinham sido feitos assim, recebiam ordens pelos fragmentos que tinham dentro do corpo. E um tinha se soltado dela, o que permitiu que se libertasse da névoa e levasse os outros junto.

Nisong ainda não tinha contado para eles. Teria que contar em algum momento, mas não sabia quando era a hora certa. E não sabia as limitações deles, nem as suas próprias.

A chuva bateu no teto da cabana improvisada. Algumas gotas o atravessaram e chiaram quando caíram nas pedras em volta da fogueira.

– A gente deveria levar os outros? – perguntou Fronde.

Nisong fez que não.

– Não conseguimos mantê-los fora da névoa. Eles vão ficar voltando e, em um barco, isso pode ser perigoso.

– Mas nós não sabemos o que causa a névoa – disse Coral. – Pode ser a própria ilha.

Não era, mas ela não podia dizer isso para eles.

E aí o mundo pareceu se inclinar. Nisong demorou um momento para perceber que aquilo não estava acontecendo de verdade. Algo na percepção dela estava mudando. Folha caiu. Coral apoiou a mão na parede da cabana para se equilibrar. Eles também estavam sentindo, aquela onda de choque emanando do centro da existência dela.

Acabou tão rápido quanto começou.

– O que foi isso? – perguntou Folha. Ele se levantou.

Nisong ainda se sentia a mesma, mas algo tinha mudado dentro dela. Não sabia bem o que, mas sentia aquilo com a mesma certeza que sabia que lhe faltavam dois dedos. Ela deu de ombros para a preocupação deles.

– Não sei. Mas temos que continuar planejando.

Apesar da apreensão no rosto de cada um, eles obedeceram.

– O que a gente faz com a criatura que estava pilotando o barco? Ainda está presa embaixo da pedra e não morreu – perguntou Coral.

– A gente mata – disse Nisong. As palavras saíram dela sem hesitação.

Todos a encararam.

Ela tentou de novo.

– A gente mata.

– A névoa se foi – concluiu Fronde.

Ele estava certo. Pela primeira vez, a mente de Nisong parecia aguçada. Ela não conseguia sentir névoa nenhuma se aproximando no horizonte. Por um momento, eles ficaram em silêncio, todos perdidos nos próprios pensamentos. Nisong conseguia pensar em violência. Conseguia pensar com uma clareza e intensidade que a surpreenderam. Ela queria caçar quem os tinha deixado ali, quem os tinha abandonado para viverem aquelas vidas automatizadas até a morte. Queria colocar as mãos na garganta dessa pessoa. Queria apertar até os olhos da pessoa saltarem e o rosto ficar roxo. Até a pessoa soltar o suspiro final, a língua ensanguentada para fora. O pensamento gerou uma onda de calor em seu peito.

Ela engoliu em seco.

A pessoa que os criou estava morta ou os tinha libertado dos comandos. Agora Nisong conseguia pensar em violência. Conseguia se lembrar com facilidade que não estava em Maila desde sempre. Não tinha mais o ímpeto de colher mangas.

Coral limpou a garganta.

– Os outros...

– Traga o máximo que pudermos – interrompeu Nisong. – Concha, descubra quantos conseguimos colocar a bordo se racionarmos alimento para trinta dias e noites.

– Nisong. – Folha tocou no braço dela, os olhos escuros preocupados. – Se sairmos daqui, podemos voltar para buscar o resto mais tarde.

– Nós vamos voltar para buscar o resto, mas agora precisamos do máximo possível – respondeu ela. Em suas lembranças, ela tinha feito um construto. Havia outros como eles, construídos para um propósito ou outro, e agora estariam todos sem comandos. Estariam sem líder.

– Para quê? – perguntou Folha.

Ela sentiu o peso deles a observando, esperando a resposta dela. Nisong respirou fundo.

– Estamos formando um exército.

Agradecimentos

A estrada foi longa e, como a maioria das jornadas concluídas com sucesso, eu não enfrentei essa sozinha. Tenho uma dívida com muitas, muitas pessoas, sem as quais este livro não seria publicado, incluindo:

James Long e Brit Hvide, meus editores na Orbit, e toda a equipe editorial de lá. Vocês me ajudaram a polir este livro e tornar esse meu sonho distante uma realidade. Não tenho como agradecer o suficiente.

Minha agente, Juliet Mushens, que, por meio de anotações, me ensinou um monte sobre personagem, enredo e ritmo. Suas percepções, seu trabalho árduo e sua dedicação são inspiradores e inigualáveis.

Todo o pessoal do Murder Cabin: Thomas Carpenter, Megan O'Keefe, Marina Lostetter, Tina Smith/Gower, Annie Bellet, Setsu Uzume, Anthea Sharp/Lawson e Karen Rochnik. O *feedback* de vocês foi essencial e nossas reuniões anuais são sempre revigorantes... e meio assustadoras, afinal *é* o Murder Cabin.

Meus leitores beta deste livro: Greg Little, Steve Rodgers e Brett Laugtug. Li todas as anotações de vocês e adorei os comentários de que esse livro talvez fosse mesmo... bom?

Alvaro Zinos-Amaro, por ter um ouvido atento e oferecer sugestões quando eu estava com dificuldade em alguns pontos da história.

Meus grupos de escrita em Sacramento: WordForge e Stonehenge. Vocês nunca deixaram de acreditar em mim e em todos os livros que escrevi, e essa crença me fez continuar. Eu nunca poderia decepcionar pessoas tão maravilhosas.

Kavin, Kristen, mãe e pai, que leram diferentes versões variadas deste livro e identificaram inconsistências lógicas. O entusiasmo de vocês é tudo para mim. Stewarts! Stewarts! Stewarts!

John, meu marido, cujo apoio eterno poderia fazer um peso de chumbo flutuar em mares turbulentos. Comemorar a venda deste livro com você sempre vai ser um dos pontos altos da minha vida.

E sra. Schacht, minha professora do colégio, cujo elogio à minha história sobre um falcão de cerâmica que ganhou vida me fez pensar: “Será que eu poderia ser escritora?”. Que toda criança sonhadora tenha uma professora maravilhosa como você.

Este livro foi composto com tipografia Adobe Garamond Pro e impresso em papel Off-White 70 g/m² na Gráfica Santa Marta.